KB235886

서유기 1

서유기 1: 돌 원숭이 손오공

제1판 제1쇄 2010년 1월 25일
제1판 제17쇄 2024년 10월 4일

지은이 오승은
옮긴이 임홍빈
그린이 김종민
펴낸이 이광호
펴낸곳 ㈜문학과지성사
등록번호 제1993-000098호
주소 04034 서울 마포구 잔다리로7길 18 (서교동 377-20)
전화 02) 338-7224
팩스 02) 323-4180(편집) 02) 338-7221(영업)
전자우편 moonji@moonji.com
홈페이지 www.moonji.com

ⓒ임홍빈 · 김종민, 2010. Printed in Seoul, Korea.

ISBN 978-89-320-2026-6 44820
ISBN 978-89-320-2025-9(세트)

서유기 1

돌 원숭이 손오공

문학과지성사
2010

서유기 1

1. 돌 원숭이

옛날 사람들은 이 세상이 네 개의 큰 대륙으로 나뉘고 그사이에 큰 바다가 가로막혀 있다고 하였는데, 그 대륙의 이름을 '동승신주(東勝身洲)' '서우화주(西牛貨洲)' '남섬부주(南瞻部洲)' '북구노주(北瞿盧洲)'라 불렀다.

이 책에 씌어진 이야기의 첫머리는 모두 동승신주 대륙에서 일어난 일들이다.

동승신주에 오래국이란 나라가 있었다. 이 나라는 큰 바다를 끼고 있는데, 그 바다 한가운데 섬에 화과산이란 이름난 산이 있었다. 온갖 날짐승과 길짐승에 향기로운 풀과 꽃, 나무숲이 우거져 일 년 내내 시들 때가 없으며, 세상의 온갖 과일 열매가 무르익는, 화과산(花果山)이란 이름 그대로 '꽃과 과일의 천국'이었다.

이 산 꼭대기에 신기한 바윗돌이 하나 서 있는데, 그 바윗돌은 천지가 처음 열린 이래 하늘과 땅의 정기를 끊임없이 받으며 오랜 세월을 지내오는 동안 차츰 신령한 기운이 서리더니, 어느 날 바윗돌이 갈라지면서 둥근 공처럼 생긴 돌알을 한 개 낳았다. 바위에서 튀어나온 돌알은 바람을 쐬더니 그 즉시 한 마리의 돌 원숭이로 변했는데, 금빛이 번쩍거리는 두 눈, 쫑긋쫑긋하는 두 귀와 입, 코를 다 갖추고 팔다리까지 생겨 그 자리에서 걸어다닐 줄 알게 되었다.

저절로 태어난 이 돌 원숭이는 풀과 열매를 먹고 골짜기 냇물을 마시며, 들짐승들과 어울려 사귀고 원숭이의 무리 속에 섞여, 밤이면 절벽 그늘 밑에서 잠자고 아침나절이면 산봉우리를 뛰어다니고, 동굴 속을 찾아 놀며 지냈다.

어느 날 아침, 날씨가 찌는 듯이 무더운 여름철이었다. 돌 원숭이는 동료 원숭이 떼와 함께 불볕 더위를 피해 소나무 그늘 밑에서 놀다가 멱을 감으려고 산골짜기 냇가로 몰려갔다. 시원한 개울물은 물보라를 하얗게 흩뿌리면서 사나운 기세로 용솟음쳐 흘러 내려가고 있었다.

옛말에도 '날짐승에게는 날짐승의 말이 있고, 길짐승에게는 길짐승의 말이 있다'고 했듯이, 원숭이들도 자기네끼리 알아듣는 말로 마구 떠들고 지껄였다.

"이 물줄기가 어디서 흘러오는 것일까? 우리 물길 따라 거슬러 올라가 어디서부터 솟구쳐 나오는지 찾아보며 놀자꾸나!"

"그래, 좋다! 좋아!"

원숭이들은 환호성을 지르면서 골짜기 따라 산등성이를 기어오른 끝에 물줄기의 원천이 되는 곳에 다다랐다. 거기에는 한 줄기 폭포수

가 요란하게 떨어져 깊은 못을 이루고 있었다. 서리 찬 물 기운이 푸른 산에 감돌고, 흩날리는 물보라가 절벽에 장막을 드리우며 쏟아져 내리는 장관이 눈앞에 펼쳐졌다. 뭇 원숭이들은 손뼉 치며 환호성을 올렸다.

"와아, 멋진 폭포수다! 이제 봤더니 여기서부터 흘러내린 물줄기가 산기슭을 거쳐 바다로 흘러가는구나!"

그러자 어느 놈인가 이런 제안을 했다.

"누구, 저 물속에 들어가서 근원을 찾아낼 수 없을까? 다치지 않고 무사히 들어갔다 나올 재주가 있다면, 우리 모두 그를 임금으로 삼자!"

이때 무리 가운데서 돌 원숭이가 뛰쳐나오더니 고함을 질러 응답했다.

"내가 들어가보겠네!"

돌 원숭이는 신바람 나게 두 눈 질끈 감고 폭포 속으로 뛰어들었다. 그리고 폭포 뒤로 자맥질해 나가서 물 위에 머리를 내밀고 보았더니, 웬걸! 물이라곤 하나도 없고 쇠로 만든 다리 하나만 덩그러니 걸려 있을 뿐이었다. 정신을 가다듬고 다시 한 번 자세히 살펴보니, 다리 아래 흐르는 물은 갈라진 바위틈을 뚫고 나온 물줄기가 거꾸로 숫구쳤다가 다시 떨어져 폭포수를 이루면서 철판교를 가리고 있었던 것이다.

철판교를 건너 들어가 살펴보았더니, 석회 동굴 앞마당 뒤뜰에는 온통 기이한 화초가 흐드러지게 피었는가 하면, 돌솥 걸린 부뚜막엔 불 땐 자취가 남아 있고, 돌로 만든 걸상, 침대, 대야, 대접 그릇 따위가 널려 있을뿐더러, 흰 구름 떠도는 하늘 아래 말끔하게 가다듬은 대나무, 매화나무, 소나무도 자라고 있었다.

동굴 어귀 정면에는 '화과산 수렴동(水簾洞)'이란 글자가 커다랗게 새겨진 비석 한 개가 우뚝 세워져 있었다.

이것을 본 돌 원숭이는 기쁨을 이기지 못하고 부랴부랴 물 밖으로 다시 헤엄쳐 나왔다. 그리고 동료 원숭이들에게 외쳐 알렸다.

"좋은 곳이다, 정말 좋은 곳이야! 우리가 운수 대통했단 말이다!"

동료 원숭이들이 우르르 몰려가 그를 에워싸고 여기저기서 물었다.

"물속이 어떻던가?"

"물은 얼마나 깊고?"

돌 원숭이가 대답했다.

"폭포수 뒤쪽에 물은 없어! 철판으로 만든 다리가 하나 걸쳐져 있는데, 그 다리 건너편에 천지조화로 이루어진 동굴 집이 한 채 있더군."

"집이라는 걸 어떻게 보고 알았어?"

"이 물줄기는 다리 밑 바위틈에서 용솟음쳐 올라와 거꾸로 떨어지는 바람에 드나드는 출입구를 가리고 있었단 말일세. 다리 주변에는 꽃나무들이 자라고, 누가 살았는지 모르겠으나 돌로 지은 집도 있는데, 그 안에는 돌로 만든 세간 살림이 모두 갖춰져 있더군. 그리고 동굴 속이 무척 넓어서 우리 모두 그 안에 들어가 살 수 있겠네!"

이 말을 듣고 원숭이들은 저마다 기뻐 날뛰었다.

"들어가세, 들어가! 자네가 앞장서서 안내하게!"

이리하여 돌 원숭이를 선두로 모든 원숭이들은 물속을 거쳐 수렴동 안으로 들어갔다. 그리고 원숭이의 못된 천성대로 세간 살림을 서로 빼앗느라 한바탕 소동을 벌이기 시작했다.

이때 돌 원숭이는 높다란 자리에 점잖게 앉아서 이렇게 말했다.

"여보게들! 나는 자네들 말대로 몸 하나 다치지 않고 여기 들어왔다가 다시 나갔고, 또 이렇게 훌륭한 보금자리를 찾아내어 자네들을 모두 편히 살게 해주었네. 그런데 어째서 약속대로 나를 임금으로 떠받들지 않는단 말인가?"

원숭이들이 듣고 보니 과연 틀림없는 말이라, 그 즉시 굴복하고 나이 순서대로 줄지어 늘어서서 돌 원숭이에게 큰절을 올렸다.

"우리 대왕님 만세!"

그로부터 돌 원숭이는 임금의 자리에 올라 '훌륭하신 원숭이 임금'이란 뜻의 '미후왕(美猴王)'으로 행세하게 되었다.

미후왕은 여러 종류의 원숭이 떼를 거느리고 그들에게 신하로서 지위를 정해주고 안팎으로 직분을 내려준 다음, 날마다 아침에는 화과산에 나가 놀고 저녁에는 수렴동에 돌아와 잠을 자면서, 날짐승과 길짐승 틈에 섞이지 않은 채 마음껏 즐기며 살았다.

이렇듯 미후왕이 자연의 향락을 누리기를 어느덧 사오백 년, 하루는 신하 원숭이들과 즐거운 잔치를 벌이다가 불현듯 수심에 차서 눈물을 뚝뚝 흘리기 시작했다. 그 모습을 본 부하 원숭이들은 놀랍고 송구스러워 급히 엎드려 물었다.

"대왕님, 갑자기 무슨 일로 이다지 슬퍼하십니까?"

원숭이 임금이 대답했다.

"내 비록 이런 즐거움을 누리고 있기는 해도, 앞날을 생각하니 서글프지 않을 수 없구나. 지금은 인간 세상의 제왕에게 간섭받지 않고, 짐승들의 위협에 복종당할 두려움도 없지만, 장차 나이 먹고 늙어서 기력이 쇠약해지는 날이면 저승의 염라대왕이 우리 목숨을 빼앗아가게 될 것이다. 한번 죽게 되면 이 세상에 태어났던 보람도 없을 것이 아니냐?"

그 말을 듣자 모든 원숭이들도 죽음의 무상함에 저마다 슬피 울기 시작했다. 이때 무리들 가운데 한 마리가 뛰쳐나오면서 큰 소리로 외쳐 아뢰었다.

"대왕께서 그토록 앞날을 걱정하시다니, 이는 자연의 근본 이치를 깨치려는 마음이 싹트는 징조인가 봅니다. 이 세상에는 다섯 가지 생물이 있사오나, 저승의 염라대왕에게 전혀 통제를 받지 않는 세 가지가 따로 있다 합니다."

"그 세 가지란 것이 무엇 무엇이냐?"

"부처와 신선, 그리고 신령이 바로 그것입니다. 이 세 가지는 삶과 죽음을 뛰어넘어, 하늘과 땅과 더불어 수명을 같이한다 합니다."

"그 세 가지가 어디 살고 있다더냐?"

"인간 세계 중에서도 가장 깊은 산속, 오래 묵은 동굴 속에 살고 있다 합니다."

이 대답을 듣고 나서, 미후왕은 마음이 흡족하여 기뻐 어쩔 바를 몰랐다.

"오냐, 좋다! 나는 내일 당장 산을 내려가, 바다 끝 하늘 끝 닿는 데까지 두루 돌아다녀서라도 기어코 그 세 가지를 찾아뵙고야 말겠다. 그래서 불로장생하는 법을 배워 언제 닥칠지 모를 염라대왕의 손아귀에서 벗어나겠다."

다음 날, 미후왕은 아침 일찍 신하들에게 분부하여 소나무로 뗏목을 만들게 한 다음, 홀로 뗏목에 올라 망망대해로 나아갔다. 그리고 거센 물결 헤쳐가며 표류한 끝에 마침내 남섬부주 경계에 다다랐다.

육지에 올라서고 보니, 바닷가에는 사람들이 물고기와 새를 잡거나 소금을 굽거나 조개를 캐고 있었다. 미후왕은 사람들 중 하나를 붙잡아 옷을 벗겨 제 몸에 걸쳐 입고 이곳저곳 돌아다니며 인간의 예절도 배우고 말도 배웠다. 하지만 남섬부주에는 부처나 신선이나 신령처럼 불로장생의 도를 아는 이가 없었다. 더구나 이곳 속세 인간들은 모두가 명예와 이익을 얻으려는 무리들뿐, 목숨의 귀중함을 깨치려는 자가 하나도 없었다.

미후왕은 남섬부주 대륙에서 스승을 만나지 못한 채 팔구 년 세월을 보낸 끝에 우연히 서쪽에 있는 큰 바닷가에 이르렀다. 그는 이 바다 건너편에 신선이 살고 있으리라 생각하고, 다시 뗏목을 만들어 타고 서쪽 바다를 표류하다가 곧바로 서우화주 대륙에 다다랐다.

미후왕이 줄기줄기 뻗은 산등성이를 둘러보고 있으려니, 갑자기 우거진 나무숲 깊숙한 곳에서 두런두런 사람의 목소리가 들려왔다. 가만히 들어보니 나무꾼 한 사람이 도끼로 땔감을 쪼개면서 흥얼흥얼 노랫가락을 읊는 소리였다.

짙푸른 산길에 가을 하늘 높은데, 밝은 달 바라보며 솔뿌리 베고 눕는다.

한잠 자고 깨어보니 날이 활짝 밝았구나.

옛길 찾아 벼랑에 오르고 영마루 넘어가며 도끼 잡아 등나무 덩굴 찍는다네.

거둔 나무 한 짐 되어 콧노래 흥얼거리며, 장터에 들어가 석 되 쌀과 바꾸니,

옥신각신 흥정 않고 제값대로 받았구나.

속일 줄도 모르고 부귀영화 굴욕도 없어, 담담히 조용하게 살아가느니,

서로 만나는 사람마다 신선 아니면 도사뿐이라,

나도 홀로 고요히 앉아서 노랫가락이나 읊으리.

미후왕은 신선이란 게 바로 여기 숨어 살고 있었구나 싶어, 얼른 달려나가 인사를 드렸다.

"신선님, 절 받으십쇼!"

나무꾼은 깜짝 놀라 도끼를 내려놓고 대꾸했다.

"무슨 말씀을! 입고 먹을 게 없어 나무나 해서 먹고사는 저더러 '신선'이라니요?"

"그럼 왜 '만나는 사람마다 신선 아니면 도사'라고 하셨소?"

그 말을 듣고 나무꾼은 어이가 없어 웃으면서 이렇게 일러주었다.

"방금 그 노랫가락은 우리 집 근방에 살고 계시는 신선이 가르쳐주신 거요. 가난뱅이 살림에 하도 쪼들려 근심걱정하며 지내는 것을 보시고, 마음이 울적할 때 부르면 가슴이 후련해진다기에 배워서 부른 거랍니다."

미후왕은 귀가 솔깃해져서 내처 물었다.

"나한테 그 신선이 살고 계신 곳을 가르쳐주지 않겠소?"

"이 산은 '영대방촌산'이라고 부르는데, 산속에 '사월삼성동'이란

동굴이 하나 있습니다. 그 동굴에 수보리 조사라는 신선이 제자들을 가르치며 살고 계시지요. 저 오솔길을 따라 가면 바로 그 신선의 집이 나올 겝니다.”

나무꾼이 일러준 대로 일고여덟 리쯤 가고 보니, 과연 기막히게 아름다운 별천지가 나타났다. 채색 아지랑이 감도는 가운데 해와 달빛이 흔들리고, 해묵은 잣나무, 대나무가 수천 수만 그루, 문밖에 기이한 꽃나무는 비단을 깔아놓은 듯하며, 푸른 이끼 촉촉하게 낀 절벽 위에는 두루미와 봉황새가 날갯짓하고, 검정 원숭이, 흰 사슴, 황금 사자, 옥빛 코끼리가 어슬렁거리는 그야말로 천당이었다.

동굴 문이 잠겨 있어 감히 두드리지 못하고 소나무 가장귀에 올라앉아 솔씨를 까먹고 있으려니, 얼마 안 있어 문이 삐거덕 열리면서 동자 하나가 걸어 나왔다.

미후왕은 냉큼 뛰어내려 동자에게 말을 건넸다.

“동자님, 저는 도를 닦으려고 찾아온 사람입니다.”

동자가 빙그레 웃고 이렇게 말했다.

“우리 사부님이 방금 나더러 ‘바깥에 도를 닦으러 찾아온 사람이 있을 터이니 맞아들여라’ 하셨는데, 그게 바로 당신이었구려. 어서 날 따라 들어오시오.”

이리하여 미후왕은 동자를 뒤따라서 동굴 안 깊숙이 들어갔다.

강단 위에는 수보리 조사가 단정한 자세로 앉아 있고, 양 곁에는 30명이나 됨직한 제자들이 스승을 모시고 서 있는데, 과연 장엄하기 이를 데 없는 광경이었다.

“사부님, 사부님! 저를 제자로 받아들여주십쇼!”

미후왕은 그 앞에 넙죽 엎드려 머리를 조아리며 간청했다.

"너는 어디 사람이며, 또 어떻게 여기까지 왔느냐?"

수보리 조사가 물었다.

"저는 동승신주 오래국 화과산 수렴동에 살았습니다. 도를 닦으려고 망망대해 큰 바다를 둘씩이나 건너고 남섬부주 대륙을 사면팔방 떠돌아다닌 지 십여 년 만에 간신히 이곳까지 왔습니다."

"네 성과 이름은 뭐냐?"

"저는 성도 없고 부모도 없이, 바윗돌 속에서 저절로 태어나 자랐습니다."

수보리 조사는 이 말을 듣고 은근히 기뻤다.

"그렇다면 너는 하늘과 땅이 낳아준 몸이로구나. 어디 네 이름을 하나 지어주마. 생김새가 원숭이를 닮았으니 '원숭이 손(猻)' 자에서 '개 견(犭)' 변을 떼어내고 그냥 '손(孫)' 가 성으로 부르는 것이 좋겠다. 그리고 우리 문중의 열두 항렬 가운데 열번째에 해당되니, '깨달을 오(悟)' 자 항렬에 '텅 빌 공(空)'을 붙이면, 네 법명은 '손오공'이 되겠구나. 어떠냐?"

이렇게 해서 원숭이 임금은 사람들처럼 성씨와 이름을 가지게 되었다.

그 이튿날 아침부터 손오공은 여러 제자들과 어울려 말씨와 예절을 배우고 경전 읽기, 글씨 쓰기를 공부하며 지내기 시작했다.

이렇듯 손오공이 삼성동에 입문한 지 어느덧 육칠 년 세월이 흘렀다. 어느 날, 손오공은 설법을 듣고 있다가 무엇이 그리 기쁜지 손짓

발짓 춤추어가며 날뛰기 시작했다. 이것을 본 수보리 조사는 그를 불러 세워놓고 야단을 쳤다.

"이놈아! 갑자기 미쳤느냐? 들으라는 강론은 듣지 않고 어째서 날뛰는 거냐?"

손오공은 다소곳이 대답했다.

"사부님의 말씀을 듣고 있으려니, 정말 기쁘고 신바람이 나서 저도 모르게 춤을 추었습니다. 용서해주십쇼."

"네가 오묘한 이치를 깨우쳤다니, 한마디 묻겠다. 너, 이 집에 들어온 지 얼마나 되었느냐?"

"제가 아둔한 놈이라 몇 해가 되었는지 모르겠습니다만, 해마다 뒷산에 복숭아가 농익을 때 실컷 따먹곤 했는데, 그게 한 일곱 번쯤 된다고 기억하고 있습니다."

"흐흠, 네가 농익은 복숭아를 일곱 번 따먹었다면 꼭 칠 년이 되겠구나. 그럼 내게서 무슨 도를 배우고 싶으냐?"

"도를 닦을 수만 있다면 무엇이든 다 배우겠습니다."

"도를 닦는 학문에는 삼백육십 가지가 있는데, 어떤 학문을 배우고 싶으냐?"

"사부님이 생각하시는 대로 따르겠습니다."

"그럼 길흉을 점치는 학문을 가르쳐주마."

"그것을 배우면 죽지 않고 오래 살 수 있습니까?"

"안 되지, 그것은 안 돼."

"그럼 저도 점쟁이 학문은 안 배우겠습니다."

제자가 도리질하니, 수보리 조사는 다른 안을 내놓았다.

"불교, 도교, 음양오행설, 의술 같은 학문을 가르쳐주랴?"

"그런 걸 배워서 장생불사할 수 있습니까?"

"흠흠, 그런 걸 배워서 죽지 않고 오래 살기를 바란다면, 마치 '벽 속에 기둥 세워놓기'나 다를 바 없지."

"사부님, '벽 속에 기둥 세워놓기'란 게 무슨 뜻입니까?"

"사람이 집을 지을 때 단단하게 지으려고 네 귀퉁이 벽에 기둥을 세우지만, 아무리 큰 집이라도 기울기 시작하면, 그 기둥뿌리도 넘어가지 않을 수 없단 말이다."

"그럼 영원히 배겨나지 못한단 말씀이로군요. 그런 학문이라면 싫습니다."

"좋다, 그게 싫다니, 참선하는 방법을 가르쳐주마. 이것은 음식을 먹지 않고서도 견뎌내고, 고요히 참선하면 마음이 맑아져서 정신을 집중시킬 수 있는 학문이다."

"그런 걸 수양하면 오래오래 살 수 있습니까?"

"흐흠, 그야말로 '불가마 속에 들어가보지 못한 흙벽돌' 같은 격이지!"

"사부님이 또 말씀을 빙빙 돌려 하시는군요. 그건 또 무슨 뜻입니까?"

"불가마 속에 들어가기 전에 진흙으로 빚어놓은 벽돌 같단 말이다. 겉모양새는 제법 그럴듯하게 갖추어져 있지만 물과 불의 단련을 받지 못했으니, 비가 한바탕 퍼붓고 나면 영락없이 허물어지고 만다는 말이다."

"하면 그것 역시 오래가지 못하겠군요. 안 배우겠습니다!"

"그렇다면 몸을 보양하는 방법을 가르쳐주마. 이것은 음기를 얻어서 양기를 보충할 수 있는 여러 가지 비방(秘方)을 배우는 것이다."

"비방을 익히면 오래오래 살 수 있단 말씀입니까?"

"그런 비방을 써서 장수하기를 바란다는 것은 '물속의 달을 건져내기'나 다를 바 없지!"

"사부님, '물속의 달 건져내기'란 게 또 뭡니까?"

"달은 허공에 떠 있고, 물 위에 뜬 것은 달 그림자뿐이다. 달 그림자는 눈에 보이기는 해도 손으로 움켜잡거나 건져 올릴 수야 없는 법, 그러니까 그것도 헛수고란 말이다."

"안 배우겠습니다! 안 배워요!"

이래저래 실망한 손오공이 악을 쓰다시피 대꾸하자, 수보리 조사는 "고얀 놈!" 하고 호통치며 손에 들고 있던 막대기로 오공의 머리통을 세 번 때리더니 뒷짐 지고 안채로 들어가 중문을 꽝 닫아걸었다.

강론을 듣다 만 동료 제자들이 손오공을 원망하고 꾸짖었으나, 영리한 이 원숭이 임금은 그저 말없이 싱글벙글 웃고만 있었다. 왜냐하면 스승이 남모르게 낸 수수께끼를 혼자 풀었기 때문이다. 수보리 조사가 머리통을 세 번 때린 것은 그더러 한밤중 삼경(三更, 23~01시)을 명심하란 뜻이요, 뒷짐 지고 안채로 들어가 중문을 걸어 닫은 것은 그더러 뒷문으로 살그머니 들어오면 남의 눈에 띄지 않는 곳에서 은밀히 장생불사의 도술을 가르쳐주겠다는 암시였던 것이다.

그날 밤 손오공은 남들이 잠든 틈에 살그머니 일어나 옷을 찾아 입고 빠져나와 스승이 거처하는 뒤채 문 밖에 이르렀다.

과연 굳게 닫혔던 문짝이 절반쯤 열려 있어, 그는 살금살금 방 안으로 들어갔다. 그리고 스승이 잠든 침대 머리맡에 무릎 꿇고 조용히 기다렸다.

이윽고 수보리 조사가 깨어나는 기척이 들리자, 손오공은 냉큼 여쭈었다.

"사부님! 제가 진작부터 여기 와 있습니다."

수보리 조사는 그 목소리를 알아듣고 버럭 호통쳐 꾸짖었다.

"잠은 자지 않고 여기에는 무엇 하러 왔느냐?"

"사부님께서 낮에 저더러 '삼경 때 남모르게 뒷문으로 들어오너라, 그럼 도술을 전해주마' 하시지 않았습니까? 그래서 이렇게 와 있는 겁니다."

수보리 조사는 속으로 감탄을 금치 못했다. 이 녀석이 과연 하늘과 땅이 낳아준 놈답게 영리해서 그 어려운 수수께끼를 풀어낸 것이다.

"네게 연분이 닿아서 나 역시 기쁘구나. 어차피 수수께끼를 풀어냈으니, 죽지 않고 길이 살 수 있는 오묘한 도리를 가르쳐주마. 이리 가까이 와서 듣거라."

이윽고 수보리 조사는 침대 머리맡에 무릎 꿇은 제자에게 소곤소곤 불로장생의 도리를 가르쳐주기 시작했다.

동틀 무렵, 스승이 일러준 비결을 가슴속에 단단히 새긴 손오공은 스승에게 깊이 감사드리고 뒤채 문을 나섰다. 그리고 다음 날부터 남몰래 그 비밀을 간직한 채 날마다 밤낮으로 혼자서 도술의 비결을 익혀 나갔다.

3년이 또 지나갔다. 이날도 수보리 조사는 강단에 올라 설법하다가 제자들 중에 손오공을 불러냈다.

"오공아, 네가 이미 근본 도리에 통달하고 기초도 튼튼히 다져서 잘되었다만, 이제는 저 무서운 '세 가지 재앙'을 막아내야겠구나."

오공은 스승의 말뜻을 곰곰이 생각하다가 이렇게 되물었다.

"사부님, 제가 듣기로는 '도가 높고 덕이 융성하면 하늘과 더불어 수명을 같이하며, 물과 불의 재난을 뛰어넘어 온갖 질병이 생겨나지 않는다' 했습니다. 그런데 어디 또 '세 가지 재앙'이란 게 있단 말씀입니까?"

"그것은 네가 천지조화를 터득하여, 귀신이 시기하고 받아들이지 않는 데서 오는 재앙이다. 네가 비록 젊음을 지키고 수명을 늘릴 수 있다 하더라도, 오백 년 후에는 하늘이 벼락을 쳐서 너를 해칠 것이다. 그리고 다시 오백 년 후에는 하늘에서 '음화(陰火)'라는 '불의 재앙'이 내려 너를 태워 죽일 것이며, 그로부터 다시 오백 년이 지나서는 또 '바람의 재앙'이 너를 덮칠 것인데, 이 세 가지 재앙을 피하고 나면 하늘과 더불어 수명을 같이할 테지만, 피하지 못하면 그 즉시 네 오장육부는 잿더미가 되거나 뼈와 살이 모조리 녹아버려 육신 전체가 흩어지고 말 것이다."

손오공은 듣기만 해도 솜털이 곤두서고 소름이 끼쳐, 스승에게 매달렸다.

"사부님! 제발 그 무서운 재앙들을 피할 방법을 가르쳐주십쇼."

"재앙을 피하려거든 변화술법을 익혀야 한다. 변화술법에는 '천강수(天罡數)' 서른여섯 가지와 '지살수(地煞數)' 일흔두 가지가 있는데, 어느 것을 배우고 싶으냐?"

"저는 욕심 많은 원숭이라, 일흔두 가지 변화술법을 배우고 싶습니다."

"오냐, 좋다. 이리 가까이 오너라. 비결을 일러줄 테니까."

수보리 조사는 오공의 귓전에 대고 무엇인가 모를 비결을 소곤소곤 일러주었다. 손오공으로 말하자면 영리하기 짝이 없는 원숭이 임금이라, 한 가지를 배우면 백 가지를 깨쳐, 입으로 전해 받은 비결을 익히기가 무섭게 일흔두 가지의 변화술법을 모조리 터득해냈다.

어느 날, 수보리 조사는 제자들과 함께 삼성동 앞에 나와서 저녁 경치를 구경하다가 문득 손오공을 돌아보고 물었다.

"오공아, 아직 도술을 다 익히지 못했느냐?"

손오공이 자신 있게 대답했다.

"예, 도술을 완전히 몸에 익히고, 구름을 타고 날아다닐 줄도 알게 되었습니다."

"그럼 어디 한번 날아보려무나."

손오공은 재주를 뽐내볼 요량으로 몸뚱이를 훌쩍 솟구치더니, 허공에서 공중제비를 몇 바퀴 돌아 구름을 잡아타고 밥 한 끼 먹을 동안에 왕복 3리나 되는 거리를 날아갔다가 돌아와 스승 앞에 자랑스럽게 내려섰다.

그러자 수보리 조사가 껄껄껄 웃음보를 터뜨렸다.

"그 정도 가지고 구름을 탔다고 할 수 있겠느냐. 신선이 구름을 타면 하루 동안에 동서남북 바깥세상을 두루 편력하고 돌아와야 구름을 탈 줄 안다고 할 것이다."

이 말씀에 손오공은 혀를 내두르면서 스승에게 간청했다.

"사부님, 이왕 모든 걸 가르쳐주신 바에야 구름 타는 법까지 가르쳐주십쇼. 옛말에 '남을 도와주기로 했거든 끝까지 도와야 한다'고 하지 않았습니까."

"오냐, 알겠다. 그럼 잘 듣거라. 신선이 구름을 탈 때는 두 발로 땅바닥을 박차고 뛰어오르지만, 너는 공중제비를 몇 바퀴 돌아서 구름 위에 뛰어오르더구나. 그 도약 자세를 써서 '근두운(觔斗雲)' 타는 법을 가르쳐주마."

수보리 조사는 그에게 다시 한 가지 비결을 일러주고 나서 이렇게 덧붙였다.

"이 구름을 타면 공중제비 한 바퀴 도는 사이에 십만 팔천 리나 되는 거리를 날아가게 될 것이다."

그날 밤, 손오공은 정신을 집중하여 술법을 연마한 끝에 근두운을 자유자재로 탈 줄 알게 되어, 이튿날부터는 세상천지 어디나 가고 싶은 대로 떠돌아다니면서 장생불사의 즐거운 나날을 한껏 누렸다.

어느덧 봄이 가고 여름이 왔다. 하루는 손오공이 동료 제자들과 함께 나무 그늘 밑에서 공부를 하고 있었는데, 사형들이 그를 충동질하기 시작했다.

"여보게 오공, 지난번에 사부님께서 자네한테만 귓속말로 변화술법을 가르쳐주셨는데, 어디 우리한테 그 재주를 한번 보여주지 그래."

그 말을 듣자, 손오공도 신바람이 나서 사형들 앞에 자랑하고 싶었다.

"뭐든지 말씀만 하시구려. 뭘로 변해 보일까요?"

"소나무로 변해봐라!"

손오공은 즉석에서 중얼중얼 진언(眞言)을 외우며 몸을 한 번 꿈틀하고 흔들어댔다. 그러자 손오공의 몸뚱이는 어느 틈에 한 그루 소나무가 되어 있었다.

동료 제자들은 그 천연덕스러운 변신술법을 보고 손뼉을 쳐가며 웃어댔다. 한바탕 시끄러운 소동이 벌어지자, 그 바람에 놀란 수보리 조사가 뛰어나와 제자들을 호통쳐 꾸짖었다.

"이 못된 놈들! 공부하는 사람이 함부로 입을 열면 정신력이 흐트러지고, 혓바닥을 놀리는 만큼 다툼이 생기는 법인데, 이게 어디 수행하는 자가 할 짓이냐!"

스승의 엄한 꾸지람에, 제자들은 송구스러움을 이기지 못하고 변명했다.

"손오공이 둔갑술을 할 줄 안다 하기에, 장난삼아 소나무로 변신해보라고 했더니 과연 소나무로 변신했습니다. 그래서 저희들이 박수갈채를 보내며 칭찬하던 중이었습니다. 용서해주십시오."

"모두들 저만치 물러가 있고, 오공은 이리 오너라!"

수보리 조사는 손오공을 앞에 불러 세워놓고 무섭게 꾸짖었다.

"네놈이 뭐라고 잘난 체하는 거냐? 남에게 그런 재주가 있으면 너도 배우고 싶겠지? 반대로 네놈에게 그런 재주가 있는 걸 남들이 보면 필경 가르쳐달라고 너한테 졸라댈 테고, 또 네놈이 가르쳐주지 않으면 저들이 앙심을 품고 너를 해코지하려 들 터이니, 그래서야 네 목숨이 어떻게 될지 누가 알겠느냐!"

"그저 잘못했습니다! 용서해주십쇼."

"벌은 주지 않겠다. 그 대신 여기서 떠나거라!"

스승의 입에서 추방령이 떨어졌으니 이를 어쩌랴! 손오공은 눈물을 펑펑 쏟으면서 빌었다.

"사부님, 제발 한 번만 용서해주십쇼! 저더러 어디로 떠나란 말씀입니까?"

"네가 어디서 왔느냐? 있던 곳으로 되돌아가면 그만 아니냐!"

스승의 태도를 보아하니 막무가내라, 손오공은 할 수 없이 수보리 조사에게 큰절로 사례하고 동료 제자들과 작별 인사를 나누었다. 그리고 10년 동안 정든 사월삼성동을 떠나 근두운을 일으켜 타고 쏜살같이 동승신주 화과산을 향해 날아갔다.

겨우 한 시진(2시간)도 못 되어, 벌써 눈에 익은 화과산 수렴동이 바라보이자, 원숭이 임금은 깊은 감회를 못 이겨 나지막한 목소리로 시 한 수를 읊었다.

떠날 때는 평범한 육신이라, 태산처럼 무겁더니,

도를 얻은 몸뚱이는 가볍고도 거뜬해졌네.

저 옛날 망망대해 건널 때는 파도 쳐서 나아가기 어렵더니,

오늘 돌아오는 길이 어찌 이리 쉽기만 할꼬.

작별 인사 나누던 목소리 아직도 귀에 쟁쟁한데,

어느 세월에야 고향 땅을 다시 보랴 기약했던고.

손오공은 근두운을 낮추어 곧바로 화과산에 내려섰다.

"얘들아, 내가 왔다!"

그러자 낭떠러지 아래 갈라진 바위틈과 꽃나무 풀섶, 나무숲 속에서 크고 작은 원숭이 수만 마리가 한꺼번에 쏟아져 나오더니, 미후왕

을 에워싸고 절하며 하소연을 했다.

"우리 대왕님, 무심도 하시지! 어쩌면 저희를 내버려두고 그토록 오래 안 돌아오실 수 있단 말입니까? 요즈음 어디선가 혼세마왕이란 사나운 요괴 한 마리가 나타나 우리들을 마구 들볶고 있는 형편입니다. 저희도 맞서 싸웠습니다만, 그놈에게 재산과 어린 자식들을 숱하게 빼앗기고 말았습니다. 몇 해만 더 늦게 오셨더라면 저희들은 물론 이 수렴동마저 빼앗기고 말았을 것입니다."

손오공은 그 말을 듣더니 속으로 크게 노하여 물었다.

"혼세마왕이라니, 도대체 어디 사는 괴물이냐?"

"북쪽 어딘가에 살고 있다 하는데, 그놈이 바람과 함께 나타나고 안개에 휩쓸려 사라지는 터라, 얼마나 먼 곳에 사는지 모르겠습니다."

"오냐, 내 당장 그놈을 찾아가서 원수를 갚아줄 테니, 두려워하지 말고 여기서 기다려라."

이 말 한마디 남겨놓은 손오공이 그 자리에서 훌쩍 허공으로 뛰어오르더니 곤두박질 한번 쳐서 북쪽으로 날아갔다.

손오공이 요괴의 소굴을 찾아 두리번거리자니, 어디선가 인기척이 들려오고 낭떠러지 밑에 동굴이 하나 보였다. 그곳이 혼세마왕의 소굴이었다. 손오공은 동굴 문 앞에서 새끼 요괴 몇 마리를 발견하고 냅다 호통쳐 말했다.

"이놈들, 너희 두목에게 내 말을 전해라! 나는 화과산 수렴동 주인이시다. 혼세마왕인가 뭔가 하는 놈이 우리 아이들을 들볶았다 하기에 찾아왔으니, 그놈더러 나와서 나하고 한판 겨뤄보자고 해라!"

새끼 요괴들은 그 말을 듣고 횡하니 동굴 안으로 들어가 보고했다.

"큰일 났습니다! 화과산 수렴동 주인이라는 원숭이 한 마리가 밖에 찾아와서 대왕님과 한판 겨뤄보자고 합니다."

마왕이 껄껄 웃으면서 물었다.

"내 일찍이 원숭이 요정들에게서 그놈들의 임금이 도술을 닦으러 출가했다는 말을 들었는데, 이제야 돌아온 모양이로구나. 오냐, 좋다. 내 갑옷 투구하고 병기를 가져오너라!"

이윽고 마왕은 졸개들이 꺼내온 갑옷과 투구를 걸치고 손에 커다란 칼 한 자루를 거머쥐더니 부하들을 거느리고 동굴 바깥으로 나갔다.

"수렴동 주인이란 게 어떤 놈이냐?"

손오공이 바라보니, 과연 생김새나 차림새가 엄청나게 사나운 마왕이다. 허리 둘레만도 열 발이나 되고 키는 30척이나 되어 보이며, 머리에 쓴 검정빛 무쇠 투구가 햇볕에 번쩍거리는가 하면 몸에 걸친 검정 비단 적삼 자락이 바람결에 나부끼는데, 아랫도리에는 검은 철갑옷을 두르고, 큰 칼 한 자루에 시퍼런 칼날을 번뜩이는 품이 과연 무시무시하기 짝이 없다.

마왕은 손오공의 생김새를 뜯어보고 코웃음을 쳤다.

"호호호! 네놈이 나하고 승부를 겨뤄보자고? 넉 자도 못 되는 난쟁이 키에 병기 하나도 없는 녀석이 뭘 믿고 찾아와서 망발을 떠는 게냐?"

"내 몸집이 작고 병기 하나 없다고 얕잡아본다만, 내 이 두 주먹맛을 한번 보면 생각이 달라질 게다!"

"네놈이 주먹을 쓰겠다는데 나는 칼을 쓴다면 남의 웃음거리밖에 안 되겠지. 나도 이 칼을 놓고 주먹으로 맞상대를 해주마!"

이윽고 칼을 내던진 마왕과 한판 주먹질 싸움이 벌어졌다. 하지만 고추는 작을수록 매운 법, 팔뚝 긴 녀석은 빈틈이 많고 허술한 반면, 짧은 팔뚝의 주먹은 겨냥이 정확하고 야무지기 짝이 없어, 마왕은 손오공의 호된 주먹질과 쥐어박기에 닥치는 대로 얻어맞고 걷어채여 벌써 몇 차례나 자빠지고 곤두박질쳤다. 마왕은 안 되겠다 싶었는지 내던졌던 큰 칼을 도로 집어 들고 손오공을 겨냥해서 있는 힘껏 내리찍었다.

칼날을 슬쩍 피한 손오공은 상대방의 기세가 갈수록 사나워지는 것을 보고, 즉시 '신외신(身外身)'이라는 술법을 쓰기로 작정했다. 그는 제 몸에서 솜털 한 움큼을 뽑아 입에 넣고 씹은 다음, 허공에 대고 확 뿜어냈다.

"변해라!"

호령 한마디에, 솜털은 그 자리에서 이삼백 마리나 되는 새끼 원숭이로 변하더니, 한꺼번에 마왕에게 덤벼들었다.

새끼 원숭이들은 눈치가 빠른 데다 뜀박질도 잘해, 아무리 칼질을 해도 요리조리 피하면서 틈만 보이면 뚫고 들어가, 마왕을 에워싸 껴안는 놈에 잡아당기는 놈, 발목을 걸어 고꾸라뜨리는가 하면 발길질로 걷어차는 놈, 털을 잡아 뜯는 놈에 눈알을 후비는 놈, 콧구멍을 쑤셔대는 놈, 그리고 마지막에는 여럿이서 떠메 가지고 냅다 자빠뜨리기까지 했다.

"저리들 비켜라!"

마왕의 손아귀에서 큰 칼을 빼앗아 든 손오공이 새끼 원숭이들을 헤쳐놓고 달려들더니, 그놈의 정수리를 겨누어 단칼에 두 토막을 내버리고 말았다. 이어서 그는 새끼 원숭이 떼를 거느리고 동굴 안으로 쳐들어가 크고 작은 요정들을 깡그리 소탕해버린 다음, 몸을 흔들어 새끼 원숭이로 변했던 터럭을 모조리 거두어들였다.

그는 마왕의 소굴에 불을 질러 순식간에 한줌 잿더미로 만들어버린 다음, 돌개바람을 일으켜 붙잡혀 갔던 원숭이 떼를 모두 데리고 화과산으로 날아갔다.

수렴동에서 기다리고 있던 부하 원숭이들은 술과 과일 안주를 차려 내다가 위로와 축하의 잔치를 벌였다. 그들은 임금이 하늘과 더불어 수명을 같이할 수 있는 술법을 배워왔다는 말을 듣고 또 손오공이라는 이름까지 얻었다는 말에 모두들 기뻐 날뛰었다. 이제부터 자기네들도 자손 대대로 손씨 성을 가지게 되어 기뻐한 것이다.

2. 여의봉, 그리고 생사부

고향에 돌아와 혼세마왕을 무찌른 다음부터, 손오공은 날마다 무예 닦기에 열중했다. 부하 원숭이들도 죽창과 목검을 만들어 군사 훈련을 하면서 나날을 보냈다.

하지만 대나무 창, 나무칼 따위로는 외부에서 쳐들어올지도 모를 인간들이나 사나운 들짐승의 습격을 막아내기 어렵다는 것을 느끼고 부하들과 상의했다.

"아무래도 날카로운 쇠붙이 무기를 손에 넣어야 진짜 싸움을 할 수 있겠는데, 어쩌면 좋겠느냐?"

이때 부하들 가운데 늙은 원숭이 네 마리가 앞으로 나와서 아뢰었다.

"이 화과산 동쪽 이백 리쯤 되는 바다 건너편에 오래국이 있습니다. 그 나라에는 군대와 백성들이 많으므로, 쇠붙이를 다루는 대장간도 있을 것입니다. 대왕께서 그 나라에 가셔서 무기를 사들이거나 만들게 하여 저희들을 무장시켜주신다면, 이 산채를 길이길이 지킬 수 있게 될 것입니다."

손오공은 이 말을 듣자, 즉시 근두운을 일으켜 타고 2백 리 바닷길을 눈 깜짝할 사이에 건너갔다. 공중에서 내려다보니 과연 으리으리한 도성에 길거리마다 오가는 사람들이 득시글거렸다. 그는 이만한 규모의 도시라면 반드시 만들어놓은 병기가 있으리라 생각하고, 신통력을 써서 숨 한 모금 들이켰다가 훅! 하고 내뿜었다.

한 모금의 숨결은 삽시간에 사나운 돌개바람으로 바뀌어 도성 안에 세찬 모래먼지를 흩날리기 시작했다. 갑작스런 모래바람에 놀란 사람들은 임금이나 벼슬아치나 장터의 백성 할 것 없이 허둥지둥 집 안으로 쫓겨 들어가, 흥청거리던 도성이 순식간에 텅 비게 되었다.

그제야 손오공은 구름을 낮추어 곧바로 대궐 병기고를 찾아 들어갔다. 그곳에는 칼과 창, 도끼, 큰 낫, 채찍, 쇠갈퀴, 도리깨, 네모난 구리몽둥이, 작살 창, 활과 쇠뇌 등등 온갖 종류의 무기들이 가득 차 있었다. 이를 본 손오공은 분신술법을 써서 몸에 붙은 터럭으로 수천 마리나 되는 새끼 원숭이 떼를 만들어 손에 닥치는 대로 병기를 꺼내고 돌개바람을 일으킨 뒤에 그들을 휘몰아 끌고 화과산으로 돌아왔다.

"얘들아, 모두들 이리 와서 병기를 가져가거라!"

미후왕의 말 한마디에, 부하 원숭이들은 들판에 쌓아놓은 병기 더미에 달려들어 손에 맞는 병기를 하나씩 골라 잡고 무장을 갖추었다. 이윽고 4만 7천여 마리나 되는 무장한 원숭이 떼가 환호하는 소리에 화과산 일대의 괴물과 들짐승이 모두 놀라 떨고, 72군데의 동굴 속에 살던 크고 작은 요괴 마귀의 우두머리들조차 겁먹은 나머지 손오공 앞에 굴복하고 그를 대왕으로 떠받들기에 이르렀다.

이렇듯 부하 원숭이들은 무장을 갖추고 군사 훈련을 하느라 바쁜 나날을 보냈으나, 정작 손오공은 손에 맞는 무기가 없어 불만이었다. 혼세마왕에게서 빼앗아온 칼은 크기만 하고 둔해서 쓸모가 없었기 때문이다.

그 기색을 보고, 늙은 원숭이 네 마리가 다시 앞으로 나와서 아뢰었다.

"대왕께서는 물속에도 들어가실 수 있습니까?"

손오공은 자신 있게 대답했다.

"그야 물론이지! 나는 일흔두 가지 변화술법을 익혀 둔갑술은 말할 것도 없거니와, 하늘에 오르려면 허공에 길이 트이고, 땅속이나 물속 어디든지 마음먹는 대로 들어갈 수 있다. 물도 나를 빠뜨려 죽이지 못하고 불도 나를 태워 죽이지 못하는데, 이런 내가 어디엔들 못 가겠느냐?"

"그럼 됐습니다. 이 철판교 아래 물길이 동해 바다 용궁으로 통하는데, 그곳 용왕을 찾아가셔서 무기로 쓸 만한 것을 하나 달라고 청해 보십쇼. 용궁에는 없는 보배가 없다고 하지 않습니까?"

"오냐, 좋은 말이다! 그럼 내 다녀오마!"

말을 마치기가 무섭게, 원숭이 임금은 다리 위에서 훌쩍 뛰어내리더니 물에 젖지 않는 술법을 써서 물속을 뚫고 들어갔다. 그러자 물살이 저절로 갈라지면서 동해 바다 해저로 통하는 길이 열렸다. 한참 가고 있으려니, 바다 순찰을 돌고 있던 야차(夜叉) 한 녀석과 맞닥뜨렸다.

"나는 저절로 태어난 신선으로 화과산에 살고 있는 손오공이다. 너희 주인 되는 용왕과 이웃지간이라 찾아왔으니, 어서 가서 알려라!"

순찰 야차는 냉큼 수정궁(水晶宮)으로 달려가 용왕에게 이 사실을 보고했다. 동해 용왕 오광(敖廣)은 즉시 자손들과 새우 졸병, 게 장군 한 패거리를 이끌고 부랴부랴 영접하러 나갔다.

"이웃 신선께서 왕림하시다니, 어서 들어오십시오!"

손오공은 용왕이 권하는 대로 차 대접을 받고 나서 찾아온 용건을 밝혔다.

"소생은 요즈음 부하들에게 군사 훈련을 시켜 산채를 지키고 있습니다만, 소생이 쓸 만한 병기가 없어 걱정입니다. 소문에 듣자니, 이 용궁에 신통한 병기가 많다 하기에, 한 자루 얻어 쓸까 해서 찾아왔소이다."

말투를 들어보니 딱 잡아떼고 거절한다 해서 곱게 물러갈 손님이 아니다. 용왕은 할 수 없이 쏘가리 도사를 시켜 긴 자루의 큼직한 칼 한 자루를 꺼내다 바치게 했다. 그러나 손오공은 큰 칼을 보더니 도리질을 했다.

"이 손 선생은 칼을 쓸 줄 모르오. 미안하지만 다른 것을 하나 주시지요."

용왕은 다시 우럭 대위를 시켜 아홉 날이 달린 3천6백 근짜리 무게의 작살을 떠메다 바쳤다. 하지만 손오공은 작살을 몇 차례 휘둘러보더니, 가벼워서 못 쓰겠다고 투정을 부렸다.

겁이 더럭 난 동해 용왕은 이번에는 방어 제독과 잉어 총병을 시켜 삼지창 한 자루를 떠메어 오게 했다. 그 창은 무게만도 7천2백 근이나 되는 중병기였으나, 손오공은 또 몇 번 휘둘러보다가 궁궐 바닥에 푹 찔러놓고 고개를 가로저었다.

"역시 가벼워서 안 되겠는걸! 너무 가벼워 쓸모가 없군요."

이 말을 듣고 용왕은 가슴이 뜨끔해졌다.

"아니, 신선 어른. 우리 용궁에서 제일 무거운 병기가 바로 이 창입니다. 이것보다 더 무거운 병기는 없습니다."

손오공이 껄껄껄 웃었다.

"하하! 옛날 속담에 '바다 용궁에는 없는 것이 없다' 하지 않았습니까? 다시 들어가 찾아보게 하시죠."

"정말 이게 전부입니다. 그 이상은 없다니까요."

이래저래 옥신각신 말다툼을 하고 있는데, 용왕의 왕비가 슬쩍 지나치면서 귀띔을 해주었다.

"대왕, 저 손님은 보통 어른이 아닌 듯싶습니다. 우리 바다 창고에 비장해둔 보물 가운데 옛날 은하수 강바닥을 다질 때 썼다는 진귀한 철봉이 있지 않습니까. 그것이 요 며칠 전부터 햇무리 같은 광채를 쏟아내고 상서로운 기운이 감돌기 시작했는데, 아마 저 손님과 연분이 닿아서 그런지도 모르겠습니다."

용왕은 아내의 말대로 손오공을 데리고 바다 보물창고로 갔다. 창고 안에 들어서니 과연 금빛 광채가 줄기줄기 뻗어 나오는데, 그것은 굵기가 어림잡아 열 되들이 됫박만 하고 길이가 20척을 훨씬 넘는 거대한 쇠기둥이었다. 손오공은 그것을 힘껏 쳐들어보더니 고개를 갸우뚱하며 혼잣말로 중얼거렸다.

"그것 참, 무게는 괜찮은데 너무 굵구먼. 좀 가늘고 짧았으면 쓸 만하겠어!"

그러자 신통하게도 쇠기둥이 당장 두세 척쯤 짧아지고 굵기도 가늘어지는 것이 아닌가! 오공은 이것 봐라 싶어 또 한 번 중얼거렸다.

"좀더 짧고 가늘면 좋겠는데!"

그랬더니 이번에도 그 말대로 되었다. 손오공은 기뻐 어쩔 줄 모르면서 그 철봉을 들고 창고에서 나왔다. 바깥에 나와 자세히 살펴보니, 철봉 위아래 양 끝머리에는 금빛 테가 씌워져 있고, 철봉대는 먹물보다 더 시커먼 검정빛 쇠로 만들어졌다. 단단하게 조여진 금테 바로 밑에는 글씨 한 줄이 아로새겨졌는데, '무게 1만 3천5백 근, 여의금고봉(如意金箍棒)'이라 적혀 있었다.

손오공의 기쁨은 말할 수 없이 컸다. 신바람이 날 대로 난 손오공은 여의봉을 제멋대로 늘였다 줄였다 하면서, 바람개비 돌리듯 마구 휘두르고 춤추어가며 수정궁으로 돌아왔다. 그 무시무시한 기세에 얼마나 놀랐던지, 늙은 용왕은 간이 콩알만 해지고 용왕의 아들 손자들은 혼비백산을 해서 도망치는가 하면, 바다거북, 자라, 상어 떼는 목을 바짝 움츠리고, 물고기와 새우, 바닷게들은 모조리 꽁무니를 도사리고 숨어들었다.

한데, 이 왁살스러운 손님은 용왕에게 또 다른 요구를 내놓았다.

"하하! 이웃지간에 좋은 선물을 주셔서 고맙소이다. 이 쇠몽둥이가 쓸 만하기는 하나, 또 한 가지 부탁드릴 게 있소이다."

용왕은 가슴이 덜컥 내려앉았다.

"하실 말씀이 또 있단 말입니까?"

"이 물건을 손에 잡고 보니 몸에 걸칠 것이 없어 유감이구려. 그러니 갑옷 투구도 한 벌 선사해주시지 않겠소?"

"갑옷이나 투구 같은 것은 여기 없습니다."

용왕이 딱 잡아뗐으나, 손님은 막무가내다.

"속담에도 '손님이 한 주인집을 찾으면 다른 주인을 찾지 않는다' 하지 않았습니까? 없다고 뻗대신다면, 나도 이 댁 문턱을 한 발짝도 나서지 않을 테니까 알아서 하십쇼."

"정말 여기에는 없습니다. 번거로우시겠지만 다른 바다에나 찾아가보시지요."

"속담에 '세 집을 돌아다니기보다 한 집에 눌러앉아 버티는 게 낫다'고 했소. 정말 없다면, 당신한테 내 이 쇠몽둥이를 한번 써보아야겠군!"

"어이쿠, 제발 손찌검은 하지 마십쇼! 가만있자, 내 아우가 사는 곳에 있거든 한 벌 얻어드리리다."

"아우님이 어디 살고 계시는지?"

"남해, 북해, 서해 용왕이 모두 내 아우들이오."

"흠흠, 이 손 선생더러 그 세 군데를 돌아다니라고? 난 안 가겠소! 속담에 '외상 돈 석 냥보다 맞돈 두 냥이 더 낫다' 했으니 여기서 한 벌 내주시구려."

"직접 가실 필요는 없습니다. 여기서 북과 종을 울리면 아우들이 금방 이리로 달려올 테니까요."

이윽고 얼마 안 있어 종소리 북소리에 놀란 세 바다 용왕들이 달려왔다.

동해 용왕은 세 아우들에게 자초지종을 설명한 다음, 갑옷과 투구가 있거든 내놓으라고 간청했다. 세 용왕은 이것저것 따져본 끝에 우선 요구하는 것을 마련해주어 떠나보낸 다음, 옥황상제에게 아뢰어

천벌을 내리게 하기로 합의했다.

이리하여, 세 용왕들은 가지고 있던 황금사슬 갑옷과 봉황의 깃으로 장식한 투구 한 벌을 추렴해서 손오공에게 넘겨주었다.

그제야 마음이 흡족해진 손오공은, 갑옷 걸치고 투구 쓰고 신발을 꿰어 신더니 '너무 번거롭게 굴어 미안하다'는 소리 한마디 남겨놓고 동해 용궁을 떠나갔다.

골치 아픈 손님이 떠나자, 사해 용왕들은 울분을 터뜨리면서 하늘의 옥황상제에게 보고할 문서를 쓰기 시작했다.

용궁에서 빠져나온 손오공은 금빛 찬란한 갑옷을 번쩍거리며 기세 좋게 물살을 가르고 수렴동으로 돌아왔다. 그는 임금의 보좌에 높이 오르더니 들고 있던 여의봉을 마당 한복판에 던져 꽂았다.

그것을 본 부하 원숭이들이 한꺼번에 덤벼들어 뽑으려 하였으나, 그야말로 잠자리가 무쇠 기둥 흔드는 격이라 움쭉달싹도 하지 않았다. 원숭이들은 손가락을 깨물거나 혀를 내두르면서 찬탄을 금치 못했다.

"이처럼 무거운 것을 어떻게 들고 오셨습니까?"

"그러니까 '물건에는 임자가 따로 있다' 하지 않더냐."

미후왕 손오공은 철봉을 가볍게 뽑아 잡고 웃으며 용궁에서 일어났던 일들을 낱낱이 말해준 다음, 여의봉을 수놓는 바늘만큼 작게 만들어 귓속에 집어넣기도 하고 20척 길이나 되게 늘여 보이기도 했다. 신통력을 써서, 몸뚱이가 10만 척이나 되게 늘어나고 머리통이 태산처럼 커지자, 여의봉 역시 늘어나 까마득히 하늘 위에 닿을 만큼 길어졌다.

　본래의 모습으로 돌아온 손오공은 온갖 진수성찬을 차려놓고 요괴 마왕들과 잔치를 베풀어, 그날 하루해가 저물도록 즐겼다.

　사기가 오를 대로 오른 부하 원숭이들은 그 후에도 예전처럼 군사 훈련을 계속했다. 미후왕 손오공은 여러 차례 조언을 해준 네 마리의 늙은 원숭이들에게 장수의 직함을 내려 측근 심복으로 삼고 모든 군사 업무를 나누어 맡겼다.

　이렇듯 무거운 짐을 떨쳐버리고 나서, 자신은 날이면 날마다 구름을 타고 사방 천하를 떠돌아다니며 무예를 닦고 영웅호걸을 두루 찾아 신통력을 겨루어 좋은 벗들을 널리 사귀었다. 거대한 들소의 요정 우마왕(牛魔王)을 비롯하여, 구렁이의 요정, 거대한 독수리의 요정, 사자의 요정, 또 다른 원숭이의 요정 등 여섯 맹수들의 우두머리와 만나 의형제를 맺은 것도 이때의 일이었다.

　이들 일곱 마왕 의형제는 날마다 돌아가며 술자리를 베풀어 먹고 마시면서 무예를 논하고 춤추고 즐기면서 끝없는 쾌락에 잠겨 세월을 보냈다.

　그날도 손오공은 잔칫상을 벌여놓고 여섯 마왕들과 취할 때까지 즐기다가 모두 떠나보낸 뒤에, 자신은 철판교 난간 소나무 그늘 밑에 기대어 졸다가 그만 깜빡 잠이 들었다.

　꿈속에서, 미후왕은 두 사람이 영장(令狀)을 손에 들고 나타나는 것을 보았다. 그 영장에는 '손오공'이란 이름 석 자가 씌어 있었다. 두 사람은 손오공에게 다가오더니 다짜고짜 그의 혼령을 잡아 묶어 가지고 끌고 가기 시작했다. 술 취한 손오공의 넋은 이리 비틀 저리 비틀 사나운 손길이 잡아끄는 대로 끌려가다가, 어느 성채 아래에 다다라서야 겨우 술이 깨었다. 고개를 들고 올려다보니, 성문 누각 위에 쇠로 만든 팻말이 하나 걸렸는데, 거기에 '유명계(幽冥界)'란 세 글자가 큼지막하게 씌어 있었다.

손오공은 정신이 번쩍 들었다. '유명계'라면 염라대왕이 살고 있는 저승 세계 아닌가? 그러고 보니 두 사람은 저승사자가 분명했다.

"너는 이승에서 수명이 다하였으므로 잡아가는 길이다."

저승사자의 말을 듣고, 원숭이 임금은 화가 불끈 치밀어 호통을 쳤다.

"이런 괘씸한 놈들 봤나! 이 손 선생으로 말할 것 같으면 과거, 현재, 미래를 초탈한 신선이라 저승 세계의 간섭을 받을 턱이 없으신 몸인데, 어딜 감히 날 잡으러 왔단 말이냐? 어림없는 수작들 말아라!"

분통이 터진 원숭이 임금님이 귓속에 감추어두었던 여의봉을 꺼내더니, 바람결에 흔들어 굵다랗게 만들어 가지고 번쩍 쳐들기가 무섭게 저승사자들을 겨누고 한 대씩 후려갈겨 단숨에 때려눕히고 말았다. 그러고도 분이 안 풀려 무거운 철봉을 바람개비 돌리듯 마구 휘둘러가며 염라전으로 쳐들어갔다.

그 무시무시한 기세에 성문을 지키고 있던 쇠머리 말머리 귀신 졸개들은 혼비백산을 하도록 놀라 허겁지겁 달아났다. 졸개들은 궁전에 뛰어올라 급보를 전했다.

"대왕님들, 큰일 났습니다! 성 밖에 웬 놈의 털북숭이 원숭이 하나가 무섭게 쳐들어오고 있습니다!"

저승 세계를 다스리고 있는 임금은 염라대왕을 비롯하여 모두 열

사람이었다. 그들은 이 말을 듣고 깜짝 놀라 부리나케 달려 나오다가, 손오공의 흉악한 기세를 보고 엉거주춤하니 그 자리에 멈춰 섰다.

"그대는 뉘시오? 이름부터 밝히시오!"

"내가 누군지도 모르는 놈이 어떻게 저승사자를 시켜 날 잡아왔느냐?"

손오공의 호통에, 저승 세계 임금들이 찔끔해서 얼른 둘러댔다.

"아니오, 아냐! 아마도 저승사자를 잘못 보낸 모양이외다."

"명색이 저승 세계 임금들이라면 신통한 감응력이 있을 터인데, 어찌하여 옳고 그른 것을 가리지도 못한단 말인가?"

"아마 저승사자 녀석들이 사람을 잘못 보고 잡아온 게 아닌지 모르겠소."

"흐흠, 당치도 않은 소리! 속담에 '벼슬아치가 잘못하는 일은 있어도, 심부름꾼은 실수하는 법이 없다' 했어. 허튼 수작 말고 어서 그놈의 생사부(生死簿)란 것부터 이리 내놓게!"

저승 세계 임금들은 손오공의 으름장에 질려, 즉시 뭇 생물의 목숨을 맡아보는 판관에게 생사부를 가져오게 했다. 장부 다섯 권을 낱낱이 들춰보니, 인간, 길짐승, 날짐승, 곤충, 그리고 비늘이나 껍질 달린 물고기 종류에 이르기까지 모든 생물의 수명이 기록되어 있었으나, 자기 이름은 어디에도 보이지 않았다. 그는 마지막으로 원숭이의 명부를 살펴보았다. 과연 그 장부에는 손오공의 이름과 함께 '저절로 태어난 원숭이, 342세의 수명을 다 누리고 죽기로 되었다'는 설명까지 붙어 있었다.

이것을 본 손오공은 피식 웃으며 중얼거렸다.

"나도 내 나이가 얼마인지 모르는데 누가 알 게 뭐냐? 여봐라, 붓과 먹을 가져오너라!"

판관이 냉큼 대령하자, 손오공은 붓에 시꺼먼 먹물을 듬뿍 찍더니, 자기 이름 석 자는 물론이요 원숭이 부류에 속하는 이름이 적힌 것이라면 북북 뭉개어 깡그리 지워버리고 말았다. 그리고 명부를 툭 내던져 주면서 이렇게 말했다.

“이제부터는 그대들의 간섭을 받을 까닭이 없으렷다?”

말을 마친 손오공은 여의봉을 휘두르며 의기양양하게 저승을 빠져
나왔다.

공포에 질려서 손오공의 곁에 얼씬도 못하던 열 명의 저승 임금들
은 그 길로 저승 세계 최고 통솔자인 지장보살(地藏菩薩)을 찾아뵙고,
하늘의 옥황상제에게 손오공이 저지른 사건을 아뢰도록 말씀드렸다.

한편 저승 세계 성문을 빠져나오던 손오공은 갑자기 매듭 진 풀섶
이 발목에 걸리는 바람에 털썩 고꾸라지고 말았다. 깜짝 놀라 정신을
차리고 보니 한바탕 허망한 꿈이었다.

“대왕님, 술을 얼마나 드셨기에 하룻밤 내내 여기서 주무셨습니
까?”

심복 장수 넷이 지켜 서 있다가 묻는다.

“말도 말아라! 잠든 거야 아무것도 아니다. 저승사자에게 끌려갔다
가 이제 겨우 돌아오는 길이다.”

그리고 부하들에게 저승에 가서 일으킨 소동을 얘기해주었다.

“이제 그놈의 생사부에 적힌 우리 원숭이 족속들의 이름을 모조리
지워 없앴으니, 너희들도 앞으로는 저승사자에게 붙잡혀 갈 일이 없
을 게다.”

부하 원숭이들이 좋아라 날뛴 것은 말할 나위도 없다. 그 후로, 야
생 원숭이들 가운데 늙지 않는 놈이 많아진 것은 저승의 생사부 명단
에서 이름이 지워졌기 때문이라고 한다.

한편, 하늘 높은 천궁(天宮)에 계신 옥황상제는 대궐에서 문무백관들을 소집해 조회를 열고 있었는데, 때마침 동해 용왕 오광이 상소문을 받들고 올라왔다.

옥황상제가 용왕의 상소문을 읽어보니, 대략 이런 뜻이었다.

동해 바다 물속을 다스리는 용신 오광은 옥황상제 폐하께 삼가 아뢰나이다.

근자에 화과산 수렴동에 사는 손오공이란 요망한 신선이 소신을 업신여기고 갑자기 침범하여 술법으로 위협을 가하면서 병기와 갑옷 투구를 강제로 빼앗아갔나이다. 바라옵건대 하늘의 군대를 파견하사 그 요물을 토벌하시어, 사해 바다를 태평하게 하여주소서.

뒤미처 저승 세계 10명의 임금 가운데 한 명인 진광왕(秦廣王)이 지장보살의 글월을 받들고 입궐하여, 옥황상제 앞에 바쳤다. 읽어보니 그 내용 역시 기가 막힌 것이었다.

화과산 수렴동에 사는 요망한 원숭이 손오공은 흉악스럽게도 저승 세계의 소환에 불복하고 신통력을 뽐내어 저승사자를 때려죽였을 뿐 아니오라, 제 힘을 믿고 저승의 임금들을 협박하였으며, 생사부를 강제로 빼앗아 저들 부류의 이름을 모두 지워버려, 장차 원숭이 족속들은 삶과 죽음에 구속받지 않고 수명이 늘어나게 되었나이다.

바라옵건대 폐하께서는 신병(神兵)을 파견하시어 그 요물을 굴복시켜주소서. 그리하여 생사와 음양이 돌고 도는 자연의 이치를 정돈하여,

저승 세계의 평안을 길이 유지하게 하소서.

옥황상제는 글월을 다 읽고 나서 동해 용왕과 저승 임금에게 성지를 내렸다.

"그대들은 모두 돌아가라. 짐이 하늘의 장수와 군대를 파견하여 그 요물을 잡아들이도록 하겠노라."

그들이 물러간 후, 옥황상제는 문무백관에게 물었다.

"도대체 그 요망한 놈이 언제 어디서 태어났기에 그토록 대단한 도술을 지니게 되었는가?"

옥황상제가 묻는 말씀에, 하늘의 장수들 가운데 눈이 제일 밝기로 이름난 천리안(千里眼)과 귀가 밝기로 이름난 순풍이(順風耳) 두 장수가 앞으로 나와 아뢰었다.

"그 원숭이는 삼백 년 전에 천지의 정기를 받고 저절로 태어난 돌 원숭이로서, 몇 년 전 어디선가 신선의 도술을 익혀 용을 항복시키고 범을 굴복시키는 신통력을 지니게 되었사오나, 근본을 알 수는 없나이다."

"그럼 어느 장수가 아래 세상에 내려가면 이놈을 토벌할 수 있겠는가?"

말이 미처 떨어지기 전이었다. 문관 가운데 태백금성이 선뜻 나서더니 이렇게 아뢰었다.

"폐하, 수고롭게 하늘의 군대를 동원하지 마시고, 생령을 감화시키는 자비를 베푸시어 그를 천궁으로 불러 올리시고 벼슬을 내려 이 천상에 머물러 있게 하소서."

옥황상제도 하찮은 원숭이 한 마리 때문에 군사를 출동시키는 것이 번거롭다 여겨, 태백금성의 요청을 받아들였다.

태백금성은 남천문 밖으로 나아가 구름을 타고 곧장 화과산 수렴동으로 내려갔다. 그리고 동굴 문을 지키는 졸개 원숭이들에게 이렇게 말했다.

"나는 하늘에서 옥황상제의 명을 받들고 내려온 사자다. 너희 대왕을 하늘나라에 모셔가려고 왔으니 어서 속히 알려라."

졸개들에게서 이 놀라운 소식을 듣자, 손오공은 크게 기뻐했다.

"그렇지 않아도 내 요즈음 하늘나라에 놀러 가고 싶었는데, 하늘나라 칙사가 제 발로 찾아왔구나! 어서 이리 모셔들여라!"

그리고 부리나케 옷매무새를 가다듬고 동굴 바깥으로 영접하러 나갔다. 태백금성은 원숭이 임금을 마주하고 앉아서 이렇게 말했다.

"나는 서쪽 하늘의 샛별 태백금성이오. 그대를 천상에 불러 올리라는 옥황상제의 칙서를 받들고 내려왔으니, 하늘나라에 올라 벼슬을 받도록 하시오."

"여러모로 고맙소이다!"

이윽고 원숭이 임금 손오공은 태백금성과 함께 구름을 일으켜 타고 화과산 깊숙한 골짜기를 벗어나 허공 높이 치솟았다.

옥황상제가 계신 영소보전에 다다르니, 옥으로 만든 정문에 황금 못이 박혀 번쩍이고, 세 갈래 네 갈래진 처마 끝 층층마다 용과 봉황새가 활개 치듯 날렵하게 솟구쳐 허공을 찌른다. 전당에는 궁녀가 큰 부채와 금빛 호리병을 받들고 서 있는 가운데, 무시무시한 하늘의 장수들이 사나운 기세로 둘러서고, 문무 신령들이 위엄 있게 줄지어 늘어섰다.

인간 속세에서 날뛰던 이 시골뜨기 원숭이 임금은 세상에 태어나 구경도 못한 광경에 두 눈이 휘둥그레져서 두리번거릴 따름이었다.

이윽고 태백금성이 어전에 당도하여 단상을 향해 큰절을 올렸다. 그러나 손오공은 절은커녕 뻣뻣이 선 채 옥황상제에게 인사 한마디 하지 않았다.

"손오공이란 요망한 신선이 어디 있는고?"

구슬로 만든 발 안쪽에서 옥황상제의 목소리가 울려나왔다. 그제야 손오공은 허리를 한 번 구부리고 응답했다.

"손 선생은 여기 있소."

이 소리를 듣고 여러 신령들이 깜짝 놀라 꾸짖었다.

"이런 촌뜨기 원숭이가 무례하기 짝이 없구나! 지엄하신 어전에 무릎 꿇고 엎드려 뵙지 않고, 어딜 감히 그따위 말투로 대꾸한단 말이냐? 죽어 마땅한 놈이로다!"

그러나 옥황상제가 너그럽게 신하들을 만류했다.

"저 손오공이란 자는 아래 세상의 신선이라, 예의범절을 모르는 것이 당연하다. 어디 비어 있는 관직이 있거든 임명하도록 하라."

"지금은 어마감(御馬監)에 집사 자리가 하나 비어 있을 뿐이옵니다."

"그렇다면 이자를 필마온(弼馬溫) 직분에 임명하라!"

필마온이라면 옥황상제의 마구간을 돌보는 말직이었으나, 하늘의 벼슬을 얻게 된 이 원숭이 임금은 그저 기쁘고 흐뭇하기만 해서 안내하는 별자리를 따라 어마감에 부임했다.

어수룩한 필마온 대감은 그날부터 밤낮을 가리지 않고 열심히 천마를 사육하는 일에 몰두했다. 그 덕분에 1천여 필의 준마들은 잘 먹고 잘 자라 하나같이 살이 올랐다.

이렇듯 바삐 지내는 사이에 어느덧 보름 남짓한 날짜가 지나갔다. 하루는 어마감 소속 관원들이 틈을 내어 상관의 부임을 축하하는 술자리를 벌였다.

술기운이 거나해질 무렵, 손오공은 갑자기 술잔을 내려놓고 부하들에게 물었다.

"여보게들, 내 '필마온'이란 벼슬은 얼마나 높은 건가?"

"품계는 없습지요."

부하들이 심드렁하게 대답하자, 그는 다시 물었다.

"품계가 없다니, 등급을 매길 수 없을 만큼 최고로 높단 말인가?"

그제야 부하들도 어쩔 수 없이 곧이곧대로 얘기해주었다.

"사실은 제일 낮고 변변치 못한 벼슬이라 등급에 들지도 못하는 말직입니다. 그저 옥황상제님의 말 시중을 드는 일만 하는 직분이니까요."

원숭이 임금은 슬그머니 속에서 울화가 치밀었다.

"이런 젠장! 이 손 선생을 이렇게 얕잡아보다니! 화과산에서는 대왕님, 조상님으로 떠받들어지던 나를 살살 꾀어다가 기껏 시킨다는 짓이 마구간에서 말 먹이나 주는 일이란 말인가? 괘씸한 것들! 난 그만두겠다! 그만둬! 다 때려치우고 내 살던 곳으로 돌아갈 테다!"

이를 뿌드득 갈아붙인 손오공이 음식상을 훌러덩 뒤엎어버리더니, 그 길로 남천문을 휑하니 빠져나갔다. 하늘 문을 지키던 장병들은 그가 관직을 받은 신령인 줄 아는 터라, 섣불리 막아서지 못하고 뛰쳐나가는 대로 내버려두었다.

오공은 삽시간에 화과산 상공에 이르렀다.

"애들아! 내가 돌아왔다!"

졸개들을 훈련시키고 있던 네 심복 장수와 요괴 마왕들이 그 목소리를 알아듣고 달려와 반갑게 맞아들였다.

"대왕님, 축하드립니다! 하늘나라에 올라가신 지 벌써 십여 년이 되셨는데 오늘에야 금의환향을 하셨군요."

"십여 년이라? 겨우 보름밖에 안 머물렀는데 어떻게 십여 년이 지났단 말이냐?"

"천상에 계셔서 세월 가는 줄 모르셨을 겁니다. 하늘나라에서 하루는 아래 세상에서 일 년이 된답니다. 그런데 천상에 올라가 무슨 벼슬을 받으셨습니까?"

부하들의 물음에, 손오공은 두 손을 홰홰 내저었다.

"말도 말아라! 이건 도무지 창피스러워 얼굴도 못 들겠다."

그리고 하늘나라에 올라가 벼슬이랍시고 하찮은 마구간지기로 임명되었다가 뒤엎고 내려온 일을 애기해주었다. 부하들도 사연을 듣고 임금을 위로했다.

"잘 돌아오셨습니다, 대왕님! 이렇게 훌륭한 곳에서 임금 노릇을 하고 계시는 것이 얼마나 마음 편하신 일입니까?"

이래서 위로의 잔치가 벌어졌는데, 부하 요괴들 중에서 외뿔 달린 독각귀왕이 나서서 이렇게 여쭈었다.

"대왕처럼 놀라운 신통력을 지닌 분을 한낱 비천한 마구간지기에 임명하다니, 옥황상제 노릇은 못하더라도 하늘을 다스린다는 뜻으로

'제천대성(齊天大聖)'이 되신다 한들 어떤 작자가 안 된다고 막겠습니까?"

'제천대성, 하늘을 다스리는 위대한 성인'이라……! 원숭이 임금은 그 명칭이 마음에 꼭 들어 부하들을 시켜 커다란 깃발에 이 네 글자를 써서 깃대 높이 걸어놓고, 부하들에게도 그날부터 미후왕이란 호칭 대신에 제천대성이라 부르게 하였다.

3. 제천대성, 하늘을 뒤엎다

　한편, 하늘나라에서는 일대 소동이 벌어졌다. 그 이튿날 어마감 소속 관원들이, 필마온 손오공이 벼슬이 낮다고 불평하며 자리를 박차고 뛰어나갔다는 보고에 이어, 그날 남천문을 지키고 있던 당직 장수가 입궐하여 '필마온이 아무런 사유도 밝히지 않은 채 제멋대로 하늘문을 빠져나갔다'고 아뢴 것이다.

　보고를 받은 옥황상제도 손오공의 행패를 더는 참을 수가 없어, 그 즉시 탁탑천왕과 그 셋째 아들 나타태자를 불러들여, 그날 중으로 토벌군을 이끌고 아래 세상에 내려가 요망한 원숭이를 잡아들이라는 명령을 내렸다.

　탁탑천왕과 나타태자는 선봉장 거령신과 함께 하늘의 군사들을 이끌고 출동하여 곧바로 화과산 상공에 내려섰다. 그리고 들판에 진영을 갖추기가 무섭게 선봉장을 시켜 첫 싸움을 걸게 하였다.

　거령신은 기세등등하게 큰 도끼를 휘두르며 곧장 수렴동으로 쳐들어갔다.

"이 못된 짐승들아! 냉큼 들어가서 필마온이란 놈에게 알려라! 이제 천병이 옥황상제의 명을 받아 토벌하러 내려왔으니, 어서 빨리 나와서 항복하라고 일러라!"

동굴 밖을 지키던 요괴 정령들이 말을 전하자, 원숭이 임금도 곧바로 갑옷 투구 차림에 여의봉을 꺼내 들고 부하들을 휘몰아 문밖에 나와 진을 쳤다.

"어디서 굴러먹던 잡신이냐? 냉큼 성명을 밝혀라!"

거령신이 질세라 마주 호통을 쳤다.

"이 못된 원숭이 놈아! 날 못 알아보겠느냐? 나로 말하자면 하늘 높으신 탁탑천왕의 부하로 토벌군 선봉을 맡은 거령신장이다! 속히 무장을 풀고 귀순하여, 이 화과산의 모든 짐승들이 죽는 것을 면하게 하라!"

"보잘것없는 조무래기 잡신이 주둥아리에 혓바닥 달렸다고 아무 말이나 다 하는 줄 아느냐? 내 본디 네놈을 단매에 때려죽일 것이로되, 돌아가서 보고할 녀석이 없으면 안 되겠기에 그 한 목숨 붙여줄 테니, 저 깃발에 쓰인 글자나 보고 가서 옥황상제에게 전하라! 만약 저 이름대로 벼슬을 올려준다면 가만있겠지만, 그렇지 않는다면 내 이 길로 쳐들어가서 옥황상제가 보좌에 앉아 있지 못하게 만들 것이다!"

거령신이 올려다보니, 과연 수렴동 대문 밖에 깃대 하나가 세워졌는데, 깃발에는 무엄하게도 '하늘을 다스리는 위대하신 성인'이란 글자가 큼지막하게 씌어 있었다.

기가 막히다 못해 분통이 터진 거령신은 도끼날을 춤추듯 휘두르며 달려들어 상대방을 냅다 찍어 내렸다. 원숭이 임금도 바쁠 것 하나 없다는 듯이 여의봉을 쳐들어 마주쳐 나갔다.

이리하여 수렴동 앞 벌판에서 한판 싸움이 벌어졌는데, 원숭이 임금의 술법은 변화무쌍하기 짝이 없어 철봉을 휘두르는 대로 흡사 용이 물장난하듯 여유 만만하게 상대방을 몰아붙이니, 용맹이 천상천하에 두루 떨친다는 거령신도 당최 그 적수가 못 되었다. 허공에서 두세 차례 빙빙 돌아가던 여의봉이 정수리를 겨누고 냅다 후려치자, 거령신은 황급히 도끼를 들어 가로막았으나 '우지끈!' 소리 한 번에 도낏자루가 두 동강나는 바람에, 어마 뜨거라 싶어 황급히 도망쳐 달아나고 말았다.

허겁지겁 본영으로 돌아온 거령신은 탁탑천왕 앞에 무릎 꿇고 숨 가쁘게 아뢰었다.

"필마온이란 놈은 과연 신통력이 대단하여, 이기지 못하고 돌아왔습니다."

선봉장이 패전하여 돌아오자, 탁탑천왕은 성이 나서 펄펄 뛰며 꾸짖었다.

이때 부원수 나타태자가 나서더니 이렇게 여쭈었다.

"아버님, 그 원숭이 놈의 솜씨가 얼마나 대단한지, 제가 한번 출전해보겠습니다."

허락을 받아낸 나타태자는 여섯 가지 병기로 무장을 단단히 갖춘 다음, 원숭이의 소굴을 향해 살기등등하게 달려갔다. 때마침 군사를 거두어들이던 손오공 역시 그를 발견하고 재차 전투 태세를 가다듬고 기다렸다.

"너는 또 뉘 댁 도련님인데, 내 집 문턱을 기웃거리느냐?"

"요런 발칙한 원숭이 녀석! 나는 탁탑천왕의 셋째 아드님으로, 칙명을 받들고 네놈을 잡으러 온 나타태자이시다!"

이 말을 듣고 손오공이 껄껄 너털웃음을 터뜨렸다.

"옳아, 그 철부지 태자 나리셨군! 너같이 젖내 나는 녀석은 종아리나 한대 때려야겠다만 그냥 놓아 보낼 테니, 저 깃발에 쓰인 것이나 보고 가서 옥황상제에게 말씀이나 잘 전하거라!"

"이 못된 놈의 원숭이, 네놈의 신통력이 얼마나 대단하다고 외람되게 저런 칭호를 쓰는 거냐? 우선 내 칼부터 한번 맛보거라!"

말끝이 떨어지기가 무섭게 나타태자의 몸뚱이는 당장 머리통 셋, 팔뚝 여섯 개나 달린 무시무시하고 거대한 형상으로 바뀌더니, 참요검, 감요도, 박요삭, 항요저, 수구, 화륜, 이렇게 여섯 가지 병기를 한 자루씩 갈라 잡고 손오공을 향해 종횡무진으로 치고 들어갔다.

그 끔찍한 괴물의 모습을 보자, 손오공은 속이 뜨끔하면서도 뒤질세라 외마디 호통을 질렀다.

"변해라!"

외마디 소리 한 번에, 손오공도 삽시간에 머리통 셋, 팔뚝 여섯 달린 괴물로 변하고 손에 잡고 있던 여의봉마저 세 자루로 늘어나 여섯 손아귀가 한 자루씩 두 손으로 나눠 잡고 마주쳐 나가기 시작했다.

싸움은 바야흐로 첫판부터 악전고투, 그야말로 땅이 뒤흔들리고 산악이 무너질 듯 무시무시하게 펼쳐졌다.

요물을 잡아 묶는 박요삭이란 밧줄은 날개 달린 구렁이처럼 휘감아 들고, 요괴를 짓찧는 절구공이 항요저는 승냥이의 머리통보다 더 큰

데, 홀떡 뒤채는 여의봉이 꼼수를 부려 한 가지가 천 가지로 변하고 천 가지가 만 가지로 변해 뿌리쳤다.

불덩어리 수레바퀴가 번갯불을 잡아끌어 활활 타오르고, 이리 뒹굴 저리 뒹굴 하는 공이 상대방의 보법을 흐트러뜨리면, 세 자루 여의봉이 휩쓰는 곳마다 회오리바람이 쌩쌩 불어 사면팔방을 가로막았다.

이렇듯 나타태자와 손오공은 제각기 신통력을 뽐내어 30번을 부딪쳐 싸웠다. 나타태자의 여섯 가지 병기와 손오공의 세 자루 여의봉은 천만 가지 변화를 보이면서 반공중에 어지러이 불티를 퉁겨냈으나 좀처럼 승부를 가리지 못했다. 그런데 손오공은 본디 손놀림도 날래거니와 눈치도 빠른 원숭이라, 그 어지러운 싸움판 속에서도 잽싸게 솜털 한 가닥 뽑아 쥐고 남몰래 주문을 외웠다.

"변해라!"

외마디 소리에 솜털은 신통하게도 주인과 똑같은 원숭이로 변하더니, 여의봉을 휘둘러 나타태자와 싸우기 시작했다. 그사이에 손오공 자신은 슬쩍 상대방의 뒤로 돌아 나가더니, 나타태자의 뒤통수를 겨누고 철봉 한 대를 힘껏 후려쳤다.

"아이쿠!"

뒤통수에 철봉이 날아드는 바람결을 느끼고 황급히 피하려 했으나 마음만 급할 뿐 몸이 따라주지 않는 바람에, 나타태자는 결국 어깻죽지에 호되게 한 대 얻어맞고 말았다. 그는 허겁지겁 술법을 거두고 본래의 형상을 드러낸 채 우군 진영으로 도망쳤다.

"안 되겠습니다. 저 필마온은 정말 재간이 뛰어난 놈입니다."

아들의 실력을 잔뜩 믿었던 탁탑천왕도 그만 얼굴빛이 질리고 말왔다.

"그럼 어떻게 해야만 좋겠느냐?"

"동굴 앞에 세워놓은 깃발에 '제천대성'이란 네 글자가 씌어 있는데, 그놈 말이, 자기를 제천대성으로 봉하지 않으면 당장에 폐하께서 계신 궁전으로 쳐들어가겠노라고 큰소리쳤습니다."

탁탑천왕은 이 말을 듣고 결단을 내렸다.

"그렇다면 더 싸울 것 없이 일단 철수하자. 그 말을 폐하께 아뢰고 병력을 더 많이 증원시켜 저놈의 소굴을 포위해놓고 들이쳐도 늦지 않을 듯싶다."

이리하여 토벌군 장병들은 아무런 소득도 없이 하늘로 돌아갔다.

한편, 완승을 거둔 손오공은 화과산으로 돌아가 일흔두 군데 동굴의 요괴 마왕들과 우마왕을 비롯한 여섯 의형제들을 모아 큰 잔치를 벌여 승전을 자축했다.

탁탑천왕은 나타태자와 여러 장수들을 이끌고 곧바로 천궁에 올라가 옥황상제에게 손오공의 신통력이 워낙 뛰어나니, 토벌군을 증강시켜달라고 요청했다.

이 말을 듣고 옥황상제는 한숨을 내리쉬었다. 기껏해야 원숭이 한 마리일 뿐인데, 그 때문에 하늘의 군대를 더 늘려달라니 너무 한심해서였다.

나타태자가 눈치껏 다시 아뢰었다.

"폐하, 그 요사스런 원숭이가 동굴 밖에 세워놓은 깃발에 '제천대성'이라 써놓았사온데, 그와 같은 벼슬을 내려주신다면 즉시 귀순하겠으나, 그렇지 못할 때에는 이 궁궐로 쳐들어오겠노라 하더이다.”

옥황상제는 깜짝 놀라 그만 두 눈이 휘둥그레졌다.

“저런 발칙한 놈 봤나! 여봐라, 뭇 장수들은 즉각 출동하여 그놈의 요사스런 원숭이를 반드시 잡아 죽이도록 하라!”

노발대발한 옥황상제가 명령을 내리는데, 반열 중에서 또다시 태백금성이 앞으로 나섰다.

“폐하, 그 원숭이는 입으로 큰소리만 칠 줄 알 뿐, 사리를 분별하지 못하는 자입니다. 차라리 다시 한 번 은혜를 베푸시어 그놈의 소원대로 제천대성이란 벼슬을 내려 무마하시는 것이 좋을 듯하옵니다. 그 벼슬은 아무 권력도 없는 헛된 명분에 지나지 않는 것이라, 그저 이 천지간에 길러두기만 하시면, 천상천하가 두루 평안하게 될 것이옵니다.”

옥황상제는 태백금성이 아뢰는 말에 일리가 있다고 여겨, 또 한 번 그를 아래 세상으로 내려보냈다.

두번째로 화과산 수렴동에 다다른 태백금성은 요괴 정령들에게 호통쳐 용건을 전달하였다.

“나는 하늘나라 칙사다! 들어가서 제천대성에게 내가 성지를 받들고 모시러 왔노라고 알려라!”

이 말을 전해 듣고, 손오공은 자리에서 벌떡 일어났다.

“마침 잘 왔구나! 아무래도 지난번에 왔던 태백금성이렷다? 그때 벼슬은 마음에 들지 않았지만, 덕분에 하늘나라에 올라가는 길도 잘 봐두었지 않나! 아무튼 그 영감이 또 내려왔다니, 필경 나쁜 일만은 아닐 게다."

이래서 부하 대장들에게 하늘나라의 칙사를 정중히 맞아들이게 했다.

태백금성은 동굴 안에 들어서서 곧바로 원숭이 임금에게 용건을 밝혔다.

"내 솔직히 말하리다. 지난번에 벼슬이 보잘것없다 탓하고 어마감의 직분을 이탈하여 아래 세상으로 돌아오신 모양이나, 옥황상제의 말씀이, '모든 벼슬을 내릴 때는 낮은 자리에서부터 차츰 높은 자리로 올려주는 것이 관례인데, 어찌 필마온의 자리가 미관말직이라 탓하고 받아들이지 않았는가?' 하고 무척 서운해하셨소. 그래서 이 늙은이가 죄를 무릅쓰고 간청하여 '대성에게 원하는 벼슬을 내리시라' 아뢰었더니, 폐하께서 허락하셨기에 이렇게 천상으로 모시러 온 거요."

그러나 손오공은 앞서 당한 수모가 있는 터라, 그 말을 쉽사리 믿지 않고 다시 한 번 떠보았다.

"고맙소이다. 한데, 천상에 과연 '제천대성'이란 벼슬이 있는지 모르겠구려?"

"폐하께서 칙명으로 윤허하신 벼슬이오. 잘못되는 일이 생긴다면, 이 늙은이가 책임질 테니 아무 걱정 마시오."

손오공은 기쁨을 이기지 못하면서 그와 함께 구름을 일으켜 타고 다시 하늘에 올라갔다.

"필마온 손오공을 데려왔나이다."

태백금성이 옥좌 앞에 무릎 꿇고 아뢰니, 옥황상제는 너그러운 말씀을 내렸다.

"손오공, 이제 그대를 제천대성의 직함에 임명할 것이니, 벼슬 가운데 가장 높은 자리이다. 앞으로 일체 경거망동을 삼가도록 하라.”

앙큼스러운 원숭이 임금은 소원대로 높은 벼슬을 얻게 되자, 옥좌를 향해 큰절 한 번 올리는데, 사례하는 말투가 여전히 “에에!” 한마디뿐이다.

제천대성이 머무를 저택은 그날 중으로 반도원(蟠桃園)이란 복숭아밭 한 곁에 세워지고, 담당 관리들이 좌우에서 제천대성을 받들어 모시게 되었다.

그러나 손오공은 소원대로 제천대성이 되었으면서도 벼슬의 등급이 뭔지 모른 채 그저 자기 이름이 신선의 명부에 올라 있다는 사실만 흐뭇하였다. 담당 관리들이 아침저녁으로 시중을 들어주기 때문에 그가 손수 하는 일이라곤 하루 세 끼니 밥 지어 바치면 주는 대로 먹고 날 저물면 침대에 올라 잠자는 일밖에 없었으니, 그야말로 팔자 좋은 세월만 보낼 뿐이었다.

어느 날, 옥황상제는 사람이 너무 한가로우면 또 일을 낼까 우려한 나머지, 제천대성을 불러들여 한 가지 일을 맡겼다. 그것은 천상의 복숭아나무 과수원을 관리하는 직분이었다.

반도원이라 부르는 이 복숭아밭은 옥황상제의 배필이신 서왕모(西王母)가 손수 나무를 심고 가꾼 것으로 모두 3천6백 그루가 있었다. 그 중에 1천2백 그루는 3천 년마다 한 번씩 열매를 맺고 익는데, 이 복숭아를 먹으면 몸이 튼튼하고 가볍게 되며, 또 1천2백 그루는 6천 년만에 한 번씩 열매가 익는데, 그 열매를 먹으면 바람과 안개를 타고 날아다닐 수 있으며 늙지 않고 오래 살 수 있게 된다고 하였다. 그리고 가장 안쪽에 심어진 1천2백 그루는 무려 9천 년 만에 한 번씩 열매가 맺고 익는데, 이 복숭아를 먹으면 영원히 죽지 않고 살아갈 수 있다고 하였다.

이렇듯 신비롭기 짝이 없는 과수원을 맡게 되자, 손오공은 그야말로 신바람이 나서 사나흘에 한 차례씩 과수원을 돌아보느라 친구들과 사귀는 일도, 바깥으로 놀러 다니는 일도 없어지게 되었다.

하루는 과수원의 복숭아 열매가 절반 넘게 익은 것을 보자, 이 원숭이 임금은 그것을 한두 개쯤 맛보고 싶어 안달이 나기 시작했다. 그러나 과수원지기 토지신과 시중드는 관리들이 곁에 단단히 붙어 서서 한시도 떨어질 줄 모르니 어쩌겠는가.

손오공은 생각 끝에 한 가지 꾀가 떠올랐다.

"자네들, 모두 바깥에 나가서 기다리고 있게. 나는 이 정자 안에서 좀 쉬었다 나가겠네."

이렇게 해서 부하들을 따돌려 내쫓은 다음, 이 앙큼스런 도둑 원숭이는 옷가지를 훌훌 벗어던지고 굵다란 나뭇가지 위로 기어 올라가 열매 중에서도 제일 농익은 것만 골라가며 닥치는 대로 따 먹었다. 그리고 배가 부르자 도로 내려와 시침을 뚝 떼고 과수원 바깥으로 나왔다.

이때부터 손오공은 사흘이 멀다 하고 다시 과수원에 나타나 온갖 핑계로 부하 관원들을 따돌려놓고 복숭아를 실컷 훔쳐 먹었다.

그러던 어느 날, 과수원의 주인 서왕모가 해마다 한 번씩 열리는 행사로 반도복숭아 잔치를 열게 되었다. 서왕모는 일곱 선녀에게 분부하여 반도원에 가서 잔치에 쓸 복숭아를 따오게 했다.

한데 선녀들이 막상 과수원에 다다르고 보니, 여느 때와는 달리 토

지신과 제천대성이 보낸 관리들이 문 앞을 가로막고 들여보내지 않았다.

"여러 선녀님들, 잠깐만! 올해부터는 절차가 예년과 다릅니다. 옥황상제께서 파견하신 제천대성님이 이곳 관리 책임을 맡고 계시니까, 먼저 대성님의 허락을 받아야 문을 열어드릴 수 있습니다."

"그럼 제천대성님은 어디 계신가요?"

"과수원 안에 계시오. 너무 피곤하셔서 잠깐 쉬고 계실 거요."

"그러시다면 함께 들어가서 찾아뵙기로 하죠."

토지신은 선녀들을 데리고 과수원으로 들어갔다. 그러나 아무리 찾아도 정자 안에는 옷가지만 널려 있을 뿐 제천대성은 그림자도 보이지 않았다. 오늘도 이 도둑 원숭이는 복숭아를 몇 개 훔쳐 따 먹고 나서 키가 두 치 남짓한 난쟁이로 변신해 나뭇잎이 무성한 가장귀 틈에 숨어 낮잠을 자고 있었던 것이다.

일곱 선녀들이 빈손으로 돌아갈 수 없어 난처한 기색을 보이자, 관리들은 나중에 제천대성에게 말씀드리기로 하고, 일단 복숭아를 따 가지고 돌아갈 수 있게 양해를 해주었다.

이윽고 일곱 선녀들은 나무숲 속으로 들어가 복숭아를 따기 시작했다. 3천 년 만에 익은 복숭아를 두 광주리, 6천 년 만에 익은 복숭아를 세 광주리 따고, 마지막으로 9천 년 만에 익은 복숭아를 따려고 나무숲 안쪽으로 깊숙이 들어갔는데, 이게 어찌 된 노릇인가, 잘 익은 놈은 하나도 보이지 않고 설익은 복숭아만 서너 개 매달려 있을 뿐이었다. 그도 그럴 수밖에, 무르익은 열매는 도둑 원숭이가 모조리 따 먹어 치웠으니까.

선녀들이 여기저기 돌아다니며 살펴보았더니 불그스레하니 절반쯤 익은 복숭아가 한 개 매달려 있기에, 그나마 따서 가져가려고 나뭇가지를 휘어잡았는데 공교롭게도 그 나뭇가지가 하필이면 손오공이 낮잠을 자고 있던 가장귀였을 줄이야……! 나무가 흔들리는 바람에 놀라 잠이 깬 손오공은 즉시 제 모습을 드러내고 호통쳤다.

"어디서 온 요물이 간 덩어리도 크게 이 어르신의 복숭아를 도둑질하는 거냐!"

일곱 선녀들은 깜짝 놀라 그 자리에 무릎 꿇고 변명했다.

"대성님, 고정하십시오! 저희는 서왕모께서 심부름을 보내서 온 일곱 선녀들입니다. 왕모님의 잔치에 쓸 복숭아를 따러 왔으나, 대성님이 안 보이시기에 허락을 받지 못하고 우선 복숭아를 따던 길이었습니다."

서왕모가 잔치를 연다는 말에, 손오공은 노여움이 풀려 웃으며 물었다.

"그 잔치에 누구누구를 초청하셨답디까?"

"이 잔치에는 옛날부터 정해진 규범이 있어서, 초청받는 귀빈들도 미리 정해져 있습니다."

"나 제천대성도 초청하시겠지?"

"그런 말씀은 못 들었는데요."

은근히 기대를 걸었다가 한마디로 면박을 당하자, 손오공은 속에서 부아가 치밀었다. 그는 즉석에서 중얼중얼 주문을 외우더니 선녀들을 향해 소리쳤다.

"서 있거라! 서 있거라! 서 있거라!"

그것은 '정신법(定身法)'으로서, 상대방을 꼼짝 못하게 그 자리에 세워놓는 술법이었다. 주문에 걸린 일곱 선녀들은 두 눈을 멀뚱멀뚱 뜬 채, 모두들 복숭아나무 그늘 아래 말뚝 신세가 되고 말았다. 제천대성은 구름을 일으켜 타고 그 길로 잔치가 열린다는 서왕모의 궁궐을 향해 쏜살같이 날아갔다.

연회장 황금 식탁에는 용의 간, 봉황의 골수 요리, 곰의 발바닥, 성성이의 입술 요리에 이르기까지 온갖 진수성찬에 희귀한 과일, 맛좋은 술안주가 골고루 차려져 있는가 하면, 한쪽에서는 술 빚는 관리들이 술 항아리를 옮겨다놓고 걸러 담는데, 냄새만 맡아도 군침이 흘러나올 정도로 향기롭기 그지없었다.

손님은 아직 하나도 오지 않았다. 제천대성은 당장 뛰어들어 먹고 마셔댈 욕심이 굴뚝같았으나 수많은 관리들이 버티고 서 있으니 어쩔 도리가 없었다. 생각다 못한 그는 우선 제 몸에서 솜털 몇 가닥을 뽑아 입 속에 털어 넣고 씹다가 훅 뱉어내면서 중얼중얼 주문을 외운 다음 외마디 소리로 호통을 쳤다.

"변해라!"

솜털 가닥은 그 즉시 잠벌레로 변하더니, 뭇 사람들의 얼굴에 날아가 달라붙었다. 잔칫상과 술 항아리를 지키던 관리들은 팔다리가 나른하게 풀리고 머리가 저절로 숙여지면서 끄떡끄떡 졸던 끝에 마침내 모조리 잠이 들고 말았다.

모든 사람들을 잠재워놓은 제천대성은 진수성찬에 맛좋은 안줏감을 하나 가득 그러모으더니, 술 항아리를 모조리 옮겨다가 한바탕 배가 터지게 듬뿍 마셔댔다. 얼마나 술을 들이켰는지 나중에는 흠뻑 취했는데, 취중에도 생각은 있었는지 혼잣말로 중얼거렸다.

"이크, 안 되겠군! 잠시 후 손님들이 몰려들면 꼼짝없이 들통 나 붙잡힐 게 아닌가? 어서 집으로 돌아가 잠이나 자야겠다!"

배짱 좋은 손오공이 일어서기는 제대로 일어섰는데, 술기운에 발길 내키는 대로 나가다 보니 길을 잘못 들어서서 제천대성의 저택이 아니라 엉뚱하게 도솔천궁(兜率天宮)에 접어들고 말았다. 그제야 손오공은 정신이 번쩍 들었다. 도솔천이라면 하늘나라 서른세 구역 중 으뜸이요, 도교의 세 어른 가운데 한 분이신 태상노군(太上老君)이 거처하는 곳이 아닌가?

손오공은 기왕 내친김에 그 어른이라도 한번 만나보고 가는 것도 좋겠구나 싶어 옷매무새를 가다듬고 궁궐 문턱을 넘어섰다.

그런데 어찌 된 일인가, 문지기 동자들도 없고 태상노군은커녕 그 제자들마저 하나도 눈에 띄지 않았다. 손오공은 모르고 있었으나, 때마침 태상노군은 높다란 삼층 누각에서 연등(燃燈) 부처님과 함께 진리를 토론하는 중이었고, 제자들 역시 스승을 좌우에 모시고 서서 강론을 듣느라 궁궐을 비웠던 것이다.

제천대성은 대담하게 단약(丹藥)을 굽는 방에까지 뛰어들었다. 방안에서 역시 아무도 만나지 못한 그는 화로 곁에 호리병 다섯 개가 놓인 것을 발견했다. 호리병에는 하나같이 금빛 환약이 가득 담겨 있었다. 금단이라면 신선이나 도사들이 지극한 보배로 치는 신비로운 약이다. 그것을 본 손오공은 이게 웬 떡이냐 싶어 두 번 생각해볼 것도 없이 호리병에 담긴 환약을 모조리 쏟아놓은 다음 볶은 콩 집어먹듯 말끔히 먹어 치우고 말았다.

금단을 삼키고 나자 술기운이 말끔히 가셨다. 그제야 손오공은 겁이 더럭 났다.

"아뿔싸! 이거 큰일 났구나. 하늘보다 더 큰 재앙을 저질러놓았으니, 태상노군이나 옥황상제가 아는 날이면 내 한목숨이 어떻게 붙어 있을꼬? ……에라, 모르겠다! 이럴 때는 삼십육계 줄행랑이 최고지! 아래 세상에 도로 내려가서 원숭이 임금 노릇이나 하는 것이 낫겠다."

도솔천궁을 살짝 빠져나온 그는 은신술법을 써서 종적을 감춘 다음, 곧장 아래 세상으로 도망쳐 달아났다.

근두운은 눈 깜짝할 사이에 주인을 화과산 아래 내려놓았다. 산 밑에서는 여느 때나 다름없이 측근 장수 넷이 부하들을 훈련시키고 있었다.

제천대성이 나타나자, 부하 요괴들은 병기를 내던지고 우르르 몰려와 임금을 반겨 맞았다. 그러면서도 원망스럽게 하소연했다.

"대성님도 무심하시지, 저희들을 이렇게 내버려두고 그토록 오래 모른 척하실 수가 있습니까?"

"오래 모른 척하다니? 기껏 반 년 세월밖에 안 지났는데 뭘 그러나?"

"대성님은 천상에서 꼬박 백 수십 년을 계셨습니다. 그런데 하늘에서는 무슨 벼슬을 받으셨는지요?"

측근 심복들이 묻는 말에, 손오공은 '제천대성'의 벼슬을 받은 일부터 시작해서 과수원 관리 책임을 맡게 된 일, 서왕모의 잔치에 초대받지 못한 분김에 잔치 음식을 모조리 훔쳐 먹은 일, 그리고 맛좋은 술에 곤드레만드레 취해 가지고 길을 잘못 들어 지엄하신 태상노군의 궁궐에 들어가 신비로운 금단마저 깡그리 도둑질해 먹은 일, 그래서

천벌을 받게 될까 봐 겁나 뺑소니쳐 온 경위를 낱낱이 일러주었다.

애기가 끝나자, 원숭이 정령들과 요괴 마왕들은 좋아라 기뻐 날뛰며 야자로 담근 술과 안주를 차려 내다 한판 벌여놓고 환영 잔치를 베풀었다. 그러나 천궁에서 신선들이 먹고 마시는 음식에 입맛이 든 손오공은 야자 술 따위가 비위에 맞지 않아 한 모금 마시기가 무섭게 얼굴을 찡그렸다.

"이건 싱거워서 못 먹겠다. 내가 오늘 잔칫상에서 진수성찬을 훔쳐 먹을 때 보니, 아직도 술 항아리가 수두룩하게 쌓여 있더군. 아마 너희들은 그런 술을 맛본 적이 없을 게다. 가만있거라, 내가 다시 한 번 올라가서 몇 항아리 훔쳐 내오마. 너희들이 그것을 반잔씩만 마셔도 하나같이 불로장생할 수 있을 게다."

이렇게 말한 손오공은 곤두박질 한 번에 근두운을 일으켜 타고 다시 하늘나라로 올라갔다. 연회장에 들어가 보니, 사람들은 아직도 코를 골며 자고 있었다. 그는 큼지막한 술 항아리만 골라 양 겨드랑이와 두 손에 하나씩 챙겨 가지고 쏜살같이 수렴동으로 돌아왔다.

이리하여 원숭이 소굴에서는 요괴 마왕들이 그 희귀한 천상의 술로 신나게 잔치를 벌인 것은 두말할 나위가 없다.

한편, 과수원에서 꼼짝 못하던 일곱 선녀들은 꼬박 하루가 지나서야 술법이 풀려 허둥지둥 서왕모에게 돌아가 자초지종을 아뢰었다. 그리고 이렇게 덧붙였다.

"큰 복숭아는 한 개가 아니라 반쪽도 남아 있지 않았습니다. 아마도 대성님께서 모조리 훔쳐 먹은 듯싶습니다."

서왕모는 그 즉시 옥황상제를 찾아가 사건의 전말을 낱낱이 아뢰었다.

한데 얘기가 미처 다 끝나기도 전에, 잔칫상을 준비하던 관원들이 몰려왔다.

"어떤 놈의 소행인지 모르겠사오나, 연회장을 난장판으로 만들어 놓고, 폐하께서 드실 어주(御酒)와 팔백 가지 산해진미를 모조리 훑어 먹었나이다."

이 판에 또 태상노군이 입궐하였다는 전갈이 왔다.

태상노군은 옥황상제와 서왕모의 영접을 받으며 이렇게 말했다.

"내 궁전에서 '구전금단(九轉金丹)'을 얼마쯤 구웠기에, 폐하를 모시고 축하 모임을 가질까 하였는데, 뜻밖에 도둑이 들어 금단을 모조리 훔쳐가고 말았으니 어쩌면 좋을지 모르겠소이다."

옥황상제가 놀라 얼이 빠져 있으려니까, 잠시 후에 다시 제천대성 부중의 관리가 들어와서 아뢰었다.

"손 대성이 어제 밖으로 놀러 나간 지 하루가 지났어도 아직껏 돌아오지 않으므로, 행방을 알 수 없기에 아뢰나이다."

옥황상제의 놀라움은 더욱 커졌다. 그는 당장 천궁의 호법신령을 시켜 진상을 조사하게 하는 한편 제천대성 손오공의 행방을 찾아내도록 수배령을 내렸다.

어명을 받든 호법신령은 먼저 사건이 벌어진 현장을 차례차례 조사한 다음, 옥황상제에게 보고를 올렸다.

"천궁을 어지럽힌 것은 과연 제천대성의 소행으로 밝혀졌으며, 현재 그는 아래 세상으로 달아난 것이 분명하나이다."

옥황상제는 노발대발, 그 즉시 하늘의 토벌군을 출동시켜 그 요망한 원숭이를 반드시 잡아 처단하라는 엄명을 내렸다. 토벌군 주장은 탁탑천왕 부자와 사대천왕(四大天王), 그리고 스물여덟 개 별자리 이십팔수(二十八宿)와 붙박이 아홉 별 구요성관(九曜星官), 12지(支)를 가리키는 열두 원신(元辰), 은하수, 그리고 동서남북 사해의 용왕들과 지상의 모든 산악, 하천을 다스리는 신령들이 포함된 1만 명의 장수들이 10만 병력을 이끌고 도둑 원숭이 한 마리를 잡기 위해 무시무시한 기세로 아래 세상에 밀어닥쳤다.

첫번째 선봉대로 출동한 장수는 구요성관, 곧 해와 달, 화성·수성·목성·금성·토성, 흉악한 별자리로 이름난 황번성(黃旛星)과 표미성(豹尾星), 이렇게 사나운 아홉 별자리가 군사들을 이끌고 기세등등하게 수렴동 어귀까지 쳐들어갔다.

동굴 입구에는 크고 작은 원숭이 떼가 이리 뛰고 저리 뛰며 설쳐대고 있었다. 아홉 별자리들이 목청을 드높여 무섭게 호통쳤다.

"이 요물들아! 대성이란 놈은 어디 처박혀 있느냐? 냉큼 나와서 투항하라고 전해라. 만약 '싫다'는 말을 반 마디라도 입 밖에 내는 날이면 네놈들까지 모조리 죽임을 당할 줄 알아라!"

그 말을 듣고 졸개 원숭이들은 부랴부랴 동굴 안으로 뛰어들었다.

"큰일 났습니다! 동굴 바깥에 흉악한 장수 아홉 명이 쳐들어와 대성님께 항복하라고 악을 씁니다."

"어디서 굴러먹던 잡것들이 버릇없이 여기 와서 설쳐댄다는 거냐!"

그는 즉시 외뿔 달린 독각귀왕과 일흔두 군데 동굴의 마왕들을 먼저 출동시키고 자신은 무장을 갖추는 대로 측근 장수 넷을 거느리고 뒤따라 나섰다.

앞서 출동한 독각귀왕은 요괴 정령들을 휘몰아 동굴 바깥으로 달려 나갔으나, 구요성관 아홉 별이 한꺼번에 무서운 기세로 들이닥치는 바람에 겨우 철판교 앞에서 버티고만 있을 뿐이었다.

한창 아우성치며 밀고 밀리는 난장판이 벌어지고 있을 때 손오공이 나타났다.

"저리들 비켜라!"

고함 소리 한마디에 여의봉을 뽑아 잡은 손오공, 바람결에 번뜩 휘둘러 길이 12척에 밥공기 지름만큼이나 굵다랗게 만든 철봉을 수레바퀴처럼 마구잡이로 돌려가며 다짜고짜 싸움판 한가운데로 뛰어들었다. 아홉 별자리들은 삽시간에 전열이 흐트러져 밀려났다.

엉겁결에 후퇴한 구요성관들이 다시 전열을 가다듬고 손오공을 향해 버럭 호통쳐 꾸짖었다.

"이 죽을 둥 살 둥 모르고 날뛰기만 하는 필마온 말 먹이꾼 놈아! 네 놈이 천상에서 대죄를 범하고도 그 목숨이 붙어 있을 줄 아느냐!"

손오공이 제일 듣기 싫어하는 말이 '필마온'이다. 성질 급한 그는 이 소리를 듣자마자 화가 불끈 치밀었다.

"너희 같은 조무래기 잡신들이 무슨 법력을 지녔다고 큰소리 탕탕 치는 거냐? 군소리 말고 이 손 선생의 철봉 맛이나 봐라!"

아홉 별자리들도 더는 말대꾸를 않고 일제히 덤벼들었다. 그러나 원숭이 임금은 털끝만큼도 두려워하는 기색 없이 여의봉을 세차게 휘둘러가며 아홉 별자리들의 힘줄이 늘어나고 맥이 풀릴 때까지 쉴 새 없이 무섭게 들이쳤다. 결국 지칠 대로 지쳐버린 구요성관들은 병기

자루를 거꾸로 잡은 채 본영으로 패해 달아났다.

"저 원숭이 임금은 과연 대단하기 짝이 없습니다. 저희들 아홉이서 아무리 힘껏 싸웠어도 이겨내지 못하고 이렇게 패하여 돌아왔습니다."

토벌군의 주장인 탁탑천왕은 보고를 받자, 이번에는 사대천왕과 스물여덟 별자리를 지명하여 군사들을 이끌고 나아가 싸우도록 했다.

그동안에 손오공은 수렴동 문밖에 방어진을 치고, 그들을 맞아 싸울 태세를 갖추어놓고 있었다.

이윽고 하늘이 놀라고 대지가 흔들릴 만한 커다란 싸움이 벌어졌다. 오색 깃발이 나부끼고 차디찬 바람 소리에 괴이한 안개가 음산하게 뒤덮인 가운데, 하늘의 군사들과 화과산의 요괴 정령들이 사납게 맞부딪쳤다.

이와 동시에 네 명의 천왕들이 원숭이 임금 하나를 에워싸고 사면 팔방으로 들이치기 시작했다. 한쪽 편에서는 큰 칼이 구름을 흩날리고 번갯불을 찍어내는가 하면, 예리한 창날은 안개 속을 겨냥하여 구름장 틈서리로 벼락같이 찔러드는데, 저쪽 편에서는 호랑이 눈알 달린 채찍이 날아가고 청동검, 네모난 삽날, 자루 짧은 곤봉에 활과 쇠뇌 화살이 쉴 새 없이 날아갔다.

이른 아침 나절부터 시작된 싸움은 해가 서산에 저물녘까지 계속되었다. 그동안에 독각귀왕과 일흔두 군데 동굴의 요괴 마왕들은 모조리 스물여덟 별자리를 비롯한 하늘의 장수들에게 사로잡혀 끌려가고, 네 측근 심복과 원숭이 무리들만이 가까스로 싸움터에서 도망쳐 나와 수렴동 물 밑바닥에 깊숙이 숨어버렸다.

반공중 위에서는 손오공 혼자서 철봉 한 자루만으로 사대천왕들과 탁탑천왕, 나타태자 등 여섯 적수를 맞아 용감하게 싸움을 계속했다. 그는 날이 저물어가는 것을 보고 안 되겠다 싶어, 솜털 한 줌을 뽑아 입속에 털어 넣고 우물우물 씹어 훅 뱉어내더니 외마디 소리를 질렀다.

"변해라!"

그러자 솜털은 눈 깜짝할 사이에 수천 명의 제천대성으로 변하더니, 손에 손에 똑같은 여의봉을 한 자루씩 잡고 흩어져나가 무서운 기세로 들이치기 시작하는 것이 아닌가! 결국 나타태자와 다섯 천왕들은 그 사나운 집단 공격에 배겨나지 못하고 뿔뿔이 흩어져 본영으로 달아나고 말았다.

강적 여섯을 거뜬히 격퇴하고 완승을 거둔 제천대성은 솜털을 거둬들인 다음 급히 수렴동 소굴로 돌아왔다. 철판교 앞에는 심복 장수 넷이 기다리고 있다가 울며 제천대성을 맞아들였다.

손오공은 부하들을 위로했다.

"전쟁을 하려면 이길 때도 있고 질 때도 있는 법이다. 옛말에 '일만 명의 적을 죽이려면 아군도 삼천 명은 다쳐야 한다'고 하지 않았더냐. 그보다도 오늘 저놈들이 내 분신술법에 걸려 패퇴하기는 했다만, 아직도 이 화과산 아래 물샐틈없이 진을 치고 있으니, 우리 측도 방어 태세를 단단히 굳혀놓고 한숨 푹 자서 기력과 정신력을 길러두어라. 날이 밝는 대로 내가 또 한바탕 신통력을 부려 원수를 갚아주마."

한편, 싸움을 끝내고 본영으로 돌아간 탁탑천왕은 장병들에게 명령을 내려 야간경계를 강화시키는 한편, 화과산 일대를 철통같이 에워싸놓고 내일 아침 결전 시각을 기다리게 하였다.

4. 천적 이랑진군

천신들이 밤새워 포위 경계망을 굳힌 가운데, 손오공이 태평스레 잠든 얘기는 잠시 접어두기로 하자.

이야기는 바뀌어서, 그로부터 머나먼 남해 바다 보타락가산(普陀落伽山)에는 이 세상 모든 중생들의 고난을 풀어주는 자비하신 관세음보살이 살고 계셨는데, 이 무렵 보살은 서왕모의 잔치에 초청을 받아 큰 제자 혜안(惠岸)을 데리고 하늘나라에 올라갔다.

그런데 하늘에 올라 보니 잔치 자리는 어수선하게 흐트러져 있고 식탁과 의자가 이리저리 넘어진 채 썰렁한 분위기만 감돌고 있었다. 신선들이 몇몇 와 있기는 했어도 모두들 웅성웅성 얘기를 주고받고만 있을 뿐, 자리에 앉을 생각은 하지 않았다. 관세음보살은 무슨 일이 생겼는지 묻고 나서야 그 사연을 알게 되었다. 이리하여 보살과 초대받았던 신선들은 옥황상제를 만나뵈러 대궐 안으로 들어갔다.

옥황상제는 한숨을 내쉬며 초대받은 손님들에게 그동안 벌어졌던 사건의 경위를 낱낱이 설명해주고 마지막으로 이렇게 덧붙였다.

"……이런 일 때문에 짐이 토벌군 십만 병력을 출동시켜 그 요사스런 원숭이를 잡아들이게 했는데, 무슨 까닭인지 벌써 오늘 하루가 다 지나도록 기별이 없으니, 승부가 어떻게 되었는지 알 길이 없소이다."

옥황상제의 하소연을 듣고 나자, 관세음보살은 혜안 행자에게 분부했다.

"이 길로 화과산에 내려가서 전황을 알아오도록 해라. 그리고 형편을 보아서 적수와 마주치거든 너도 한팔 힘을 거들어주어 공을 세우는 것도 좋겠다."

"예!"

혜안 행자는 시원스레 대답한 후, 강철 곤봉 한 자루를 거머잡고 구름을 일으켜 타더니 삽시간에 화과산 상공에 다다랐다. 그리고 영채 문을 지키던 병사들에게 소리쳐 알렸다.

"나는 탁탑천왕의 둘째 아들 목차(木叉) 태자요, 남해 관음보살의 수제자로 있는 혜안이다. 특명을 받들어 군정을 살피러 왔다고 전하거라!"

탁탑천왕에게는 아들이 셋 있었다. 맏아들 금타(金吒)는 서방 극락세계 여래부처님의 호법 신장으로 있고, 둘째인 목타(木吒＝목차)는 관세음보살의 제자로 들어가 법호를 혜안이라 붙였으며, 셋째가 나타(那吒)로 아버지의 휘하 장수가 되었던 것이다.

탁탑천왕은 둘째 아들을 반갑게 맞아들였다.

혜안 행자는 스승을 모시고 하늘나라 잔치에 왔다가 아수라장이 된 것을 보고, 또 하늘의 토벌군이 출동한 지 하루가 되도록 소식이 없어 옥황상제가 궁금해하시므로 전황을 살피러 왔노라고 말씀드렸다.

탁탑천왕은 한숨을 내쉬며 그동안의 경위를 알려주었다.

"애야, 어제 아침나절에 선봉장으로 구요성관을 출동시켜 도전했더니, 그 원숭이 놈의 신통력이 워낙 뛰어나 첫 싸움에서 모조리 패하고 돌아왔지 뭐냐. 뒤미처 우리 다섯 천왕들이 직접 십만 군사를 이끌고 출동했는데, 해가 저물도록 싸움을 벌였으나 역시 그놈이 분신술법을 쓰는 바람에 아군이 또 격퇴당하고 말았다. 오늘은 아직 출전을 하지 않은 상태다."

그런데 얘기가 미처 다 끝나기도 전에, 제천대성이 싸움을 걸어왔다는 보고가 들어왔다.

그 말을 듣고 혜안 행자는 즉석에서 출전을 요청했다.

"제가 보살님의 분부로 전황을 살피러 오기는 했사오나, 경우에 따라서는 함께 싸워도 좋다는 허락을 받았습니다. 그놈의 대성인가 뭔가 하는 놈의 수단이 얼마나 되는지 한번 겨뤄보고 싶습니다."

탁탑천왕은 허락을 내리면서도 조심해 싸우도록 신신당부했다.

부왕의 격려를 받고 신바람이 난 목차 태자는 두 손으로 철곤을 휘둘러가며 영채 바깥으로 달려나갔다.

"나는 탁탑천왕의 둘째 태자요, 관세음보살의 수제자 혜안이다! 어떤 놈이 제천대성이냐?"

때마침 적진 앞에 들이닥치던 손오공은 여의봉을 번쩍 추켜세운 채 마주 고함을 질러 응답했다.

"보살의 수제자라니, 그렇다면 남해에 처박혀 불도나 닦지 않고 여기 와서 뭘 어쩌겠다는 게냐?"

"네놈이 천궁을 어지럽히고 포악을 떤다 하기에, 잡아 꿇리려고 달려왔다!"

"큰소리만 탕탕 치지 말고 이 손 선생의 여의봉 맛이나 봐라!"

다짜고짜 내리치는 여의봉을, 혜안 행자는 두려워하는 기색 없이 선뜻 철곤으로 마주쳐 나갔다.

이리하여 두 사람은 영채 밖 화과산 중턱에서 대판 싸움을 벌이기 시작했다. 이편에는 1만을 헤아리는 하늘의 장수들이 에워싸고, 저편에는 수만 마리 원숭이 요정들이 숲처럼 빽빽하게 늘어섰는데, 검정빛 철봉에 금테 두른 쇠몽둥이가 질풍처럼 내뻗으면, 강철로 두드려 만든 곤봉은 허리 밑으로 돌아 나와 벼락 치듯 올려쳤다. 그러나 원숭이 임금의 솜씨가 워낙 놀라워, 둘이서 맞붙은 지 오륙십여 차례가 되었을 때 혜안 행자는 벌써 팔뚝이 저리고 어깨 뼈마디가 시큰시큰 풀어져서 더 이상 적을 맞아 싸울 기력이 남아 있지 않았다. 마침내 그는 철곤을 휘둘러 상대방이 주춤하는 틈에 얼른 몸을 빼어 도망쳐 나왔다.

적장이 투지를 잃고 달아나자, 손오공 역시 부하 원숭이들을 수습하여 거느리고 수렴동 어귀로 물러나 전열을 단단히 굳힌 채 한숨을 돌렸다.

혜안 행자는 헐레벌떡 본영으로 돌아가 절레절레 도리질을 해 보였다.

"제천대성이란 놈, 정말 대단합니다! 뚝심이 얼마나 세고 신통력이 큰지 아무리 싸워도 이겨낼 수가 없습니다."

이 말을 듣자 탁탑천왕은 그 자리에서 증원군 요청서를 한 통 써서 대력귀왕(大力鬼王)에게 주고 혜안 행자와 함께 천상에 올라 전황을 아뢰도록 하였다.

두 사람은 잠시도 지체하지 않고 삽시간에 천궁으로 올라갔다.

혜안 행자가 관음보살에게 상황을 보고하는 동안, 대력귀왕은 옥황상제를 뵙고 탁탑천왕의 글월을 바쳤다.

옥황상제는 증원군을 요청한다는 내용을 보자, 쓰디쓴 웃음이 먼저 나왔다.

"허허, 참말 요사스런 원숭이 녀석이로구나. 십만 천병을 상대하면서도 끄떡없다니, 어지간한 재주를 지닌 모양이로다. 구원병을 보내 달라는데, 어느 장수를 더 내려보내야 좋을꼬?"

그동안 고개를 숙인 채 생각에 잠겨 있던 관세음보살이 두 손 모아 합장하고 이렇게 아뢰었다.

"폐하, 소승이 그 원숭이를 잡아 꿇릴 만한 신장 한 사람을 천거하오리다."

"어떤 사람을 추천하시려오?"

"바로 폐하의 조카 되시는 이랑진군(二郞眞君)입니다. 그는 신통력이 크고 너르며, 또 매산 여섯 형제들과 의형제를 맺고 있을 뿐 아니라, 그 휘하에 천이백 명이나 되는 신병들을 거느리고 있사오니, 출전하라는 성지만 내리신다면 그 요망한 원숭이를 사로잡아 꿇릴 수 있을 것입니다."

옥황상제는 즉석에서 출동명령서를 한 장 써서 조카 이랑진군에게 내려보냈다.

이랑진군은 크게 기뻐하면서 즉시 의형제들과 더불어 쇠뇌와 활로 단단히 무장하고, 매와 사냥개를 이끌고 사나운 광풍을 일으키더니 1천2백의 신병들을 이끌고 동양 대해 건너 곧바로 화과산 상공에 들이닥쳤다.

토벌군 영채에서는 이랑진군과 그의 부대가 도착했다는 소식을 듣고 사대천왕과 탁탑천왕이 모두 나와서 그들 일행을 맞아들였다. 그리고 지금까지의 상황을 낱낱이 일러주었다.

전황을 다 듣고 나서 이랑진군은 껄껄 웃으며 장담했다.

"제가 반드시 그놈과 변화술법을 겨뤄보겠소. 여러 장군들께서는 하늘과 땅을 덮는 그물을 펼쳐놓으시되, 허공은 싸움터로 비워놓고 그저 동서남북 사방으로 지상에만 깔아놓아주시오. 그리고 탁탑천왕은 그놈이 패해 딴 곳으로 도망칠지도 모르니까 구름 위에 올라가셔서 조요경(照妖鏡)을 비춰 행방을 알려주십시오."

이윽고 매산 여섯 형제와 이랑진군이 기세 좋게 수렴동 어귀에 다다르고 보니, 원숭이 떼가 똬리 틀듯 진을 쳤는데, 진영 한복판에 '제천대성'이라고 쓰인 커다란 깃발 한 폭이 펄럭펄럭 나부긴다.

"요런 방자한 놈 봤나! 제까짓 놈이 어찌 감히 '하늘을 다스리는 위대한 성인'이란 호칭을 쓴단 말이냐?"

적진 앞에 들이닥치자, 망을 보고 있던 졸개 원숭이들이 급보를 전했다. 손오공은 당장 여의봉을 꺼내 잡고, 댓바람에 영채 문 바깥으로 달려나갔다.

"너는 어디서 굴러먹던 졸장이기에, 간 덩어리도 크게 나타나서 도전하느냐?"

이랑진군도 질세라 호통쳐 꾸짖었다.

"네놈이 눈은 달렸어도 눈알이 빠진 모양이로구나! 나로 말할 것 같으면 옥황상제의 조카 이랑진군 어르신이다. 이제 칙명을 받들어 필마온 원숭이, 네놈을 잡으러 왔는데, 아직도 죽을 둥 살 둥 아무것도 모르고 설쳐댄단 말인가!"

그 말에 손오공이 이죽이죽 대거리를 했다.

"오래전에 옥황상제의 누이동생이 속세를 그리워해서 아래 세상에 내려와 하찮은 인간과 살다 아들 하나를 낳았다더니, 그게 바로 네 녀석이었구나? 내 너한테 몽둥이찜질을 한대 먹여주고 싶다만, 피차 원수진 일도 없어 그냥 돌려보낼 테니, 냉큼 돌아가서 사대천왕더러 나오라고 해라!"

면전에서 모욕을 당한 이랑진군, 속에서 불덩어리가 확 치밀어 올랐다.

"이 발칙한 원숭이가 무례하기 짝이 없구나! 내 창이나 한대 먹어 봐라!"

양날로 세 갈래진 창이 무섭게 날아들자, 손오공은 슬쩍 옆으로 흘려보내더니 여의봉을 치켜들고 질풍같이 내리쳐서 답례를 보냈다.

이리하여 화과산 상공에는 또 한판 일대 격전이 벌어졌다. 자부심 강한 원숭이 임금의 여의봉과, 요괴라면 용서 없이 무력으로 굴복시키는 이랑진군의 창끝이 마주 겨누고 내지르는데, 몸짓 놀림이 조금이라도 늦었다가는 목숨이 결딴날 판이요, 손끝 하나 자칫 잘못 놀리는 날에는 곧바로 염라대왕을 만나러 가야 할 판이었다.

이랑진군은 손오공과 무려 3백여 차례나 부딪쳐가며 싸웠으나 좀처럼 승부가 나지 않자, 생각을 바꿔 급작스레 신통력을 발휘했다.

몸뚱이를 한 번 꿈틀대는 순간, 키가 느닷없이 10만 척으로 늘어나 하늘에 닿을 듯이 커지고, 두 손으로 부여잡은 창대를 번쩍 치켜드니 마치 산악의 봉우리가 눈앞에 확 들이닥친 듯했다. 검푸른 얼굴에 불쑥 튀어나온 송곳니, 시뻘건 머리카락에 마주 대하기가 두려울 만큼 흉악스러운 얼굴 형상으로 변하여 창날 끝으로 손오공의 정수리를 내리찍었다.

그러나 손오공도 이에 질세라, 그 역시 신통력을 부려 이랑진군과 똑같은 몸집 크기에 주둥이와 얼굴 모습까지 똑같이 변하여 여의봉을 풍차 돌리듯 휘둘러가며 마주쳐나가기 시작했다.

두 사람의 변신술법에 놀라 자빠진 것은 수렴동의 원숭이 떼와 심복 장수들이었다. 그들은 신바람 나게 휘둘러 응원하던 깃발도 내려뜨리고 잔뜩 겁을 집어먹은 나머지 창칼 쓰기마저 잊어버렸다.

그와 반대로 기세가 오른 것은 이랑진군의 진영이었다. 매산 여섯 형제가 호통쳐 일제 공격 명령을 내리자, 1천2백 명의 신병들이 한꺼번에 수렴동 외곽으로 돌진하고 풀어놓은 매와 사냥개들이 쏜살같이 원숭이 떼를 덮쳐 순식간에 이삼천 마리나 되는 원숭이 정령들을 사로잡았다.

손오공은 본영에서 부하 원숭이들이 사면팔방으로 쫓겨 달아나는 광경을 보고 뒤통수가 켕겼다. 더 이상 싸울 마음이 없어진 그는 재빨리 변신을 거둬들이고 여의봉을 겨드랑이에 꿰찬 채 몸을 빼어 냅다 도망치기 시작했다.

상대방이 갑자기 뺑소니를 치자, 이랑진군은 휘적휘적 큰 걸음걸이로 뒤쫓으며 소리쳤다.

"어딜 도망치는 거냐? 일찌감치 항복해라! 그럼 알량한 목숨만은 살려주마!"

허나 투지를 잃어버린 손오공은 그저 죽기 살기로 내처 뛰어 수렴동 어귀까지 달아났는데, 이건 또 웬 패거리들인가? 동굴 어귀에서 맞닥뜨린 것은 매산 여섯 형제들이다. 그들은 손오공의 퇴로를 가로막은 채 호통을 쳤다.

"요 발칙한 원숭이 놈아! 어딜 가려느냐!"

당황한 손오공은 슬쩍 몸을 흔들어 한 마리의 참새로 변하더니, 푸드덕 허공으로 날아올라 나뭇가지 위에 내려앉았다. 뒤쫓아 들이닥친 여섯 형제가 사방을 둘러보았으나 손오공의 종적은 찾을 수가 없다.

이윽고 이랑진군이 달려왔다.

"아우님들, 그놈이 어디서 없어졌나?"

"여기서 가로막았는데, 감쪽같이 사라지고 말았소."

이랑진군은 두 눈을 부릅뜨고 사방을 살펴보았다. 아니나 다를까, 원숭이란 놈은 참새로 둔갑해 가지고 천연덕스레 나뭇가지 위에 앉아 있는 것이 아닌가? 이랑진군은 술법을 거두어 본모습으로 돌아온 다음, 가볍게 몸을 뒤틀어 한 마리의 굶주린 새매로 변하더니 쏜살같이 참새를 덮쳤다. 그것을 보자, 앙큼한 손오공은 푸드덕 활갯짓을 치며 하늘 위로 날아오르더니 이번에는 한 마리 늙은 가마우지로 변해 훨훨 날아갔다.

이랑진군도 황급히 날개를 떨쳐 이번에는 커다란 바다 두루미로 변하여 구름 위로 뚫고 올라간 다음, 다시 곤두박질쳐 내리면서 가마우지를 쪼려 했다. 그러자 손오공은 지상으로 내려앉기가 무섭게 근처

시냇물에 뛰어들어 물고기로 변해 물속 깊숙이 숨어버렸다.

이랑진군 역시 물가로 내려앉았다. 요 녀석이 냇물로 뛰어들었으렷다? 그럼 물고기나 새우 따위로 둔갑했을 테니, 나도 걸맞게 변신해 그놈을 잡아내야지! 그는 물고기의 천적인 가마우지로 변해 물결 위를 둥실둥실 떠다니면서 기회가 오기만을 느긋이 기다렸다.

그것을 본 손오공은 재빨리 지느러미 꼬리로 뿌옇게 흙탕물을 일으켜놓고 그사이에 빠져 달아났다. 난데없는 물거품에 흙탕물이 일자, 깜짝 놀란 이랑진군은 물거품 속으로 빠져나가는 물고기를 발견하고 기다란 두 다리로 첨벙첨벙 뒤쫓아가 부리로 쪼아버리려 했다. 그 바람에 기겁을 한 손오공은 수면 위로 떠오르기가 무섭게 한 마리의 물뱀으로 변한 다음, 허둥지둥 헤엄쳐 물가로 나가더니 냇가 수풀 속으로 숨었다.

부리로 물고기를 쪼려다 실패한 이랑진군은 물뱀 한 마리가 기슭으로 헤엄쳐 달아나는 것을 보고 대뜸 그 정체를 알아차렸다.

"옳거니, 저것이 원숭이로구나!"

급히 변신술법을 써서 재두루미로 둔갑한 이랑진군이 집게 같은 부리로 물뱀을 내리찍었다. 그러자 물뱀은 또 기러기로 변해 물풀이 우거진 물가에 시침 뚝 떼고 우두커니 서 있었다.

그 꼴을 보고 이랑진군은 역겨운 생각이 들었다. 기러기라면 날짐승 가운데서도 가장 천박하고 음탕한 새라, 제 동류는 둘째치고 하다 못해 새매나 까마귀 따위하고도 짝짓기를 하는 천한 놈이다. 그렇게 더러운 놈한테 내 어찌 손을 댈 수 있으랴? 그는 본래의 모습으로 돌아가서 탄궁을 집어 들고 힘껏 시위를 당겨 "씽!" 하고 한 발 쏘아 보냈다.

"아이쿠!"

탄환은 기러기의 발꿈치에 정통으로 들어맞았다. 손오공은 속으로 외마디 소리를 지르면서도 그 기회를 놓치지 않고 낭떠러지 아래로 굴러 떨어져 납죽 엎드린 채 또 한 번 둔갑하여 이번에는 토지신의 사당으로 변했다. 쩍 벌린 입은 사당 대문으로 바꾸고, 이빨은 사립문짝으로, 혓바닥은 제단 위의 보살님으로. 두 눈알을 창살로 바꾸기는 했는데, 꼬리만큼은 어떻게 감출 도리가 없는 터라 깃대로 둔갑시켜 사당 건물 뒤편에 곧추세워놓았다.

이윽고 이랑진군이 낭떠러지 아래로 뒤쫓아 내려왔다. 그런데 탄궁으로 쏘아 맞춘 기러기는 온데간데없고 다 허물어져가는 사당 한 채만이 덩그러니 서 있을 뿐이다. 이리저리 둘러보던 이랑진군은 건물 뒤편에 깃대 하나가 높직이 세워져 있는 것을 발견하고 껄껄껄 웃음보를 터뜨렸다.

"하하! 이게 바로 원숭이 녀석이로구나! 내가 사당을 여러 군데 다녀봤다만, 건물 앞마당이 아니라 뒤뜰에 깃대를 세운 경우는 한 번도 본 적이 없다. 가만있거라, 내가 문턱을 넘어서면 한 입에 콱 깨물어버리겠지? 오냐, 내 우선 주먹으로 저놈의 창살을 때려부수고 다시 문짝을 걷어차버리마!"

이 말을 들은 손오공은 속으로 깜짝 놀랐다. 사립문은 이빨이요 창살은 눈동자인데, 이걸 얻어맞았다가는 이빨이 몽땅 부러질 테고 눈알도 짓뭉개질 게 아닌가? 이리하여 뺑소니를 치기로 결심한 그는 허공으로 훌쩍 뛰어오르더니 공중에서 온데간데없이 종적을 감추고 사라졌다.

또다시 손오공을 놓쳐버린 이랑진군은 사방을 두리번거리다가 찾지 못하고 몸을 솟구쳐 구름 위에 올랐다. 그곳에는 탁탑천왕이 조요경 거울을 높이 쳐들고 셋째 아들 나타태자와 함께 지켜 서 있었다.

"천왕, 그놈의 원숭이를 보셨소?"

이랑진군의 물음에, 탁탑천왕은 거울을 사면팔방으로 비춰 보더니, 너털웃음을 터뜨리며 일러주었다.

"빨리 가보셔야겠소! 그놈의 원숭이가 은신술법으로 천라지망 그물을 빠져나간 뒤에 곧바로 당신의 처소가 있는 관강구로 갔단 말이오!"

천왕의 말끝이 떨어지기가 무섭게, 그는 부랴부랴 관강구로 뒤쫓아 날아갔다.

한편 손오공은 관강구에 도착한 다음, 이랑진군과 똑같은 모습으로 둔갑해서 마치 제 집에나 돌아온 것처럼 시침 뚝 떼고 사당 안으로 들어섰다.

사당지기 귀신들이야 그를 알아볼 턱이 없어 주인께서 돌아오신 줄로만 알고 공손히 맞아들였다.

뒤미처 진짜 이랑진군이 헐레벌떡 들이닥쳐 귀신들을 놀라 자빠지게 만들었다.

"방금 제천대성이란 놈이 여기 오지 않았느냐?"

주인의 물음에, 사당지기 귀신들은 영문을 모른 채 대답했다.

"제천대성인지 뭔지 하는 작자는 본 적이 없습니다만, 주인 어르신과 똑같은 분이 와 계십니다."

이랑진군이 더 묻지 않고 사당 안으로 들어서자, 그를 본 손오공 역시 본색을 드러내면서 이죽거렸다.

"이것 봐, 떠들어봤자 소용없어! 이 사당은 진작 손 선생의 소유가 되었으니까, 그냥 조용히 떠나시는 게 좋을 걸세."

울화통이 터질 대로 터진 이랑진군은 두말없이 날카로운 창끝을 겨누어 손오공의 면상부터 찔러들었다. 원숭이 임금도 그럴 줄 알았다는 듯이 후딱 몸을 뒤틀어 창날을 흘려보내더니, 귓속의 바늘을 꺼내 굵다란 여의봉으로 만들어 가지고 마주 달려나오면서 후려치기 시작했다.

이렇게 해서 두번째로 맞붙은 이랑진군과 손오공은 사당 바깥으로 뛰쳐나와 제각기 안개구름을 일으켜 타고 허공으로 올라갔다. 반공중에서 정신없이 싸워가며 날다 보니, 두 사람은 어느새 또다시 화과산 상공에 당도했다.

사대천왕을 비롯한 토벌군 장수들은 그것을 보고 매산 여섯 형제와 두 싸움꾼을 포위망 한가운데 몰아넣고, 이번만큼은 원숭이 임금이 빠져나가지 못하도록 단단히 에워쌌다.

그 무렵, 하늘의 옥황상제는 관세음보살과 서왕모, 태상노군과 함께 싸움이 어떻게 진행되고 있는지 궁금하여 남천문 밖에까지 나와서 아래 세상을 내려다보고 있었다. 멀리서 바라보자니, 화과산 상공 구름 위에는 탁탑천왕이 거울로 원숭이 임금을 비춰 도망치지 못하게 감시하고, 그물처럼 깔린 포위망 안에서는 이랑진군 일곱 형제들이 손오공을 한복판에 몰아넣고 에워싼 채 격전을 벌이고 있었다. 그러나

시간이 지나도 좀처럼 결판을 내지 못하는 것이 안타까웠다.

이 광경을 지켜보던 태상노군은 조바심이 났는지 팔뚝에서 둥그런 금속 테를 뽑아 손오공을 겨누고 힘껏 내던졌다. 그것은 태상노군의 호신용 병기로 이름을 '금강탁(金剛琢)'이라 부르는데, 이것을 공중에 던져 올리면 세상의 어떤 물건이라도 모조리 달라붙어 빼앗거나 명중시킬 수 있는 신비한 힘을 지닌 병기였다.

'씽!' 하는 소리와 함께 날아간 금속 테는 어김없이 원숭이 임금의 머리통에 가서 딱 들어맞았다.

"어이쿠……!"

이랑진군과 매산 여섯 형제를 상대로 정신없이 싸우고 있던 손오공은 공중에서 떨어진 물체에 정수리를 얻어맞고 그 자리에 털썩 고꾸라지고 말았다. 다시 엉금엉금 기어 일어나려고 하는데, 이번에는 이랑진군의 사냥개 한 마리가 달려들어 넓적다리를 덥석 물어뜯고 잡아끌기 시작하는 것이 아닌가. 그 바람에 손오공은 또 한 번 자빠지고 말았다.

"이 망할 놈의 짐승이! 제 주인 녀석이나 물어뜯을 것이지, 애꿎은 이 손 선생을 물고 늘어질 게 뭐냐!"

투덜투덜 욕설을 퍼부어가며 일어나려는데, 일곱 의형제가 우르르 달려들더니 꼼짝 못하게 짓눌러놓고 밧줄로 꽁꽁 얽어 묶은 다음, 갈고리처럼 구부러진 칼로 양 어깨뼈를 꿰뚫어 두 번 다시 변신술법을 쓰지 못하게 만들었다.

이랑진군은 여섯 의형제들에게 화과산 수렴동 일대를 뒤져 잔당까지 말끔히 소탕하도록 분부한 다음, 천왕들과 함께 사로잡은 손오공을 이끌고 개선가를 부르며 하늘로 올라갔다.

이윽고 하늘나라에서 재판이 열렸다. 옥황상제는 요사스런 원숭이 제천대성 손오공을 형장에 끌어내 팔다리와 목을 베어 죽이라는 명령을 내렸다. 제천대성은 사형장으로 끌려 나가 말뚝에 꽁꽁 묶인 채 처형을 받기에 이르렀다.

형벌이 시작되었다. 창으로 찌르고 칼로 베는 온갖 형벌이 쉴 새 없이 계속되었다. 그런데 어찌 된 일인가. 그 숱한 형벌에도 제천대성의 몸에는 털끝만 한 상처도 나지 않고 멀쩡했다. 약이 바짝 오른 형 집행관은 방법을 바꾸어, 불을 다스리는 신령들을 총동원하여 죄수를 불로 태워 죽이게 했다. 그러나 역시 생각처럼 그렇게 간단히 태워 죽일 수 있는 원숭이가 아니었다.

형 집행관은 화가 머리끝까지 치밀어 올라, 이번에는 천둥 벼락을 담당하는 신령들을 불러다가 죄수의 머리통에 무서운 벼락을 내리치게 하였으나, 그것도 헛수고, 아무리 번갯불로 지지고 벼락을 때려도 원숭이의 머리터럭 한 오리도 까딱하지 않았다.

모든 수단이 허사로 돌아가자, 그는 여러 신령들과 함께 입궐하여 이 놀라운 사실을 아뢰었다.

"폐하, 저 제천대성이란 놈은 어디서 그런 호신술법을 배웠는지 모르겠사오나, 소신들이 아무리 칼로 치고 도끼로 찍고 벼락을 때리고 불로 태워도, 그놈의 털끝 하나 다칠 수가 없나이다. 이 일을 어찌하오리까?"

그 말을 듣고 옥황상제는 어처구니가 없어 할 말을 잊었다.

"저런……! 저런……! 그럼 어떻게 처치해야 좋을꼬?"

모두들 어쩔 바를 모르고 망연자실해 있을 때, 태상노군이 앞으로 나섰다.

"그 원숭이는 반도복숭아를 훔쳐 먹고 빈도가 빚어놓았던 구전환단을 다섯 항아리나 훔쳐 먹은 몸입니다. 그것이 모조리 뱃속에 들어가서 한 덩어리로 뭉쳐진 까닭으로 영원히 부서지지 않는 '금강불괴(金剛不壞)'의 육체가 된 모양이라, 어지간한 형벌로는 그놈의 몸뚱이를 다치게 할 수 없습니다. 그보다는 차라리 빈도에게 넘겨주시지요. 그놈을 데려다가 환약을 굽는 팔괘로(八卦爐)에 집어넣어 불길로 굽고 졸여보겠습니다. 아마 구전금단이 다 구워져서 나올 때쯤이면, 제아무리 금강불괴의 몸뚱이라 해도 잿더미가 되어 있을 것입니다."

옥황상제도 어찌할 도리가 없어, 죄수를 끌어내 넘겨주었다.

죄수를 데리고 도솔천궁으로 돌아간 태상노군은 우선 결박을 풀고 어깨뼈에 꿰었던 갈고리 칼을 뽑아낸 다음, 등을 떠밀어 팔괘로에 처넣었다. 그리고 화로지기 도사와 불을 지피는 동자들에게 명하여 아주 센 불로 때라고 하였다.

이 팔괘로는 '팔괘(八卦)'란 이름 그대로 건(乾. 하늘)과 곤(坤. 땅), 진(震. 천둥)과 손(巽. 바람), 감(坎. 물)과 리(离. 불), 간(艮. 산)과 태(兌. 늪)의 여덟 가지 자연의 현상 변화를 여덟 방위로 상징하는 것인데, 그중 바람에 해당하는 '손'의 방위인 동남쪽 위치는 바람이 불면서 불이 꺼지게 되어 있었다. 그 이치를 잘 알고 있던 손오공은 화로에 들어가기가 무섭게 동남쪽으로 옮겨가, 그 방위 아래 몸을 도사리고 쪼그려 앉았다.

드디어 '문무진화(文武眞火)'라는 신비한 불길이 무섭게 치솟기 시작했다. 그러나 불길은 바람결에 밀려 접근하지 못하고 그 대신에 연기가 자욱하게 밀어닥쳤다. 손오공은 불길에 타 죽지 않게 되었으나, 두 눈이 매운 연기에 쏘여 흰자위는 시뻘겋게 핏발이 서고 눈동자는 샛노랗게 변색되고 말았다.

무심한 날짜는 흐르고 흘러 어느덧 49일이 지났다. 태상노군은 이쯤 되면 단약이 다 구워졌으리라 생각하고 팔괘로의 뚜껑을 열기로 했다.

그날도 손오공은 두 손바닥으로 눈을 가린 채 줄줄 흘러내리는 눈물을 연신 훔쳐내고 있었는데, 갑자기 머리 위에서 화로 뚜껑이 열리는 기척이 들렸다. 눈을 번쩍 뜨고 올려다보니 이게 웬일이냐? 밝은 햇살이 눈부시게 환히 비쳐드는 것이 아닌가! 매캐한 연기에 눈물을 훔쳐 닦느라 지칠 대로 지쳐 있던 손오공이 더는 견디지 못하고 훌쩍 몸을 솟구치기가 무섭게 화로 바깥으로 뛰쳐나왔다. 그다음에는 보나 마나, 억눌렸던 분통이 한꺼번에 터지면서 내지른 발길에 팔괘로가 '와당탕 퉁탕!' 넘어가고, 손오공은 뒤도 안 돌아본 채 냅다 바깥으로 뛰어 달아나기 시작했다.

느닷없는 변고에 대경실색한 것은 화로지기 도사와 불 때던 동자 녀석, 그리고 죄수의 처형을 지켜보고 있던 여러 신장들이었다. 독이 오를 대로 오른 손오공이 닥치는 대로 집어던지고 넘어뜨리는 바람에, 그들은 덤벼들기가 무섭게 하나씩 차례차례 나가떨어지고 말았다.

태상노군 역시 뒤쫓아 나와 덜미를 잡는 데까지는 성공했으나, 손오공이 냅다 뿌리치는 거센 손길에 곤두박질을 치고 볼꼴 사납게 나뒹구는 신세가 되고 말았다.

　이윽고 손오공은 저 무서운 여의봉을 귓속에서 빼내더니, 바람결에 휘저어 밥공기만 한 굵기로 만들어 거머쥐고 무작정 두들겨 부수고 눈앞에 보이는 것이라면 닥치는 대로 때려뉘기 시작했다. 이러니 모처럼 조용해졌던 천궁에는 또다시 일대 소란이 일어날 수밖에…… 온 하늘의 별자리들은 기겁을 해서 대문을 굳게 닫아걸고, 사대천왕은 어디로 달아나 몸을 숨겼는지 그림자조차 얼씬하지 않았다.

　이제 원숭이 임금은 위아래도 가리지 않았다. 하늘나라의 장수들과 병사들은 저마다 도망쳐 숨기에만 급급할 뿐, 아무도 그 앞을 막아설 엄두조차 내지 못하였다.

　손오공은 내친걸음에 옥황상제가 계신 궁궐 앞에까지 들이닥쳤다. 천만다행히도 그날의 당직 수문장은 천궁 호법 신령 가운데에서도 으뜸으로 꼽히는 왕령관(王靈官)이었다. 손오공이 종횡무진으로 날뛰어가며 무서운 기세로 쳐들어오자, 그는 황금 채찍을 빼어 들고 앞으로 다가서서 가로막았다.

　"이 고약한 원숭이 놈! 어딜 가려느냐!"

　허나 손오공은 한마디 대꾸도 않고 다짜고짜 철봉을 들어 내리쳤다. 왕령관도 채찍을 휘둘러 받아칠 수밖에. 이리하여 옥황상제의 궁전 앞뜰에서 둘이 맞붙는 일대 격전이 벌어졌다.

　한쪽은 천둥벼락을 다스리는 신령의 부관으로 일편단심 충성을 바치는 장수요, 또 한쪽은 하늘을 평정해보겠다고 설쳐대는 못된 요괴 원숭이다. 더구나 황금 채찍과 쇠몽둥이 역시 신통하고 무서운 병기들이라, 피차간에 악전고투로 힘든 싸움을 벌이면서도 좀처럼 승부를 가리지 못했다.

그사이에 소식을 전해 듣고 뇌성벽력을 맡은 동료 신장 서른여섯 명이 허겁지겁 달려와 손오공을 포위망 한복판에 몰아넣고 눈코 뜰 새 없이 연속 공격을 퍼붓기 시작했다.

손오공은 털끝만큼이나마 두려워하는 기색을 보이지 않았다. 그는 한 자루 여의봉만으로 신장들의 창과 칼, 마디진 강철 채찍, 자루 달린 쇠몽치, 큰 도끼 작은 도끼, 사슬 달린 쇳덩어리, 자루 긴 낫이며 반달처럼 날이 굽은 삽을 막고 쳐내는가 하면, 뒤로 뽑고 앞으로 받아치며 견딜 수 있는 데까지 버텨냈다.

그러나 신장들의 공세가 갈수록 맹렬해지는 것을 보자, 손오공은 몸을 한번 슬쩍 뒤틀더니 삽시간에 머리가 셋, 팔뚝이 여섯 달린 괴물로 변하고, 수중의 여의봉도 바람결에 흔들어 석 자루로 만들어 두 손에 한 자루씩 나눠 잡은 다음, 물레바퀴 돌리듯 '윙윙!' 소리를 내가며 포위망 한복판에서 마구 휘두르기 시작했다. 그 어마어마한 기세에 눌려 서른여섯 명의 신장들은 섣불리 접근할 엄두도 내지 못하고, 멀찌감치 떨어진 채 그가 포위망을 빠져나가지 못하게 막는 것이 고작이었다.

5. 부처님 손바닥

이렇듯 신장들이 손오공을 한가운데로 몰아넣은 채 시끄럽게 함성만 지르고 있으려니, 그 소동에 놀라 견디다 못한 옥황상제가 호법 신령 두 사람을 서방 세계로 급히 보내, 석가여래 부처님에게 손오공을 제압해달라고 요청하기에 이르렀다.

두 호법 신령은 그 길로 구름을 타고 서천(西天)으로 날아가 영취산 뇌음사에 당도했다. 그리고 문지기 사대금강의 안내를 받아 여래부처님이 앉아 계신 연화대 앞으로 나아갔다.

"옥황상제께서 무슨 일로 두 분 성관(星官)을 아래 세상에 내려보내셨소?"

부처님의 물음에, 두 호법 신령은 제천대성 손오공의 출신 내력부터 시작해서 그가 천궁에서 저지른 온갖 죄와 토벌군에게 사로잡혀 처형당하게 된 경위, 그리고 팔괘로에서 뛰쳐나와 옥황상제가 계신 대궐까지 쳐들어가 난동을 부리고 있는 자초지종을 말씀드렸다. 그리고 마지막으로 이렇게 용건을 밝혔다.

　"……현재 그 원숭이 놈을 포위하여 앞길을 막는 데는 성공하였습니다만, 워낙 사납게 날뛰는 터라 아무도 범접을 못하고 있는 실정입니다. 사세가 이렇듯 긴박하므로, 폐하께서 특별히 여래부처님께 청하여 그놈을 제압해주셨으면 하고 저희들을 보내셨습니다."

　사연을 다 듣고 나자, 석가여래는 아난과 가섭 두 제자만 데리고 뇌음사를 떠나 곧바로 천상에 올랐다.

　이들이 대궐 문밖에 이르렀을 때, 시끄러운 함성이 고막을 뒤흔들었다. 천둥벼락을 맡은 서른여섯 명의 신장들이 손오공을 한복판에 몰아놓고 고함치는 소리였다.

　석가여래는 거기서 걸음을 멈추었다.

　"신장들은 잠시 싸움을 그치고 포위망을 열어주어 저 제천대성이란 자를 이리 나오게 하시오. 내가 저자에게 몇 마디 물어볼 것이 있소."

　신장들은 부처님의 지시에 따라 순순히 포위망을 열어놓고 뒤로 물러났다.

　손오공 역시 머리 셋 팔뚝 여섯으로 변신했던 모습을 거두어들이고 본래의 모습으로 돌아오더니, 노기등등하게 석가여래 앞으로 다가오면서 호통쳐 물었다.

　"너는 어디서 굴러먹던 훈수꾼이기에, 남의 싸움을 가로막고 뭘 묻겠다는 거냐?"

　석가여래가 빙그레 웃으며 대꾸했다.

　"나는 서방 극락 세계의 석가모니 존자, 아미타불이다. 오늘 듣자니, 네가 함부로 날뛰고 여러 차례 천궁에서 소동을 부린다 하는데, 어디서 태어난 누구며, 또 무엇 때문에 이렇듯 횡포를 부리느냐?"

그러자 손오공은 목청을 가다듬고 자랑스럽게 대답했다.

"나로 말할 것 같으면 하늘과 땅 사이에서 저절로 태어나 화과산 산중에서 자란 원숭이다. 속된 세상은 땅이 비좁아 이 하늘나라에 올라와 살고 싶어졌다. 이 천궁은 옥황상제 혼자서 영원히 소유할 것이 아니라, 인간 세상의 제왕들처럼 힘센 자에게 물려주는 것이 당연한 일 아닌가? 그러니 옥황상제의 보좌를 오늘 내게 양보하란 말이다!"

석가여래는 기가 막혀 껄껄대고 웃었다.

"기껏해야 한낱 원숭이의 정령에 지나지 않는 것이 주제넘게도 옥황상제의 존귀한 자리를 빼앗으려 하다니! 그분으로 말하자면 어려서부터 도를 닦아 오늘에 이르기까지 일천칠백오십 겁(劫)이나 고행을 쌓으셨다. 그 세월이 얼마나 되는지 아느냐? 일 겁이라면 십이만 구천육백 년이다. 너처럼 인간이 되다 찌그러진 일개 짐승이 어찌 감히 천궁의 보좌를 넘본단 말인가! 허튼소리는 걷어치우고 일찌감치 천도에 귀순하거라!"

엄한 꾸지람을 받고도, 손오공은 외눈 하나 깜짝하지 않았다.

"흥! 옥황상제가 아무리 오랜 세월 도를 닦았기로서니, 언제까지나 그 자리를 차지하고 있으란 법이 어디 있소? 속담에도 '임금 자리는 돌려가며 하는 법, 내년에는 내 차례가 되리라' 하지 않았소? 잔소리 말고 그더러 딴 데로 옮겨가고 천궁을 내게 넘겨주라고 하시구려. 만약 내게 양보하지 않는다면, 이 천궁을 송두리째 뒤엎어서 영영 태평할 날이 없게 만들어놓고야 말겠소!"

"네가 변화술법 말고 또 무슨 재능이 더 있기에 천궁을 뒤엎겠다는 거냐?"

"재간이야 얼마든지 있고말고! 근두운을 타면 십만 팔천 리를 단숨에 날아갈 수도 있소. 이런 내가 천궁의 보좌에 올라앉을 자격이 없단 말이오?"

"그렇다면 나하고 내기를 해보자꾸나. 네게 그런 재주가 있거든 구름을 타고라도 내 손바닥에서 빠져나가보아라. 내 손아귀에서 빠져나가기만 한다면 네가 이긴 것으로 쳐주고, 더 이상 싸울 것도 없이 옥황상제더러 서방 세계로 옮겨가 사시도록 하고, 이 천궁을 네게 넘겨주도록 하마."

손오공은 이 말을 듣고 속으로 코웃음을 쳤다. 그러나 석가여래의 마음이 바뀔까 봐 얼른 다짐을 두었다.

"당신, 그 말대로 약속할 수 있겠소?"

"물론 하고말고!"

석가여래는 대답과 함께 손바닥을 펼쳐 내밀었다. 손바닥 크기는 연잎만 했다.

다짐을 받고 난 손오공이 여의봉을 거둬들인 다음, 훌쩍 몸을 솟구쳐 부처님의 손바닥에 우뚝 올라섰다.

"자아, 그럼 나는 간다!"

한마디를 남겨놓는 찰나, 한 줄기 섬광이 번쩍하고 스쳐 나가더니 손오공의 그림자는 벌써 온데간데없이 사라졌다.

여래부처가 지혜로운 눈을 지그시 뜨고 바라보니, 원숭이 임금은 마치 풍차 돌아가듯 단 한 순간도 멈추지 않고 그저 앞으로 날아가고만 있었다.

얼마나 치달렸을까, 손오공이 한참 날아가는 도중 갑자기 앞쪽에 불그스레한 기둥 다섯 개가 하늘같이 푸른 기운을 떠받치고 가지런히 서 있는 것이 아닌가?

"옳거니! 저기가 길 끝이로구나. 이제 돌아가면 옥황상제의 자리는 내 차지다!"

혼잣말로 중얼거리는 손오공, 그러나 역시 의심 많은 원숭이라 또 다른 궁리가 머릿속에 스쳤다.

"가만있거라! 이대로 돌아가면 증거가 없지 않은가? 여기다가 무슨 표적을 남겨두어야겠다."

그는 솜털 한 오리를 뽑아 "훅!" 하고 숨결 한 모금을 불어넣은 다음, 외마디 호통을 쳤다.

"변해라!"

솜털은 당장 짙은 먹물을 듬뿍 머금은 붓 한 자루로 변했다. 손오공은 붓을 들고 기둥 다섯 개 중에 가장 높은 가운데 기둥에 큼지막한 글씨로 이렇게 썼다.

제천대성, 여기 와서 놀고 가시도다.

솜털을 도로 거둬 넣은 그는 그 정도만으로 모자랐는지, 점잖지 못하게 제일 첫번째 기둥뿌리 밑에다 원숭이 오줌을 흠뻑 싸놓았다. 그러고 나서야 근두운을 되돌려 처음 떠났던 곳으로 돌아와 석가여래의 손바닥 위에 내려섰다.

"이제 다녀왔소. 하늘 끝까지 갔다 왔으니까 약속대로 옥황상제더

러 천궁을 내게 넘겨주라고 하시오.”

그러자 석가여래가 버럭 호통쳐 꾸짖었다.

“이 얌통머리 없는 오줌싸개 원숭이 녀석 같으니! 네놈은 내 손바닥 안에서 한 발짝도 떠난 적이 없다!”

손오공도 질세라 험상궂게 대거리를 했다.

“모르시는 말씀 작작 하구려! 방금 나는 하늘 끝에까지 갔었소. 거기에 당도해보니, 기둥 다섯 개가 하늘을 떠받치고 서 있기에, 그 기둥에다 표지를 남겨두고 오는 길이오. 믿지 못하겠거든 나하고 한번 가보지 않을 테요?”

석가여래는 한마디로 거절했다.

“가볼 것도 없다! 고개 숙여서 이걸 보려무나.”

손오공이 고리눈을 부릅뜨고 손바닥 아래쪽을 굽어보았더니, 이게 웬일이냐? 부처님의 가운뎃손가락에 기막힌 글씨가 한 줄 씌어 있지 않은가!

제천대성, 여기 와서 놀고 가시도다.

어디 그뿐이랴, 엄지와 검지가 갈라진 아귀에서는 아직도 원숭이의 오줌 냄새가 물씬물씬 풍겨 나오고 있다.

손오공은 깜짝 놀라 저도 모르게 버럭 고함을 질렀다.

“아니, 이럴 수가……! 나는 이 글씨를 분명 하늘 끝을 떠받치고 있던 기둥에다 써놓았는데, 어떻게 이 사람 손가락에 씌어 있단 말인가? 안 되겠다, 잠깐 기다리시오! 내 다시 한 번 갔다 올 테니까!”

앙큼스런 제천대성, 황급히 몸을 솟구쳐 다시 빠져나오려 했으나 이미 때는 늦었다. 부처님의 손바닥이 홀떡 뒤집히면서 "탁!" 하고 한 대 후려치니, 이 분수 모르는 원숭이 임금은 서쪽 하늘 문 바깥으로 퉁겨 날아가고, 이어서 다섯 손가락이 산악으로 변하여 그를 꼼짝 못하게 눌러버리고 말았다. 이 다섯 봉우리가 이름하여 '오행산(五行山)'이다.

요망한 원숭이를 제압한 석가여래는 옥황상제가 베풀어준 사은의 잔치에서 환대를 받은 후 서방 극락 세계로 돌아가려 했다.

이때 죄수의 감시를 맡고 있던 호법 신령이 달려와 아뢰었다.

"제천대성이란 놈이 머리통을 내밀기 시작했습니다."

그러나 부처님은 대수롭지 않게 말했다.

"괜찮소. 걱정할 것 없소이다."

그리고 소매춤에서 부적 한 장을 꺼내 아난에게 건네주면서, 오행산 정상에 갖다 붙이라고 분부했다. 아난은 곧바로 오행산 꼭대기에 다다라 네모난 바윗돌 윗면에 부적을 단단히 붙여놓았다. 그랬더니 오행산은 당장 뿌리가 내려서 대지와 맞붙어버리고 말았다. 이리하여 그 밑에 억눌린 손오공은 겨우 숨이나 쉬고 손목만 움직일 뿐, 몸뚱이 전체가 빠져나가지 못하게 되었다.

천상의 모든 신령들과 작별하고 하늘 문을 나선 여래부처님은 서방 세계로 돌아가는 도중에 또 자비심이 일어 오행산 일대를 지키는 토지신을 불러낸 다음, 신장들과 함께 죄수를 감시하라는 분부를 내리고 이렇게 덧붙여 말했다.

"그놈이 배고프다 하거든 무쇠 알을 먹이고, 목마르다 하거든 구리 녹인 물을 마시게 해주어라. 형기가 다 차게 되면, 자연 그놈을 구해 낼 사람이 나타날 것이다."

세월은 덧없이 흐르고 또 흘렀다.

어느 날, 석가여래는 여러 부처와 존자(尊者)들을 모두 불러 모았다.

"저 고약한 원숭이를 굴복시키고 천궁을 평안하게 만든 이후, 속세에서는 짐작하건대 오백 년쯤 지났으리라 본다. 그동안 내가 이 세상을 살펴보니, 중생들의 선악이 대륙에 따라 다르나, 그중에서도 남섬부주에 사는 중생들은 탐욕스럽고 음탕하며 남의 재앙을 기뻐하고 살생과 다툼을 많이 저지르니, 이야말로 '입과 혓바닥이 흉악한 싸움터요, 시비의 포악한 바다'라는 말과 같다. 그러므로 나는 세 가지 참된 경전을 보내 그 사람들을 감화시켜 착한 길로 이끌어주고자 한다."

"세 가지 참된 경전이란 어떤 것입니까?"

보살들이 합장하고 여쭈었더니, 석가여래는 이렇게 설명했다.

"세 가지 경전이란, 하늘의 도리, 땅의 도리를 논한 것이요, 또 하나는 귀신의 세계에 빠진 중생을 건져내어 극락으로 인도하는 것이다. 이 '삼장(三藏)'의 경전이야말로 참된 도리를 닦는 길이며 올바른 선(善)으로 들어가는 법문이라 할 것이다. 나는 이것을 동녘 땅으로 보내주되, 그곳에서 착하고 믿음 있는 사람을 찾아내어, 그자로 하여금 온갖 모진 고초를 겪어가며 내가 있는 이곳으로 찾아와서 이 경전을 가져다 저 어리석은 중생들을 교화시키게 할 생각이다. 그대들 가운데 누가 동녘 땅에 가서 그런 인재를 한 사람 찾아 보내겠느냐?"

석가여래의 물음에, 관세음보살이 연화대 앞으로 나섰다.

"제자가 불민하오나, 동녘 땅에 가서 그 인재를 찾아보겠나이다."

자원하고 나선 이가 관세음보살임을 보자, 석가여래는 속으로 크게 기뻐했다.

"다른 사람은 몰라도, 관음존자라면 다녀올 수 있으리라."

"이 길로 떠날까 하옵는데, 무슨 분부라도 계신지요?"

"경전을 가지러 오는 자가 아무리 굳센 신념을 지녔다 하더라도 여행하기가 고생스러울지 모르니, 그대에게 몇 가지 보배를 주겠다."

석가여래는 둥그런 고리 테 세 개를 꺼내 보살에게 건넸다.

"이 보배는 '긴고아(緊箍兒)'라고 부른다. 모양은 셋 다 똑같지만 쓰임새는 각각 다르다. 만약 도중에 신통력이 뛰어난 요괴 마귀와 마주치게 되거든, 우선 좋은 말로 감화시켜서 경전을 가지러 오는 사람의 제자가 되게 하여라. 허나 그가 권유대로 따르지 않을 경우에는 이 테를 머리에 씌우고 주문을 외우도록 하여라. 그리하면 이 테는 저절로 그 머릿속에 뿌리 박혀, 주문을 외울 때마다 그놈은 눈알이 튀어나오고 머리가 빠개지는 고통을 받게 될 것이니, 그때 잘 타일러서 우리 불문에 귀의시키도록 하여라."

관음보살은 여래부처에게 작별 인사를 올린 다음 연화대 앞을 물러 나왔다. 혜안 행자는 무게만도 1천 근이나 되는 혼철곤(混鐵棍) 한 자루를 들고 관음보살의 신변을 호위하는 항마역사(降魔力士)로 따라붙었다.

두 사람이 뇌음사를 벗어나 산기슭에 다다르자, 옥진관의 도사 금정대선(金頂大仙)이 문턱에 나와 반갑게 맞으면서 물었다.

"경을 가지러 올 사람이 언제쯤 당도하겠습니까?"

관세음보살은 별로 깊이 생각하지 않고 대답했다.

"기일이 꼭 정해진 것은 아닙니다만, 아마 이삼 년쯤 지나면 이곳에 도착할지도 모르겠습니다."

마침내 관음보살 일행은 동녘 땅으로 길을 떠났다.

얼마쯤 나아갔을까, 갑자기 강물이 출렁출렁 앞길을 가로막았다. 이른바 '배를 띄우지도 못하고 새의 깃털조차 가라앉는다'는 약수(弱水), 저 악명 높은 유사하(流沙河) 강변에 다다른 것이다.

관음보살은 제자를 돌아보고 말했다.

"애야, 경전을 가지러 올 사람은 뼈와 살로 뭉쳐진 무거운 육신을 지니고 있을 텐데, 그 범속한 몸으로 이런 강을 어떻게 건널 수 있을는지 모르겠다."

"사부님, 이 강 너비가 얼마나 될까요?"

제자의 물음에, 관음보살은 구름을 멈추고 지그시 강물을 바라보았다.

유사하는 과연 기가 막힐 정도로 어마어마한 강이었다. 건너려면 아득한 8백 리 길, 상류에서 하류까지 3천 리나 되는 머나먼 길이다. 흐르는 물살이 마치 대지가 뒤집히는 듯 사납고, 도도히 용솟음치는 물결은 산악이 솟구쳐 오르는 듯한데, 끝도 안 보이게 아득한 강물에 만 길 높이로 길길이 날뛰는 물소리가 십리 밖에까지 들릴 지경이었다.

스승과 제자 두 사람이 하염없이 흘러가는 강물을 바라보고 있을 때였다.

갑자기 강물 한복판에서 요괴 하나가 물결을 헤치고 불쑥 뛰쳐나왔다. 시커멓게 그늘진 잿빛 얼굴에 한밤중 등잔불처럼 번뜩거리는 두 눈빛, 길게 째진 입을 쩍 벌리니 불쑥 튀어나온 송곳니는 칼날처럼 예리하고, 시뻘건 더벅머리가 헝클어진 까마귀 둥지나 다를 바 없는데, 천둥벼락 치듯 악을 쓰며 물결을 박차고 달려 나오는 두 다리가 휘몰아치는 돌개바람 같았다.

괴물은 강 언덕으로 오르기가 무섭게 관음보살을 낚아채려 했다. 혜안 행자가 혼철곤으로 그 앞을 가로막으면서 무섭게 호통쳤다.

"어딜 가려고! 게 서 있거라!"

그러자 괴물은 보살을 놓아둔 채 쇠 지팡이를 휘둘러 혜안 행자에게 마주 달려들었다. 이리하여 유사하 강변에는 때 아닌 격렬한 싸움판이 벌어졌다. 괴물의 쇠 지팡이 '항요보장(降妖寶杖)'과 혜안 행자의 1천 근짜리 무쇠 곤봉은 시끄러운 쇳소리와 함께 불똥을 퉁기면서 수십 차례나 맞부딪쳤다. 그러나 좀처럼 승부를 가릴 수가 없었다. 얼마나 싸웠을까, 괴물이 갑작스레 항요보장을 번쩍 들어 상대방의 공격을 가로막더니 불쑥 이렇게 물었다.

"너는 어디 사는 중 녀석인데, 감히 여기가 어디라고 나한테 맞서는 거냐?"

"나는 탁탑천왕의 둘째 아들인 목차 태자 혜안이다! 지금 내 스승님을 모시고 동녘 땅으로 경을 가지러 올 사람을 찾아가는 길이다. 네 놈은 도대체 무슨 괴물이기에 이토록 대담하게 우리 앞길을 가로막는 거냐?"

이 말을 듣자, 괴물은 무슨 생각에서인지 말씨를 한결 누그러뜨렸다.

"내가 듣기에, 그대는 남해 관세음보살의 수제자로 도를 닦고 있다

던데, 그런 그대가 어찌하여 이곳까지 왔단 말인가?"

혜안이 호통쳐 대꾸했다.

"저 강변 언덕에 서 계신 분이 안 보이느냐? 저분이 내 스승님이시다!"

"어이쿠, 그랬었군! 그랬었어⋯⋯!"

괴물은 병기를 거두어들이고 자진해서 혜안의 손에 붙잡혀 보살 앞에 끌려갔다.

"보살님, 몰라뵀습니다. 용서해주십쇼! 그리고 제 말을 좀 들어주십쇼. 저는 사악한 요괴가 아닙니다."

괴물이 관음보살 앞에 털어놓은 신세 내력은 대략 이러했다.

그는 본디 하늘나라에서 옥황상제의 측근 시중을 들던 권렴대장(捲簾大將)이었다. 그런데 어느 날 서왕모가 베푸는 잔치 자리에서 실수로 유리잔을 깨뜨려, 그 죄로 8백 대의 매를 맞고 아래 세상에 떨어져 귀양살이를 하는 중이었다. 뿐만 아니라 7일에 한 차례씩 비검(飛劍)이 날아와 1백여 번 찌르는 형벌을 계속 받고 있었다. 그는 고통 속에서도 굶주림을 견디지 못하여 이삼 일 만에 한 번씩 강물 바깥으로 뛰쳐나와 지나가는 사람을 잡아먹고 살아왔는데, 오늘 뜻밖에도 관음보살 일행을 몰라보고 이렇듯 무례한 짓을 저질렀던 것이다.

괴물의 하소연을 다 듣고 나서, 관음보살은 잠시 생각에 잠기더니 좋은 말로 이렇게 타일렀다.

"나는 지금 부처님의 명을 받아 경을 가지러 올 사람을 찾으러 동녘 땅으로 가는 길이다. 네가 우리 문하에 들어와 경을 얻으러 갈 사람의 제자가 될 생각은 없느냐? 그 사람을 모시고 서천 극락 세계에 찾아가 부처님을 뵙겠다면, 내가 고통을 받지 않게 해주마."

괴물은 당장 대답했다.

"예에! 저는 불문에 귀의하고 싶습니다!"

관음보살은 그 자리에서 입문 예식을 베푼 다음, 유사하 출신이란 뜻에서 '모래 사(沙)' 자를 성으로 삼아주고 법명을 '오정(悟淨)'이라 지어주었다. 이리하여 사오정은 부처님의 제자로 거듭 태어나, 다시는 살생하지 않고 오로지 경전을 가지러 가는 사람만을 기다리고 있게 되었다.

그와 작별한 관음보살은 제자 혜안과 함께 동녘 땅으로 길을 재촉했다.

얼마나 갔을까, 이번에는 또 높은 산이 앞을 가로막았다. 그런데 산중에는 역겨운 냄새가 가득 서려 도무지 걸어서 올라갈 수가 없었다. 그래서 구름을 타고 넘어가려는데, 난데없이 한바탕 미친 바람이 사납게 일더니, 또 요괴 한 마리가 번뜩 나타났다.

험상궂은 생김새에 흉악하기 짝이 없는 몰골이 보기만 해도 끔찍스러울 지경이었다. 둘둘 말린 연잎처럼 비죽 나온 주둥이에, 두 귀는 부채 모양 너울거리고 금빛 눈동자가 뒤룩뒤룩 구르는데, 입술 악문 송곳니가 줄칼처럼 날카롭고, 기다란 주둥이에 쩍 벌린 입은 숯불 담긴 화로같이 시뻘겋다.

무작정 달려든 요괴가 불문곡직하고 다짜고짜 관세음보살을 겨냥하여 쇠스랑부터 후려 찍었다. 혜안 행자는 냉큼 혼철곤으로 쇠스랑을 가로막으며 호통쳤다.

"이 고약한 놈! 어디서 무례한 짓이냐!"

요괴도 서슴지 않고 대거리를 했다.

"중 녀석이 목숨 아까운 줄 모르는구나! 이 쇠스랑이나 한대 받아라!"

이리하여 둘은 산기슭 아래에서 치고받고 대판 싸움을 벌이기 시작했다. 흙먼지가 뽀얗게 하늘을 뒤덮고, 허공에는 모래자갈이 어지럽게 흩날리는데, 이빨 아홉 달린 요괴의 쇠스랑이 쇳소리를 내며 상대방의 면상을 겨냥하여 내리훑고, 시꺼먼 윤기가 흐르는 혜안 행자의 무쇠곤봉은 양 손아귀에 잡힌 그대로 요괴의 가슴을 들이쳤다.

둘의 싸움이 절정에 이르렀을 때, 관세음보살은 허공 위에서 연꽃 한 송이를 내던져 쇠스랑과 철곤 사이를 보기 좋게 갈라놓았다.

그것을 본 괴물이 속으로 찔끔 놀라 호통쳐 물었다.

"어디서 굴러먹다 온 중 녀석이, 이따위 장난질로 내 눈을 어지럽히는 거냐?"

혜안 행자가 대신 대답했다.

"이 뼈다귀에 살덩어리만 바른 너절한 놈아! 두 눈을 멀쩡히 뜨고도 보이는 게 없느냐? 나는 관세음보살의 제자요, 이 연꽃을 던진 분은 바로 내 스승이시다!"

그 말을 듣고 괴물이 펄쩍 뛰며 놀랐다.

"아니, 관세음보살이라니! 그렇다면 온 세상의 모든 고난을 없애주신다는 그 보살이란 말인가?"

"그분이 아니시면 또 누가 있겠느냐?"

혜안의 말끝이 떨어지기도 전에, 괴물은 들고 있던 쇠스랑을 내동댕이치고 그 자리에 무릎 꿇더니, 상공을 우러러 넙죽넙죽 절하면서 목청껏 소리쳤다.

"보살님, 용서해주십쇼! 용서해주세요!"

관음보살이 구름에서 내려와 그 앞으로 다가섰다.

"너는 어디서 요정이 된 멧돼지냐? 아니면 어느 댁 집돼지가 요괴로 둔갑해서 내 앞길을 가로막느냐?"

그러자 괴물은 자기의 신분을 밝혔다. 그는 본래 하늘에서 천하(天河, 은하수)를 다스리던 천봉원수(天蓬元帥)였다. 그런데 어쩌다 술 취한 김에 월궁(月宮, 달나라) 항아를 희롱한 죄로 옥황상제의 노염을 받아 무거운 철퇴로 매를 2천 대나 맞고 아래 세상에 쫓겨 내려온 자였다. 아래 세상에 떨어진 그는 사람으로 태어나려던 것이 길을 잘못 들어 그만 암퇘지의 뱃속으로 들어가 돼지의 모습으로 태어나게 되었는데, 이곳 복릉산 운잔동이란 동굴 속에 살면서 여전히 사나운 천성을 버리지 못하고 길 가는 나그네를 잡아먹으며 살아오고 있었던 것이다.

사연을 다 듣고 나자, 관세음보살이 꾸짖었다.

"옛말에 '앞날에 바라는 바가 있거든, 앞길을 그르치는 일을 하지 말라' 했다. 그런데 너는 하늘에서 법을 어기고도 그 흉악한 마음을 고치지 않은 채 여전히 살생을 저지르다니, 두 가지 벌을 받아야 마땅한 놈이로구나!"

이 말을 듣고 괴물은 펄펄 뛰었다.

"뭐라고요? 살생을 말라니! 보살님 말씀대로라면, 저더러 바람이나 마시며 살라는 겁니까? 속담에 '국법대로 살면 맞아 죽기 십상이요, 부처님 법대로 살면 굶어 죽기 십상'이라고 했습니다. 살기 위해서라면 두 가지 벌을 받든 말든 겁날 것 없습니다!"

관음보살은 그를 좋은 말로 깨우쳤다.

"옛말에 '사람이 착한 염원을 품으면, 반드시 하늘이 알아준다' 했다. 네가 앞으로 올바른 길에 들어서겠다면, 네 한 몸 살아나갈 길도 저절로 열릴 것이다. 이 세상에는 오곡이 있어서 굶주림을 면할 수 있게 해주는데, 어째서 사람을 잡아먹고 살아갈 필요가 있단 말이냐?"

괴물은 이 말을 듣고 꿈에서 깨어난 듯 얼떨떨하게 말했다.

"저도 올바르게 살아가고 싶습니다만, 하늘에 큰 죄를 지은 몸이라 어디다 비빌 데가 없습니다."

"나는 지금 부처님의 명에 따라 동녘 땅으로 경을 가지러 올 사람을 찾아가는 길이다. 네가 만약 그 사람의 제자가 되어서 서천 극락 세계에 다녀온다면, 그 공으로 죄를 씻게 해주마."

"따르겠습니다! 그분을 따라가겠습니다!"

관음보살은 그제야 괴물에게 입문예식을 베풀어준 다음, 생김새 그대로 '돼지 저(豬)' 자를 성으로 삼고 법명을 '오능(悟能)'이라 지어주었다. 이때부터 괴물은 '저오능'이라 불리게 되었다.

보살의 가르침을 받아 불문에 들어간 저오능은 불제자에게 금지된 다섯 가지 음식과 도가에서 금하는 세 가지 음식을 모두 끊고 채식을 하면서 한마음 한뜻으로 경전을 가지러 갈 사람을 기다리게 되었다. 이렇듯 여덟 가지 음식을 끊었다고 해서 그는 앞으로 '저팔계(豬八戒)' 라고도 불린다.

저팔계와 작별한 관음보살은 제자 혜안과 함께 다시 구름을 타고 동쪽으로 길을 떠났다.

한참을 가다 보니, 허공에서 용 한 마리가 구슬프게 울부짖는 소리가 들려왔다. 관음보살은 그리로 다가가서 물었다.

"너는 어디에 사는 용인데 이런 데서 고생하고 있느냐?"

"저는 서해 용왕의 아들입니다. 불을 잘못 다루어 궁궐에 간직한 야광 구슬을 태워버린 죗값으로 오늘내일 사이에 사형을 받게 되었습니다. 보살님, 제발 이 한목숨 구해주십쇼!"

이 말을 듣자, 관음보살은 그 길로 곧장 하늘나라에 올라가 옥황상제를 뵙고 이렇게 청하였다.

"빈승이 부처님의 분부를 받들어 동녘 땅으로 경을 가지러 올 사람을 찾아가는 길이온데, 도중에 용 한 마리를 만났습니다. 그놈은 폐하게 죄를 지어 처형당할 날짜만 기다리고 있다 합니다. 그놈의 죄를 용서하시고 빈승에게 맡겨주신다면, 경을 가지러 가는 사람에게 탈것으로 만들어줄까 하나이다."

옥황상제는 흔쾌히 용의 죄를 사면하고 관음보살에게 넘겨주게 하였다.

구사일생으로 목숨을 건진 용은 보살의 지시에 따라 산 밑 깊은 계곡 물속에 잠겼다. 그리고 훗날 경을 가지러 가는 사람이 나타났을 때 백마로 변하여 그를 태우고 서천 극락 세계로 가게 되었다.

관음보살 일행은 그 산을 넘어서 또다시 동녘 땅으로 치달렸다.

그런데 얼마 안 갔을 때였다. 갑자기 반공중에 금빛 광채와 상서로운 기운이 천만 가닥으로 줄기줄기 뻗쳐 나오는 것을 발견했다.

혜안 행자가 먼저 그것을 보고 스승에게 말씀드렸다.

"사부님, 저 광채가 나는 곳이 바로 오행산입니다. 저기 여래님의 부적이 붙어 있지 않습니까?"

"옳거니, 하늘나라에서 대소동을 일으켰던 제천대성이 갇혀 있는 곳이로구나. 그놈이 아직도 산 밑에 깔려 있겠지?"

스승과 제자 두 사람은 이런저런 얘기를 나누면서 산 위로 올라갔다. 산꼭대기 네모난 바윗돌 위에는 여전히 석가여래의 부적이 붙어 있었다. 관음보살은 그것을 보고 탄식하며 이렇게 중얼거렸다.

"안타깝구나, 저 요망한 원숭이가 세상을 위해 봉사하지 않고 망령되게 천궁을 난장판으로 만들다니…… 저 옛날 십만 천병을 상대로 위풍을 떨쳤다고는 하나, 그게 무슨 소용이랴. 우리 부처님 손에 걸려 죄를 받고 있으니, 언제 다시 풀려나 그 재능을 한껏 펼칠 수 있을지 모르겠다."

스승과 제자끼리 주고받는 얘기가 죄수를 놀라게 만들었는지, 산 밑에서 큰 소리로 고함쳐 부르는 소리가 들려왔다.

"어이! 그 산 위에서 중얼대는 작자가 누구야? 도대체 누가 남의 험담을 늘어놓고 있는 거야?"

관음보살은 산 아래로 내려와 이리저리 찾아보았다. 아니나 다를까, 5백 년 동안 손오공의 감시 책임을 맡은 토지신과 산신령이 모습을 드러내더니 두 사람을 죄수가 갇혀 있는 곳까지 인도해주었다.

제천대성 손오공은 여전히 돌산 밑에 눌려 있었다. 입으로 말할 수는 있으나 몸뚱이는 움쭉달싹도 못하고 있었다.

"손 선생, 나를 알아보시겠는가?"

보살이 묻자, 손오공은 불덩어리처럼 핏발 선 눈을 번쩍 뜨고 고개를 끄덕였다.

"제가 어찌 당신을 못 알아본단 말이오? 당신은 남해 보타락가산에 계시는 대자대비하신 나무관세음보살 아닙니까? 그런 분이 오늘 이렇게 찾아주시다니, 정말 고맙습니다. 나는 여기서 하루를 한 해처럼 지겹게 보내고 있습니다. 그런데 어디서 오시는 길입니까?"

"나는 부처님의 명을 받아 경전을 구하러 올 사람을 찾아가는 길에 이곳을 지나치다가, 그대를 보려고 잠시 걸음을 멈춘 것이다."

이 말에, 손오공은 새삼 분통이 터지는지 목소리가 거칠어졌다.

"옳지! 그 괘씸한 석가여래가 날 속여서 이 산 밑에 가두어놓은 지 벌써 오백 년이나 지났소. 그러고도 난 아직껏 이 모양 이 꼴이란 말이오!"

그러고는 다시 말씨를 누그러뜨리고 애원했다.

"대자대비하신 보살님, 당신은 이 세상 모든 어려움과 고통을 풀어주신다는 분 아니오? 제발 이 손 선생 좀 구해주시구려!"

"너 이 녀석! 네가 저지른 죄악의 업보가 그토록 크고 깊은데 구해달라고? 네놈을 놓아주었다가 또 난동을 부리고 중생들에게 해악을 끼칠 때는 어떻게 하라고 구해준단 말이냐?"

"저도 벌써부터 후회하고 있습니다. 내 죄가 어떤지 잘 알고 있단 말입니다. 그저 크나크신 자비를 베풀어, 제가 앞으로 나아갈 길만 열어주신다면, 진정으로 올바른 행실을 쌓겠습니다."

풀이 죽은 목소리로 본심을 드러내는 제천대성 손오공, 이 말을 듣고 관음보살은 속으로 무척 기뻐했다.

"오냐, 성현의 말씀에 '입에서 나오는 말이 착하면, 천리 밖에서도 이를 받아들이고, 그 말이 착하지 못하면 천리 밖에서도 이를 멀리한다' 하셨다. 네가 이미 그런 마음을 지녔다면, 내가 동녘 땅에 가서 경을 가지러 올 사람을 하나 찾아 보낼 터이니, 그때까지 기다리고 있거라. 그 사람을 시켜서 너를 구해주도록 하마. 그 사람을 따라서 제자가 되고 우리 부처님의 문중에 들어와 다시 도를 닦고 깨달음을 얻는 것이 어떠냐?"

"예! 그러고말고요! 꼭 그렇게 하겠습니다!"

손오공이 선뜻 대답하자, 관음보살의 기쁨은 더욱 커졌다.

"좋다, 그럼 내가 법명을 하나 지어주마."

"아닙니다. 제게는 벌써 오래전부터 이름이 있습니다. 손오공이라고 부르지요."

"저런……! 여기 오는 도중에 굴복시킨 두 사람에게도 오능(悟能), 오정(悟淨)이란 이름을 지어주었는데, 너마저 오공(悟空)이라니, 정말 항렬이 딱 맞아떨어지는구나! 참 잘되었다. 그럼 더는 당부할 것도 없으니 이만 떠나겠다."

이리하여 손오공은 마음의 근본을 깨닫고 불문에 귀의하였다.

오행산을 떠난 보살과 혜안 행자는 얼마 후 당나라의 수도 장안성에 도착했다. 그들은 안개구름을 거두어들이고 문둥병 걸린 떠돌이 승려로 변신했다.

그리고 토지신의 사당을 빌려 거처로 삼은 다음, 이튿날부터 부처님의 경전을 구해올 만한 자격을 갖춘 스님을 은밀히 찾아 헤매기 시작했다.

6. 삼장법사

관음보살이 장안성에 이르렀을 때는, 바야흐로 당나라 제국 제2대 황제인 태종 이세민이 등극한 지 13년째 되던 해였다.

당 태종 이세민은 수나라 말엽 아버지 이연과 함께 군사를 일으켜 폭군 양제의 황실을 무너뜨리고 당나라를 건국하는 데 크게 공을 세운 인물로서, 중국 역사상 가장 태평스러운 시대를 이룩한 명군으로 일컫는 사람이었다.

그러나 이러한 업적의 뒤안길에는 피로 얼룩진 40여 년의 참혹한 역사가 도사려 있었다. 그는 건국 초기 수나라의 멸망과 더불어 동서남북 각처에서 봉기한 군벌 세력들을 토벌하는 과정에서 무려 64차례의 크고 작은 전투를 겪었으며, 전국 72군데의 반란을 진압하는 동안 수없이 많은 인명을 해쳤을 뿐만 아니라, 황제의 후계 자리를 놓고 혈육을 같이한 형제들 간에 다툼이 벌어져, 친형이던 태자 이건성과 아우 이원길을 잡아 죽이는 이른바 '현무문의 정변'이라는 골육상쟁의

비극을 빚어내기까지 하였던 것이다. 이로 말미암아 당태종 이세민에게는 말 못할 번뇌와 고민이 쌓여 몸과 마음을 괴롭혔다.

어느 날 그는 한밤중에 꿈을 꾸다가 내리 사흘 동안이나 가사 상태에 빠져, 혼령이 저승 세계를 방문하고, 지옥에 떨어져 무수히 고통 받는 원혼(冤魂)들과 마주쳤다. 그것은 그가 평생 겪어온 싸움터에서 아군 적군 가릴 것 없이 죽임을 당한 장병들과 자기 손으로 죽인 형과 아우의 넋이었다.

꿈에서 깨어난 그는 이 숱한 원혼들을 위로하고 다시 좋은 세상으로 태어날 수 있기를 바라는 마음에서, 덕망 높은 스님을 초빙하여 법회를 크게 베풀라는 특명을 내렸다.

칙명을 받든 대신들은 전국 각처에서 상경한 수천 명의 스님들을 불러 모아놓고 엄격히 심사한 끝에, 그중에서 덕행과 지혜를 고루 갖춘 고승 한 분을 가려 뽑았다. 그 이름은 진현장법사(陳玄奘法師), 바로 서방 극락 세계에서 부처님의 제자로 수행하다가 공부를 게을리 한 죗값으로 쫓겨나 인간으로 환생한 금선장로(金蟬長老)의 화신이었다.

현장법사를 면접한 당 태종은 크게 기뻐하면서 그에게 천하의 모든 승려와 사원을 통솔할 수 있는 직분을 내려주고, 도성 안의 가장 좋은 사원에서 49일 동안 법회를 베풀라는 명을 내렸다.

현장법사는 화생사(化生寺)에 도량(道場)을 개설하고 준비를 빠짐없이 갖추었다. 그리고 좋은 날짜를 가려 당 태종과 문무백관들이 참석한 가운데 법회를 열었다.

한편, 문둥병 걸린 탁발승으로 변장한 관음보살은 장안 도성에 온

이래 경을 가지러 갈 적당한 사람을 찾아다녔으나 좀처럼 덕행을 갖춘 스님을 구하지 못하였다. 그러던 어느 날, 태종 황제가 고승을 가려 뽑아 법회를 베푼다는 소문을 듣고, 또 법회를 주관하는 스님이 전생에 금선장로의 화신인 현장법사라는 사실을 알고 무척 기뻐했다.

이윽고 법회가 열리던 날, 관음보살은 제자 혜안과 함께 인파에 섞여 조용히 사원으로 들어갔다. 절간에 들어가 보니 과연 한 나라의 황제가 베푸는 법회라, 그 규모도 풍성하거니와 염불하는 소리와 음악이 장엄하고도 우렁차게 들려왔다. 다보대(多寶臺) 위에서는 바야흐로 현장법사가 죽은 이들의 영혼을 저승의 고통에서 건져주기 위한 경전을 읽고, 이어서 나라와 백성들의 평안함을 비는 경전을, 그리고 마지막으로 중생들에게 공덕을 쌓으라고 권유하는 경전을 읽고 있었다.

이때, 변장한 관음보살이 그 앞으로 다가서더니 큰 소리로 고함쳤다.

"이보게 스님! 그따위 소승(小乘) 법문으로는 죽은 이의 원혼을 건져서 승천하게 할 수 없다는 것을 모르는가?"

존엄하신 고승의 설법이 중단되자 법회가 갑자기 소란스러워졌고, 이에 놀란 당 태종은 크게 진노하여 관원들을 시켜 두 사람을 잡아 꿇렸다.

"설법을 들으러 왔거든 듣고 돌아가면 그만이지, 어째서 우리 법사의 강단을 어지럽히고 내 불사(佛事)를 그르치느냐?"

"저 법사의 강론은 소승불교의 법문이라, 망자(亡者)를 하늘에 오르게 할 수 없습니다. 저에게는 부처님의 대승(大乘) 법문이 있어, 망자들을 고통에서 해탈시켜 끝없는 수명을 누리게 할 수 있습니다."

당 태종은 그 말을 듣자 얼굴빛을 가다듬고 다시 엄숙히 물었다.

"대승 법문이라니, 그것이 어디 있는가?"

"서방 세계 천축국 대뇌음사, 우리 부처님 석가여래께서 계신 곳에 있습니다."

당 태종은 크게 기뻐하며 그 자리에서 분부를 내렸다.

"이 스님에게 강론시키도록 하라!"

현장법사가 명을 받아 그를 강단에 모셔 올리려 하였으나, 관음보살은 벌써 혜안 행자를 데리고 스스로 높은 강단 위에 훌쩍 올라섰다. 그러고 나서 마침내 상서로운 구름을 딛고 하늘 꼭대기에 떠오르더니, 비로소 본모습을 드러냈다. 버들가지가 꽂힌 정병(淨瓶)을 손바닥에 떠받들고 구름 위에 우뚝 선 자태, 그것은 중생의 고난을 들어 구해주시는 자비롭기 한량없으신 관세음보살의 모습이었다. 그 곁에 어느새 본모습으로 돌아온 항마역사 혜안 또한 무쇠 곤봉을 짚고 위엄 있게 서 있었다.

"관세음보살이다!"

태종은 놀라움과 기쁨을 이기지 못하여 하늘을 우러른 채 예배를 올렸다. 문무백관, 황후 비빈들 역시 땅에 엎드려 분향했다. 이리하여 화생사의 모든 승려와 비구니, 도사와 속인, 선비와 장사꾼에 이르기까지 모두 절하고 기도하였다.

"보살님이 강림하셨다……! 나무관세음보살……! 나무관세음보살……!"

시간이 얼마나 흘렀을까, 관세음보살을 태운 구름이 점점 멀어지는가 싶더니, 잠시 후에는 아무것도 보이지 않았다. 그러나 곧이어 허공에서 종이쪽지 한 장이 나풀나풀 떨어져 내렸다. 쪽지에는 시 한 수가 적혀 있었다.

　당나라 군주께 말씀드리오니, 서방 세계에는 오묘한 삼장 경전이 있
나이다.
　그 길은 머나먼 십만 팔천 리, 험난하고 어려운 길이오나,
　부처님의 경전을 귀국에 가져오시면, 원귀들을 환생시켜 지옥의 고
통에서 벗어나게 할 수 있나이다.
　만일에 가려는 자 있거든, 증과(證果)를 얻어 금신(金身)의 부처가 되
오리다.

쪽지를 다 읽고 난 당 태종은 그 즉시 명령을 내렸다.
"사십구재는 당분간 중지하겠다. 짐이 서방 세계에 사람을 보내어 대
승경전을 가져오고 나서, 다시 정성을 다하여 법회를 개최할 것이다."
그리고 모든 승려들에게 이렇게 물었다.
"그대들 중에 누가 짐의 뜻을 받들어, 서방 세계로 가서 부처님을
뵙고 경전을 얻어오겠는가?"
미처 말끝이 다 떨어지기도 전이었다. 곁에서 현장법사가 선뜻 나
서더니 공손히 무릎 꿇고 아뢰었다.
"소승이 비록 재주는 없사오나, 폐하를 위하여 참된 경전을 얻어다
가 우리 임금의 천하 강산이 영원토록 견고해지기를 바라겠나이다."
태종은 크게 기뻐하면서 손수 현장법사를 부축해 일으켰다.
"법사가 충심으로 그 머나먼 길을 다녀오겠다면, 짐은 이 자리에서
그대와 의형제를 맺겠노라."

그리고 현장법사와 함께 법당으로 들어가더니 부처님 앞에서 네 번 맞절을 나누어 의형제를 맺었다. 현장법사는 감동을 이기지 못하고 이렇게 맹세하였다.

"이제 길 떠나면 이 한 몸 던져 무슨 일이 있더라도 기어코 서방 세계에 당도하겠나이다. 서천 땅에 이르지 못하고 경전을 얻지 못한다면, 죽어서도 영원히 벌 받는 지옥에 떨어지리다."

다음 날 아침, 태종은 문무백관들이 모인 자리에서 통행증서를 작성하고 당나라 황제의 옥새를 찍어 현장법사에게 넘겨주었다. 그리고 따로 동냥할 때 쓸 바리때 한 개와 여행길에 시중들 종자 두 사람, 준마 한 필을 탈것으로 내려주며 말했다.

"보살의 말씀이 '서방 세계에 삼장 경전이 있다' 하셨으니, 아우님은 그 경전 이름을 법호로 삼아 '삼장법사(三藏法師)'라 부르는 것이 어떻겠는가?"

"황공하나이다!"

이렇게 해서 진현장 스님은 별호를 삼장법사라고도 부르게 되었다.

삼장법사가 떠나던 날, 태종 황제는 모든 신하들을 대동하고 몸소 도성 밖 관문까지 전송을 나갔다. 작별할 때가 이르자, 그는 술을 따라 삼장법사에게 건넸다.

삼장법사는 술잔을 두 손에 받아 들기는 하였으나 마음이 썩 내키지 않았다.

"폐하, 술은 승가에서 제일 삼가야 하는 것이옵니다."

그래도 태종은 굳이 권하였다.

"오늘은 여느 때와 다르지 않는가? 그리고 이 술은 과일로 빚은 것이니, 한 잔 마셔서 짐이 그대를 떠나보내는 석별의 정으로 받아주면 고맙겠네."

삼장법사가 그 정성을 어기지 못하고 술잔을 들어 마시려 할 때였다. 태종은 두 손가락으로 땅바닥에서 흙을 조금 집어 들더니 그 술잔 속에 툭 털어 넣었다. 삼장법사가 그 뜻을 몰라 어리둥절해하니까, 그는 껄껄 웃으면서 이렇게 말했다.

"그대에게 흙 탄 술을 마시게 하려는 뜻은 다름이 아닐세. 고국 땅의 한줌 흙을 그리워할지언정 타향의 만 냥 재물에 마음이 쏠리지 말라는 뜻이라네."

그제야 태종이 술잔에 흙을 집어넣은 뜻을 알아차린 삼장법사는 격한 감동을 이기지 못하고 단숨에 한 잔을 마셔 비웠다. 그러고 나서 홀가분한 마음으로 관문을 벗어나 끝도 모를 머나먼 여로에 올랐다.

당 태종 즉위 13년째 되던 해 9월, 장안 도성 관문을 벗어난 삼장법사 일행은 하루도 쉬지 않고 치달린 끝에 어느새 변방의 사원 법문사에 도착했다. 중국 천하의 불교 사원과 승려들을 통솔하는 대법사가 당도하자, 법문사 주지와 승려들은 극진하게 맞아들였다.

그날 밤, 스님들은 삼장법사가 머나먼 서천 땅으로 경전을 가지러 간다는 말을 듣고, 모두들 의논이 분분했다. 그곳에 과연 부처님의 극락세계가 있는지 없는지, 또 산길이 높고 험해 넘어가기 어렵고 물길도 세차 건너기 힘들다느니, 도중에 호랑이와 표범 따위의 사나운 들짐승이 많아서 위험하다느니, 악독한 요괴와 마귀가 들끓어 지나가지 못할 것이라는 둥, 말이 많았다.

그러나 삼장법사는 아무 말도 하지 않고 그저 손가락으로 제 가슴만 가리켜 보일 따름이었다. 스님들이 그 까닭을 물었더니, 그는 이렇게 대답했다.

"마음에 잡념이 생기면 온갖 마성(魔性)이 생겨나고, 마음에 잡념을 끊으면 온갖 마성도 멸하게 되는 법이오. 아무리 어려운 일에 부닥치더라도 내 온갖 정성을 다하여 서천으로 나아가 부처님을 뵙고 경전을 얻어오는 일에만 전념할 것이오."

이튿날, 그는 법당에 올라 부처님께 예배하며 거듭 다짐했다.

"불초 제자 진현장, 이제 가는 도중에 사찰이 있으면 향을 사르고, 부처님의 금신상을 뵈오면 예배할 것이며, 불탑을 보는 대로 깨끗이 청소할 것을 맹세하오니, 바라옵건대 우리 부처님은 자비를 베풀어 도와주소서."

아침식사를 일찍 마친 그는 두 종자를 시켜 말안장을 채우고 길 떠나기를 재촉했다.

며칠 동안 치달린 끝에 그들은 당나라 국경수비대가 주둔하는 공주성(鞏州城)에 이르러 소속 관리들의 환대를 받고 하룻밤 쉬었다.

그러나 서방 세계 부처님께 향하는 마음이 조급한 탓인가, 이튿날 삼장법사는 길 재촉을 한다는 것이 너무 일찍 일어났다. 그들이 출발한 것은 미처 사경(四更, 01~03시)도 못 된 꼭두새벽이었다. 주인과 종자 세 사람과 말까지 합쳐 일행 넷이 늦가을 찬 서리를 맞아가며 밝은 보름달 아래 수십 리 길을 나가다 보니, 어느 산기슭 아래 접어들었다. 그런데, 이리저리 수풀을 헤쳐가며 길을 찾았으나 곳곳마다 험악한 골짜기 아니면 가파른 등성이뿐이라, 아무래도 길을 잘못 찾아든 모양이었다.

이래서 진퇴양난, 오도 가도 못하고 헤매던 끝에 일행 넷은 갑자기 두 다리가 푹 빠지더니 그만 가파르게 비탈진 동굴 속으로 굴러 떨어지고 말았다.

삼장법사와 종자들이 당황해서 어쩔 바를 모른 채 겁에 질려 떨고만 있을 때였다. 이번에는 동굴 안쪽에서 난데없이 고함치는 소리가 쩌렁쩌렁 들려왔다.

"저놈들 잡아라! 놓치지 말고 잡아라!"

그다음에는 한바탕 무서운 돌개바람이 휘몰아치더니, 바람결에 오륙십 마리쯤 되는 요괴들이 나타나 마치 솔개가 병아리 낚아채듯 일행을 모조리 붙잡았다.

어디론가 정신없이 끌려가던 삼장법사가 두려움 속에서도 곁눈질로 앞쪽을 훔쳐보았더니, 눈앞의 단상 위에 흉악스럽기 짝이 없는 마왕 하나가 떡 버티고 앉아 있는 것이 아닌가! 그 사나운 모습은 보기만 해도 등골이 오싹할 지경이었다.

"저놈들, 밧줄로 단단히 묶어라!"

마왕의 입에서 천둥치는 듯한 호통 소리가 동굴 속의 사면팔방을 뒤흔들었다.

그 소리에 삼장법사는 혼비백산, 정신을 잃고, 종자 두 사람 역시 오금이 저려 꼼짝달싹 못하는데, 부하 요괴들이 한꺼번에 덤벼들어 세 사람을 꽁꽁 엮어 결박하기 시작했다.

이때, 동굴 밖에서 누군가 달려와 보고했다.

"대왕님, 웅산군(熊山君)과 특처사(特處士)께서 오셨습니다."

삼장법사가 가까스로 정신을 가다듬고 보니, 앞장서서 들어오는 웅산군이란 자는 얼굴하며 몸통이 시커먼 괴물이요, 뒤따라 느릿느릿 들어서는 특처사란 자는 뚱뚱보에 양 뿔 달린 요괴였다.

마왕의 마중을 받으며 두 요괴가 안으로 들어서서 인사치레를 건넸다.

"여어, 인장군(寅將軍)! 언제 보아도 세월 좋으시고 신수가 훤하시구려."

"그렁저렁 세월만 축내고 있을 뿐이지 뭐."

마왕이 응대를 하는데, 이때 결박당한 두 종자가 너무 옥죄인 것이 아파 비명을 질러댔다. 그것을 보고 시커먼 요괴가 마왕에게 물었다.

"저 세 녀석은 어디서 붙잡아온 거요?"

"제 발로 걸어 들어온 것을 잡았지!"

그러자 뚱뚱보 특처사가 입맛을 다셨다.

"한턱내시면 안 되겠소?"

"그야 물론이지! 한턱내고말고."

주인이 선심을 쓰는데, 손님 웅산군이 다시 제안을 했다.

"한꺼번에 다 잡아먹을 수야 있나. 우선 두 놈만 잡아먹고, 하나쯤은 주인 몫으로 남겨두는 게 좋을 듯싶구먼."

인심 좋은 마왕이 그 자리에서 부하들에게 명령을 내려 종자 두 사람을 끌어내더니, 배를 가르고 심장을 꺼낸 다음, 시신을 토막토막 자르게 했다. 그리고 머리통과 심장은 두 손님에게 바치고, 팔다리는 자기가 먹고, 나머지 살점 붙은 뼈다귀는 부하 요괴들에게 나누어 먹였다.

눈 깜짝할 사이에 두 종자는 요괴들에게 깡그리 잡아먹히고 말았다. 그 처참한 광경에, 삼장법사는 놀라다 못해 까무러쳐 죽을 지경이 되었다.

그가 정신을 못 차리고 허둥거리고 있는 동안, 어느덧 하늘이 훤히 밝아오기 시작했다. 날이 밝아오자, 두 요괴는 자리를 털고 일어섰다.

"오늘 대접 한번 잘 받았네. 훗날 우리도 한턱내서 보답함세."

손님들이 돌아간 뒤, 얼마 안 있어 붉은 아침 해가 높이 떠올랐다. 그러나 넋이 빠져버린 삼장법사는 사방이 조용해졌는데도 알아보지 못하고 여전히 사경(死境)을 헤매고 있었다.

이때였다. 어디선가 노인 하나가 불쑥 나타나더니, 손길 한번 휘젓자 삼장법사를 결박했던 밧줄이 토막토막 끊어졌다. 이어서 노인은 그의 얼굴에 숨결 한 모금을 확 뿜어주었다.

삼장법사는 그제야 정신을 차리고 일어났다. 누군가의 손길에 구사일생으로 목숨을 건졌다는 생각이 들자, 그는 노인 앞에 무릎 꿇고 엎드려 절했다.

"고맙습니다, 노인장! 어르신께서 이렇게 소승의 목숨을 건져주시다니, 참으로 고맙습니다!"

"일어나시오. 뭐 잃어버린 것은 없소?"

삼장법사가 주변을 살펴보니, 종자 두 사람은 모두들 요괴한테 잡아먹혔고, 짐 보따리와 마필은 한 구석에 남아 있었다. 그는 마왕에게 걸려든 사연을 말씀드린 다음, 여기가 어디냐고 물었다.

노인이 대답했다.

"여기는 쌍차령(雙叉嶺)이란 고개로, 호랑이와 늑대 같은 맹수들이 우글거리는 소굴이오. 특처사란 놈은 들소 요정이고, 웅산군이란 놈은 흑곰 요정이요, 인장군이란 마왕은 늙은 호랑이 요정이었소. 졸개 부하들 역시 모두 이 산중에 도사린 나무의 정령들과 이리 늑대 같은 야수들이 둔갑한 것들이오. 그대의 본성이 워낙 맑고 깨끗하기 때문에, 그놈들도 그대만큼은 잡아먹지 못했던 거요. 자, 길 안내를 해줄 테니, 날 따라오시오."

이렇게 해서 노인의 뒤를 따라 동굴 바깥으로 빠져나온 삼장법사가 말고삐를 한 곁에 묶어놓고 다시 한 번 고맙다는 인사를 하려는데, 어느새 노인은 흰 두루미를 타고 창공 위로 훨훨 날아가고 있었다.

노인이 사라진 후, 종잇장 하나가 바람결에 나풀나풀 떨어져 내리는데, 거기에는 시 네 구절이 적혀 있었다.

나는 서방 세계의 샛별 태백금성,

일부러 여기 와서 그대의 목숨 구해주었노라.

앞길에는 스스로 도와줄 신명(神明) 있으리니,

고되고 어렵다 하여 경전을 가지러 가는 길을 원망하지 말라.

시를 다 읽고 난 삼장법사는 하늘을 우러러 예배한 다음, 말안장에 짐 보따리를 싣고 고삐를 잡아끌며 터벅터벅 걷기 시작했다. 그야말로 쓸쓸하고도 외로운 서쪽 여행길을 홀로 걸어 나가기 시작한 것이다.

졸지에 외톨이가 된 삼장법사는 목숨을 내던질 각오로 전진했다.

그러나 고개 마루턱을 넘어서 반나절을 갔어도 마을은 좀처럼 나타

나지 않았다. 한창 다급해서 어쩔 바를 모르는데, 이게 또 웬 날벼락
인가, 앞쪽에는 사나운 호랑이 두어 마리가 으르렁대고 뒤를 돌아보
니 구렁이와 독사 서너 마리가 똬리를 틀고 도사려 앉았다. 앞뒤 좌우
어느 쪽을 돌아봐도 맹수와 독 오른 짐승 떼가 호시탐탐 덮쳐들 기회
만 엿보고 있다.

　이제 죽어서 묻힐 곳도 없이 맹수의 밥이 될 신세를 생각하니 정말
처량하기 그지없어 고개 숙인 채 그 자리에 주저앉고 말았다.

　그런데 하늘이 무너져도 솟아날 구멍은 있다던가, 별안간에 이상한
일이 벌어졌다. 앞뒤 길을 가로막고 틈만 노리던 호랑이들과 독사 구
렁이 떼가 무엇에 놀랐는지 꼬리를 사리고 슬금슬금 물러나더니 날쌘
동작으로 냅다 뛰어 어디론가 사라지는 것이 아닌가!

　이게 꿈이냐 생시냐, 삼장법사는 고개를 쳐들고 산비탈 쪽을 바라
보았다. 과연! 산기슭 모퉁이에서 한 사람이 달려오는데, 그 기세가
엄청나게 사납고 날쌜 뿐만 아니라 손에는 강철로 만든 작살 한 자루
를 들고, 허리에는 활과 화살 통을 꿰차고 있는 품이 여간 헌걸찬 대
장부가 아니었다.

　삼장법사는 산적이 나타난 줄 알고 다시 흙바닥에 머리를 조아렸다.

　"대왕님! 살려주십쇼!"

　이윽고 삼장법사 앞에 다가온 사내가 그를 부축해 일으켰다.

　"두려워 마시오. 나는 강도가 아니라 이 산중의 사냥꾼이외다. 오
늘 아침부터 끼니거리로 쓸 호랑이를 두어 마리 뒤쫓고 있었는데, 뜻
밖에 스님을 만났구려."

　사냥꾼의 이름은 유백흠(劉伯欽), 이 산중에서 맹수들만 잡아서 끼니

를 이어가고 있기 때문에, 짐승들도 그를 보기만 하면 겁에 질려 달아나는 버릇이 있다고 했다. 그래서 삼장법사를 해치려던 맹수들이 그가 오는 것을 발견하고 제풀에 뺑소니를 쳤던 것이다.

삼장법사가 목숨 구해준 은혜를 사례하자, 마음씨 좋은 유백흠은 자기 집으로 가서 하룻밤 쉬고 내일 아침에 길 안내를 해주겠노라고 했다.

이리하여 삼장법사가 유백흠을 뒤따라 그의 집으로 가는 도중, 산비탈 한 군데를 막 지나쳤을 때였다. 갑작스레 모진 바람이 세차게 불어 닥치기 시작하더니, 흰 바탕에 검정무늬를 가진 백호 한 마리가 어슬렁어슬렁 나타났다. 그것을 본 유백흠은 팔뚝을 걷어붙이면서 이렇게 말했다.

"이런! 호랑이란 놈이 나타났군. 스님은 여기 앉아 계시오. 내가 저놈을 잡아서 저녁 한 끼 대접해드릴 테니까."

그러나 짐승이 먼저 유백흠을 발견하고 황급히 내빼려 했다.

"이놈, 어딜 달아나려고!"

벼락같이 호통치는 소리에, 백호는 도망칠 기회를 놓쳤다고 생각했는지 다급하게 돌아서서 앞 발톱을 곤두세우고 으르렁대며 유백흠을 향해 달려들었다.

유백흠도 작살을 높이 치켜들고 마주쳐 나갔다. 아무리 사냥꾼이라곤 하지만 사람이 호랑이와 같은 맹수를 정면에서 상대하다니, 그게 어디 보통 배짱 가지고 할 짓인가. 세상에 태어난 이래 이처럼 무섭고도 위험한 광경을 처음 보는 삼장법사는 오금이 저려 그만 풀밭에 스르르 주저앉고 말았다.

사냥꾼과 호랑이는 산비탈 밑에서 일대 격전을 벌이기 시작했다.

그러나 싸움이 한 시각 남짓 지났을 때, 호랑이의 발톱 후리기가 차츰 느려지고 허리에 맥이 풀리는가 싶더니, 어느 결에 번쩍 날아든 사냥꾼의 작살 끝에 앙가슴을 푹 찔려 거꾸러지고 말았다.

"잘되었군! 이놈의 들고양이 한 마리면 스님한테 하루 세 끼니쯤은 넉넉히 대접해드릴 수가 있겠어!"

사냥꾼의 말에 삼장법사는 놀란 가슴을 겨우 가라앉히면서 그 용맹성에 찬탄을 금치 못했다.

"호랑이를 때려잡고도 들고양이라니, 정말 산신령이외다."

유백흠은 한 손에 작살을, 또 다른 손으로 호랑이를 끌면서 앞길을 인도했다.

구불구불 연이은 고갯길을 넘어서니 사람 사는 집이 나타났다.

사냥꾼의 집 안에는 늙은 어머니와 아내, 그리고 머슴 서넛이 함께 살고 있었다. 유백흠은 머슴을 시켜 호랑이 껍질을 벗기고 아내더러 삶아내게 한 다음, 삼장법사를 데리고 안채로 들어갔다.

서로 인사를 나눈 지 얼마 안 되어 날은 저물고 땅거미가 졌다. 머슴 녀석들이 식탁을 차려놓자, 김이 무럭무럭 나는 호랑이 고기 한 쟁반이 식탁에 올랐다.

삼장법사는 고기 쟁반을 눈앞에 두고, 두 손 모아 합장하며 이렇게 말했다.

"후의는 고마우나, 소승은 이 세상에 태어났을 때부터 중노릇을 하기 시작한 몸이라, 이렇듯 비린 고기 음식을 입에 대어본 적이 없습니다."

이 말을 듣고 유백흠은 사뭇 난처한 기색으로 한동안 생각에 잠겼다.

"솔직히 말씀드려서, 우리 집안은 대대로 채식을 하지 않고 사냥한 짐승 고기로만 살아왔으니, 어쩌면 좋을지 모르겠소그려. 하는 수 없군. 좁쌀 밥이나 짓고 산나물 반찬으로 대접해드릴 수밖에……"

이러구러 하룻밤이 지났다. 아침식사를 끝낸 삼장법사는 유씨네 부부가 챙겨주는 밀떡과 마른 양식을 한 보따리 얻어 안장에 싣고 하직 인사를 드렸다.

머슴 아이 서너 명에게 사냥도구를 들려 가지고 함께 집을 나선 유백흠은 거침없이 산중 벌판을 가로질러 나아갔다.

반나절쯤 지났을 때, 앞쪽에 까마득히 높고 험준하기 짝이 없는 산이 나타났다. 그러나 유백흠과 머슴들은 평지 걷듯 전혀 힘들이지 않고 휘적휘적 산 위로 올라갔다.

뒤따르는 삼장법사가 가까스로 산마루턱에 다다랐을 때, 유백흠은 걸음을 멈추고 길 한편으로 비켜서서 이렇게 말했다.

"여기서부터는 스님 혼자 가셔야 합니다."

이 말을 듣고 삼장법사는 가슴이 철렁 내려앉았다.

"유 씨 어른! 수고스럽지만 좀더 길 안내를 해주시구려."

그러나 유백흠의 대꾸는 매정했다.

"스님은 모르실 겁니다. 이 산은 양계산(兩界山)이라고 부르는데, 이 산맥을 경계로 그 동쪽은 우리 당나라 관할 지역이고 서쪽은 타타르족 영토에 속합니다. 그 지역 짐승들은 저를 무서워하지 않기 때문에, 저로서도 어떻게 넘어갈 도리가 없습니다. 그래서 스님 혼자 가시라고 말씀드린 것입니다."

호랑이 표범 같은 맹수들이 '산신령' 어른을 무서워하지 않는다는 데야 어쩌겠는가. 삼장법사는 유백흠의 소맷자락을 부여잡고 작별을 아쉬워했다.

이렇듯 작별 인사를 나누고 있으려니까, 갑자기 산 밑에서 우레 같은 목소리로 고함을 지르는 작자가 있었다.

"어이, 거기! 사부님이 오셨구나! 우리 사부님이 오셨다!"

이건 또 무슨 날벼락인가? 하염없이 눈물만 글썽거리던 삼장법사는 그만 혼비백산을 하는데, '산신령'이란 유백흠 어르신조차 웬일인지 떨떠름한 기색으로 멍청하니 서 있기만 했다.

7. 손오공, 속박의 굴레를 쓰다

당나라 스님이 어쩔 바를 모른 채 허둥대고 있으려니, 또다시 악쓰는 소리가 들려왔다.

"사부님, 어서 오십쇼! 빨리요!"

이때 유백흠을 따라온 머슴 녀석이 참견하고 나섰다.

"주인님, 저기서 악을 쓰는 것이 아마도 산 밑 돌 궤짝 속에 갇혀 있는 늙은 원숭이가 아닐까요?"

그제야 유백흠도 퍼뜩 생각났는지 고개를 주억거렸다.

"옳거니! 그놈이로구나, 바로 그놈이야!"

"늙은 원숭이라니, 그게 무슨 짐승인가요?"

삼장법사가 묻자, 유백흠은 비로소 자신 있게 설명해주었다.

"이 산의 옛 이름은 본디 오행산이었습니다만, 우리 당나라 황제가 서역 땅을 정벌했을 때부터 양계산으로 고쳐 부르기 시작했답니다. 오래전부터 노인네들이 하는 말씀을 들어보면, 저 옛날 오백 년 전 하늘에서 갑자기 이 산이 떨어져내려 신령한 원숭이 한 마리를 찍어 눌러놓았다고 하더군요."

"호오, 그런 일이 있다니요……!"

"뿐만 아니라, 저 원숭이는 추위도 무더위도 타지 않아 옛날부터 오늘에 이르기까지 얼어 죽거나 굶어 죽지 않았다는데, 들리는 얘기인즉 이곳 토지신이 그 원숭이를 감시하면서 배고플 때는 무쇠 알을 먹여주고, 목마를 때는 구리 녹인 물을 마시게 해준다는 겁니다. 지금 악을 쓰고 있는 놈이 바로 그 원숭이가 틀림없습니다. 스님, 두려워 마시고 우리 한번 내려가보도록 합시다."

삼장법사는 유백흠을 뒤따라 산 밑으로 내려가기 시작했다. 그런데 이삼 리를 미처 못 가서 보니, 과연 돌 궤짝 틈서리에 원숭이 한 마리가 머리통과 양 팔뚝만을 내민 채, 삼장법사를 향해 마구 손짓하면서 악을 고래고래 쓰고 있는 것이 아닌가!

"사부님! 사부님, 왜 이제야 오신 겁니까? 아무튼 잘 오셨습니다. 어서 날 좀 구해주십쇼! 제가 사부님을 서천 땅까지 보호해드리면서 갈 겁니다."

삼장법사가 이것 봐라 싶어 가까이 가서 보았더니, 그 생김새가 정말 볼 만했다. 삐죽 나온 주둥이에 홀쭉한 볼따구니, 금빛 눈동자에 흰자위는 시뻘건 불덩어리, 머리에는 온통 이끼가 덕지덕지 끼었고, 귓구멍에는 칡덩굴이 돋아 나왔다. 귀밑에는 잡초가 더부룩하고, 턱밑에는 아예 잔디밭이 푸른데, 양미간에는 흙이 두텁게 쌓였고, 움푹 파인 콧구멍에는 진흙투성이, 그래도 눈동자만은 데굴데굴 잘 굴러좋고, 원숭이 혓바닥 놀림도 부드러워 다행이었다. 허나 이 원숭이가 바로 5백 년 전에 하늘을 뒤엎은 말썽꾸러기, 제천대성 손오공일 줄이야 누가 알아보겠는가!

양계산의 '산신령'으로 통하는 유백흠이 대담하게 그 앞으로 다가서더니, 인심 좋게 귀밑의 잡초를 뽑아주고 턱밑의 잔디 풀도 훑어주며 조심스레 물었다.

"너, 지금 무슨 말을 하는 거냐?"

"자네한테는 할 말 없으니까, 저기 저 스님더러 이리 오시라고 하게. 저분께 물어볼 것이 있으니까."

삼장법사도 용기를 내어 다가섰다.

"나한테 뭘 묻겠다고?"

"혹시 동녘 땅의 대왕님이 서천으로 경전을 가지러 보내신 분이 아닙니까?"

"바로 나다만, 어째서 그걸 묻는 거냐?"

그랬더니 원숭이가 차근차근 그 사유를 설명하기 시작했다. 우선 자기가 5백 년 전에 천궁을 뒤엎은 제천대성이요, 하늘의 웃어른을 업신여기고 날뛰다가 석가여래의 손에 붙잡혀 이곳에 억눌린 채 고통을 받게 되었다는 사실, 그리고 관세음보살이 이곳에 들러, 부처님의 가르침을 받아들여 개과천선하고 경전을 가지러 갈 사람의 제자가 되어서 공덕을 이루겠다면 구해줄 사람이 나타날 것이라고 말씀하셨다는 것까지 낱낱이 털어놓았다.

애기를 다 듣고 나자, 삼장법사는 가슴이 뿌듯해져서 다시 물었다.

"네가 보살님의 깨우침을 받아 우리 문하에 들기로 약속했다니, 그것 참 잘된 일이로구나. 하지만 내게는 도끼나 끌 같은 연장이 없으니, 어떻게 널 구해낼 수 있단 말이냐?"

"연장 따위는 필요 없습니다. 이 산꼭대기에 직접 올라가 여래부처님께서 붙여놓으신 부적을 떼어버리기만 하신다면 저는 곧 나갈 수 있습니다."

삼장법사는 그 길로 유백흠의 부축을 받으며 험준한 양계산 정상에 오르는 데 성공했다. 그곳에는 네모반듯한 바위 더미 위에 금빛으로 글자가 쓰인 부적 한 장이 붙어 있었다. 삼장법사는 그 앞에 무릎 꿇고 정성을 다하여 축원을 드렸다.

"부처님, 저 신령한 원숭이가 과연 저와 제자의 연분이 있거든 부적이 떨어지게 하시고, 연분이 없거든 떨어지지 않게 하소서."

축원을 마치고 재배를 올린 다음, 부적을 떼려고 가만히 손을 대었다. 그때였다. 어디선가 향기로운 미풍이 일더니, 손길이 닿으려던 부적을 허공으로 휙 날려서 휩쓸어 가는 것이 아닌가! 뒤미처 공중에서 소리가 났다.

"나는 제천대성을 가두어 지키고 있던 사자다. 오늘로 그가 벌 받는 기한이 다 찼기에, 여래부처님께 부적을 돌려드릴 것이다."

삼장법사와 유백흠은 깜짝 놀라 그 자리에 엎드려 이마를 조아렸다.

이윽고 산을 내려온 삼장법사는 원숭이에게 말을 건넸다.

"부적을 떼었으니, 어서 나와보거라."

그러자 원숭이는 기뻐 어쩔 줄 모르면서 이렇게 당부했다.

"됐습니다! 이제 나갈 테니 멀찌감치 떨어져 계십쇼!"

이리하여 삼장법사와 유백흠 일행은 그 말대로 양계산에서 까마득히 떨어진 곳까지 내려갔다.

바로 이때 '우르르…… 쫘다당!' 하는 소리가 들려왔다. 그야말로 대지가 빠개지고 산악이 통째로 무너져 내리는 무시무시한 굉음이었다.

일행들이 모두 공포에 질려 허둥대고 있으려니, 그 원숭이는 어느새 벌거벗은 알몸뚱이로 삼장법사가 탄 말머리 앞에 나타나 있었다.

"사부님! 제가 이렇게 빠져나왔습니다."

그러고 나서 삼장법사 앞에 무릎 꿇어 네 번 큰절을 올렸다. 스승으로 받들겠다는 예식이었다.

생각지도 않게 신령한 원숭이를 제자로 얻게 된 삼장법사는 기쁨을 감추지 못하고 이렇게 물었다.

"제자야, 네 성은 무엇이냐? 이름이 없을 테니 법명을 하나 지어주어야겠다."

"수고하지 않으셔도 됩니다. 오래전부터 법명이 있으니까요. 저는 손오공이라고 부릅니다."

"손오공이라? 허어, 그것 참 잘되었다. 우리 종파의 항렬에 딱 들어맞는구나!"

이렇게 해서 삼장법사는 사냥꾼 유백흠 일행과 아쉬운 작별 인사를 나누고 다시 서방 세계를 향하여 출발했다.

스승과 제자 두 사람이 가는 서쪽 길은 끝이 없었다. 시장하면 한 끼니 때우고 목마르면 물을 찾아 마시고, 해가 저물면 잠자리를 찾아들고 날마다 이른 새벽부터 해질녘까지 가다 보니, 어느덧 가을이 지나고 초겨울 한철을 맞았다.

그날도 하염없이 길을 가고 있었는데, 산길 한 곁에서 느닷없이 휘파람 소리가 들리더니 괴한 여섯이 창과 칼, 몽둥이를 들고 한꺼번에 뛰쳐나왔다. 사납고도 무시무시한 기세를 보아하니 산적 패거리가 분명했다.

"어이, 거기 중 녀석들! 목숨이 아깝거든 그 말과 짐 보따리를 내놓아라!"

깜짝 놀란 삼장법사는 저도 모르게 말 위에서 털썩 굴러 떨어졌다. 손오공은 겁에 질린 스승을 부축해 일으키며 이렇게 말했다.

"여기서 보따리나 지키고 계십쇼. 제가 저것들과 한바탕 놀아볼 테니까요."

"애야, 아무리 뚝심이 세다 하더라도 한 손으로 두 주먹을 당하지 못하고 두 주먹으로 네 손을 당해내지 못하는 법이다. 저쪽은 장정 여섯이나 되는데, 너같이 작은 몸집 하나만 가지고 어떻게 저 사람들과 싸우겠다는 거냐?"

스승이 부들부들 떨면서 말렸으나, 담보가 워낙 큰 손오공은 대답 대신에 성큼성큼 걸어 나가더니 팔짱을 턱 끼고 여섯 사람 앞에 마주 섰다.

"여러분, 무슨 까닭으로 소승 일행이 가는 길을 가로막는 거요?"

그러자 여섯 가운데 하나가 대꾸했다.

"우리는 길 가는 나그네를 터는 산적 대왕들이시다! 잔소리 말고 어서 그 보따리와 말이나 내놓아라. 그래야만 네놈들을 보내주겠다!"

"하하! 이제 봤더니 좀도둑놈들이로구나! 나도 옛날 한가락 하던 대왕이셨으니까, 네놈들이 약탈한 물건을 모조리 내놓거라. 나하고 너희들하고 일곱 몫으로 똑같이 나눠 가져야겠다."

산적들이 이 말을 듣자, 병기를 휘두르면서 일제히 앞으로 치달려 나왔다.

"요런 못된 땡추중놈 봤나! 밑천이라곤 쥐뿔도 없는 녀석이 도리어 우리하고 재물을 나눠 갖자니, 정말 괘씸하기 짝이 없는 놈이로구나!"

한꺼번에 덤벼든 산적 여섯이 손오공의 머리통을 닥치는 대로 내리찍고 칠팔십여 차례나 후려쳤는데, 손오공은 한가운데 에워싸인 채 우두커니 서서 눈썹 하나 까딱하지 않았다.

"우와! 이것 참말 지독한 중놈일세! 돌대가리 정도가 아니라 무쇠 덩어리보다 더 딱딱하구나!"

맥 빠진 도적들이 혀를 내두르는데, 손오공은 코웃음 치며 귓속으로 손이 갔다.

"자네들은 힘이 다 빠졌을 테니, 이번에는 내가 바늘 좀 가지고 놀아봐야겠군!"

귓속에서 수놓는 바늘 한 개를 끄집어낸 손오공이 바람결에 한번 휘두르기가 무섭게 그것은 굵다란 철봉으로 바뀌었다.

"꼼짝 말고 서 있거라! 이 손 선생도 쇠몽둥이 쓰는 솜씨 한번 보여줄 테니까."

이것을 본 여섯 도적들이 기절초풍을 해서 사면팔방 흩어져 도망치기 시작했다. 그러나 동작 빠르기로 이름난 원숭이 임금을 저들이 무슨 수로 떨쳐버리겠는가. 날쌔게 뒤따라붙은 손오공은 철봉으로 하나하나씩 때려죽이더니, 옷을 벗기고 주머니를 뒤져 돈푼까지 낱낱이 챙겼다.

그러고는 싱글벙글 웃으면서 삼장법사에게 걸어갔다.

“됐습니다, 이제 떠나시죠. 저놈들은 이 손 선생이 모조리 쓸어버렸습니다.”

그러나 삼장법사는 떠날 생각을 않고 두 눈을 부릅떴다.

“이놈아! 저 사람들이 비록 길을 가로막고 재물을 빼앗는 강도들이기는 하다만 죽을죄를 지은 것은 아닐 텐데, 쫓아버리면 그만이지 어쩌자고 모조리 때려죽였단 말이냐? 또 사람의 목숨을 해치고도 측은하게 여기는 기색이 없으니, 그래 가지고 어떻게 중노릇을 하겠다는 거냐? 출가해서 승려가 된 사람은 땅바닥을 쓸 때도 개미 한 마리 죽이지 않을까 조심해 쓸고, 등잔불에 부나비가 뛰어들까 걱정스러워 갓을 씌워준다 했는데, 너는 어찌하여 자비를 베풀지 않고 모두 때려죽였단 말이냐!”

스승에게서 칭찬은커녕 느닷없이 꾸지람을 받자, 손오공은 억울한 생각이 들었다.

“하지만 제가 저놈들을 때려죽이지 않았다면, 그쪽에서 우리를 죽였을 겁니다.”

제자는 항변했으나, 스승의 꾸지람은 더욱 심해졌다.

“내가 죽임을 당하면 내 한 몸 죽을 뿐인데, 네놈은 내 한 목숨 살리자고 여섯 명씩이나 죽였으니 이게 무슨 도리냐!”

“솔직히 말씀드립니다만, 저는 오백 년 전부터 화과산에서 대왕 노릇도 하고 요괴 노릇도 하면서 얼마나 많은 사람들을 때려죽였는지 모릅니다. 그런데 이제 여섯 명쯤 죽인 걸 가지고……”

“그것은 네가 속박을 받지 않았기 때문이다. 하지만 그 죗값으로 오백 년 동안이나 고통을 받지 않았느냐! 오늘에 와서 부처님의 제자가 되고도 여전히 제멋대로 살생을 저지르면, 너는 서천에도 못 가고 중노릇도 못한다! 이 몹쓸 놈아!"

콧대 높은 원숭이 임금이 평생을 두고 언제 남한테 이런 꾸지람을 들어본 적이 있었던가. 꾸중은커녕 잔소리 듣기에도 참지 못하는 성격이다. 삼장법사가 깐깐하게 꾸짖는 소리를 듣다 못한 손오공은 저도 모르게 원숭이의 천성이 발끈 치밀었다.

"정 그렇게 말씀하신다면, 저는 서방 세계에 갈 필요도 없고 중노릇도 못하겠군요. 어차피 안 될 바에야, 저한테 그런 악담을 퍼부을 것도 없지 않습니까. 저는 돌아가면 그뿐이죠!"

삼장법사는 입을 꾹 다문 채 아무 대꾸도 하지 않았다. 스승이 잠자코 있으니, 손오공은 더욱 화가 치밀어 견딜 수가 없다.

"에라, 모르겠다! 손 선생은 돌아가신다!"

몸을 허공으로 휙 솟구치는 소리에 삼장법사가 깜짝 놀라 고개를 쳐들었을 때, 손오공의 모습은 벌써 어디로 사라졌는지 그림자도 보이지 않았다.

제자에게 버림받고 외로이 홀로 남은 삼장법사, 처량하고 쓸쓸한 마음에 탄식이 절로 나온다.

"야속한 녀석, 타이르는 말귀도 못 알아듣다니…… 그만두자! 내 밑에 제자를 둘 만한 팔자가 되랴……! 나 혼자서라도 떠나자꾸나!"

주섬주섬 행장을 수습하여 안장 위에 얹어놓은 삼장법사, 말고삐를 잡아끌면서 터벅터벅 서쪽을 향해 걸어 나가는데, 산길 앞쪽에서 나이 지긋한 노파 한 사람이 마주 걸어왔다.

"어디서 오는 스님이 혼자서 이런 곳을 지나시오?"

노파가 묻는 말에, 삼장법사는 공손히 대답했다.

"소승은 동녘 땅에서 서천으로 부처님을 뵙고 경전을 구하러 가는 사람입니다."

"서방 세계 천축 땅은 여기서부터 십만 팔천 리나 떨어져 있는데, 말 한 필에 동반자 하나 없이 어떻게 가시려오?"

"소승에게도 며칠 전에 받아들인 제자가 하나 있었습니다만, 이놈의 성질이 워낙 고약스러워 제가 몇 마디 꾸짖었더니 알아듣지 못하고 저를 이렇게 내버려둔 채 훌쩍 떠나버리고 말았군요."

그러자 노파는 손에 들고 있던 무명옷을 삼장법사에게 내밀었다. 옷 보따리 위에는 얼룩무늬 모자가 한 개 놓여 있었다.

"여기 옷 한 벌과 승모(僧帽)가 한 개 있소. 내 아들이 쓰던 것인데 중노릇 사흘 만에 명이 짧아 그만 죽고 말았지 뭐요. 절간 스님이 추억으로 삼으라고 내주었지만, 내가 이걸 가져다 어디다 쓰겠소? 스님한테 제자가 있다니, 이 늙은이가 스님께 드리고 싶구려."

"어르신의 뜻은 고마우나, 그 녀석이 떠나버린 마당에 받아서 무엇 하겠습니까?"

"어디로 떠났단 말이오?"

"그저 귓결에 '휙!' 하는 바람 소리만 들렸을 뿐인데, 아마 동쪽으로 돌아가는 기척이었습니다."

"동쪽이라……! 흠흠, 동쪽으로 멀지 않은 곳에 우리 집이 있소. 아무래도 그 녀석이 우리 집으로 간 모양이로군……"

노파는 동쪽 하늘을 바라보면서 중얼거리더니, 다시 삼장법사를 돌아보고 이렇게 말했다.

"여보, 스님! 나한테 '긴고주(緊箍呪)'란 주문이 한 편 있는데 그걸 가르쳐드리고 싶소. 아무도 모르게 잘 외워서 단단히 기억해두시오. 내가 이 길로 뒤쫓아가서 그놈을 붙잡아다 스님을 모시고 떠나게 해드릴 터이니, 돌아오는 대로 이 무명옷과 모자를 쓰게 하시오. 만약 스님이 시키는 대로 따르지 않거든 속으로 이 주문을 외워보시오. 그럼 두 번 다시 못된 짓을 저지르거나 스님 곁을 떠나지 않을 거요."

소곤소곤 일러주는 주문을 다 듣고 나서 삼장법사가 고개 숙여 사례하는데, 그 노파는 어느새 한 줄기 금빛 광채로 변해 동쪽으로 날아가버리는 것이 아닌가? 그제야 삼장법사는 관음보살이 손오공 단속할 방법을 일러주려고 몸소 나타났음을 깨닫고, 분향 삼아 흙 한 줌을 허공에 뿌리며 예배를 드렸다. 그리고 무명옷과 모자를 보따리에 감춰 넣은 다음, 길 곁에 자리 잡고 앉아 주문을 외기 시작했다.

한편, 스승 곁을 떠난 손오공은 근두운을 일으켜 타고 동쪽으로 날아갔다. 정든 고향 화과산 수렴동을 향해 날아가던 그는 동양 대해를 건너다가 문득 방향을 바꾸어 동해 용왕이 사는 수정궁 쪽으로 돌렸다. 실로 오랜 만에 용궁을 찾아간 것이다.

느닷없는 불청객의 방문에, 동해 용왕 오광은 깜짝 놀라 반색하며 맞아들였다.

차 한잔 대접이 끝나고 나서, 용왕은 단도직입으로 물었다.

"손 대성께서 수난의 기한을 다 채우시고 당나라 스님의 제자가 되어 서방 세계로 경전을 얻으러 가신다는 소문을 들었는데, 왜 서쪽으로 가지 않고 동쪽으로 되돌아오신 거요?"

용왕의 물음에 손오공은 그저 쓸쓰레하니 웃음만 나왔다.

"그 당나라 스님이란 분이 남의 기분을 도통 알아주지 않습디다. 길 가는 나그네를 털어먹던 좀도둑 몇 놈 때려죽였더니, 무조건 내 잘못이라고 꾸짖어가며 잔소리를 늘어놓는 게 아니겠소? 생각 좀 해보시구려. 당신도 아시다시피 이 손 선생이 남한테 꾸중 듣고 가만 참고 견딜 성미요? 그래서 당나라 스님을 길바닥에 내버려두고 나 혼자 고향으로 돌아가는 길이오."

그러자 동해 용왕은 심각한 표정을 짓더니 이렇게 말했다.

"손 대성, 내가 보잘것없으나마 충고 한마디 하리다. 이제 만약 대성께서 당나라 스님을 보호하지 않고 그분의 가르침도 받지 않는다면, 결국 제천대성은 한낱 요괴에 지나지 않을 것이요, 끝끝내 참된 신선이 될 생각은 말아야 할 것이외다."

손오공은 한참 동안이나 묵묵히 생각에 잠긴 채 아무 말도 하지 않았다.

"손 대성, 잘 생각해서 처신하시구려. 공연히 성질이나 부리고 비위에 맞지 않는다 해서 함부로 설쳐대다가는 앞날을 그르치게 될 거요."

용왕이 다시 한 번 간곡히 타일렀다. 그제야 손오공은 두 손을 홰홰 내저으면서 입을 열었다.

"알았소! 알아들었으니까, 더 얘기 마시오. 내 돌아가서 당나라 스님을 모시면 될 거 아니겠소?"

성미 급하고 참을성이 모자란 만큼, 한번 결단을 내리면 머뭇거려 본 적도 없는 원숭이 임금이다. 동해 용왕과 작별한 손오공은 그 즉시 근두운을 일으켜 타고 다시 서쪽 하늘을 향해 쏜살같이 날아가기 시작했다.

이렇듯 서둘러 가는 도중에, 남해 관음보살과 딱 마주쳤다.

"너는 당나라 스님을 모시지 않고 왜 이런 데서 떠돌고만 있는 거냐?"

손오공은 어마 뜨거라 싶어, 황급히 절 한 번 꾸벅하고 여쭈었다.

"예, 갑니다! 지금 이렇게 그분을 보호해드리려고 돌아가는 길 아닙니까?"

"딴 생각 말고 어서 빨리 가거라!"

손오공은 뒤도 안 돌아보고 내쳐 달려, 순식간에 삼장법사가 있는 곳으로 돌아갔다. 그러고는 아직도 길 한 곁에 멍청히 앉아 있던 스승 앞에 시침 뚝 떼고 내려섰다.

"사부님! 길은 안 떠나시고 거기서 뭘 하고 계시는 겁니까?"

제자가 불쑥 나타나니, 삼장법사는 원망보다 반가움이 앞섰으나 그래도 역정은 여전했다.

"네놈은 어딜 갔다 오는 게냐? 난 여기서 네놈이 오기만 기다렸다. 이 몹쓸 녀석아!"

"방금 동양 대해 늙은 용왕 집에 가서 차 한잔 얻어 마시고 돌아오는 길입니다."

"제자야, 출가인은 거짓말을 하면 못쓴다. 내 곁에서 떠난 지 한 시각 남짓밖에 안 되었는데, 어느새 용궁에 가서 차를 얻어 마시고 돌아왔다는 말이냐?"

"헤헤! 저는 근두운을 타면 곤두박질 한 번에 십만 팔천 리나 되는 길을 날아갈 수 있으니까, 용궁에 왔다 갔다 하는 것쯤이야 순식간에 해치우죠."

"너처럼 재주 많은 놈은 차를 얻어 마시겠지만, 나처럼 오도 가도 못하는 사람은 여기서 꼼짝없이 굶어 죽기밖에 더 하겠느냐? 너도 미안한 줄은 알아야 할 게다."

과연 손오공도 미안한 생각이 들었는지 얼른 대꾸했다.

"사부님, 시장하십니까? 그럼 제가 냉큼 가서 동냥을 해다 드리지요!"

그러자 스승은 절레절레 도리질을 했다.

"동냥하러 나갈 것 없다. 보따리 안에 마른 양식이 얼마쯤은 남아 있을 테니, 물이나 찾아서 떠오너라."

"예에, 알겠습니다!"

손오공이 바리때를 찾으려고 보따리를 풀었다. 이리저리 뒤져보니 무엇인가 보따리 속에서 번쩍번쩍 빛나는 물건이 있다. 무명으로 짠 승복 한 벌에, 금테를 아로새겨 넣은 얼룩무늬 모자가 한 개다.

"사부님, 이 옷하고 모자는 웬 겁니까? 제가 입고 쓰면 안 될까요?"

욕심이 난 제자에게, 삼장법사는 인심을 썼다.

"크기가 어떨지 모르겠다만, 몸에 맞거든 쓰려무나."

손오공은 스승의 말끝이 떨어지기가 무섭게 다 낡아빠진 윗저고리를 훌훌 벗어던지고 새 옷을 꿰어 입었다. 어찌 된 셈인지 자로 잰 것보다 더 몸에 딱 들어맞는다. 그다음에는 모자를 쓸 차례다.

삼장법사는 제자 녀석이 머리에 모자를 쓰자마자, 속으로 묵묵히 '긴고주'를 한바탕 외우기 시작했다.

"우아앗! 머리 아파라! 아이고, 내 머리통, 아파 죽겠다!"

146

전후 사정을 모르는 손오공이 펄쩍펄쩍 뛰면서 비명을 질러댔다. 삼장법사가 진언을 두세 차례 거듭해서 외우는 동안, 못된 제자 녀석은 머리통이 뻐개질 듯이 아파 흙바닥에서 데굴데굴 구르기 시작했다. 두 손으로 움켜잡은 모자를 뜯어내느라 안간힘을 다 쓰는 걸 보자, 당나라 스님은 혹시 금테가 끊어질까 두려워 입 다물고 진언을 외우지 않았다. 그랬더니 손오공의 아픔은 씻은 듯이 싹 가셨다.

그새에 손오공이 머리통을 더듬어보니, 굵다란 철사 모양의 테두리가 이마에서부터 뒤통수에 이르기까지 한 바퀴 빙 둘린 채 단단히 조여들고 있는 것이 아닌가! 아무리 벗겨내려 해도 벗겨지지 않고 비틀어서 끊으려 해도 끊어지지 않고, 마치 골통 속에 뿌리가 박힌 것처럼 요지부동이다. 그는 재빨리 귓속의 철봉을 꺼내 테두리 틈새에 끼워 넣고 바깥쪽으로 늘어나게 마구 흔들어대기 시작했다.

이것을 본 삼장법사는 또 금테가 끊어질까 보아 다시 중얼중얼 긴 고주를 외기 시작했다. 뚝 그쳤던 아픔은 또 계속되었다. 얼마나 지독스럽게 아픈지, 두 눈망울이 잠자리처럼 불룩 튀어나오고 얼굴에서 귓불까지 온통 시뻘개졌는가 하면 온 몸뚱이가 꽈배기처럼 비비 꼬였다.

삼장법사는 그 꼬락서니를 보고 가여운 생각이 들어 그만 입을 다물었다. 그랬더니 머리통의 아픔도 언제 그랬느냐는 듯이 말끔히 가셨다.

손오공도 그제야 무슨 영문인지 깨닫고 악을 버럭 썼다.

"알았다! 이제 봤더니, 사부님이 주문을 외고 있었기 때문이었군요!"

"내가 언제 주문을 외웠더냐? 나는 지금 마음을 가라앉히는 경을 외고 있었을 뿐이다.”

“그걸 다시 한 번 외워보십쇼.”

삼장법사가 진짜 또 외기 시작하니, 손오공의 아픔 역시 또 시작되었다.

“됐어요, 됐어! 그만 외십쇼, 그만 외워! 아이고 아파 죽겠다. 그 소리가 나기 무섭게 아파지니, 이게 도대체 어찌 된 노릇일까?”

스승은 주문 외기를 멈추고 제자에게 물었다.

“이제부터는 내가 타이르는 말을 듣겠느냐?”

“듣겠습니다! 한데 그 술법은 누가 가르쳐준 겁니까?”

“방금 전에 어떤 노파가 가르쳐주었다.”

이 말을 들으니 손오공은 퍼뜩 짚이는 게 있다. 어쩐지 관음보살이 근처에서 얼씬거린다 싶더니, 스승에게 요런 기막힌 꼼수를 가르쳐주느라고 나타난 것이 틀림없다. 결국 누구 때문에 이 꼴을 당하게 되었는지 알아차린 순간, 손오공은 그만 속에서 불덩어리가 확 치밀어 올랐다.

“알겠다! 그놈의 노파, 보나마나 관음보살이겠지! 내 당장 남해 보타산으로 쳐들어가서 이 못된 보살을 흠씬 두들겨 패고 말 테다!”

제자는 펄펄 뛰는데, 스승은 느물느물 한마디 거든다.

“나한테 술법을 가르쳐주셨으니, 보살님도 물론 알고 계시겠지. 네놈이 그리로 쳐들어가면 그분이라고 가만있겠느냐?”

얘기를 듣고 보니 과연 옳은 말씀이다. 찔끔 놀란 손오공은 당장 마음을 고쳐먹고 길바닥에 무릎을 꿇었다.

“이렇게 빕니다. 제발 그 빌어먹을 놈의 주문일랑 외지 마십쇼. 하늘이 두 쪽 나는 한이 있더라도 반드시 사부님을 모시고 서방 세계까지 가겠습니다."

"그렇다면 좋다. 말을 타고 떠날 테니 어서 거들어라."

비로소 마음을 가다듬은 손오공이 허리띠를 단단히 조여 매고 보따리를 챙긴 다음 말고삐를 잡았다. 머리통에 씌운 모자는 헝겊 조각이 다 뜯어져나가고 금빛 테두리만 뼛속 깊이 박혀 있었다.

이래저래 우여곡절을 넘긴 끝에 다시 여행길이 계속되었다.

8. 용마를 얻다

손오공이 당나라 스님을 모시고 서쪽으로 나아간 지 사나흘, 때는 바야흐로 강추위가 기승을 부리는 섣달 그믐, 뼈를 에이는 삭풍이 휘몰아치고 길바닥에 얼음이 꽁꽁 얼어붙어 미끄럽기 짝이 없는데, 앞길은 첩첩 쌓인 고갯마루와 낭떠러지 험산 준령뿐이다.

두 사람이 골짜기에 들어섰을 때, 갑자기 귀가 따가울 정도로 시끄럽게 물결치는 소리가 들려왔다.

"오공아, 이게 어디서 나는 물소리냐?"

"제 기억으로는 아마도 사반산(蛇盤山) 협곡에서 나는 물소리인 듯싶습니다. 그 계곡을 감돌아 나가는 강물이 있지요."

백마는 어느새 강기슭에 다다랐다. 깎아지른 절벽으로 둘러싸인 계곡이 아찔한데, 도도하게 일렁거리는 강물의 기세가 실로 엄청났다.

스승과 제자 둘이서 강기슭 경치를 둘러보느라 정신이 팔려 있을 때였다. 느닷없이 강물 한복판에서 "쏴아!" 하는 소리와 함께 수면 위로 용 한 마리가 불쑥 솟구쳐 나오더니 물결을 박차고 눈 깜짝할 사이에 강기슭 둔덕으로 뛰어올라 삼장법사를 낚아채려 했다.

깜짝 놀란 손오공은 엉겁결에 보따리를 내동댕이치고 말 위의 스승부터 껴안아 내린 다음, 뒤도 안 돌아보고 언덕 위 높은 곳으로 냅다 뛰어 달아났다.

용이란 놈은 뒤쫓아봤자 헛수고인 줄 알아차렸는지, 삼장법사 대신에 타고 있던 백마를 안장까지 한 입에 통째로 삼켜버렸다. 뱃속이 두둑해지자 용은 느긋하게 방향을 바꾸어 처음 나타났던 강물 속으로 잠겨 들어갔다.

손오공이 말과 보따리를 찾으러 다시 강기슭으로 되돌아왔을 때, 현장에 남아 있는 것은 짐 보따리뿐 백마는 보이지 않았다. 공중으로 뛰어올라 손바닥을 이마에 대고 사면팔방을 휘둘러보았으나, 백마의 종적은 어디에도 보이지 않았다. 그는 다시 구름을 낮추고 지상에 내려섰다.

"사부님, 우리 말은 아무래도 그놈의 용이 잡아먹은 게 틀림없습니다. 제 눈은 천리 바깥에서 날아다니는 잠자리의 움직임까지 놓쳐본 일이 없는데, 도무지 안 보이니 말입니다."

신통력이 뛰어난 제자가 도리질을 하니, 스승은 낙심천만이라 눈앞이 캄캄해져서 울음이 절로 나왔다.

"그 짐승이 잡아먹었다면, 나는 장차 무얼 타고 간단 말이냐? 멀고 험한 길을 두 다리로 터벅터벅 걸어서 가야 하다니, 아이고 불쌍하구나 내 다리야……!"

스승이 나약하게 눈물까지 흘리는 꼬락서니를 보자, 손오공은 그만 성미가 발끈 치밀었다.

"울긴 왜 우시는 겁니까? 여기 앉아 기다리세요. 제가 그놈의 용을 잡아 꿇리고 백마를 돌려받으면 될 일 아닙니까?"

제 성미에 못 이겨 뛰쳐나가려는 제자를, 삼장법사가 기겁을 해서 손목을 꽉 붙잡고 놓아주지 않았다.

"아니, 어딜 가려는 게냐? 네가 말을 찾으러 간 사이에 그 못된 놈의 용이 또 살그머니 기어나와서 나까지 잡아먹으면 어쩌려고?"

스승이 하는 말을 듣자 하니, 손오공은 신경질이 나다 못해 울화통이 치밀었다.

"정말 딱도 하십니다! 말을 타고 가셔야겠다면서 저를 붙잡고 놓아주지 않으시니, 이대로 앉아서 늙어 죽을 때까지 기다리란 말입니까?"

이렇듯 스승과 제자가 옥신각신 다투고 있는데, 갑자기 허공에서 웬 목소리가 들려왔다.

"손 대성, 걱정 마시오! 당나라 스님도 울음을 그치십시오. 우리는 관세음보살의 분부를 받든 신령들로서, 경전을 가지러 가는 분을 남 모르게 지켜드리고자 파견되어 왔습니다."

손오공이 허공을 바라보고 호통쳐 물었다.

"그대들이 누구누구인지 이름을 밝혀라!"

목소리가 대답했다.

"우리는 육정육갑(六丁六甲), 오방게체(五方揭諦), 사치공조(四値功曹), 그리고 열여덟 분의 호교가람(護教伽藍)들이오. 날마다 돌아가며 당번을 서게 되어 있소."

"그럼 좋다! 오늘 당직 신령들만 남아서 내 사부님을 보호하라. 이 손 선생께서 저 괘씸한 용을 찾아가 우리 백마를 돌려받아 가지고 나올 테니까."

"분부대로 하리다!"

여러 신령들이 응낙하자, 원숭이 임금은 호랑이 가죽 치맛자락을 여미더니, 철봉을 단단히 틀어쥐고 기세 좋게 강변으로 달려 나갔다. 그리고 안개구름을 타고 수면 위를 낮게 선회하면서 고함을 지르기 시작했다.

"요 진흙탕의 미꾸라지 같은 놈아! 어디 처박혀 있는 거냐? 냉큼 나와서 우리 백마를 내놓아라!"

한편 당나라 스님의 말을 잡아먹고 배가 두둑해진 용은 깊숙한 물 밑바닥에 조용히 도사린 채 정기를 가다듬고 있었는데, 어떤 녀석인가 물위에서 고래고래 악을 쓰며 시끄럽게 욕설을 퍼붓는 걸 듣고 슬그머니 울화통이 터졌다. 용은 벌떡 몸을 일으켜 물살을 헤치고 수면 위로 뛰어 올라왔다.

"시끄럽다! 웬 잡놈이 내 욕을 퍼붓고 떠드는 거냐?"

범인이 나타나자, 손오공은 버럭 호통쳐서 꾸짖었다.

"거기 꼼짝 마라! 요놈아, 어서 내 말을 돌려보내지 못하겠느냐!"

이어서 여의봉이 못된 용의 정수리를 겨누고 내려 갈기니, 용이란 놈도 앞 발톱을 세워 춤추며 마주 덤벼들었다. 이리하여 강물 기슭에서는 한바탕 격전이 벌어졌다.

둘은 오락가락 자리를 바꾸고 엎치락뒤치락 엉겨 붙은 채 한참 동안 싸웠다. 그러나 용이란 놈은 기진맥진하더니, 더 이상 대적하지 못하고 몸뚱이를 휙 돌이켜 물속으로 풍덩 들어가고 말았다. 그리고 손오공이 아무리 욕설을 퍼붓고 악을 써도 못 들은 척하고 두 번 다시 모습을 드러내지 않았다.

이렇듯 상대방을 놓쳤으니, 손오공도 스승에게 돌아가 사실대로 아뢸밖에 어쩔 도리가 없다.

사연을 다 듣고 난 스승은 한숨을 쉬며 내처 물었다.

"그렇다면 결국 그 용이 내 말을 잡아먹었단 말이냐?"

"그놈이 말을 잡아먹지 않았다면, 욕설 몇 마디 들었다고 뛰쳐나와 저한테 덤벼들 리 있겠습니까?"

"애야! 지난번에 네 입으로 뭐라고 했지? 용을 항복시킬 수도 있고 호랑이를 굴복시킬 재주가 있노라고 자랑하지 않았더냐? 그런 네가 오늘은 왜 그 용을 항복시키지 못하는 거냐?"

스승이 아픈 곳을 찌르니, 손오공은 약이 바짝 올랐다.

"그만두십쇼! 내 그놈하고 사생결판을 내고야 말 테니까요!"

남에게 언짢은 소리 반 마디만 들어도 비위가 뒤틀리는 손오공이다. 스승 곁에 있어봤자 좋은 소리 더 들을 것이 없는 터라, 또다시 강변으로 달려나가더니 강물을 뒤집어엎고 바다를 휘젓는 술법을 써서, 물 밑바닥까지 훤히 들여다보일 정도로 맑고 깨끗하던 강물을 삽시간에 싯누런 흙탕물로 만들어버렸다.

사세가 이 지경이 되자, 망나니 용은 물속 깊숙이 숨어 있으면서도 불안하기는 마찬가지라, 더는 참지 못하고 또다시 물 바깥으로 뛰쳐나갔다.

"이 찰거머리 같은 놈아! 도대체 어디서 굴러먹던 놈이 여기 와서 나를 못살게 구는 거냐?"

"내가 어디서 굴러왔든 상관할 것 없이, 말이나 어서 돌려보내라. 그럼 네 목숨 하나만은 살려주마."

"백마는 벌써 내 뱃속에 들어가버렸는데, 어떻게 다시 토해놓으란 말이냐? 또, 말을 돌려주지 않겠다면, 네놈이 날 어쩌겠다는 거냐?"

손오공은 여의봉을 훑어 보이면서 대꾸했다.

"말을 돌려보내지 못하겠다면, 그 대신에 이 철봉 맛을 봐야지! 네 놈을 단매에 때려 죽여서, 우리 백마의 목숨 값을 받아내야겠어!"

이래서 둘은 다시 한 차례 맞붙었다. 그러나 겨룬 지 몇 합도 지나지 않아서 정말 감당하기 어려움을 느낀 용은 몸뚱이를 훌떡 뒤채더니 한 마리의 물뱀으로 변하여 강기슭 우거진 수풀 속으로 들어가 숨어버렸다.

원숭이 임금은 기세등등하게 뒤쫓아갔으나, 풀섶을 아무리 헤치고 찾아보아도 어디로 숨었는지 그림자조차 찾을 길이 없었다. 약이 오를 대로 오른 그는 당장 주문을 외워 사반산 협곡의 토지신과 산신령을 한꺼번에 불러냈다. 주문에 걸린 신령들은 삽시간에 모습을 드러내고 제천대성 앞에 무릎 꿇었다.

"산신령과 토지신, 여기 대령했나이다!"

손오공은 매섭게 호통쳐 물었다.

"이 강물 속에 사는 괴물이 어떤 놈이냐? 그놈이 왜 우리 백마를 잡아먹었는지 알고들 있느냐?"

심술궂은 제천대성 앞인지라 두 신령은 부들부들 떨면서 이마를 조아렸다.

"이 강물에는 자고로 괴물 따위가 살고 있지 않습니다. 얼마 전에

156

관세음보살께서 이곳을 지나가시던 도중, 천벌을 받아 죽기로 예정된 용 한 마리를 구해주시고 이곳에 풀어놓으셨습니다. 대성께서 그놈을 찾아내실 생각이라면, 보살님을 모셔오십쇼. 그럼 대성께서 손을 쓰지 않으시더라도 제 발로 기어 나올 것입니다."

손오공은 두 신령을 데리고 스승에게 돌아가, 자초지종을 말씀드렸다.

제자가 머나먼 남해 바다로 관음보살을 모시러 간다는 말에, 소심한 삼장법사는 또 걱정이 태산처럼 쌓였다.

"그 먼 델 갔다가 어느 세월에야 돌아오겠느냐? 아서라, 아서! 그동안에 나는 춥고 배고파 굶어 죽을 텐데, 무슨 수로 참고 기다리란 말이냐?"

넋두리가 미처 다 끝나기도 전이었다. 허공에 몸을 숨기고 있던 오방게체 가운데 하나가 큰 소리로 손오공을 외쳐 불렀다.

"손 대성! 직접 가실 필요 없이, 소신(小神)이 가서 보살님을 모셔오리다."

스승의 투정에 이러지도 저러지도 못해 속을 끓이던 손오공은 반색을 했다.

"고맙네! 그럼 냉큼 다녀오게!"

성질 사나운 제천대성에게 고맙다는 말까지 들은 호법신령은 그 즉시 보타락가산으로 날아가, 단숨에 남해 바다 섬 자줏빛 대나무 숲 속에 내려앉았다.

관음보살이 물었다.

"네가 무슨 일로 왔느냐?"

호법신령은 보살 앞에 무릎 꿇고 사실대로 아뢰었다.

"당나라 스님이 사반산을 지나던 도중, 협곡에서 백마를 잃었나이다. 손 대성은 '보살님께서 골짜기 강물에 못된 용을 풀어놓아 백마를 잡아먹게 했다'고 원망하면서, 소신더러 보살님을 모셔다 잃어버린 말을 도로 찾아줍시사 하고 부탁하기에, 이렇게 찾아뵈었습니다."

관음보살이 고개를 주억거리며 말했다.

"그놈은 본디 서해 용왕의 아들 옥룡(玉龍)이었다. 천궁에서 야광주를 태운 죄로 사형 판결을 받고 집행 날짜만 기다리고 있던 차에, 내가 옥황상제께 말씀드려 풀려나게 되었던 것이다. 그놈이 당승(唐僧)의 말을 잡아먹었다니, 아무래도 내가 한번 다녀와야겠구나."

보살은 연화대에서 내려서더니, 호법신령과 함께 상서로운 구름을 타고 유유히 남해 바다를 건넜다.

얼마 안 있어 사반산 협곡 상공에 다다른 보살이 공중에서 내려다보니, 손오공은 여전히 강기슭에서 꼬리도 보이지 않는 용을 향해 고래고래 악을 써가며 욕설을 퍼붓고 있었다. 보살은 호법신령을 시켜 그를 불러오게 했다.

관음보살이 왔다는 말을 듣자, 손오공은 두말없이 구름을 타고 허공으로 뛰어오르더니 보살을 마주 대하기가 무섭게 고함부터 질러 항의했다.

"석가여래보다 먼저 이 세상에 나왔다는 일곱 부처의 스승이요, 자비의 구주(救主)라는 당신께서, 어찌하여 그런 혹독한 술법으로 나를 죽이려 하시는 거요?"

"이 고약한 원숭이 녀석! 나는 성의껏 경전을 가지러 가는 사람을 시켜 네 목숨을 건져주게 했는데, 그 은혜는 고마워할 줄 모르고 오히려 성질을 부리다니, 이게 무슨 버릇없는 짓거리냐?”

보살이 엄히 꾸짖었으나, 손오공은 그래도 자기 할 말을 다 토해내야 직성이 풀릴 원숭이다.

“물론 제게 좋은 일을 해주시기는 했습죠. 허나 한바탕 꾸중을 하셨으면 그만이지, 어쩌자고 이 지겨운 모자를 씌워 죽을 고생을 하게 만드는 거요? 빌어먹을 놈의 금테두리가 내 골통에 뿌리박고, 늙은 화상이 ‘긴고주’인지 뭔지 하는 주문을 외울 때마다 골통이 뻐개질 듯이 아파 죽겠으니, 이게 모두 속임수로 날 골탕 먹이려는 사기꾼 수작이 아니고 뭐겠소?”

관음보살이 빙그레 미소 지었다.

“네가 그동안 한 짓을 생각해봐라. 네놈을 속박하지 않고 제멋대로 날뛰게 내버려두었다가, 또다시 천궁에서처럼 소동을 부릴지 누가 알겠느냐? 네놈은 그런 무서운 시련을 받아야만 올바른 길에 들어설 수 있을 것이다. 알아듣겠느냐?”

“그건 그렇다고 해둡시다. 하지만 나보다 더 큰 죄를 지은 너절한 용을 이런 데다 풀어놓아서 우리 백마를 잡아먹게 한 것은 또 무슨 까닭이오? 나 같은 사람은 속박하고, 그런 못된 놈은 제멋대로 나쁜 짓을 하도록 내버려두다니, 이거 너무 편파 심한 처사가 아니고 뭐요?”

“그 용은 내가 일부러 이곳에다 풀어놓은 것이다. 경전을 구하러 갈 사람에게 탈것으로 만들어주기 위한 배려에서였다. 너도 생각해보려무나. 비범한 용마가 아니고 인간 속세의 보통 짐승이 어떻게 십만 팔천 리나 되는 멀고 험난한 여정을 넘어서 부처님의 땅에 무사히 당도할 수 있겠느냐?"

이렇듯 손오공을 납득시킨 보살은 호법신령에게 분부했다.

"강변에 내려가서 '서해 용왕 오윤의 셋째 태자 옥룡은 이리 나오너라! 남해 보살이 여기 오셨다!' 하고 외쳐보아라. 그럼 그놈이 나올 것이다."

호법신령은 보살이 일러준 대로 강변에 내려서서 두 번을 연거푸 고함쳤다. 그러자 과연 파도가 뒤집히면서 옥룡이 물 밖으로 솟구쳐 나오더니 보살 앞에 공손히 머리를 조아렸다.

"보살님 덕택으로 죽을죄를 벗고, 분부하신 대로 여기서 오랫동안 기다려왔습니다. 하지만 경을 가지러 가는 사람의 소식을 아직 듣지 못하고 있사옵니다."

관음보살이 손오공을 가리켰다.

"이 사람이 누군지 아느냐? 바로 경을 가지러 가는 분의 수제자다."

옥룡이 흘끗 보니, 여태껏 자기한테 시비를 걸어 싸우던 녀석이다.

"보살님! 저놈이 경을 가지러 가는 분의 제자라고요? 저놈은 '경을 가지러 간다'는 말의 '경' 자도 입 밖에 내지 않았습니다. 그러니 제가 어떻게 알아볼 수 있겠습니까?"

곁에서 가만 듣고 있던 손오공이 버럭 악을 썼다.

"네놈이 묻지 않았는데, 어떻게 내 입으로 먼저 말해준단 말이냐?"

"내가 너한테 '어디서 굴러먹던 놈이냐'고 묻지 않았더냐? 그랬더니 네놈은 '어디서 굴러왔든 상관할 것 없이 말이나 돌려달라'고 악을 쓰기만 했지, 언제 '당나라 스님'이란 말의 '당' 자라도 내게 말해준 적이 있었더냐?"

그제야 보살도 사유를 알게 되었는지, 대뜸 손오공을 꾸짖었다.

"이 못된 원숭이 녀석! 제 힘이 강하다는 것만 믿고 또 설쳐댔구나! 잘 새겨듣거라. 이제 가는 도중에 귀순할 자가 또 있을 것이다. 그때 저편에서 묻거든 '경을 가지러 가는 사람'이라고 분명히 말해주어라. 그럼 이것저것 마음 쓰지 않더라도 저편에서 머리 숙이고 제 발로 따라오게 될 것이다."

말을 마친 관음보살은 버들가지에 감로수를 적셔 옥룡의 몸뚱이에 뿌리더니 숨결 한 모금을 훅 뿜어내면서 호통쳤다.

"변해라!"

그러자 옥룡은 삽시간에 한 마리의 말로 변신했다. 그것도 앞서 잡아먹었던 백마의 터럭 빛깔과 똑같이 바뀌어 있었다.

보살은 용마에게 좋은 말로 타일렀다.

"아무쪼록 일심전력을 다하여 속죄하는 데 힘쓰거라. 공덕을 이루고 나면 범속한 용의 신분에서 벗어나 부처님의 증과를 얻도록 해주마."

백마로 변신한 용은 기다란 목을 끄덕끄덕, 충심으로 복종하겠다는 뜻을 밝혔다.

"오공아, 이 말을 끌고 가서 스승을 뵙거라, 나는 이만 남해로 돌아가야겠다."

그러자 손오공은 떠나려는 보살을 붙잡고 매달렸다.

"저는 안 갈랍니다! 서천 땅으로 가는 길이 이렇듯 험난하고 기구한데, 저렇게 변덕스런 스님을 모시고 어느 세월에 당도할 수 있단 말입니까? 저는 못 갑니다! 안 가요!"

손오공이 억지 떼를 쓰고 나오니, 보살도 어쩌지 못했다. 그저 달

래줄밖에.

"네가 지난날 사람의 도리를 깨치지 못하던 시절에도 전심전력으로 도를 닦고 수행하려 애를 썼는데, 그러던 네가 이제 하늘의 재앙을 벗어난 오늘에 와서 어찌하여 꾀를 부리고 게으름을 피우느냐? 우리 부처님의 문하에 들어와 참된 도리를 깨우치려면 굳센 신념으로 증과를 얻기에 힘써야 한다."

그래도 손오공이 뾰루퉁한 기색을 거둬들이지 않자, 그는 다시 이렇게 덧붙여 말했다.

"네가 괴로움이 닥치고 어려운 지경에 빠질 때마다, 하늘을 부르면 천신(天神)이 응답할 것이요, 땅을 부르면 지령(地靈)이 도와줄 것이다. 그래도 벗어나기 힘든 지경에 이르거든, 그때에는 내가 몸소 달려가서 너를 구해주마. 자, 이리 오너라. 너한테 한 가지 재간을 보태줄 테니……"

관음보살은 정병에 꽂힌 버드나무 가지에서 잎사귀 셋을 따더니, 그것을 손오공의 뒤통수에 얹어놓고 호통을 쳤다.

"변해라!"

외마디 소리에, 버들잎은 당장 세 가닥의 털로 바뀌어 뒤통수에 뿌리박혔다. 위급할 때 쓸 수 있는 구명의 털이었다.

좋은 말씀에 선물까지 덤으로 얻은 손오공은 그제야 자비로우신 보살에게 진정으로 머리 숙여 감사드렸다. 이윽고 관음보살은 향기로운 바람결에 휘감겨 채색 안개를 흩날리면서 남해 보타락가산으로 돌아갔다.

손오공은 용마의 갈기를 휘어잡고 의기양양하게 스승이 있는 곳으로 돌아왔다.

"사부님, 말이 생겼습니다!"

삼장법사는 백마를 보고 반색하며 벌떡 일어섰다.

"아니, 그 말을 어디서 찾아오는 길이냐? 전보다 더 피둥피둥 살이
쪘고 기운차 보이는데, 어쩐 일인지 모르겠구나."

"하하! 아직도 꿈을 꾸고 계시는군요. 이놈의 정체가 뭔지 아십니
까? 보살님께서 그 못된 용을 백마로 변신시켜 우리한테 주신 거라
고요."

보살님이 왔다는 소리에, 삼장법사는 깜짝 놀라 좌우를 두리번거
렸다.

"보살님이 어디 계시냐? 내가 뵙고 인사를 드려야겠다."

"꿈 깨십쇼! 지금쯤 벌써 남해에 도착하셨을 겁니다. 인사는 무슨
인삽니까?"

그는 신령들에게 호통쳐 스승을 안장 없는 말 등에 올려 태우게 했
다. 이 말을 듣고 겁이 난 삼장법사는 도리질을 하며 뒷걸음질쳤다.

"안장도 고삐도 없는 말을 나더러 타고 가란 말이냐? 애야, 어디
배가 없나 찾아보려무나. 배를 타고 건너가야겠다."

"원, 사부님도! 참말 딱하십니다. 이런 첩첩산중에 배가 어디 있단 말
씀입니까. 이 말은 용마이니까, 이놈을 나룻배 삼아 타고 건너갑시다."

듣고 보니 일리 있는 얘기였다. 당나라 스님은 어쩔 수 없이 용마
의 알몸뚱이 등에 위태롭게 올라탔다. 손오공은 짐을 지고 느긋이 뒤
따랐다.

강변에 다다르고 보니, 때마침 상류 쪽에서 웬 어부 한 사람이 마

른 나무로 엮은 뗏목을 타고 하류 쪽으로 흘러 내려오고 있었다.

"여보, 고기잡이 노인장! 그 뗏목 좀 태워주시오!"

늙은 어부는 손오공의 목소리를 듣자 급히 뗏목 방향을 꺾어 강변 기슭으로 다가왔다.

삼장법사 일행이 뗏목에 오르자, 늙은 어부는 익숙한 솜씨로 삿대질하여 눈 깜짝할 사이에 강 건너 서쪽 기슭에 닿았다.

뭍에 내린 삼장법사는 제자에게 분부했다.

"보따리를 풀어보면 당나라 엽전이 있을 테니, 몇 푼 꺼내 뱃삯으로 노인장에게 드리려무나."

이 말을 들은 어부는 황급히 삿대로 강둑을 밀어붙이더니, 기슭에서 멀찌감치 떨어져 나갔다.

"뱃삯을 받다니요! 천만의 말씀을! 돈은 안 받습니다!"

늙은 어부는 이 말을 남겨둔 채 유유히 사라져갔다. 생각지도 않게 공짜 배를 얻어 탄 삼장법사는 미안스러워 두 손 모아 합장하여 감사를 표했다.

곁에서 그 모습을 지켜보던 손오공은 피식 웃어가며 스승에게 한마디 던졌다.

"사부님, 미안해하실 것 없습니다. 그 영감이 누군지 아십니까? 이 강물을 지키는 수신(水神)입니다. 이 손 선생이 온 걸 뻔히 알면서도 영접하러 나오지 않았기에 몽둥이 한대 먹이려고 벼르던 참이었는데, 눈치 빠른 영감이 이렇게 도와주고 뺑소니를 친 겁니다. 얻어맞지 않은 것만도 다행스러운 노릇인데 어딜 뱃삯이라고 돈을 받겠습니까?"

스승은 제자의 그런 말을 믿는 둥 마는 둥, 안장 없는 말 위에서 위태롭게 뒤뚱거리며 큰길로 나섰다.

하염없이 걷는 동안, 어느덧 해는 서녘에 기울고 날이 점점 어두워
졌다.

삼장법사가 말 위에서 멀리 내다보니, 길 곁에 사당 한 채가 나타
났다.

"저 앞에 보이는 게 집 아니냐? 우리 저 댁에서 하룻밤 신세지고 내
일 아침 일찍 떠나자꾸나."

두 사람이 사당 문턱에 다다르자, 벌써 웬 노인 한 분이 나오더니
합장하고 길손들을 맞아들였다.

"스님, 어서 오십시오! 자, 이리 들어와 앉으시죠."

삼장법사는 황망히 답례하고 노인의 뒤를 따라 사당 안으로 들어
섰다.

노인은 동자를 시켜 차 대접을 하고, 저녁식사 준비를 시켰다. 그리
고 모처럼 만난 손님들과 얘기를 나누기 시작했다. 노인의 말에 따르
면, 이 고장은 서부 투르판 하미국(哈密國) 경계에 속한 지역이었다.

이윽고 저녁 공양을 마친 나그네 두 사람은 등잔불을 밝혀놓고 저
마다 잠자리에 들어 편히 쉬었다.

다음 날 이른 아침, 눈썰미 좋은 손오공이 처마 끝에 옷을 널어놓
은 빨랫줄을 발견하고 한 두어 발 남짓 끊어다가 임시로 말 재갈과 고
삐를 만들기 시작했다. 그것을 본 노인장은 기가 막혀 웃음보를 터뜨
리면서 이렇게 말했다.

"이 늙은것도 한창 젊었을 적에는 준마를 여러 필 사들여 곧잘 타

고 다녔소. 하지만 저렇게 안장 없는 말은 타본 적이 없소이다. 나한테 옛날에 쓰던 마구(馬具) 한 벌이 남아 있는데, 그것을 드릴 테니 웃고 받아주시지요."

말을 마치자, 노인은 안채에서 마구 한 벌을 꺼내왔다. 과연 말안장에 고삐, 재갈은 물론이요, 안장 받침 포대기에 두 발 얹는 등자에 이르기까지 빠진 것 하나 없었다.

그것을 본 당나라 스님은 기뻐 어쩔 줄을 모르면서 제자를 재촉하여 그것을 가져다 말 등에 얹어놓고 꾸며보게 했다. 손오공이 하나씩 집어 들고 보니 뜻밖에도 아주 기막힌 명품들이었다. 게다가 용마의 몸뚱이에 자로 잰 듯 딱 들어맞았다.

늙은 주인은 소매 춤에서 또 채찍 한 자루를 꺼내 두 손으로 바쳤다. 향기로운 등나무 손잡이에 호랑이의 힘줄로 엮은 보기 드물게 훌륭한 채찍이었다.

"여러 가지로 많은 보시를 받아 고맙습니다."

당나라 스님이 거듭 고개 숙여 사례하고 다시 돌아보았을 때, 그 노인은 벌써 어디로 사라졌는지 온데간데없었다. 소스라쳐 주변을 둘러보니, 멀쩡하게 서 있던 사당 건물마저 간데없고 텅 빈 들판만이 눈길에 잡혔다. 어리둥절한 삼장법사가 좌우를 두리번거리고 있으려니, 허공에서 노인의 목소리가 들려왔다.

"스님, 이 늙은이는 남해 보타락가산의 토지신입니다. 관음보살의 분부를 받들어 스님께 안장과 고삐 굴레를 전해드리러 왔었습니다. 아무쪼록 서천 가시는 길에 힘쓰시고, 한때나마 게을리하지 마소서."

삼장법사는 당황한 나머지 안장 위에서 굴러떨어지다시피 내려섰

다. 그리고 하늘을 우러러 정성껏 예배를 드렸다. 그런데 제자 녀석
은 곁에서 웃고만 서 있었다.

"이 못된 제자 놈아, 스승인 내가 이토록 절하는데, 네 녀석은 그
분께 인사 한번 안 하고 그저 껄껄대기만 하다니, 이게 무슨 놈의 버
르장머리냐?"

스승의 꾸지람에 손오공은 능청스레 대꾸했다.

"사부님이야 알 턱이 없겠지만, 저는 벌써 알아보고 있었습니다.
저렇게 머리통을 감추고 꼬리만 드러내는 녀석은 철봉 한 대쯤 호되
게 먹여야 마땅합니다만, 보살님의 체면을 생각해서 꾹 참고 있었던
겁니다. 녀절한 토지신 따위가 이 손 선생의 절을 받다니요? 천만의
말씀입니다."

"못된 녀석 같으니! 사람 노릇 하기는 아예 글렀구나! 어서 떠나기
나 하자."

이윽고 행장을 다 챙긴 두 사람은 또다시 서쪽 길로 나아가기 시작
했다.

그다음부터 두어 달 남짓 아무런 일도 없이 순조로운 여행길이 계
속되었다. 일행은 서부 사천성과 신강성 일대 로로쓰 부족과 회족(위
구르족)이 사는 지역을 벗어나 계속 전진했다.

9. 저팔계

세월은 물처럼 빠르게 흘러, 또다시 봄철이 돌아왔다.

스승과 제자 두 사람은 열흘 남짓 황량한 산길을 걸었다. 그날도 해가 저물고 땅거미가 드리우기 시작하는데, 길 앞쪽 멀리 민가 몇 채가 고단한 나그네들의 눈길을 잡아끌었다.

"오공아, 저쪽을 보려무나. 산 밑에 마을이 가까운 듯싶은데, 우리 저기 가서 하룻밤 묵고 내일 아침 일찍 떠나는 것이 어떻겠느냐?"

"마을 인심이 좋을 듯하니, 하룻밤 신세를 져볼 만하군요."

두 사람이 동네 어귀 갈림길에 다다랐을 때였다.

마을 안에서 젊은이 하나가 부지런히 걸어 나오는데, 기운차게 씩씩거리며 바삐 걷는 품이 어디론가 먼 길을 떠나는 행색이 분명했다. 젊은이가 두 사람 곁을 스쳐 지나가는 순간, 손오공은 그의 팔뚝을 덥석 잡고 물었다.

"잠깐만! 내 물어볼 것이 하나 있는데, 여기가 어떤 고장인가?"

"이곳은 우쓰장(烏斯藏, 티베트 서부) 국경 지대요, 마을 사람 가운데 절반 이상이 고씨 성을 가진 집성촌이오."

"자네 행색을 보아하니, 어디 가까운 곳에 가는 것이 아닌 모양이로군. 도대체 어딜 그리 바쁘게 가는 길인가?"

팔목 잡힌 젊은이는 어쩔 수 없이 사연을 털어놓았다.

그는 고 태공(高太公) 댁에서 머슴살이를 하는 사람이었다. 고 태공의 막내딸은 올해 나이가 스물, 아직 시집을 가지 않았다고 했다. 그런데 3년 전에 어떤 요괴 하나가 그 딸을 채뜨려 가지고 고 영감 댁에 눌러앉아 사위 노릇을 하기 시작했다. 고 영감은 사위가 영 마땅치 않아 내쫓으려고 무진 애를 썼으나 뜻대로 되지 않아 그만 울화병이 나고 말았다. 그래서 지난 3년 동안 줄곧 그 요괴더러 집 안에서 나가달라고 요구했지만, 오히려 고 영감의 딸을 뒤채 골방에 가두어놓고 집안 식구들조차 만나보지 못하게 한다는 것이었다.

고 영감은 생각다 못해 이 젊은 머슴더러 어디 가서 법력 있는 도사나 스님을 모셔다가 그 요괴를 쫓아내려고 했다. 젊은이는 동서남북을 뛰어다니면서 잇따라 네댓 사람이나 모셔 와서 요괴를 잡게 해보았지만, 하나같이 요괴를 항복시키기는커녕 반대로 그 요괴한테 번번이 쫓겨 달아나기 일쑤였다고 했다.

사연을 다 듣고 나서, 손오공은 무슨 생각이 났는지 점잖게 고개를 끄덕거렸다.

"흐흠, 자네 오늘 운수 대통했는걸! 자네, 이 길로 되돌아가서 주인어른께 말씀드리게. 우리는 동녘 땅에서 서방 세계로 부처님을 찾아뵈러 가는 사람인데, 요괴 마귀를 항복시키는 데 도통한 재주꾼이라고 말일세."

이 말을 듣고 젊은이는 귀가 솔깃해져서 발길을 돌려 주인댁 문턱 앞에까지 두 사람을 안내했다.

나그네를 밖에 세워둔 채 집 안으로 들어선 젊은 머슴이 중간채로 달려가던 도중, 주인어른과 딱 마주쳤다.

"나으리, 여쭐 말씀이 있어서 되돌아왔습니다. 소인이 동네 어귀에서 웬 스님 둘과 마주쳤습니다. 바쁜 사람 팔목 붙잡고 꼬치꼬치 따져 묻기에, 하는 수 없이 주인어르신 댁 사정을 낱낱이 말해주었습니다. 그랬더니 자기가 요괴를 잡아주겠다고 하는 게 아니겠습니까."

성급한 고씨 영감은 대뜸 말끝을 낚아채고 물었다.

"그래, 그 사람들이 어디서 왔다더냐?"

"동녘 땅에서 오는 스님들인데, 부처님을 찾아뵈러 가는 길이랍니다."

"그렇게 먼 데서 온 스님들이라면, 정말 수단이 좀 있을지 모르겠구나. 그래, 그 사람들이 지금 어디 있느냐?"

"문밖에서 기다리고 있습니다."

머슴의 말이 끝나기가 무섭게, 고씨 영감은 그를 앞세워 대문 바깥으로 나갔다.

"어서 오십쇼, 장로님들!"

나그네를 반갑게 맞아들이려던 고씨 영감은 삼장법사 곁에 서 있는 손오공을 발견하고 깜짝 놀라, 애꿎은 머슴 녀석을 야단쳤다.

"이 망할 자식아! 날 죽일 작정이냐? 집 안에 있는 괴상망측한 사위 녀석 하나도 내쫓지 못해 속상해 죽겠는데, 어디서 이따위 원숭이 괴물까지 끌어들여서 날 못살게 구는 거냐?"

이때 손오공이 나섰다.

"여보, 고 영감! 당신, 나이를 헛 잡수셨구먼. 어째 세상일을 그리도 모르시오? 겉모습만 보고 사람을 판단해서야 되나! 당신네 집 안에 요괴가 있다 하기에 잡아주려고 왔더니, 이게 무슨 대접이오?"

외모만 거칠 뿐 아니라 목소리도 우악스럽기 짝이 없다. 겁먹은 고씨 영감은 다 기어들어가는 목소리로 대꾸했다.

"들어오시오!"

주인이 들어오라니 들어설밖에. 손오공은 스승과 함께 집 안으로 들어가 자리 잡고 앉았다.

고 영감은 영 마뜩치 않은 표정으로 물었다.

"방금 하인 녀석 하는 말을 들으니, 장로님들은 동녘 땅에서 오셨다지요?"

삼장법사는 고개를 다소곳이 숙이고 대답했다.

"그렇습니다. 소승은 당나라 천자 폐하의 칙명을 받들어, 서천 땅으로 부처님을 찾아뵙고 경전을 얻으러 가는 길인데, 도중에 노인장 댁을 지나치게 되어 하룻밤 신세지고 떠날까 해서 이렇게 찾아뵈었습니다."

"아니, 그럼 내 집에서 그저 하룻밤 묵어갈 작정으로 왔단 말이오? 그럼 왜 요괴를 잡아주겠다고 하셨소?"

주인 영감이 얘기가 달라지는 줄 알고 버럭 역정을 내자, 손오공은 오해를 풀어주려고 손사래를 치며 나섰다.

"하룻밤 신세질 겸해서 요괴를 붙잡아드리겠다 그 말씀이오. 한데 이 댁에는 요괴가 도대체 몇 마리나 있소?"

"맙소사! 몇 마리씩이나 되어서야 사람이 어떻게 견뎌나겠소? 그저 해괴망측한 사위 녀석 하나 때문에도 이처럼 골치를 푹푹 썩이고 있는 판인데⋯⋯"

"그 요괴 사위란 작자에 대해서 말씀을 좀 해주시오. 그놈의 수단이 얼마나 대단한지 내력을 알아야만 잡는 데 도움이 되지 않겠소?"

손오공이 묻는 말에, 주인장은 한숨을 푹푹 내쉬어가며 사연을 털어놓았다.

그는 슬하에 딸만 셋을 두었다고 했다. 맏이와 둘째는 오래전에 시집을 갔고 막내딸만 남았는데, 데릴사위를 맞아들여 늘그막에 사위한테 의지해 여생을 보내기로 작정했다.

그런데 3년 전 어느 날인가, 장정 한 녀석이 제 발로 찾아들었다. 처음 보았을 때는 생긴 겉모습도 제법 멀끔하고 힘깨나 씀직한 놈이었다고 한다. 얘기인즉, 자기는 부모 없이 혼자 살아가는 몸이라, 고 영감 댁에 데릴사위로 들어오고 싶다는 것이었다. 고 영감은 그 녀석이 일가친척 하나 없는 외톨이란 점이 마음에 들어 선뜻 사위로 맞아들였다.

이래서 고 영감 댁에 발을 들여놓던 그날부터 이 사위 녀석은 얼마나 부지런하게 일을 잘하는지, 고 영감은 정말 복덩어리가 넝쿨째 굴러 들어온 줄 알았다. 논밭을 갈아엎는 데 황소도 부리지 않고 쟁기 따위도 쓰지 않을 뿐 아니라, 여문 곡식을 베어들여 타작을 하는 데 낫질도 않고 도리깨질 한번 하는 법이 없이, 그저 쇠스랑 한 자루만 가지고 무슨 일이든 척척 해대는 것이었다. 이렇듯 해뜨기 전에 밭에 나갔다가 달이 떠올라서야 돌아오고, 밤낮 없이 일을 잘하는 것은 좋았는데, 그놈의 주둥이와 얼굴 생김새가 변덕맞게 때 없이 바뀌니, 그게 보통 문제가 아니었다.

처음 왔을 때는 그저 살결이 시커멓고 뚱뚱한 몸집이었으나, 시간이 얼마쯤 지나고 보니 주둥이가 비죽 나오고, 두 귀가 대장간 부챗살보다 더 커져서 너울거리고, 게다가 뒤통수에는 억센 갈기 터럭이 돋아나고 살갗마저 우툴두툴 거칠어져서, 한마디로 돼지라고나 할밖에 달리 표현할 길이 없었다. 어디 그뿐이랴, 식탐은 또 얼마나 크고 사나운지, 한 끼니에 쌀밥을 네댓 말씩이나 먹어 치우고 점심때 구운 밀떡을 앉은자리에서 1백여 개나 먹어야 직성이 풀리는 터라, 만약 고기나 즐겨 먹고 술까지 퍼마셨다가는 고 영감 댁 논밭 하며 세간 살림을 다 팔아대도 모자라 반년이 채 못 가서 거덜나고 말았을 것이라고 했다.

또 먹성이 좋은 것쯤이야 아무것도 아니었다. 이 사위 녀석은 어디서 배웠는지 바람을 일으키고 안개구름을 타고 다니면서 바윗돌을 굴리고 모래를 날려가며 소동을 부리니 그게 더 문제였다. 더구나 막내딸을 아예 뒤채 골방에 옮겨다 가둬놓는 바람에, 집안 식구들이 그 아이 얼굴을 못 본 지가 벌써 반년이나 지났다. 이런 모든 점으로 보아서, 사위 녀석은 분명 요괴가 틀림없을 듯싶기에, 고 영감은 생각다 못해 반년 전부터 귀신 쫓는 법사나 스님을 모셔다가 몰아내려고 했는데, 그마저 번번이 실패했다는 것이다.

얘기를 다 듣고 나자, 손오공이 호언장담을 했다.

"그런 것쯤 뭐가 어렵다고 그러시오? 내가 오늘 밤에 그놈을 붙잡아 끓려놓고 이혼 문서 한 장 쓰게 해서 따님을 도로 찾아드리면 그만 아니겠소?"

"이혼장 따위는 써서 뭘 하겠소? 그저 그놈을 내쫓아주기만 하시오."

"그야 쉬운 일이죠! 밤이 되면 좋든 나쁘든 결판이 날 테니까, 두고 보시구려."

저녁식사가 끝난 후, 주인 영감이 손오공에게 물었다.

"병기는 무얼 쓰시겠소? 또 사람은 몇이나 따라 붙일까요?"

"병기라면 나한테 쓰는 것이 있소. 또 나는 사람 손을 빌려 써본 적도, 쓸 필요도 없소. 그저 나이 지긋하고 덕망 있는 노인장 몇 분만 청해 우리 사부님 모시고 한담이나 나누게 해드리면 좋겠소."

고 영감은 그 자리에서 머슴 아이를 시켜 동네 친구 몇 분을 모셔 오게 했다. 이윽고 나이 지긋한 고 태공의 친구들이 한꺼번에 몰려오더니, 삼장법사와 인사를 나눈 다음 자리 잡고 앉아서 이야기꽃을 피우기 시작했다.

"사부님, 마음 푹 놓고 앉아서 기다리십쇼. 이 손 선생은 다녀오겠습니다!"

스승에게 한마디 당부 말을 남겨놓은 손오공이 주인의 손목을 잡아끌었다.

"뒤채 골방이 어디 있소? 요괴가 있다는 그곳으로 가봅시다."

고 영감은 그를 뒤채 문턱까지 데리고 갔다. 가서 보니, 문고리에 자물쇠가 채워져 있었다. 자물쇠를 더듬어보았더니, 아예 뜯고 들어가지 못하도록 구리 쇳물을 끓여 부어서 채워놓았다. 손오공은 철봉으로 절구질하듯 내리찧어 문짝을 단번에 부숴버렸다. 그러고는 주인 영감을 앞세웠다.

"안에 들어가서 따님이 있는지 한번 불러보시오."

늙은 주인은 배짱을 두둑이 먹고 뒤채에 들어섰다.

"애, 막내야! 거기 있느냐?"

이윽고 골방 안에서 숨이 넘어갈 듯 힘없는 목소리가 새어 나왔다.

"아버지…… 나…… 여기 있어요!"

손오공은 금빛 눈동자를 부릅떠서 소리 나는 어둠 속 그림자를 자세히 살펴보았다. 구름같이 흐트러진 쑥대머리에 빗질도 않고, 옥 같은 얼굴에 먼지 때가 덕지덕지 엉겨붙었으며, 앵두 같던 입술에는 핏기 한 점 없고, 가는 허리에 팔다리는 휘청휘청 흔들린다. 수척해진 몸매는 겁을 잔뜩 집어먹고, 목소리도 여위어 가냘프기 짝이 없다.

골방에서 걸어 나오던 딸이 아버지를 보자 와락 부여잡고 울음보를 터뜨렸다. 이때 손오공이 슬그머니 다가가서 물었다.

"울지 마시오. 그놈의 요괴는 지금 어딜 갔소?"

"몰라요. 구름을 일으켜 타고 안개를 흩날리면서 어디로 돌아다니는지 모르겠어요. 아버님이 쫓아내시려는 걸 눈치 채고 여간 경계를 하는 게 아니어서, 밤늦게 들어왔다가 새벽녘 일찌감치 휑하니 나가 버리는걸요."

"흐흠, 알 만하군! 더 말할 것 없소이다. 고 영감, 따님을 데리고 나가시구려. 여기 일은 이 손 선생에게 맡겨놓고 말이오."

고 영감은 기뻐 어쩔 줄 모르면서 딸을 데리고 앞채로 나갔다.

홀로 남은 손오공, 신통력을 발휘하여 몸뚱이 한번 꿈틀했더니 순식간에 막내딸의 모습으로 감쪽같이 바뀌었다. 그는 골방에 혼자 앉아서 요괴가 돌아올 때를 기다렸다.

얼마쯤 지났을까, 과연 돌개바람이 한바탕 휘몰아치더니 진짜 바윗돌이 굴러가고 세찬 모래바람에 흙먼지가 뿌옇게 흩날리기 시작했다.

이윽고 반공중에서 요정 하나가 뚝 떨어져 내리는데, 그 생김새가 과연 돼지만큼이나 지저분하고 추악하기 짝이 없다. 시커먼 얼굴에 짧은 터럭, 비죽 뻗어 나온 주둥이에 부채질하듯 너울거리는 두 귀, 몸에는 시퍼런 쪽빛 무명 적삼을 한 벌 걸쳤는가 하면, 머리통에는 얼룩덜룩한 수건을 질끈 동여맸다.

요괴가 골방에 들어서는 것을 보자, 막내딸로 둔갑한 손오공은 맞아들이지도 아는 척도 하지 않은 채, 그저 침상에 돌아누워 끙끙 앓는 소리만 냈다. 요괴란 놈은 진짜 가짜를 알아볼 겨를도 없이 성급하게 부여안고 입을 맞추려 했다.

손오공은 속으로 웃음이 나오면서도 재빨리 그놈의 기다란 주둥이를 냅다 밀어붙여 침대 아래로 떨어뜨렸다. 느닷없이 엉덩방아를 찧고 나가떨어진 요괴가 엉금엉금 기어 일어나 침대 모서리를 붙잡고 투덜거렸다.

"여봐, 오늘은 왜 나한테 성질을 부리는 거야? 늦게 돌아와서 그러나?"

손오공은 시침 뚝 떼고 대거리를 했다.

"뭐가 어쨌다고요? 성질을 부리다니, 아무것도 아니에요!"

"날 원망하는 게 아니라면, 왜 떠다밀었어?"

"난 오늘 아주 기분이 나쁘단 말이에요. 어서 옷이나 벗고 주무세요."

물정 모르는 요괴가 시키는 대로 옷을 벗어들고 횃대에 걸어두려 벽 쪽으로 갔다. 그 틈에 손오공은 발딱 일어나 침대 한 모퉁이로 피해 숨었다. 벌거숭이가 된 요괴는 아무것도 모른 채 더듬더듬 침상에 기어오르더니 두 손을 휘휘 내저어 사람을 찾기 시작했다.

"여보, 어디 있는 거야?"

"당신 먼저 주무세요."

요괴란 놈은 그 말대로 먼저 자리에 누웠다. 뒤미처 캄캄절벽 어둠 속에서 한숨짓는 소리가 들려왔다.

"아이 참! 난 왜 이렇게나 팔자가 사나운지 몰라……"

"무슨 걱정이 많은 거야? 팔자가 사납다니! 내 비록 당신네 집에 얹혀서 밥술이나 얻어먹고는 있지만, 공밥을 먹는 것도 아니잖소? 나역시 당신네를 위해서 열심히 일해왔단 말이오. 그런데 당신은 뭐가 못마땅하고 부족해서 팔자 타령을 늘어놓는 거요?"

"그런 게 아니에요. 오늘 낮에 아버님과 어머니가 토담 바깥에 오셔서 심하게 욕설을 퍼부으셨단 말이에요."

"뭐라고? 당신한테 욕설을 퍼부어서 어쩌자는 건가?"

"아버님 하시는 말씀이, 딸년이 남편을 맞아들여 부부가 되었으면, 그 남편은 고씨 문중에 귀한 사위 녀석인데, 도대체 어디서 굴러먹던 뉘 집 자식인지 성도 이름도 알 수 없어 도무지 남들 보는 앞에 얼굴을 들고 다닐 수가 없는 데다, 낯짝이나 주둥이가 추악하게 생겨먹어 가문을 더럽혔다고 하시면서 욕설을 퍼부으셨단 말이에요. 그러니 내가 슬프지 않겠어요?"

목소리를 흉내 내어 종알종알 읊어대는 손오공, 그 수작에 깜빡 속아 넘어간 요괴가 한숨을 푹푹 내리쉬었다.

"내 비록 지저분하고 추접스레 생겨먹기는 했으나, 잘생긴 얼굴을 보고 싶다면 그야 별로 어려운 일이 아니지. 내 집은 복릉산 운잔동에 있소. 그리고 내 생김새 그대로 따서 저 씨(猪氏) 성을 붙였고, 갈기 터럭처럼 억세다고 해서 이름은 강렵(强鬣)이라 부르오."

어수룩한 요괴 녀석, 손찌검 한번 하지도 않았는데 술술 다 털어놓다니……! 손오공은 속으로 기뻐 춤이라도 추고 싶을 지경이었다. 오냐, 네놈이 사는 곳과 이름 석 자까지 알아낸 바에야, 이 세상천지 어딜 가든지 네놈을 못 잡으랴?

손오공은 이제 막바지로 몰고 갈 작정이었다.

"아버님이 법사를 모셔다가 당신을 잡겠대요."

그 말을 듣자, 요괴는 어이가 없다는 듯이 너털웃음을 터뜨렸다.

"됐어, 됐다니까! 그만 잠이나 자자고! 내 이래 보여도 서른여섯 가지 변화술법을 지니고 있는 몸이야. 게다가 이빨 아홉 달린 쇠스랑도 가지고 있고. 법사나 승려, 도사 따위를 내가 겁낼 줄 알아?"

"보통 법사가 아니래요. 아버님 얘기로는, 오백 년 전에 천궁을 뒤엎어 대소동을 일으켰던 손가인지 뭔지 하는 제천대성을 모셔 와서 당신을 잡겠다는 거예요."

요괴는 제천대성의 이름을 듣자, 어지간히 겁이 나는지 목소리가 질렸다.

"에쿠! 그 친구를 불러온다니, 안 되겠군. 나는 떠날밖에. 우리 부부 노릇도 이제 그만이야……"

"아니, 왜 떠나신다는 거예요?"

"당신은 모를 거야. 천궁을 뒤엎었다는 그 필마온 녀석으로 말하자면 솜씨가 보통이 아니거든. 나도 그놈과 맞서 싸워봤자 창피스런 꼴만 당할 게 분명하니 어쩌겠나. 자신 없으면 일찌감치 삼십육계 줄행랑이나 놓아야지."

말을 마친 요괴가 주섬주섬 옷가지를 걸쳐 입고 방문 쪽으로 걸어나갔다.

이래저래 구슬려서 알아낼 것을 다 알아낸 손오공이 그놈의 옷자락을 덥석 움켜잡으면서 본색을 드러냈다.

"요놈아! 어딜 내빼겠다는 거냐? 고개를 쳐들고 내가 누군지 똑똑히 봐라!"

옷깃을 붙잡힌 요괴가 흘끗 뒤돌아보니, 이게 어찌 된 일이냐? 곰살궂게 놀던 마누라는 어디론가 사라지고, 그 대신 털북숭이 낯짝을 한 저 무서운 원숭이 녀석이 허연 이빨로 입술을 악문 채, 시뻘건 두 눈에 번쩍거리는 금빛 눈동자를 딱 부릅뜨고 자기를 노려보는 것이 아닌가!

깜짝 놀란 요괴가 그래도 엉겁결에 허리를 비틀어대니 옷자락이 부욱! 찢겨 나가면서 자유를 얻었다. 다음 순간, 그는 또다시 돌개바람으로 변해 바깥으로 빠져나갔다. 뒤미처 들이닥친 손오공의 철봉이 돌개바람을 겨누고 한 대 내리쳤으나, 요괴는 수만 가닥 불티로 흩어져 복릉산 쪽으로 달아나고 있었다.

부랴부랴 근두운을 일으켜 타고 그 뒤를 쫓는 손오공이 고래고래 악을 질렀다.

"게 섰거라! 어딜 도망치려고? 네놈이 하늘 위로 올라가든 땅속으로 들어가든, 내 하늘 끝 지옥 끝까지라도 쫓아갈 테다!"

한밤중 어두운 하늘에서 쫓고 쫓기는 추격전이 벌어졌다. 요괴의 불빛은 앞으로 나아가고, 손오공의 채색 구름은 그 뒤를 바짝 따랐다.

둘이서 한창 정신없이 쫓고 쫓겨가다 보니 갑자기 높은 산이 앞을 가로막았다. 요괴는 수만 가닥의 불빛을 한 덩어리로 뭉쳐 거두어들이고 본색을 드러냈다. 그리고 동굴 안에 뛰어들기가 무섭게 이빨 아홉 달린 쇠스랑을 꺼내 가지고 다시 뛰쳐나와 덤벼들기 시작했다.

손오공이 버럭 호통쳐 꾸짖었다.

"이 바보 같은 요괴 놈아! 네놈은 어디서 굴러먹던 마귀 녀석이냐? 이 손 선생의 함자를 어떻게 알았는지 사실대로 불어라! 그럼 네 목숨 하나만은 살려주마!"

요괴가 능청맞게 거들먹거리면서 대꾸를 했다.

"내가 누구인지도 모르는 모양이로구나! 귀를 씻고 잘 들어라. 이 사람은 하늘나라에서 옥황상제의 칙명으로 천봉원수 직분을 맡아 은하수의 팔만 수군 병력을 통솔하던 분이셨다. 그런데 서왕모가 반도 복숭아 잔치를 베풀던 날, 곤드레만드레 술에 취해 정신없이 추태를 부리다가 엉뚱하게 뛰어든 곳이 광한궁(廣漢宮)이었지 뭐냐……"

요괴의 얘기는 대략 이러했다.

술김에 영웅본색 뽐낸답시고 달나라 궁전에 뛰어든 천봉원수는 아리따운 선녀들이 영접하러 나오자, 위아래 구별도 못하고 월궁의 항아(嫦娥)님을 부여잡고 연애를 하자고 졸라대기 시작했다. 월궁 항아가 피해 달아나며 거부하자, 괘씸한 생각이 들어 고래고래 악을 쓰는 소리가 마침내 하늘나라를 진동하게 만들었다.

이윽고 출동한 호법신령과 천병들에게 광한궁은 철통같이 포위되고, 천봉원수는 꼼짝없이 여러 신령들의 손에 붙잡혀 결박당하고 말았다. 그래도 술기운은 여전히 남아 있어 옥황상제 앞에서 겁도 없이 큰소리를 탕탕 치던 나머지, 노발대발한 옥황상제의 명에 따라 극형을 받게 되었다.

이때 천만다행히도 샛별 태백금성이 말씀을 잘 드려준 덕분에 가까스로 극형을 모면하였으나, 형량을 줄여서 때린 철퇴가 무려 2천 대, 그리고 더 이상 하늘나라에 붙어살지 못하고 아래 세상으로 쫓겨 내려오기까지는 좋았는데, 워낙 저지른 죄가 큰 탓으로 암퇘지의 뱃속에 잘못 찾아들어 지금처럼 돼지의 꼬락서니로 태어나고 말았던 것이다.

이렇듯 얘기를 다 듣고 나서야 손오공도 요괴의 신세 내력을 알 수 있었다.

"이제 봤더니 아래 세상에 쫓겨 내려와 귀양살이를 하는 수신(水神) 녀석이로구나! 어쩐지 이 손 선생의 이름 석 자를 아는가 싶었더니……"

괴물도 지지 않고 대거리를 했다.

"흥, 웃기는군! 옥황상제를 속여먹던 필마온 녀석이 누군데? 그 당시 네놈이 벌집을 쑤셔놓는 바람에 내가 얼마나 골탕을 먹었는지 모르는데, 이제 또 나타나서 사람을 업신여기다니! 버르장머리 없는 짓일랑 작작 하고, 내 쇠스랑이나 한대 먹어봐라!"

허나 손오공이라고 인정사정 볼 것이 어디 있으랴. 철봉을 치켜들기가 무섭게 요괴의 머리통을 겨누고 이편에서 먼저 힘차게 후려 찍었다. 이리하여 둘은 산허리 어둠 속에서 한판 호되게 맞붙기 시작했는데, 동에 번쩍 서에 번쩍, 치고받고 싸우는 도중에도 입담은 거칠어서, 제멋대로 지껄이고 욕설을 퍼부어가며 꾸짖었다.

"네놈은 남의 집안일에 뛰어들어 인륜대사를 망쳤으니, 골백번 죽여도 시원치 않겠다!"

"네놈은 어린 처녀를 겁간했으니, 잡아서 육시 처참을 해야 마땅한 놈이다!"

두 사람은 한밤중 이경(二更. 21~23시)부터 시작해서 동녘 하늘이 훤히 틀 때까지 쉴 새 없이 싸웠다. 그러나 날이 밝아올 무렵, 진작부터 두 팔뚝이 시큰시큰 저려들던 요괴는 더 이상 손오공의 공세를 막아낼 수 없게 되자, 또 한 차례 돌개바람으로 변해 동굴 속으로 달아났다. 그러고는 문을 굳게 걸어 닫고 두 번 다시 얼굴을 내밀지 않았다.

손오공은 조바심을 견디지 못하고 저 무시무시한 철봉을 번쩍 쳐들어 대문 두 짝을 단번에 때려부쉈다.

"이 보릿겨나 처먹고 사는 미련퉁이 곰 같은 녀석아! 냉큼 나와서 이 손 선생과 마저 싸우지 못할 테냐!"

동굴 속에서 쉬고 있던 요괴란 놈은 문짝을 때려부수는 소리에 깜짝 놀라 일어섰다. 게다가 '보릿겨나 처먹고 사는 미련퉁이 곰 같은 녀석'이란 욕설까지 듣고 보니, 도무지 울화통이 들끓어올라 견딜 수가 없었다. 요괴는 쇠스랑을 질질 끌면서 동굴 바깥으로 뛰쳐나갔다.

"이 필마온 녀석! 정말 눈뜨고 봐줄 수가 없는 놈이로구나. 네까짓 놈이 도대체 뭐기에 남의 일에 끼어들고, 내 집 문짝마저 때려부순 거냐? 형법 조문을 봐라. 남의 집 대문을 부수고 들어온 것만으로도 죽을죄를 졌다고 씌어 있을 것이다!"

손오공은 그 말이 우스워 견딜 수가 없었다.

"허허! 이 얼빠진 놈아, 내가 이따위 문짝을 때려부순 것쯤은 아무것도 아니다. 네놈은 남의 댁 귀한 따님을 중매쟁이도 없이 강제로 빼앗아 차지하고, 장인 장모한테 차 한잔 올리기는커녕 하객들에게 술 한잔 대접하지 않고 무쪽같이 잘라 먹었으니, 그 죄야말로 능지처참을 당해도 쌀 것이다."

"쓸데없는 잔소리 걷어치우고 이 저 선생의 쇠스랑 맛이나 봐라!"

"그 쇠스랑이야 고씨 영감 댁 논밭이나 갈아붙이고 씨나 뿌리는 일에 쓰던 것일 텐데, 그게 뭐 대단하다는 거냐?"

"흐흠, 네 녀석이 뭘 잘못 알았구나! 이 쇠스랑으로 말하자면, 이름 하여 '상보심금파(上寶沁金鈀)'라 일컫는 것이니, 남방 하늘 화덕성군 불가마 속에서 쇠를 불리고, 도솔궁 태상노군 어른께서 몸소 쇠망치를 휘둘러 단련해낸 보배다. 네놈의 머리통이 구리쇠를 녹여 만들고 온 몸뚱이가 강철로 단련되었다 한들, 이 쇠스랑 아홉 이빨 찍히는 곳마다 넋이 빠져나가고 신기(神氣)가 몽땅 새어버릴 것이다!"

손오공이 여의봉을 거두어들이고 이렇게 말했다.

"이 미련한 놈아! 주둥아리 작작 놀려라. 이 손 선생께서 머리통을 내밀 테니, 그 쇠스랑으로 한번 찍어봐라. 네 말대로 아홉 구멍 뚫려 내 혼백이 스러지고 신기가 새어 나가는지 두고 보자꾸나!"

그 말에 요괴는 진짜 쇠스랑을 치켜들고 힘껏 손오공의 머리통을 내리찍었다.

"따악!"

쇠스랑 이빨 아홉 개가 손오공의 머리통을 내리찍기는 찍었는데,

웬걸! 아홉 구멍이 뚫리기는커녕 머리 가죽에 홈집 한 군데도 나지 않았다. 게다가 얼마나 힘차게 내리찍었는지, 도로 튕겨 나온 탄력에 손발이 저리고 맥이 풀려 저도 모르게 비명을 터뜨렸다.

"어이쿠……! 정말 어지간한 돌대가리로구나!"

"네놈이 알 턱이 있나! 이 손 선생께서 천궁을 뒤엎었을 때, 태상 노군의 단약을 훔쳐 먹고 반도원의 구천 년 묵은 복숭아를 얼마나 많이 따 먹었는지 아느냐? 그래서 천신들이 도끼로 찍고 철퇴로 후려 때리고, 칼로 베고 장검으로 찌르고, 하다못해 불길에 태우고 벼락을 쳤어도 내 털끝 하나 다치게 하지 못했다. 정 못 믿겠거든 어디 몇 번이고 그 쇠스랑으로 더 찍어봐라!"

"이 못된 놈의 원숭이 녀석! 네가 천궁을 뒤엎었을 때의 일을 나도 잘 알고 있다. 그동안 통 이름을 듣지 못했는데, 도대체 왜 여기 나타나서 날 못살게 구는 거냐? 설마 우리 장인 영감이 너 있는 곳까지 찾아가서 모셔 온 것은 아닐 테지?"

"네 장인 영감이 날 찾아올 턱이야 물론 없지! 이 손 선생은 이미 흉악한 마음을 고쳐먹고 불제자가 되었단 말이다. 그래서 지금은 동녘 땅 출신의 당나라 스님을 모시고 서천으로 가서 부처님을 뵙고 불경을 얻으러 가는 길인데, 때마침 고씨 마을을 지나가다가……"

손오공의 얘기가 여기까지 나왔을 때였다. 요괴란 놈이 느닷없이 들고 있던 쇠스랑을 툭 내던지더니, 허리를 꾸벅하고 절하는 것이 아닌가!

"여보게 손 대성! 불경을 가지러 가신다는 그 스님이 지금 어디 계신가? 수고스럽지만 꼭 한 번 뵙도록 해주게!"

손오공은 이것 봐라 싶어, 두 눈이 똥그래졌다.

"네까짓 녀석이 그분을 뵈어서 무엇 하게?"

요괴는 정색을 하고 말씨를 바꾸었다.

"나는 본디 관세음보살에게서 착한 사람 되라는 말씀을 듣고 뉘우쳐 불문에 귀의하였소. 보살님께서 하시는 말씀이, '경전을 얻으러 가는 사람을 모시고 서천으로 함께 가서 부처님을 뵙고 경전을 얻어 가지고 돌아오면, 그 공덕으로 모든 죄가 씻어질 것이며, 또 증과를 얻을 수 있다' 하셨소."

하지만 원숭이 임금의 의심은 좀처럼 풀리지 않았다.

"너 이놈! 섣부른 수작으로 얼렁뚱땅 속여 넘기고 뺑소니를 칠 속셈이지?"

이 말을 들은 요괴는 그 자리에 엎드리더니 이마를 조아려가며 굳게 맹세했다.

"아미타불! 나무관세음보살! 제게 만약 그런 진실한 마음과 뜻이 없다 하오면, 이 몸을 갈기갈기 찢어 죽여 다시는 환생하지 못하도록 하소서!"

요괴가 이렇듯 목숨 걸어 맹세하니, 손오공도 믿어주지 않을 도리가 없었다. 그는 솜털 한 가닥 뽑아 길이가 서너 발쯤 되는 밧줄로 만든 다음, 요괴의 양 팔뚝을 뒤로 꺾어놓고 단단히 결박했다. 그리고 이번에는 그 큼지막한 귀를 비틀어 잡고 끌어당기면서 호통을 쳤다.

"어서 가자, 어서 가!"

"이봐, 손 대성! 조금만 살살 잡아당겨줄 수 없나? 그 무지막지한 손으로 억세게 잡아당기니까 귀가 떨어질 것처럼 아파 죽겠네."

"살살 잡아당기라니! 옛말에도 '양순한 돼지일수록 무섭게 다루어야 한다'고 하지 않더냐?"

이윽고 두 사람은 구름을 타고 단숨에 고씨 마을까지 날아서 돌아갔다.

고씨 댁에 당도한 것은 순식간의 일이었다.

"이놈아, 저기 대청 위에 단정하게 앉아 계신 분이 누군지 아느냐? 바로 내 사부님이시다!"

손오공이 요괴를 결박해 끌고 문턱을 넘어서는 것을 보자, 고 영감의 기쁨은 이루 말할 나위가 없었다.

"장로님! 맞습니다. 그놈이 우리집 사위 녀석입니다!"

삼장법사 앞에 끌려 나간 괴물은 무릎 꿇고 공손히 머리를 조아렸다.

"사부님! 죄송합니다. 사부님께서 저희 장인어른 댁에 와 계신 줄을 진작 알았더라면, 이렇듯 쓸데없는 우여곡절을 겪지 않게 해드렸을 겁니다."

삼장법사는 이게 무슨 소린가 싶어 손오공을 돌아보았다.

"오공아, 이자를 어떻게 굴복시켰기에 날 보고 절하는 거냐?"

손오공은 쇠스랑 자루로 등줄기에 한 대 먹이면서 호통쳤다.

"이 곰같이 미련한 놈아! 네 입으로 말씀드려라!"

이윽고 괴물이 자기 신분과 보살에게 감화를 받아 불문에 들게 되었던 경위를 낱낱이 말씀드렸다. 삼장법사는 크게 기뻐하면서 제자더러 결박을 풀어주게 했다.

자유로운 몸이 된 괴물은 당나라 스님 앞에 새삼스레 큰절을 올리고 서방 세계로 따라가기를 자청했다. 그리고 이번에는 손오공에게

큰절을 드렸다. 먼저 입문했으니 형님뻘이 되는 터라, 사형(師兄)으로 모시겠다는 다짐이었다.

삼장법사는 새로 맞아들인 제자에게 법명을 지어주려 했으나, 괴물이 도리질을 했다.

"제게는 법명이 있습니다. 보살께서 저한테 입문 예식을 베풀 당시, 저오능(豬悟能)이란 법명을 지어주셨습니다. 그리고 불가와 도가에서 금하는 여덟 가지 음식을 딱 끊으라고 '팔계(八戒)'라는 별명까지 붙였습니다."

"저오능이라! 그것 참 잘되었다. 앞으로 여느 때는 저팔계라고 부르마."

고씨 댁 주인 영감님은 당장 하인들에게 분부하여 축하의 잔칫상을 차려 내오게 했다. 이때 저팔계가 장인 영감의 소맷자락을 넌지시 끌어당겼다.

"장인어른, 기왕이면 제 집사람을 데리고 나와서 두 분께 인사를 시켰으면 좋겠는데, 어떻습니까?"

곁에서 가만 듣고 있던 손오공이 기가 막혀 웃음보를 터뜨렸다.

"이것 보게, 아우! 자네는 이제 불문에 들어와서 중노릇을 해야 하는 몸이야. 승려가 된 이상, 오늘부터는 '집사람'이니 '제 아내'라느니 하는 소리를 떠벌리면 안 되지. 차려주는 잿밥이나 한술 얻어먹고 일찌감치 서천으로 떠나기나 하세!"

잔치가 끝나자, 고씨 영감은 쟁반에 2백 냥쯤 되어 보이는 금붙이 은붙이를 담아 가지고 나와서 노잣돈으로 쓰라고 세 분 스님에게 올렸다. 그러나 삼장법사는 받지 않았다.

"우리는 행각승입니다. 도중에 마을이 있으면 잿밥 한 끼니 동냥해서 얻어먹고 하룻밤 잠잘 데를 빌려 쉬고 떠나면 그뿐입니다. 금은 따위 재물을 받아서 무엇에 쓰겠습니까. 정 서운해서 그러신다면 방금 잔칫상에 먹다 남은 떡이나 싸서 주시지요. 가는 도중에 요기나 할 수 있으면 그것으로 족합니다."

이때 저팔계가 불쑥 나섰다.

"장인어른, 내 이 옷은 간밤에 형님과 실랑이를 벌이다 찢겨서 누더기가 됐으니, 승복 한 벌만 지어주시구려. 신발도 새것으로 한 켤레 마련해주시고요."

골치를 썩이던 사위 녀석이 제 발로 떠난다는 데야 무슨 청인들 못 들어주랴. 고씨 영감은 당장 신발 한 켤레 사오게 하고 무명 편삼 한 벌을 지어 갈아 입혔다.

저팔계는 신바람이 나서 우쭐대며 고씨 댁 사람들에게 작별 인사를 건넸다.

"장모님, 큰 처형! 둘째 처형! 그리고 동서들과 일가친척 여러분! 이 저팔계는 오늘부터 중노릇 하러 떠납니다. 그리고 장인어른, 제 집 사람을 잘 보살펴주십쇼. 제가 만약 불경을 얻지 못하고 돌아오게 되면 다시 환속해서 예전처럼 이 댁 사위 노릇을 할 테니까요."

손오공이 그 말을 듣고 버럭 호통을 쳤다.

"이 미련한 놈아! 쓸데없는 소리 작작 지껄여라!"

"쓸데없는 소리가 아니오. 아차 잘못하는 날에는 중노릇도 못하게 될 테고, 여편네마저 잃어버리면 그야말로 산토끼 집토끼 다 놓쳐버리는 셈이 아니오?"

삼장법사도 듣다 못해 한마디 꾸짖었다.

"실없는 소리 그만두고, 어서 길이나 떠나자."

이윽고 떠날 채비가 다 되었다. 저팔계는 짐 보따리를 꾸려서 등에 짊어지고, 삼장법사는 백마에 올라탔다. 손오공은 홀가분해진 몸으로 철봉을 어깨에 둘러메고 앞장서서 길 인도를 맡았다. 모든 사람들의 전송을 받으며 고씨 마을을 벗어난 일행은 서쪽으로 방향 잡아 하염없는 여행길에 다시 올랐다.

10. 황풍령 모래바람

스승과 제자 세 사람은 서쪽으로 달포 남짓한 길을 무사히 나아갔다. 바람을 끼니 삼고 이슬 속에 한뎃잠을 자며 서방 세계로 가는 도중에, 또 불볕이 내리쬐는 무더운 여름철이 돌아왔다.

그날도 힘겨운 길을 가고 있으려니, 어느새 하루해가 뉘엿뉘엿 저물기 시작했다.

"오공아, 우리 어디서 하룻밤 잠자리를 빌려 쉬고 내일 아침 일찍 떠나자꾸나."

스승의 말끝이 다 떨어지기도 전에 저팔계가 먼저 대답하고 나섰다.

"말씀 한번 잘하셨습니다! 이 저팔계도 배가 슬슬 고파지는데요. 어디 찾아 들어가서 밥술이나 좀 얻어먹고 기운을 내야 짐을 짊어지기도 수월해질 것 같습니다."

넉살 좋은 그 말에 손오공이 버럭 호통을 쳐서 꾸짖었다.

"이런 밥통 같은 녀석 봤나! 벌써부터 집 생각만 하는 거냐? 집을 떠난 지 고작 며칠이나 되었다고, 집 타령에 밥 타령을 늘어놓는 거야?"

"형님, 자꾸 야단치지 말구려. 형님처럼 아지랑이에 바람이나 마셔도 살아가는 사람이 나 같은 놈의 뱃골하고야 어디 비교나 되겠소? 정말 나는 배고픈 것 꾹 참고 여기까지 왔소."

그러자 스승이 한마디 건넸다.

"오능아, 그렇게도 집 생각이 간절하냐? 그렇다면 너는 출가인이라 할 수 없겠다. 이 길로 당장 돌아가거라."

말씀 한두 마디에 추방령이 떨어졌으니 이 노릇을 어쩌랴. 저팔계는 어마 뜨거라 싶어 그 자리에 털썩 무릎을 꿇었다.

"사부님! 저 같은 놈은 뭐든지 생각나는 대로 입에 올리는 성격이라, 배가 고프면 고프다 하고, 힘들면 힘이 든다 곧이곧대로 말해야 직성이 풀립니다. 방금도 배가 고프기에 어디서 잿밥이나 한술 얻어먹자고 말씀드렸을 뿐인데, 형님은 대뜸 저더러 집 생각만 하는 밥통 녀석이라고 야단치지 않았습니까?"

"됐다, 그만 일어나거라."

미련한 저팔계 녀석은 그 말씀 한마디에 벌떡 일어나서 짐을 챙겨 메고 부지런히 뒤따라 걷기 시작했다.

이때 길 맞은편에서 웬 노인 한 분이 걸어왔다. 이번에는 삼장법사가 직접 그 앞으로 다가가 인사를 건넸다.

"노시주님, 말씀 좀 여쭙겠습니다."

나이 지긋한 그 노인은 깜짝 놀라며 물었다.

"이런! 어디서 오시는 장로님들이신가?"

"소승은 서천 뇌음사로 부처님의 경전을 얻으러 가는 사람입니다.

때마침 날도 저물었기에 하룻밤 묵어갈 곳을 찾고 있는데……"

그 말을 듣자, 노인은 잠잘 곳을 알려주는 대신 절레절레 도리질부
터 했다.

"안 될 말씀이오. 불경을 구하러 가시겠다면 동쪽으로나 가보시오."

어수룩한 삼장법사는 대꾸를 못한 채 그저 두 눈만 멀뚱멀뚱 뜨고
서 있었다. 보살님은 서방 세계로 가라고 하셨는데 동쪽으로 가라니,
이게 도대체 무슨 소리냐? 설마 동쪽에도 그런 경전이 있단 말인가?

삼장법사는 잠잘 곳을 찾기보다 그 문제가 더 걱정스러워 다시 물
었다.

"방금 노시주님 말씀이, 가는 길이 어렵다고 하셨는데, 어째서 그
렇습니까?"

"불경을 얻으러 가는 거야 어렵지 않소이다만, 여기서 서쪽으로
삼십 리만 더 가면 황풍령(黃風嶺)이란 팔백 리 고갯길이 나온다오. 그
산중에 요괴가 엄청나게 많다고 합디다. 그래서 넘어가기 어렵다는
거요."

사연이 어찌 되었거나, 마음씨 좋은 노인의 호의로 일행은 그 댁에
서 하룻밤 쉴 수 있게 되었다.

노인장이 말한 대로, 과연 서쪽 길은 순탄치 않았다. 일행 세 사람
은 반나절도 채 못 가서 까마득히 높은 산악과 맞닥뜨렸다.

산봉우리는 어찌나 높은지 하늘 끝에 닿은 듯하고, 계곡은 얼마
나 깊은지 저승세계가 들여다보일 정도였다. 울퉁불퉁 돋아 나온 기
암괴석에 천길 만길 깎아지른 낭떠러지가 길손의 넋을 뽑아놓았다.

194

섬뜩하도록 험악한 주변 경관에 위압된 삼장법사는 조심스레 말고삐를 당겨가며 천천히 몰았다. 손오공 역시 구름을 멈추고 내려서서 느린 걸음걸이로 바꾸었다. 감각이 둔한 미련퉁이 저팔계는 무거운 짐을 지고 뒤뚱뒤뚱 뒤따르기에 바빴다.

삼장법사 일행이 가슴을 졸이고 나아갈 때였다. 갑자기 한바탕 회오리바람 이는 소리가 크게 들려왔다.

"오공아, 바람이 분다!"

허나 맏제자의 대꾸는 느긋했다.

"바람 같은 것이 뭐 두렵다고 그러십니까? 하늘에는 사시사철 기운이 돌게 마련 아닙니까. 겁내지 마십쇼, 사부님."

"아니다. 이 바람결이 무척 거센 것이, 여느 때 부는 바람과는 다르구나."

뒤에 처져 있던 저팔계가 앞으로 나서더니 손오공을 붙잡았다.

"형님, 이 바람, 굉장히 세차구려. 어디 잠깐 피했다 갑시다!"

"가만있게. 내가 이놈의 바람을 한 움큼 잡아서 냄새를 맡아볼 테니까."

그 말을 듣고 이번에는 저팔계가 피식 웃었다.

"형님도 헛소리를 하실 때가 다 있구려. 바람을 어떻게 붙잡아서 냄새 맡는단 말이오? 움키는 대로 새어 나가버릴 텐데……"

"모르는 소리 말게. 이 손 선생에게는 '바람 잡는 방법'이 있다네."

자신만만한 제천대성이 바람 불어오는 머리 쪽을 슬쩍 지나가게 내버려두고, 끄트머리 쪽을 꽉 움켜쥐더니 정말 코에다 대고 킁킁 냄새를 맡았다. 과연 스승의 예감대로 비릿하게 흉한 냄새가 풍겼다.

"정말이로군! 이거, 좋은 바람이 아닌걸. 바람결에 섞인 냄새가 호랑이 아니면 요괴의 몸뚱이에서 풍겨나는 냄새야. 수상한데……!"

말끝이 미처 다 떨어지기도 전이었다. 갑자기 산비탈 밑에서 야수의 포효가 들리더니, 얼룩 줄무늬를 띤 호랑이 한 마리가 요란하게 뛰쳐나오는 것이 아닌가! 난데없는 맹수의 출현에, 삼장법사는 혼비백산하여 말 아래로 굴러떨어지더니, 길 곁에 쪼그려 앉은 채 와들와들 떨기 시작했다.

한데, 저팔계는 짐짝을 내던지고 사형이 나서지 못하게 얼른 한쪽으로 밀어붙이더니, 어느새 뽑아 들었는지 쇠스랑을 높직이 쳐들고 앞으로 달려나가고 있었다.

"게 섰거랏!"

그야말로 성난 멧돼지가 돌진하는 형상이라, 단숨에 달려나간 저팔계의 쇠스랑이 불문곡직하고 호랑이의 정수리를 겨냥해서 콱 내리찍었다. 그러자 호랑이는 뒷발로 우뚝 서서 앞발톱으로 쇠스랑을 툭 쳐내더니, 으르렁대던 짐승의 포효가 사람의 목소리로 바뀌어 고함을 질렀다.

"나는 황풍대왕의 부하 호선봉이시다! 변변치 못한 인간 몇 놈 붙잡아 술안주 감으로 쓰려고 순찰 나왔는데, 네놈들 마침 잘 걸려들었다!"

저팔계도 지지 않고 엄포를 놓았다.

"이 못난 짐승 놈아! 우리가 그저 변변치 못하게 길 가는 나그네들인 줄 아느냐? 우리는 당나라 천자 폐하의 칙명을 받들고 서방 세계로 부처님을 찾아뵙고 경전을 얻으러 가는 사람들이다. 알아들었거든 멀찌감치 길을 틔워라! 함부로 날뛰었다가는 내 이 쇠스랑으로 네놈을 단 한 대에 요절내고 말 것이다!"

그러나 요괴한테 그 말이 먹혀들 턱이 없다. 호랑이 요괴는 두 발톱으로 저팔계의 얼굴을 할퀴려 들었다. 저팔계는 황급히 몸을 빼어 피하는 것과 동시에 쇠스랑을 휘둘러 맞받아쳤다. 요괴는 수중에 병기가 없는 터라 잽싸게 산비탈 아래쪽으로 달아나더니, 으슥한 돌무더기 틈에서 붉은 구리로 두드려 만든 칼 두 자루를 꺼내 가지고, 다시 한 번 돌아서서 반격해 나왔다. 저팔계와 요괴는 비탈진 산등성이에서 엎치락뒤치락 사납게 격돌했다.

싸움터 한 켠으로 밀려났던 손오공은 그제야 팔뚝 걷어붙이고 나섰다.

"사부님, 겁내지 마시고 잠깐 여기 앉아 기다리십쇼. 제가 팔계 녀석을 도와 저놈의 요괴를 때려잡고 오겠습니다."

삼장법사는 제자의 말대로 길 한 곁에 웅크리고 앉은 채 그저 입 속으로 중얼중얼, 재난에서 벗어나게 해주는 「반야심경」을 외기 시작했다.

이윽고 손오공이 저 무시무시한 여의봉을 단단히 거머쥐고 뒤쫓아 나가면서 호통을 쳤다.

"자아, 여기 또 왔다! 그놈 잡아라!"

그러나 이 무렵, 저팔계는 신바람이 날 대로 나서 무섭게 들이치는 기세로 이미 요괴를 궁지에 몰아넣고 있었다. 이런 판국에 또 응원군마저 가세했으니, 요괴는 견디지 못하고 몸을 빼더니 필사적으로 달아나기 시작했다.

"놓치지 마라! 바싹 따라붙어!"

사형의 고함 소리에 저팔계는 용기 백배, 쇠스랑을 휘둘러가며 요괴의 뒤를 추격했다. 손오공도 그 뒤를 바짝 따라붙었다. 요괴는 당황한 나머지 더 이상 도망칠 생각을 버리고 그 자리에서 훌쩍 공중제비를 돌더니, 이른바 '가을 매미 허물 벗기' 수법을 써서 두 발톱으로 가슴부터 아랫배까지 부욱 그어내려 껍질을 훌떡 벗어 곁에 있는 바위 더미에 덮어씌웠다. 그리고 자신은 모진 광풍으로 변하더니 처음 나타났던 산비탈길로 휑하니 되돌아갔다. 그런데 산비탈에 거의 다 가서 보니, 또 한 명의 승려가 길바닥에 주저앉은 채 무엇인가 중얼중얼 외고 있는 것이 아닌가?

「반야심경」을 외우며 제자들이 돌아오기만을 기다리던 삼장법사는 느닷없이 들이닥친 돌개바람에 휩쓸려 허공으로 솟구친 다음, 어디론가 정신없이 끌려가고 말았다.

소굴에 당도한 요괴는 바람을 거두고 두 손으로 삼장법사를 떠받든 채 마왕 앞으로 나아갔다.

"산중에 순찰 나갔다가 우연히 이놈의 중 녀석과 마주쳤습니다. 얘기인즉, 서방 세계로 불경을 얻으러 가는 고승이라는데, 운수 나쁘게 이 호선봉(虎先鋒)의 손에 걸려들었습니다. 그래서 대왕께 술안주 감으로 쓰시라고 가져왔습니다."

동굴 주인은 이 말을 듣고 깜짝 놀라 물었다.

"지난번 소문을 들으니, 삼장법사에게는 손오공이란 제자가 있다던데, 신통력이 아주 클 뿐만 아니라 꾀도 무척 잘 쓰는 놈이라고 했다. 그런데 네가 어떻게 이 중을 손쉽게 잡아올 수 있었는지 모르겠구나."

"이놈에게는 제자가 둘이 있습니다. 먼저 저하고 싸움을 시작한 녀석은 멧돼지 같은 놈이었고, 또 한 녀석은 원숭이처럼 생겨먹은 놈이었습니다. 그 두 놈이 한꺼번에 저를 쫓아와 덤벼들었습니다. 그래서 '매미 허물 벗기' 수법으로 따돌리고 빠져나오는 길에 보았더니, 이 중 녀석 혼자 뭔가 중얼거리면서 앉아 있기에 낚아채 가지고 온 것입니다. 어서 잡아 맛보시지요.”

그러자 동굴 주인은 절레절레 도리질을 했다.

“아니지! 저것을 지금 잡아먹어서는 안 된다.”

“무슨 말씀입니까? 눈앞에 맛좋은 먹이를 놓아두고 안 잡수시겠다니요?”

“네가 모르고 하는 소리다. 저것을 잡아먹기는 어려운 일이 아니다만, 그 제자 두 놈이 쳐들어와서 시끄럽게 굴면 여간 성가시지 않을 게다. 아무튼 저것을 뒤뜰에 있는 말뚝에 묶어두어라.”

명령이 떨어지자, 곁에 있던 졸개들이 우르르 달려들더니, 마치 송골매가 병아리 낚아채듯 당나라 스님을 거뜬히 떠메다가 말뚝에 밧줄로 친친 동여맸다.

사나운 팔자를 타고난 당나라 스님, 그저 그리운 것은 맏제자 손오공이요, 그저 생각나는 것은 둘째 제자 저팔계뿐이었다.

“제자들아! 너희들은 지금 어느 산 구석에서 요괴를 항복시키겠다고 헤매느냐? 마귀한테 붙잡힌 나는 이렇게 끌려와서 모진 고통을 받고 있는데……”

탄식 한 번에 넋두리 한마디, 주르르 흘러내리기 시작한 눈물이 마침내는 비 오듯이 펑펑 쏟아져 나왔다.

한편, 비탈진 언덕 아래까지 요괴를 뒤쫓아간 손오공과 저팔계는 호랑이 한 마리가 절벽 밑에 도사려 있는 것을 발견하고, 한꺼번에 달려들어 공격을 퍼부었다. 손오공이 힘껏 한 대를 후려 때리고 났더니 여의봉은 불티와 함께 도로 튕겨 나오고, 뒤미처 저팔계의 쇠스랑이 내리찍었으나 그 역시 불똥을 흩뿌리면서 아홉 이빨이 한꺼번에 도로 튕겨 나왔다. 그제야 정신을 차리고 보니, 산 호랑이가 아니라 바윗돌에 호랑이 껍질을 씌워놓은 것이 아닌가?

손오공은 깜짝 놀라 소리쳤다.

"아뿔싸, 큰일 났구나! 그놈의 잔꾀에 넘어가고 말았어!"

미련한 저팔계가 어리둥절해서 물었다.

"잔꾀에 넘어가다니, 그게 무슨 소리요?"

"이건 '가을 매미 허물 벗기' 술책일세. 그놈이 껍질을 벗어 이 바위에 씌워놓고 달아난 것일세. 제발 우리 사부님이 그놈의 마수에 걸려들지 말았어야 하는데……"

두 사람이 헐레벌떡 돌아와 보니, 아니나 다를까 삼장법사는 벌써 어디로 갔는지 온데간데없었다. 손오공은 분하다 못해 발을 동동 굴렀다.

"아아! 벌써 그놈한테 붙잡혀 가셨구나!"

저팔계의 두 눈에 글썽글썽 눈물이 맺혔다.

"맙소사……! 어딜 가서 우리 사부님을 찾을꼬?"

"훌쩍거리지 말게. 자네가 울면 내 기운이 떨어지네. 어차피 이 산중에서 벌어진 일이니까, 여기 어딘가 계실 걸세. 어서 찾아 나서기나 하세."

두 형제는 스승을 찾아 산속 깊숙이 뛰어들었다. 가파른 언덕을 가로지르고 영마루를 넘어 한참 동안 정신없이 나가다 보니, 벼랑 아래 동굴 하나가 불쑥 튀어나왔다. 두 사람은 걸음을 멈추고 동굴 주변을 살펴보았다. 과연 요괴 마귀들이나 살고 있을 성싶은 험준하고도 음산하기 짝이 없는 흉한 땅이었다.

"여보게, 자네 그 짐짝을 어디 바람 없는 으슥한 계곡에 감추어두고 백마는 부근에다 풀어놓게. 내가 먼저 가서 싸움을 걸어볼 테니, 자넨 여기서 기다리고 있게."

"그런 분부는 집어치우고, 어서 가보기나 하시구려."

손오공은 옷자락을 단단히 여민 다음, 여의봉 자루를 고쳐 잡고 단숨에 동굴 앞까지 쳐들어갔다. 돌 문짝 위를 바라보았더니, 돌 간판에 황풍령(黃風嶺) 황풍동(黃風洞)이란 여섯 글자가 큼지막하게 씌어 있었다.

손오공은 두 발로 떡 버티고 서서 냅다 고함을 질렀다.

"요괴야! 이 동굴을 뒤집어놓기 전에, 우리 사부님을 내보내드리지 못하겠느냐!"

문지기 졸개들이 그 소리를 듣고 동굴 안에 뛰어들어 급보를 전했다.

"큰일 났습니다, 대왕님! 동굴 밖에 주둥이가 뾰족 나온 털북숭이 중 녀석 하나가 손에 굵다란 철봉을 잡고 서서, 자기네 사부를 내놓으라고 호통치고 있습니다."

깜짝 놀란 동굴 주인 황풍괴(黃風怪)가 사뭇 긴장된 기색을 짓는데, 호선봉은 느긋하게 큰소리를 쳤다.

"대왕님, 마음 턱 놓으십쇼. 힘깨나 쓸 만한 졸개 오십 명만 주신다면, 제가 손오공인지 뭔지 하는 놈까지 붙잡아 술안주 감으로 올리겠습니다.”

“오냐, 좋다! 네 마음대로 골라서 데리고 나가거라. 그놈의 손오공을 처치해야만 우리가 마음놓고 저 당나라 중의 고기 맛을 볼 수 있을 게다.”

“아무렴, 그저 마음 푹 놓고 기다리십쇼!”

동굴 주인 앞에서 큰소리 텅텅 친 호선봉이 졸개들을 거느리고 기세등등하게 동굴 바깥으로 뛰쳐나갔다.

“어디서 빌어먹다 온 중 녀석이 감히 여기가 어디라고 찾아와서 시끄럽게 떠드는 거냐!”

한참 기다리고 있던 손오공이 버럭 고함쳐 꾸짖었다.

“제 손으로 제 껍질 벗기는 이 짐승 놈아! 어디서 그따위 술법은 배워 가지고 우리 사부님을 잡아갔느냐? 목숨이 아깝거든 어서 그분을 내보내드려라!”

호선봉도 만만치 않게 응수했다.

“그래, 네놈의 사부는 우리 대왕께 술안주 감으로 대접해드리려고 내가 잡아왔다! 어쩔 테냐?”

듣다 못해 울화가 불끈 치밀어 오른 손오공이 어금니를 뿌드득 갈아붙이고 시뻘겋게 핏발 선 고리눈을 딱 부릅뜨고 호통쳤다.

“꼼짝 말고 이 철봉이나 받아라!”

벼락 때리듯 들이치는 여의봉에, 호선봉도 질세라 재빨리 두 자루 붉은 구리칼을 꺼내 엇갈려 막아냈다. 이윽고 두 적수는 저마다 위력을 한껏 드러내면서 살기등등하게 맞붙어 싸우기 시작했다.

그러나 하찮은 구리칼로 원숭이 임금의 여의봉을 막아내다니, 이건

숫제 달걀로 바위 치는 격이라, 호선봉은 두세 번 맞부딪치는 것도 못 견뎌 팔다리에 맥이 다 빠져나갔다. 몸을 돌려 뺑소니칠 수 있다면 오죽 좋으랴만, 상대방이 한사코 몰아붙이니 이를 어쩌겠는가!

마침내 호선봉은 견뎌내지 못하고 도망치기 시작했는데, 애당초 동굴 주인 앞에서 큰소리를 치고 나선 몸이라 소굴로는 되돌아가지 못하고 기껏 방향을 잡는다는 것이 비탈진 산등성이 쪽이었다. 손오공은 무서운 속도로 뒤쫓으면서 바람막이 계곡까지 추격해 들어갔다. 계곡이 점점 가까워지면서 고개를 들어보니, 때마침 저팔계가 백마를 풀어놓고 서성거리는 모습이 눈에 들어왔다.

"그놈 잡아라! 팔계야, 그놈 놓치지 마라!"

목이 터져라 외쳐대는 소리가 요괴를 앞질러 저팔계의 귀에도 들렸다. 이게 웬 고함 소리인가 싶어 흘끗 뒤돌아보았더니, 요괴란 놈은 헐레벌떡 쫓겨오고 그 뒤에는 사형이 고래고래 악을 쓰면서 쫓아오고 있다. 저팔계는 말고삐를 내던져놓고 쇠스랑을 번쩍 들어 요괴의 정수리를 내리찍었다.

뒤쫓는 추격자에게만 정신이 온통 팔려 있던 요괴 호선봉, 달아나는 앞길에 또 다른 적수가 있을 줄이야 꿈에나 생각했으랴. 호선봉은 느닷없이 내리찍는 쇠스랑을 얻어맞아 머리통에 아홉 구멍이 뚫리고, 선지피를 쏟아내면서 흙바닥에 거꾸러지고 말았다.

저팔계는 한 발로 죽어 널브러진 호선봉의 등뼈를 밟고 연거푸 몇 차례나 더 찍어댔다. 그제야 달려온 손오공이 그것을 보고 기뻐 어쩔 줄 몰랐다.

"잘했네, 잘했어! 그놈이 나한테 쫓기니까, 소굴 쪽으로는 못 가고 이리 도망쳐 온다는 것이, 결국 자네 손에 맞아 죽으려고 온 셈이었군 그래!"

"회오리바람을 일으켜서 사부님을 잡아간 놈이 바로 이 녀석이었소?"

"맞았네! 바로 그놈일세."

"이 녀석한테 사부님이 어디 계신지 알아보기는 했소?"

"물론이지! 황풍동이란 소굴에 잡아다놓고 무슨 대왕인지 뭔지 하는 녀석에게 술안주 감으로 대접하겠다고 그러더군. 아무튼 이 공로야말로 자네가 세운 것일세. 자넨 여기서 계속 말과 짐짝을 지키고 있게나. 내가 이 요괴의 시체를 끌고 가서 다시 한 번 싸움을 걸어보겠네. 무슨 일이 있어도 그 늙은 놈의 요괴를 붙잡아야만 사부님을 구해낼 수 있을 걸세."

"형님 말씀이 옳소. 가서 늙은 요괴와 싸우게 되거든 그놈마저 이리로 몰고 오시구려. 이 저팔계 선생이 기다리고 있다가 이놈처럼 묵사발로 만들어놓을 테니까."

대담한 손오공이 한 손으로 철봉을 짚고, 또 한 손으로는 죽은 호랑이 요정의 시체를 질질 끌어가며 동굴 입구로 달려갔다.

한편, 패잔병이 되어버린 호선봉의 부하들은 동굴 속으로 쫓겨 들어가 늙은 마왕에게 보고했다.

"대왕님, 호선봉은 저 털북숭이 중과 싸워 이기지 못하고 동쪽 산비탈 아래로 쫓겨 달아났습니다."

뒤미처 또다시 앞문을 지키던 부하가 뛰어들었다.

"털북숭이 중놈이 호선봉의 시체를 끌고 와서 싸움을 걸고 있습니다!"

이 말을 듣자 늙은 마왕은 더욱 속이 상해 어쩔 바를 몰랐다.

"정말 무지막지한 놈이로구나! 내가 자기네 스승을 아직 잡아먹은 것도 아닌데, 내 선봉장을 먼저 때려죽이다니!"

이윽고 마왕은 날이 셋 달린 강철 작살 한 자루를 들고 바깥으로 뛰쳐나갔다.

문 밖에 우뚝 서서 기다리고 있던 손오공은 요괴가 나타나는 것을 발견하고 우선 그 생김새부터 살펴보았다. 햇볕 아래 번쩍거리는 황금 투구, 찬란한 광채가 응어리진 황금빛 갑옷 차림새에, 손아귀에 잡은 세 날 달린 강철 작살은 날카롭기 이를 데 없는 것이, 저 옛날 이랑진군의 매서운 삼지창에 뒤떨어지지 않는다.

마왕은 동굴 문을 나서기가 무섭게 고함쳐 불렀다.

"손오공이 어떤 놈이냐?"

손오공은 한 발로 호선봉의 시체를 짓밟은 채 마주 고함쳐 대꾸했다.

"네 녀석 외할아버지 여기 계시다! 잔소리 걷어치우고 우리 사부님 이나 빨리 내보내라!"

마왕이 상대방을 가만 보니, 몸집은 꾀죄죄한 데다 얼굴 생김새도 옹색하게 깡말랐을 뿐 아니라, 키라는 것이 고작해야 4척도 못 되는 꼬마 원숭이 아닌가? 예상이 빗나가자, 마왕은 어처구니가 없어 웃음 보를 터뜨렸다.

"요런 불쌍한 녀석 같으니! 호선봉을 때려죽였다고 하기에 얼마나 대단한 놈인가 했더니, 이따위 해골바가지에 껍질 한 겹 씌워놓은 녀 석일 줄이야……!"

손오공도 덩달아 웃으면서 대거리를 했다.

"요 손자 녀석, 눈썰미가 어지간히도 없구나. 이 외할아버지가 비록 몸집도 작고 키도 짧다만, 그렇다고 이 철봉마저 얕잡아보다니!"

늙은 마왕은 상대의 대꾸가 끝날 때까지 기다려주지 않았다. 강철 작살을 훌떡 뒤챈 그는 손오공의 앙가슴을 겨누고 푹 찔러들었다. 그렇다고 세상에 바쁜 일이라곤 하나도 없는 손오공이 서두를 까닭이 어디 있으랴. 예리한 작살 끝이 날아드는 순간에, 그는 철봉 자루를 가로 뉘어 잡고 땅바닥을 휩쓸어 올리듯 강철 작살의 공세를 철꺼덕 뿌리쳐내더니, 정수리를 겨냥한 자세 그대로 철봉을 수직으로 후려쳤다.

이윽고 황풍동 요괴의 소굴 앞에서는 한바탕 치열한 대결이 벌어지기 시작했다. 강철 작살이 찔러들면 철봉이 가로막고, 철봉이 날아가면 작살이 되받아치는데, 찔러드는 강철 작살 예리한 날 끝이 허공에 번뜩이고, 여의봉의 몸뚱이는 시꺼멓지만 양 끝 테두리는 햇볕 아래 황금빛이 눈부시다. 작살에 찔렸다가는 넋이 저승으로 돌아가고, 철봉에 얻어맞았다가는 어김없이 염라대왕을 만나뵈어야 할 판이다.

손오공은 늙은 마왕과 삼십여 차례나 서로 맞부딪쳤어도 승부가 나지 않았다. 성미 급한 이 원숭이 임금은 단번에 결판을 내볼 생각으로 5백 년 전 혼세마왕을 물리칠 때 썼던 '신외신(身外身)' 술법을 쓰기로 작정하고, 제 몸에서 털을 한 줌 뜯어내더니 입에 털어 넣고 씹다가 허공을 향해 '훅!' 뿜어냈다.

"변해라!"

외마디 소리 한 번에 원숭이의 터럭은 삽시간에 1백 여 마리나 되

는 손오공으로 변했는데, 하나같이 생김새도 똑같을 뿐 아니라 저마다 철봉 한 자루씩 들고 공중에서 마왕을 에워싸고 들이치는 것이 아닌가!

깜짝 놀란 마왕은 겁을 집어먹고 자신도 술법을 쓰기 시작했다. 그는 재빨리 고개를 동남쪽으로 돌리더니, 입을 쩍 벌리고 세 차례나 숨을 들이쉰 다음 갑작스레 숨 한 모금을 '확!' 뿜어냈다. 그랬더니 뿜어낸 숨 한 모금이 삽시간에 싯누런 모래바람으로 바뀌면서 하늘 꼭대기로부터 사납게 휘몰아쳐 내려오는데, 그 기세가 정말 지독하기 짝이 없었다.

차디찬 바람이 씽씽 울리는 가운데 싯누런 모래가 소용돌이치기 시작했다. 바람은 숲을 뚫고 고개 마루턱을 무너뜨리며, 소나무 전나무 뿌리를 닥치는 대로 넘어뜨리는데, 흩뿌려 날리는 모래먼지에 산등성이마저 파묻힐 지경이었다.

마왕은 이렇듯 사나운 모래바람을 일으켜 작은 손오공으로 둔갑한 터럭을 허공 높이 흩날려 보냈다. 손오공은 당황한 나머지 부랴부랴 터럭을 몸에 거두어들인 다음, 혼자서 철봉 자루를 고쳐 잡고 마왕의 정면으로 쳐들어갔다. 허나 그것도 헛수고, 마왕이란 놈이 면상에다 대고 저 싯누런 모래바람을 '푸웃!' 하고 뿜어내자, 손오공은 두 눈이 그 바람에 쏘여 꼭 감긴 채 두 번 다시 뜰 수 없게 되고 말았다. 이리하여 철봉 한번 제대로 써보지 못하고 크게 패한 손오공은 허둥지둥 바람결을 피해 달아나는 신세가 되었다.

한편, 저팔계는 싯누런 모래바람이 사납게 일어나 온 천지가 캄캄

절벽으로 바뀌는 것을 보자, 허겁지겁 깊숙한 구덩이에 엎드린 채 눈을 뜨기는커녕 고개도 쳐들지 못하고, 그저 입으로 중얼중얼 염불이나 외는 일이 고작이었다. 손오공이 이겼는지 졌는지, 스승이 죽었는지 살았는지 물론 알 턱이 없었다.

구덩이에 머리통을 처박은 채로 이런저런 궁리를 하고 있노라니, 어느덧 바람이 그치고 하늘이 맑게 개었다. 슬그머니 고개를 들고 동굴 쪽을 내다보니, 싸우는 기척도 들리지 않고 쉴 새 없이 울리던 요괴들의 징소리 북소리도 잠잠해졌다. 저팔계가 영문을 모른 채 당황해 있는데, 저 멀리 서쪽으로부터 손오공이 고함을 지르면서 달려오는 모습이 보였다.

"형님! 조금 전에 그 바람 못 보았소? 정말 대단합디다!"

아우의 물음에, 손오공은 두 손을 홰홰 내저었다.

"어이구, 말도 말게! 정말 지독했어! 이 손 선생이 사람 노릇을 해본 이래로 그렇게 사나운 바람은 처음 보네. 그놈의 싯누런 모래바람이 얼마나 모질고 사납게 불어닥치는지, 도대체 몸뚱이를 가누고 서 있을 수가 있어야 말이지. 하는 수 없이 술법을 거두어들이고 가까스로 빠져나온 길일세."

"그렇다면 무슨 수로 사부님을 구해낸단 말이오?"

저팔계가 걱정스레 묻는데, 손오공은 딴 일에 정신이 팔려 있다.

"여기 어디 의원이 없을까? 내 눈부터 치료받아야겠는데……"

"형님 눈이 어쨌다는 거요?"

"요괴란 놈이 갑자기 내 얼굴에 대고 바람을 확 뿜어대는 통에, 눈동자가 쓸려서 시큰시큰 쑤셔대고 아프더니 지금은 찬 눈물이 자꾸 흘러나와 견딜 수가 없네."

그 말을 듣고 저팔계가 피식 웃는다.

"원 형님도! 이런 산중에서 날도 다 저물었는데, 의원은 고사하고 오늘 하룻밤 묵을 곳도 없는 신세요!"

"잠자리를 찾기는 그리 어려운 일이 아닐세. 내가 짐작하기로는, 그놈의 요괴가 아직은 사부님을 건드리지 못했으리라 싶네. 우선 큰길로 나가서 인가가 있거든 하룻밤 쉬고, 내일 아침 날이 밝는 대로 다시 와서 요괴를 잡아 없애기로 하세."

"그게 좋겠소!"

얼마쯤 나갔을까, 날은 점차 어둑어둑 저물어 땅거미가 지기 시작하는데, 남쪽 산비탈 아래에서 '컹컹!' 하고 개 짖는 소리가 들려왔다. 두 사람이 바라보니, 길 곁 한 귀퉁이에 시골집 한 채가 덩그러니 자리 잡았는데, 창문 틈으로 등잔 불빛이 가물가물 비쳐 나왔다.

"문 좀 열어주시오!"

두 사람이 외쳐 부르자, 사립문 안쪽에서 늙수그레한 주인이 농사꾼 몇몇을 거느리고 나왔다.

"누구요? 무엇 하는 사람이오?"

손오공이 여느 때 같지 않게 허리를 굽실하고 점잖은 말씨로 대답했다.

"우리는 동녘 땅에서 오는 당나라 스님의 제자들입니다. 서천으로 가는 길에 이 산을 넘다가 저희 사부님이 황풍대왕에게 붙잡혀 가셨습니다. 그래서 아직 구해내지 못했는데, 날이 저물었기에 하룻밤 신세질까 해서 이렇게 댁을 찾아왔습니다."

사연을 듣더니, 노인 역시 두 나그네를 반겨 맞았다.

"미안했소이다. 이곳은 워낙 인적이 드문 산골이라, 방금 문을 열라는 소리를 듣고도 혹시 산적 떼가 아닌가 싶어, 이렇게 여럿이 몰려 나온 것이라오. 자, 어서 안으로 들어갑시다."

집주인이 대접하는 참깨밥 몇 그릇으로 저녁을 때운 뒤, 손오공이 얼른 물었다.

"혹시 이 고장에 안약 파는 데가 없습니까?"

엉뚱한 물음에 노인장은 두 사람을 번갈아 돌아보면서 되물었다.

"어느 스님께서 눈병이 나신 거요?"

"눈병이 난 게 아니라, 오늘 황풍동 어귀에서 요괴 두목과 싸우다 그만 그놈한테 싯누런 모래바람을 한 모금 쏘이고 말았지 뭡니까. 그 바람이 얼마나 지독스러운지 눈알이 시큰거리고 아파서 도무지 견딜 수가 없군요."

그랬더니 노인장은 고개를 절레절레 내저으면서 혀를 찼다.

"젊은 스님이 거짓말도 잘하시는구려! 황풍대왕의 입김에 쏘여서 눈이 시큰거리고 아프기만 하다니! 그 바람은 '삼매신풍(三昧神風)'이라 부른다오."

손오공은 이것 봐라 싶어 내처 물었다.

"영감님이 그런 걸 어떻게 아십니까?"

"말도 마시오. 그 바람이 한번 불어닥쳤다 하는 날이면, 사람의 목숨 하나쯤은 그 자리에서 끝장나고 말 거요. 한데 당신네가 그 지독한 바람을 맞고도 이렇게 멀쩡히 살아 있다니, 도무지 믿을 수가 있어야 말이지!"

황풍대왕의 바람을 겪어본 손오공은 고개를 끄덕끄덕했다.

"과연 옳으신 말씀입니다. 그러나 바람 한번 거세게 불었다고 해서 저희 목숨이 그렇게 쉽사리 끝장나지는 않습니다. 그저 바람을 쐰 두 눈알이 시큰거리고 아파서 그럴 뿐이지요."

"말씀하는 걸 보니 무엇인가 내력이 있는 분들 같구려. 이 근처에 안약 파는 곳은 없소이다만, 이 늙은이도 이따금씩 찬바람에 쐬어 눈물이 나올 때가 있었는데, 우연히 어떤 도사 한 분을 만나 '삼화구자고(三花九子膏)'라는 안약을 조제해서 받아 쓴 적이 있었소."

"그게 남았거든 조금만 얻어 쓸 수 있을까요?"

"어렵지 않은 일이지요."

노인은 즉시 안으로 들어가더니, 돌 단지 한 개를 들고 나와 마개를 뽑은 다음 비녀 끝으로 고약을 찍어서 손오공의 두 눈에 넣어주었다.

"눈을 뜨지 말고 한잠 푹 주무시구려. 내일 아침이면 거뜬히 나을 테니까."

노인이 안채로 돌아간 후, 손오공은 아우가 깔아준 이부자리 위에 똬리를 틀고 앉아서 이런저런 궁리를 하던 끝에 밤이 이슥해져서야 잠이 들었다.

어느덧 오경(五更, 03~05시)이 지나서 날이 훤히 밝아올 무렵, 손오공은 푸석푸석해진 얼굴을 문지르면서 두 눈을 번쩍 떴다.

"허어, 그것 참 좋은 약이로구나! 눈이 전보다 훨씬 더 밝아졌는걸!"

혼잣말로 중얼거리며 좌우를 둘러보았더니, 어럽쇼! 집은 어디 있으며 사람들은 또 어디로 갔단 말인가? 집이 서 있던 자리에는 해묵은 느티나무와 키다리 버드나무만 덩그러니 서 있을 뿐이요, 자기네 형제

두 사람은 보드랍고도 푸른 잔디밭에 누워 잠자고 있었던 것이다.

중얼거리는 기척에 놀랐는지, 저팔계도 잠에서 깨어났다.

"아니 형님, 뭘 그렇게 구시렁거리고 있는 거요?"

"이 바보야, 눈을 뜨고 이것 좀 봐라."

미련퉁이가 눈을 번쩍 뜨고 주변을 돌아다보니, 사람 살던 집이 온데간데없다.

"이 집 인심도 어지간히 고약하구먼. 밤새 이사를 가면서 손님들한테는 일언반구 말 한마디도 해주지 않다니! 아무래도 남에게 빚을 많이 졌던 모양이지? 주인이 야반도주를 하는 줄도 모르고 우리는 정말 푹 곯아떨어졌네! 집 한 채를 통째로 뜯어 갔어도 몰랐으니 말이야."

"쓸데없는 소리 작작 늘어놓고, 저 나무 위에 있는 쪽지가 뭔지 가 보기나 하게!"

사형이 핀잔을 주니, 저팔계는 나무줄기 앞으로 달려가 쪽지를 떼어 보았다. 종잇장에는 이런 시가 넉 줄 적혀 있었다.

　그 집은 속된 인간이 사는 집이 아니요,
　호법가람이 술법으로 변화시켜 만든 오두막이라네.
　묘약을 그대에게 드려 고통스러운 눈을 고쳐주었으니,
　마음 다하여 요괴를 항복시키되 주저하지 말 것을.

시구를 읽어본 손오공이 발을 동동 굴렀다.

"이런 못된 놈의 신령 봤나! 사반산 협곡에서 용마를 얻은 뒤부터 줄곧 불러내지 않았더니, 뒷구멍으로 이런 술수를 부렸구나!"

저팔계가 사형을 다독거렸다.

"어찌 되었든 좋은 집 한 채 지어 가지고 하룻밤 잘 쉬게 해주었으니 고마운 노릇 아니오? 형님 눈병을 고쳐준 것도 그 친구 덕분이요, 또 잿밥 한 끼니 두둑하게 먹여주었으니 그만하면 정성을 다한 셈 아니겠소. 섭섭하게 여기지 말고 어서 사부님이나 구하러 떠납시다."

"자네 말이 옳으이. 자네는 꼼짝 말고 숲 속에서 기다리고 있게. 이 손 선생 혼자 소굴에 가서 염탐을 좀 해보고, 사부님이 어찌 되셨나 알아본 다음에 그놈과 다시 싸울 테니까."

"그것 참 좋은 말이오. 사부님이 살아 계신지 돌아가셨는지 똑똑히 알아와야 하오. 만약 돌아가셨다면 우리도 헤어져서 각각 제 갈 데로 가야 하지 않겠소?"

"허튼소리 작작하게! 그럼 다녀옴세!"

미련퉁이 아우에게 한마디 면박을 주고 나서 몸뚱이 한번 솟구치자 손오공은 벌써 황풍동 소굴 문턱 앞에 다다랐다. 모두들 아직도 잠을 자고 있는지, 문은 여전히 닫혀 있었다.

손오공은 속으로 주문을 외우더니 감쪽같이 모기 한 마리로 변신했다. 빨간 줄무늬를 띤 두 다리, 얇디얇은 두 날개, 뾰족하게 내민 주둥이, 그야말로 깜찍스럽기 짝이 없다. 모기는 거침없이 문틈으로 날아 들어갔다.

소굴 안에서는 황풍괴가 부하들을 모아놓고 한바탕 지시를 내리고 있었다.

"문단속을 단단히 해두어라. 어제 손오공이란 놈이 그 바람결에 날아가 죽지 않았다면, 오늘 또 쳐들어올 것이다."

손오공이 대청을 가로질러 뒤채 쪽으로 들어가 보니, 삼장법사는
마당 한쪽 말뚝에 묶여 있었다. 그는 스승의 머리 위에 살그머니 내려
앉았다.

"사부님!"

두 제자의 행방을 몰라 밤새도록 애타게 눈물만 흘리던 당나라 스
님, 제자의 목소리를 알아듣고 반가워하면서도 원망이 앞섰다.

"오공아! 너로구나! 어디서 부르는 거냐? 이놈아, 날 죽게 만들 작
정이냐?"

"저는 지금 사부님 머리 위에 앉아 있습니다. 너무 조바심 내지 마
시고 잠시만 기다려주십쇼. 저희가 요괴를 붙잡아놓고 구해드릴 테니
까, 아무 걱정 마십쇼."

"애야, 언제나 그 요괴를 잡을 수 있겠느냐?"

"사부님을 잡아왔던 호랑이 요정은 벌써 팔계 손에 맞아 죽었습니
다. 단지 늙은 마왕의 모래바람이 너무 지독스러워 걱정입니다만, 오
늘 안으로는 어떻게 해서든지 그놈을 잡아 꿇릴 수 있을 듯싶습니다.
안심하고 계십쇼. 그럼 저는 가보겠습니다!"

간다는 말 한마디 남겨둔 채 또다시 '앵, 앵!' 날아가는 손오공. 그
무렵 늙은 마왕은 윗자리에 높이 앉아 크고 작은 우두머리들의 점호
를 취하고 있었다.

이때 졸개 요정 한 마리가 대청까지 헐레벌떡 뛰어들어왔다.

"대왕님! 소인이 순찰하려고 문밖으로 막 나가다 보았더니, 숲 속에
주둥이가 길고 귀가 커다란 중이 한 놈 있었습니다. 한데 어제 대왕님
과 싸웠던 그 털북숭이 중 녀석은 어디로 갔는지 보이지 않습니다."

늙은 마왕이 고개를 주억거렸다.

"손오공이 안 보인다? 그렇다면 바람에 날아가 죽어버린 모양이로구나!"

"대왕님, 그 중 녀석이 죽어버렸다면 우리 운수가 대통이겠습니다만, 혹시 죽지 않고 어디 천병(天兵)이라도 데리러 간 것은 아닐까요?"

부하 요괴들이 걱정스레 묻자, 늙은 마왕은 피식 하고 코웃음 쳤다.

"그놈이 하늘에서 천병 따위를 불러온들 내가 두려워할 줄 아느냐? 내 바람의 기세를 꺾을 작자는 오직 영길보살(靈吉菩薩) 하나뿐이야. 그 보살만 데려오지 않는다면, 다른 어떤 놈이 온다고 해도 겁날 게 없다."

대들보 위에 붙어 앉아서 이 말 한마디를 엿들은 손오공이 얼씨구나 싶어 재빨리 날아올라 그곳을 빠져나갔다. 그러고는 본모습을 드러내고 숲 속으로 돌아왔다.

이제나저제나 목이 빠지게 기다리던 저팔계가 투덜거렸다.

"형님, 어딜 갔다 오는 거요? 조금 전에 깃발 든 요정 한 마리가 얼씬거리기에 내가 쫓아보냈소."

"수고했네, 수고했어! 이 손 선생이 모기로 둔갑해서 동굴 안에 들어가 보았더니, 사부님은 뒤채 말뚝에 묶여 계시더군. 그래서 안심시켜드리고 다시 앞쪽 대청으로 가서 그놈들의 얘기를 엿들었지. 그랬더니 늙은 요괴 두목이 제 입으로 자기가 제일 무서워하는 사람의 이름을 버젓이 대는 게 아닌가!"

"그게 누구요? 누구 이름을 댔다는 거요?"

저팔계가 다급하게 물었다.

"그놈 얘기가, 자기 바람을 잠재울 수 있는 사람은…… 영길보살 뿐이라는 걸세! 한데 그 보살이 어느 곳에 살고 있는지 알 수가 없구 면……"

둘이서 한참 얘기를 나누고 있는데, 큰길에서 나이 지긋하게 들어 보이는 노인 한 분이 걸어 나왔다.

노인을 먼저 발견한 저팔계가 얼른 사형에게 귀띔했다.

"형님, 저기 오는 늙은이에게 한마디 물어보시는 게 어떻소?"

손오공은 노인 앞으로 다가가면서 큰 소리로 불러 세웠다.

"영감님, 한 가지 물어봅시다!"

그랬더니 노인은 도리어 그쪽에서 되물어왔다.

"어디서 오는 스님들이오? 무슨 일로 이 늙은것을 불러 세우는 거 요?"

"저희는 불경을 가지러 가는 성승(聖僧) 일행인데, 혹시 영길보살이 어디 거처하고 계시는지 아시오?"

손오공의 물음에, 노인은 선선히 대답해주었다.

"영길보살은 여기서 곧장 남쪽으로 가야 찾을 수 있소. 그곳까지는 삼천 리 길이나 되는데, 거기에 소수미산(小須彌山)이 있소. 그 산중의 도량이 바로 영길보살께서 강론하시는 사원이라오. 혹시 그 보살의 경전을 가지러 가는 길이오?"

"그분의 경전을 가지러 가는 게 아니라, 제가 폐를 끼칠 일이 하나 있 어서 찾아가려고 하는데, 어느 길로 가야 하는지 몰라서 묻는 겁니다."

그러자 노인은 손가락으로 남쪽을 가리켰다.

"저 구불구불 뻗어나간 오솔길이 바로 거기요."

꼼수에 넘어간 손오공이 고개 돌려 남쪽을 바라보는 동안, 그 노인은 한바탕 맑은 바람으로 변해 자취도 없이 사라졌다. 길 곁에는 쪽지한 장, 그 쪽지에는 시 네 구절이 적혀 있었다.

제천대성에게 답하노니,
이 늙은이는 바로 태백금성이로다.
수미산에는 비룡장(飛龍杖) 있으니,
영길보살이 부처님께 그 지팡이를 받았다네.

쪽지를 집어 든 손오공이 아무 소리도 않고 휘적휘적 돌아왔다. 저팔계가 답답해서 버럭 고함질러 물었다.

"형님! 이거 어떻게 된 노릇이오? 운수가 사나워도 정도 문제지, 이틀 새 밝은 대낮에 귀신을 두 번씩이나 보다니! 방금 바람으로 변해서 사라진 그 늙은이는 대체 누구요?"

손오공은 쪽지를 건네주며 한마디했다.

"서방 세계의 샛별 태백금성이었다네."

그 말을 듣고 저팔계는 깜짝 놀라 허공을 우러러 큰절을 올렸다.

"내 생명의 은인이셨구려! 목숨을 살려준 분이 오셨는데, 이 미련한 놈이 몰라보다니……! 태백금성 어른이 옥황상제께 좋은 말씀으로 변호해주지 않았던들, 지금쯤 이 저팔계의 목숨이 어떻게 되었을 것인지 모를 텐데 말이오."

손오공이 곁에서 피식 웃으며 분부했다.

"자네도 남의 은혜가 뭔지 알기는 아나 보네그려. 여기서 짐 보따리와 말이나 잘 지키면서 내가 돌아올 때까지 기다리고 있게. 이 손 선생은 소수미산으로 찾아가 영길보살을 모셔올 테니까."

"알겠소, 알겠어! 아무 걱정 말고 빨리 다녀오기나 하시구려."

11. 사오정

이윽고 손오공이 근두운을 일으켜 타고 남쪽을 향해 치달렸다. 고 갯짓 한번 끄떡하는 사이에 벌써 3천 리 길을 지나치고, 허리 한번 뒤 트는 사이에 속세 인간들이 8백여 일을 가야 하는 여정을 단숨에 날 아갔다.

그는 순식간에 까마득히 높은 산봉우리를 찾아냈다. 산허리 중턱에 는 상서로운 기운이 드리우고 후미진 골짜기에는 태백금성이 일러준 대로 사원 하나가 아담하게 들어앉았는데, 유연하게 울려 퍼지는 종 소리에 향불의 연기도 아련히 감돌아 흐르는 것이, 누가 뭐래도 불문 (佛門)의 성지가 틀림없었다.

손오공은 산문 앞에 내려섰다. 출가 수행자 한 사람이 목에 염주를 걸고 염불을 하며 서 있다가 누굴 찾느냐고 물었다.

손 행자는 그 물음에 대답을 않고 용건을 밝혔다.

"보살님께 '당나라 스님의 제자 손오공이 찾아왔다'고 말씀드려주시지요."

수행자가 본당에 들어가 그대로 아뢰었더니, 영길보살은 즉시 가사를 갖추어 입고 손님 마중을 나왔다.

이윽고 손오공은 안내를 받아 법당에 자리 잡고 앉았다. 보살이 제자에게 차를 내오라고 분부하자, 그는 재빨리 사양했다.

"번거롭게 차를 주실 것은 없습니다. 저희 사부님이 지금 황풍령에서 재난을 당하고 계십니다. 보살님의 법력으로 그 요괴를 항복시켜 제 사부님을 구해줍시사 하고 이렇게 찾아뵈었습니다."

영길보살이 조용히 대답했다.

"나는 석가여래의 법령을 받들어 여기서 황풍괴를 제압해두고 있던 참이오. 여래님이 그 요괴를 잡으라고 내게 '정풍단(定風丹)'과 '비룡장'을 한 자루 주셨는데, 당시 황풍괴는 내 손에 붙잡혔으나 목숨만은 살려주고, 그 산중에 조용히 살아가면서 도를 닦되 무고한 생령을 해치지 말라고 당부해두었소. 그런데 왜 그대의 스승을 해치려 하는지 모르겠소. 아무튼 내가 나서야겠구려."

영길보살은 비룡장을 꺼내 들고 손오공과 함께 구름을 일으켜 탔다.

그들은 얼마 안 되어 황풍산 상공에 도달했다.

"손 대성, 이 요괴는 나를 무서워하고 있소. 나는 이 구름 위에 머물러 있을 테니, 그대가 먼저 내려가서 그놈에게 싸움을 거시오. 그놈을 동굴 바깥으로 유인해서 나오게 만들면, 내가 놈을 잡으리다."

보살의 말대로, 손오공은 동굴 밖에 내려서기가 무섭게 철봉으로 문짝부터 박살내고 말았다.

"요괴야! 우리 사부님을 돌려보내라!"

그 바람에 기절초풍한 문지기 요괴들이 허겁지겁 안으로 들어가서 급보를 전했다. 늙은 마왕은 노발대발, 자리를 박차고 일어섰다.

"이 망할 놈의 원숭이 녀석! 그만큼 혼이 났으면 알아듣고 순순히 물러갈 것이지, 또 쳐들어와 내 집 문짝을 때려부수다니! 안 되겠다, 이번에야말로 바람을 호되게 써서 그놈을 날려보내 죽이고야 말 테다!"

늙은 마왕이 어제처럼 무장을 단단히 갖추고 동굴 바깥으로 달려나오더니, 손오공을 보기가 무섭게 강철 작살을 휘두르며 앞가슴부터 찌르고 들어갔다. 손오공은 슬쩍 몸을 뒤틀어 일격을 피해낸 다음, 철봉을 높이 쳐들고 정면으로 한 대 날려보냈다. 그러나 싸움이 벌어진 지 얼마 못 되어 마왕은 또다시 동남쪽 방향으로 고개를 돌리더니 저 무시무시한 모래바람을 뿜어내려 하였다.

이때였다. 중천에서 지켜보고 있던 영길보살이 비룡장을 내던지면서 중얼중얼 주문을 외우기 시작했다. 그와 때를 같이하여 허공에 내던져진 지팡이는 삽시간에 발톱 여덟 개 달린 금빛 용으로 변하더니, 양 발톱을 쫙 벌리자마자 요괴 마왕을 단번에 움켜잡아 가지고 바위 투성이의 언덕에 태질을 쳤다.

본색을 드러낸 늙은 마왕의 정체는 어처구니없게도 누런 털을 지닌 담비였다.

언덕으로 쫓아간 손오공은 냉큼 철봉을 들어 담비의 목숨을 끊어버리려 했으나, 영길보살이 재빨리 그 앞을 막아섰다.

"아니 되오, 손 대성! 이놈을 죽여 없애지는 마시오. 내가 이놈을 데리고 가서 여래님을 뵈어야겠소."

손오공의 손찌검을 일단 막아놓고 한숨 돌린 보살이 그제야 담비

요정의 목숨을 살려야 하는 까닭을 차근차근 설명해주었다.

　담비 요정은 애당초 영취산 밑에서 도를 닦던 짐승이었다. 그런데 여래부처님이 계신 대뇌음사 유리 등잔에 담긴 맑은 기름을 훔쳐 먹는 통에, 등잔불빛이 흐려지고 말았다. 담비는 죄를 짓고 금강보살에게 붙잡힐까 두려워, 이곳 황풍령으로 도망쳐 와서 정령이 되었다. 여래부처는 담비가 죽을죄를 지은 것은 아니므로, 영길보살에게 맡겨 이 산중에 가두어놓았던 것인데, 그때 여래부처의 말씀이 또 생령을 해치고 나쁜 짓을 저지르거든 즉시 영취산으로 잡아오라는 분부를 내려두었던 것이다.

　"……이제 이 몹쓸 놈이 손 대성과 싸우고 당나라 스님마저 해치려 들었으니, 내가 이놈을 잡아 가지고 여래님 앞에 가서 죄상을 가리지 않으면 아니 되오. 그래야만 손 대성의 이번 수고가 공덕으로 오르게 되는 것이오."

　보살의 설명에, 손오공은 끄덕끄덕 수긍하고 고마운 뜻을 사례했다. 영길보살은 담비 요정을 이끌고 서천으로 떠나갔다.

　한편 숲 속에 남아 있던 저팔계는 목이 빠지게 손오공을 기다리다, 산비탈 밑에서 고함치는 소리를 듣고 벌떡 일어섰다.

　미련퉁이 저팔계는 부랴부랴 행장을 수습해 가지고 숲 바깥으로 뛰쳐나갔다.

　"가셨던 일은 어찌 되었소?"

　"영길보살을 모셔왔지. 그분이 비룡장이란 지팡이로 요정을 거뜬히 붙잡았네. 알고 보니 누런 털을 지닌 담비 녀석이더군. 자, 이제 사부님을 구하러 가세!"

두 형제는 소굴 안으로 뛰어들어가 우글우글 들끓고 있던 새끼 요괴들을 닥치는 대로 소탕했다. 하나같이 교활한 산토끼, 요망한 여우, 노루, 사슴 떼가 고작이었다. 동굴 소탕을 마친 그들은 뒤채로 달려가서 삼장법사를 구해냈다.

그들 형제는 동굴 안을 뒤져 정갈한 찬거리를 찾아내어 밥 짓고 차를 끓여 스승과 더불어 한 끼 푸짐하게 먹고 동굴을 나섰다. 그리고 또다시 큰길을 찾아 서쪽으로 떠났다.

어느덧 무더운 여름철도 다 지나고 가을에 접어들면서, 철 지난 매미 떼가 시들어가는 버드나무 가장귀에 앉아 울어대고 있었다.

일행이 한참 길 재촉을 하다 보니, 거센 파도가 굽이쳐 흐르는 큰 강물이 앞을 가로막았다. 소심한 당나라 스님은 걱정스러워 큰 소리로 제자를 불렀다.

"얘들아, 강물이 저토록 너르고 깊은데, 오가는 배 한 척 보이지 않으니 어디로 건너간단 말이냐?"

저팔계 역시 강물을 내다보면서 혀를 내둘렀다.

"우와아! 물살이 굉장히 거센데요. 타고 건너갈 배도 없고 말입니다."

손오공이 허공으로 솟구쳐 오르더니 이마에 손을 얹고 이리저리 살펴보다가 저도 모르게 깜짝 놀랐다.

"어이구! 이거 보통 어려운 일이 아닌데요. 저희들이야 잠깐 사이에 건너갔다 돌아올 수 있겠지만, 사부님은 천만 번 애를 쓰셔도 안 되겠습니다."

"건너편 끝이 안 보이니, 도대체 강폭이 얼마나 넓다는 게냐?"

"한 팔백 리 길은 좋이 될 듯싶습니다."

이 말을 듣고 삼장법사는 걱정스러워 나오느니 한숨뿐이다. 말머리를 되돌려 언덕으로 올라가 보았더니, 비석 한 개가 우뚝 서 있다. 비석에 새겨진 것은 '유사하(流沙河)' 세 글자, 그 밑면에 또 조그맣게 네 줄이 새겨졌는데, 내용은 이러했다.

8백 리 유사하 경계 그 폭은 너르디너르고,

약수(弱水) 3천 리 깊고도 멀다.

가벼운 거위 깃털이 떠오르지 못하고,

갈대 꽃잎도 잠겨 밑바닥에 가라앉는다.

세 사람이 넋을 잃은 채 하염없이 비석을 바라보고 있으려니, 난데없이 파도가 용솟음치면서 '쏴아아!' 하는 물보라 소리와 함께 요정 한 마리가 물살을 헤치고 뛰쳐나오는데, 그 생김새가 추악하고도 사납기 이를 데 없었다.

불꽃보다 더 시뻘건 봉두난발(蓬頭亂髮)에 헝클어진 쑥대머리, 휘둥그렇게 부릅뜬 두 눈망울이 등잔불처럼 번쩍일 뿐 아니라, 검푸른 쪽빛 얼굴에 목청 하나만큼은 번개 벼락 치듯 우렁찬데, 턱밑에는 사람의 해골 아홉 개를 꿰어 둘렀고, 손에 잡은 쇠지팡이 한 자루가 보기만 해도 서슬이 시퍼렇다.

수면 위에 솟구친 요괴가 돌개바람처럼 날쌔게 강변 기슭으로 뛰어오르더니, 다짜고짜 당나라 스님부터 낚아채려 들었다. 손오공은 엉겁결에 스승을 부여안고 더 높은 둔덕으로 뛰어올라 피신했다.

그러나 저팔계는 언제부터 동작이 그렇게 빨라졌는지, 이번에도 등짐을 부려놓기가 무섭게 쇠스랑을 뽑아들고 요괴를 겨냥하여 한 대 후려 찍고 있었다. 요괴는 쇠 지팡이로 저팔계의 일격을 선뜻 막아 올렸다.

이빨 아홉 달린 쇠스랑과 요괴를 굴복시킨다는 쇠 지팡이 항요보장(降妖寶杖)을 각각 잡고, 두 사람이 강변 기슭에서 맞서 싸우니 그야말로 호적수다. 이편은 저 옛날 은하수의 8만 수군 총독 천봉원수 출신이요, 저편은 죄를 짓고 아래 세상에 떨어져 귀양살이하는 권렴대장 출신이다. 지난날 천궁에서는 사이좋던 동료였으나, 오늘에는 원수가 되어 용맹을 다투고 있다. 한쪽이 부처님의 공덕을 쌓는 장수라면, 저쪽은 오랜 세월 유사하 일대를 차지하고 사람 잡아먹는 요정이다.

두 사람은 일진일퇴를 거듭하며 엎치락뒤치락 이십여 번을 맞부딪쳤으나 실력이 워낙 엇비슷해 좀처럼 승부가 나지 않았다.

한편 손오공은 저팔계와 요괴가 신명나게 싸우는 광경에, 자신도 두 주먹이 근질거려 도무지 견딜 수가 없었다. 마침내 그는 철봉을 뽑아 잡으면서 스승에게 말했다.

"여기 좀 앉아 계십쇼. 저도 한판 끼어들어야겠습니다."

그는 스승이 만류하는 소리를 귓등으로 흘리고, 휘파람 한번 부는 동안 벌써 강변 싸움터에 들이닥치고 있었다. 요괴와 저팔계의 싸움은 절정에 달하여 누가 뜯어말리기조차 어려울 판이었다. 손오공은 철봉을 번쩍 들기가 무섭게 다짜고짜 요괴의 정수리를 겨누고 힘껏 내리쳤다. 상대방에게 난데없는 응원군이 가세하자, 요괴는 황급히 몸을 빼어 피하더니 재빨리 강물 속으로 뛰어들었다.

"풍덩!"

물보라 치는 소리와 함께 요괴는 이미 물속 깊숙이 사라지고, 화가 나서 펄펄 뛴 것은 저팔계였다.

"아니, 형님! 누가 형님더러 도와달라고 그랬소? 저놈은 기운이 빠져 내 공격을 막아내지 못해 쩔쩔매는 판국인데, 형님이 무엇 하러 끼어든 거요? 아이고 분해라! 저놈을 놓치다니, 어쩌면 좋아!"

손오공은 멋쩍은 듯이 껄껄 너털웃음으로 눙쳤다.

"여보게 아우, 미안하게 됐네. 솔직히 말해서 내가 황풍괴를 항복시킨 이래 달포 남짓이 지나도록 이 철봉 한번 써보지 못했네. 그런데 자네하고 그놈이 신바람 나게 싸우는 것을 보고만 있으려니 도무지 좀이 쑤셔서 견딜 수가 있어야 말이지. 그래서 한판 뛰어들어 장난질을 쳐보려 했더니만, 그놈이 남의 속도 모르고 휑하니 달아나버릴 줄이야 누가 알았겠나."

두 형제는 아쉬운 소리를 주고받으면서 스승에게 돌아왔다.

"요괴는 잡았느냐?"

기다리던 스승이 물었다. 손오공은 겸연쩍게 대답했다.

"그놈이 그만 물속으로 도망쳐버렸습니다."

"얘들아, 그 요괴는 이곳에서 아주 오래도록 살고 있었으니까, 이 강물 사정을 훤히 알고 있을 것이다. 게다가 이렇듯 강폭이 너른데, 건너갈 배 한 척 없으니 어쩌면 좋으냐?"

"말씀 한번 잘하셨습니다. 그놈이 강물의 성질을 잘 알고 있으니, 죽이지는 말고 잘 구슬려서 사부님을 건너가게 해드리도록 하지요."

이때 저팔계가 한마디 툭 던졌다.

"우물쭈물하실 것 없소. 우선 형님이 가서 그 요괴 놈부터 잡으시오. 난 여기서 사부님을 모시고 있을 테니까."

뻔뻔스런 요구에, 손오공은 어처구니가 없어 실소를 터뜨렸다.

"솔직히 말해서 그 일만큼은 나도 장담 못하겠네. 내가 빈 몸으로 간다면 물살을 헤치는 '피수주(避水呪)'를 외워야만 물속에 들어갈 수 있지. 그게 아니면 물고기나 새우, 자라 따위로 둔갑할 수도 있지만, 강이나 바다 같은 물속에서의 싸움만큼은 이 손 선생의 재주가 맹탕이니 어쩌겠나? 정말 자신 없네."

그 말을 듣자, 저팔계는 무엇인가 생각하더니 이내 도리질을 했다.

"이 저 선생으로 말하자면 왕년에 은하수 총독으로서 팔만 수군 병력을 한 손에 넣고 주무르시던 몸이라, 자맥질 하나만큼은 자신이 있소. 하지만 저 물속에 사는 요괴 녀석의 일가친척에 사돈의 팔촌까지 한꺼번에 몰려와서 덤벼들면, 요괴를 잡기는커녕 도리어 내 쪽에서 붙잡힐까 봐 그게 겁이 난다는 얘기요."

"그쯤이야 문제없네. 자네가 물속에 들어가서 그놈과 싸움판을 벌이되, 무조건 지는 척하고 그놈을 물 바깥으로 끌어내게. 그럼 이 손 선생이 손을 써서 자넬 도와줄 테니까."

"참 좋은 말씀이오! 그럼, 다녀오리다."

말을 마치기가 무섭게 옷을 훌훌 벗어던진 저팔계는 파도를 뒤채고 걷어차면서 강물 밑바닥까지 거침없이 들어가더니, 그다음부터는 강바닥을 걸어서 나아가기 시작했다.

한편, 손오공의 습격에 쫓겨 돌아온 요괴는 간신히 한숨을 돌리고 쉬려던 판이었는데, 또다시 누군가 물살을 거세게 밀어붙이며 쳐들어오는 기척이 들렸다. 벌떡 일어나 보니, 저팔계였다. 요괴는 쇠지팡이를 번쩍 들고 앞길을 가로막으면서 냅다 고함쳐 꾸짖었다.

"어딜 가는 거냐? 이 지팡이나 한대 받아라!"

저팔계도 쇠스랑으로 철꺼덕 받아치면서 고함쳐 물었다.

"도대체 네놈은 무슨 요정이기에, 우리 갈 길을 가로막는 거냐?"

"내가 누군지 알아서 뭘 하려고? 이 어르신은 천상에서 죄를 짓고 쫓겨나 요괴 노릇을 하는 분이다. 배고프면 물 바깥에 나가 사람을 잡아먹고, 배부르면 이 유사하 강물 속에 누워 잠자는 게 내 일이다. 네놈이 감히 내 집 문전에 나타나 포악을 떨고 있는 걸 보니, 오늘이야말로 굶주린 내 뱃속에 먹을 복이 생긴 셈이로구나! 질겨빠지기만 하고 변변치도 못한 돼지고기일망정 내 사양치 않으마. 네놈을 붙잡는 대로 보기 좋게 저며서 초간장에 찍어 먹을 테니 말이다!"

저팔계는 그 말을 듣고 화가 머리끝까지 치밀었다.

"이 고약한 놈, 눈썰미라곤 손톱만큼도 없구나! 이 저 선생의 몸뚱이도 쥐어짜면 물이 나오는데, 질겨빠지고 변변치도 못한 돼지고기라니, 그걸 말 따위라고 지껄이는 거냐? 잔소리 걷어치우고 네 할아비의 쇠스랑 맛이나 한번 봐라!"

이빨 아홉 달린 쇠스랑이 벼락 치듯 날아들자, 요괴는 봉황새가 고개를 끄덕이는 수법으로 슬쩍 피해냈다. 이윽고 두 호적수는 강물 속에서 벌어진 싸움판을 수면 위로 끌고 나와 제각기 파도를 딛고 한바탕 무섭게 맞붙었다.

그러나 두 맞수는 꼬박 두 시진(4시간)을 싸웠어도 좀처럼 승부가 나지 않았다. 마침내 저팔계가 싸움에 진 것처럼 허둥지둥 돌아서서 동쪽 기슭으로 도망쳐오기 시작하자, 요괴는 상대방을 놓칠세라 그 뒤에 바싹 따라붙어 쫓아왔다.

언덕 위에서 지켜보던 손오공은 요괴가 강변 기슭에 거의 다다랐을 때 그 기회를 놓칠세라 급작스레 뛰어내리면서 철봉을 한 대 내리쳤다. 느닷없는 기습 공격에 놀란 요괴는 감히 맞받아 칠 엄두를 내지 못하고 '휘익!' 하는 소리와 함께 또다시 강물 속으로 뺑소니치고 말았다.

모처럼 공들인 계략이 수포로 돌아가자, 저팔계는 펄펄 뛰면서 원망했다.

"이 빌어먹을 놈의 필마온 녀석! 정말 성미 급한 원숭이로구나! 좀더 느긋이 기다려볼 것이지, 누가 그렇게 빨리 덤벼들라고 그랬어?"

두 형제는 다시 한 번 빈손으로 스승 앞에 돌아왔다.

사정을 다 듣고 난 삼장법사가 난감한 표정을 지으니, 손오공은 그저 안심시켜드릴밖에 딴 도리가 없었다.

"너무 걱정하지 마세요. 오늘은 이미 날이 저물었으니, 제가 동냥해오는 잿밥을 잡수시고 주무시기나 하십쇼. 요괴란 놈은 내일 아침 해가 뜨거든 또 어떻게 해보도록 하겠습니다."

저팔계는 잿밥을 동냥해온다는 말에 귀가 솔깃했다.

"말씀 한번 잘하셨소! 형님, 냉큼 다녀오시구려."

손오공은 급히 근두운을 일으켜 올라타고 곧장 북쪽으로 치달린 끝에 인가를 찾아내어 밥 한 주발 얻어 가지고 돌아와 스승에게 드렸다. 스승은 제자가 그렇게 빨리 다녀온 것을 보고, 아주 가까운 마을에서 동냥해온 줄 알았다.

"오공아, 우리 이 잿밥을 동냥해준 집에 가서 강을 건널 수 있는 방법이 있는지 한번 알아보자꾸나."

이 말에 제자는 어이가 없어 너털웃음을 터뜨렸다.

"그 집이 얼마나 먼 데 있는지 알고 하시는 말씀입니까. 여기서 육칠천 리나 떨어졌는데, 그곳 사람이 어떻게 이 강물 형편을 안다고 물어본단 말입니까."

그 말을 듣고 저팔계가 빈정대었다.

"원 형님도! 육칠천 리나 되는 길을 어떻게 그리 빨리 다녀올 수 있단 말이오?"

"모르는 소리 말게. 내 근두운은 한번 솟구쳤다 하면 십만 팔천 리를 순식간에 날아가는데, 육칠천 리 길쯤이야 뭐 어렵겠나?"

"형님 말씀대로 그렇게 손쉬운 일이라면, 사부님을 등에 업고 이 강물을 껑충 건너뛰면 될 게 아니겠소?"

"자넨 구름을 탈 줄 모르나? 자네가 업고 건너가면 될 게 아닌가?"

"사부님은 살과 뼈로 뭉쳐진 몸뚱이라 무겁기가 태산 같아서, 내 구름 가지고는 안 되겠소."

"내 근두운 역시 구름 타기는 마찬가지라네. 옛날부터 이런 말이 있지 않은가. '태산을 옮기기는 겨자씨보다 더 가볍지만, 평범한 육신을 지닌 인간을 데리고 속세를 벗어나기는 어렵다' 했네. 더구나 우리 사부님은 이역 만리 궁벽한 땅을 모진 고생해가며 두루 편력하시지 않고서는 고해(苦海)를 초탈하실 수가 없단 말일세. 나하고 자네는 그저 사부님이 다치지 않으시도록 보호해드릴 수는 있지만, 그런 고생을 대신해드릴 수는 없고, 또 사부님이 가지러 가는 경전을 대신해서 받을 수도 없네. '손쉽게 얻는 물건은 소홀히 다루기 쉽고, 고생하지 않고 얻는 물건은 소중히 여길 줄 모른다'는 속담이 바로 이런 경우를 두고 하는 말일세."

미련한 저팔계도 듣고 보니 그럴듯한 얘기였다. 얘기를 마친 일행은 유사하 동쪽 기슭 언덕 위에 자리 잡고 그날 하룻밤을 쉬었다.

이튿날 아침, 날이 밝아오자 손오공은 다시 저팔계더러 물속에 들어가라고 재촉했다. 저팔계는 사형이 구슬리는 말에 어쩔 수 없이 강변으로 내려가서 어제처럼 강물 밑바닥 요괴의 소굴이 있는 곳으로 자맥질해 들어갔다.

잠에서 깨어난 요괴는 또다시 물살을 가르는 소리를 듣고 달려나와, 원수 같은 저팔계와 맞섰다.

"찰거머리 같은 놈, 또 왔구나! 거기 서서 내 이 쇠지팡이나 한대 받아라!"

저팔계는 코웃음 치며 느물느물 이죽거렸다.

"이 못된 녀석이 아직도 매를 덜 맞아서 근질거리는 모양이로군! 이 쇠스랑이 슬쩍 훑어 내리기만 해도, 네놈의 몸뚱이에는 아홉 구멍이 뻥뻥 뚫려 고약도 붙일 수 없게 될 것이다. 목숨이 질겨 죽지는 않는다 하더라도, 늙어 죽도록 찬바람 들어 평생 감기나 앓게 만들어주마!"

상대방이 약을 올리자, 요괴는 또다시 수면으로 솟구쳐 올라갔다. 그러나 수면에서 허공을 바라보니, 까마득한 구름 위에 또 한 명의 응원군이 철봉을 번쩍 들고 곤두박질쳐 내리는 것을 발견했다. 요괴는 저팔계를 향해 삿대질하며 비웃었다.

"이 멧돼지 같은 놈아, 또 그 수법이냐? 내 그럴 줄 알았다!"

교활한 요괴는 이 말 한마디 던져놓고 눈 깜짝할 사이에 또 물속으로 사라졌다. 그러고는 두 번 다시 모습을 드러내지 않았다.

표적을 놓쳐버린 손오공은 스승이 있는 곳으로 돌아와, 한참 동안이나 말없이 생각에 잠겨 있더니, 이윽고 저팔계를 돌아보고 말했다.

"내가 남해에 다녀올 때까지, 자네는 여기서 사부님을 지켜드리고 있게."

"아니, 형님! 요괴 잡을 생각은 않고, 남해에는 무엇 하러 가시려는 거요?"

저팔계가 뜨악한 기색으로 묻자, 그는 이렇게 대답했다.

"자네도 알다시피, 애당초 우리가 경전을 가지러 가게 된 것은 관음보살께서 시켜서 하는 일이었네. 오늘 우리 앞길이 유사하에 가로막혀 나아가지 못하게 되었으니, 그분이 어떻게 해주셔야 할 게 아닌가? 보살님을 모셔다 해결하는 것이 요괴 녀석과 숨바꼭질하기보다 훨씬 빠를 걸세."

"딴은 그렇군! 형님, 말씀 한번 잘하셨소! 어서 다녀오시오."

손오공은 즉시 근두운을 일으켜 타고 남해 바다로 날아갔다. 얼마나 빨리 치달렸는지 반 시진도 못 되어 보타락가산의 경내가 내다보였다. 자줏빛 대나무가 우거진 숲에 내려섰더니, 어떻게 알았는지 스물네 방면의 천신들이 영접을 나오고 있었다.

이윽고 손오공은 신령들의 안내를 받아 관음보살 앞에 나아갔다.

보살이 물었다.

"너는 어찌하여 당나라 스님을 보호하지 않고 무슨 일로 날 보러 왔느냐?"

"제 스승께서 그동안 황풍령을 지나 간신히 유사하 강변에 도달했는데, 강물의 폭이 아득하게 너를 뿐 아니라, 아무것도 뜨지 못하는 약수이기 때문에 건너지 못하고 계십니다. 더구나 강물 속에는 요괴한 놈이 살고 있는데 오능(悟能)이 그놈과 두세 차례나 대판 싸웠으면서도 이길 수가 없었습니다. 그래서 생각다 못해 이렇게 보살님을 찾아뵈었습니다. 부디 그 강을 건너게 해주십시오."

이 말을 듣자, 관음보살은 대뜸 꾸중을 내렸다.

"이 원숭이 녀석! 또 자만심에 들떠서 뽐내기만 하고, 당나라 스님을 보호하여 경전을 가지러 간다는 말을 하지 않았구나!"

"저희들이야 어떻게 해서든지 그놈을 붙잡아 굴복시켜놓고 그놈더러 스승님을 건너가시게 해달라고 부탁할 작정만 했지요."

"그 요괴는 본디 천상의 권렴대장 출신인데 죄를 짓고 속세에 내려와 귀양살이를 하는 중이다. 그 역시 내가 감화시켜 너희들과 함께 당나라 스님을 보호하여 서천 땅에 가기로 약속된 인물이다. 네가 경전을 가지러 가는 일행이라고 말했던들, 그자는 절대로 너희들과 다투지 않고 귀순했을 것이다."

"하오나 그놈이 겁먹은 나머지 뭍에 오르려 하지 않고 물속으로 종적을 감추었으니, 어떻게 귀순시킬 수 있겠습니까?"

관음보살은 그 말에는 대꾸하지 않고 혜안 행자를 부르더니, 소매 속에서 붉은 조롱박을 하나 꺼내 주며 이렇게 분부했다.

"이 조롱박을 가지고 손오공과 함께 유사하로 가거라. 그리고 물 위에서 '오정아!' 하고 한마디만 부르면, 그가 나올 것이다. 우선 그를 당나라 스님에게 귀의시킨 다음, 목에 매달아놓은 해골 아홉 개를

한 줄로 꿰어서 늘어놓고, 이 조롱박을 그 한복판에 자리 잡아놓으면
강을 건널 수 있는 배 한 척이 될 것이다."
　혜안 행자는 보살의 말씀에 따라 손오공과 함께 보타락가산을 떠
났다.

　얼마 안 있어 두 사람은 유사하 강기슭에 이르렀다.
　저팔계는 혜안 행자를 알아보고 부랴부랴 스승을 인도하여 마중을
나왔다. 혜안 행자가 삼장법사, 저팔계와 차례로 인사를 나누자, 성
급한 손오공은 그새를 참지 못하고 재촉했다.
　"객쩍은 인사치레는 접어두고, 어서 그놈이나 불러내러 갑시다!"
　혜안 행자는 안개구름을 타고 강물 위로 날아 올라가더니, 물속을

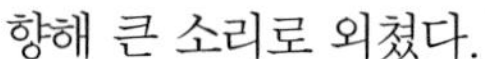

향해 큰 소리로 외쳤다.

"오정아! 오정아! 경전을 가지러 가는 분이 여기 와 계신 지 오랜데, 어째서 아직도 귀순하지 않고 있느냐?"

강물 속 요괴는 자신의 법명을 부르는 소리가 들려오자, 관세음보살이 오신 줄로만 알고 황급히 물살을 헤쳐 올라왔다. 수면 위에 머리를 내밀고 우러러보았더니, 눈에 익은 혜안 행자가 구름 위에 서 있는 것이 아닌가!

"존자님! 보살께서는 어디 계십니까?"

"사부님은 오지 않으셨다. 나를 보내셔서 너를 당나라 스님의 제자가 되게 하라는 분부를

내리셨다."

"경전을 가지러 가신다는 분이 어디 계십니까?"

사오정의 물음에, 혜안 행자는 손가락으로 언덕을 가리켰다.

"저기 동쪽 기슭에 앉아 계신 이가 바로 그분 아니더냐!"

사오정은 고개를 돌려 바라보다가, 저팔계를 발견하고 깜짝 놀랐다.

"이크 저놈은……! 저하고 꼬박 이틀씩이나 싸웠으면서도 왜 '경을 가지러 간다'는 말을 안 했는지 모르겠습니다."

그리고 다시 손오공을 가리키면서 한마디 더 보탰다.

"저 친구는 저놈을 도와서 저를 습격했던 녀석인데, 아주 무서운 놈입니다."

사오정이 좀처럼 물 밖으로 나서지 않자, 혜안 행자가 좋은 말로 타일렀다.

"이것 보게. 저 친구는 저오능이고, 이 친구는 손오공이야. 모두들 당나라 스님의 제자로서 보살님께 감화를 받아 불문에 투신한 사람들인데, 두려워할 게 어디 있겠나? 자아, 어서 당나라 스님을 만나보러 가자니까."

그제야 사오정은 병기를 거두어들이고 옷매무새를 단정히 가다듬더니 강변 기슭으로 훌쩍 뛰어올랐다. 그러고는 당나라 스님 앞에 무릎 꿇어 사과했다.

"이 어리석은 제자가 눈은 있어도 눈동자가 없다는 격으로, 사부님을 알아뵙지 못하고 무례를 범했습니다. 너그러이 용서해주십시오."

곁에서 저팔계가 아직도 분이 덜 풀렸는지 면박을 주었다.

"이 못난 놈아! 왜 일찌감치 귀순하지 않고 나한테 덤벼들기만 했느냐?"

손오공이 웃으면서 화해를 붙였다.

"여보게 아우, 이 친구를 나무랄 것 없네. 우리가 진작 경전을 가지러 간다는 얘기를 하지 않았기 때문 아닌가?"

이때가 되어서야 모든 사연을 알게 된 삼장법사는 사오정을 보고 물었다.

"네가 과연 성심으로 우리 가르침을 따라 귀의하겠느냐?"

사오정이 머리를 조아려 아뢰었다.

"제자는 오래전부터 보살님의 교화를 받았습니다. 성도 이 유사하 강물 이름을 따서 '사(沙)'씨로 정해주셨고, 법명을 '오정(悟淨)'이라 붙여주셨는데, 이런 제가 어찌 사부님의 말씀에 따르지 않겠습니까."

"그렇다면 됐다. 오공아, 계도(戒刀)를 꺼내다가 이 사람을 삭발시켜주어라."

손오공은 즉시 사오정의 머리를 깎아주었다.

사오정은 다시 한 번 삼장법사에게 큰절을 올린 다음, 입문한 차례대로 손오공과 저팔계에게 절하여 형제의 순서를 정하고 의형제가 되었다.

곁에서 지켜보던 혜안 행자가 독촉을 했다.

"오정아, 번거로운 절차는 그만두고, 어서 법선(法船)을 만들어라."

사오정은 혜안 행자가 지시하는 대로 목에 걸고 있던 사람의 해골 아홉 개를 떼어 가지고 노끈으로 꿰어서 배열해놓은 다음, 그 한복판에 조롱박을 안치시켰다. 그리고 스승이 된 삼장법사에게 강기슭으로 내려올 것을 청하였다.

당나라 스님이 법선 위에 올라앉았으니, 과연 가벼운 배를 탄 것처럼 편안했다. 이윽고 법선은 강물 위에 두둥실 떠서 유사하를 건너기 시작했다. 배는 쏜살같이 미끄러져, 거위 깃털조차 뜨지 못하고 가라앉는다는 약수 8백 리 길을 순식간에 건너 서쪽 기슭에 도달했다. 이리하여 삼장법사는 손발에 물 한 방울 묻히지 않고 땅을 밟을 수 있었다.

혜안 행자가 조롱박을 거두어들이자, 사람의 해골 아홉 개는 삽시간에 아홉 줄기의 음산한 바람결로 변하여 사면팔방으로 흩어져 사라졌다. 그것은 사오정이 요괴 노릇을 하면서 잡아먹었던 길손들의 해골이었다.

삼장법사는 남해 바다에 계신 관음보살을 생각하며 한참 동안이나 예배하던 끝에, 다시 말 위에 올라 제자 셋을 거느리고 서쪽으로 달리기 시작했다.

12. 인삼과 소동

유사하 너른 강을 건넌 이후, 당나라 스님 일행은 아무런 장애도 없이 서쪽으로 나아갔다. 한여름 푸른 산과 푸른 물을 두루 거치며 걷고 또 걸으니, 어느덧 가을철이 돌아왔다.

그날도 일행은 한참 길을 가다 보니, 불현듯 높은 산이 앞길을 가로막았다. 험산준령이 닥칠 때마다 요괴의 재난에 혼이 나본 경험이 있는 터라, 삼장법사는 말고삐를 당기면서 제자들에게 당부했다.

"애들아, 조심해야겠다. 혹시 저 앞산에 요괴나 마귀가 있다가 농간을 부려 우리들을 해칠지도 모르는 일 아니냐?"

손오공이 호기 있게 대꾸했다.

"저희 셋이 있는데, 요괴 마귀 따위 겁낼 것이 어디 있습니까."

그 말을 듣고서야 삼장법사는 마음이 놓여 계속 전진했다.

눈앞에 다가오는 경치를 바라보니, 정말 기막히게 아름다운 산이었다. 높은 봉우리는 험준하기 짝이 없고 엄청난 산세는 까마득하고 가파른데, 푸른 대나무 숲에 들어앉은 산새 지저귀는 소리 요란하고, 느티나무, 소나무가 천년 세월 두고 무성함을 자랑하고 있었다.

말 위에서 당나라 스님은 탄성이 절로 나왔다.

"얘들아, 내가 숱한 산천을 지나쳐 왔으나 모두 위태롭고 험준한 곳뿐이었는데, 이곳은 몹시 그윽한 맛이 깃들어 있구나. 여기가 뇌음사에서 그리 멀지 않은 모양이니, 모두들 옷차림새를 단정히 가다듬고 가야겠다."

그 말에 손오공이 웃으면서 도리질을 했다.

"뇌음사요? 아직도 멀었습니다!"

그러자 사오정이 묻고 나섰다.

"큰형님, 그럼 얼마나 더 가야 합니까?"

"십만 팔천 리! 열 참 가운데 겨우 한 참도 오지 못했다네."

이번에는 저팔계가 물었다.

"그게 몇 해를 두고 걸어야만 갈 수 있는 거리요?"

"자네들 같으면 열흘에 당도할 수 있을 걸세. 물론 나는 하루에 쉰 번을 왕복해도 해가 높다랗게 남아 있겠지만 말일세. 허나 사부님이 가신다면…… 에이, 말도 마세!"

제자가 이런 말을 하니, 당나라 스님은 더 몸이 달았다.

"네 말대로 하자면 내가 어느 때에야 당도할 수 있겠느냐?"

"사부님이 태어나서부터 늙어 돌아가실 때까지 걷고, 늙으셨다가 또다시 갓난아이가 되고, 이렇게 천 번을 되풀이해 걸으셔도 아마 그곳에 당도하시기는 어렵습니다. 하지만 정성을 다하여 맑고 밝은 마음으로 고개를 돌리시면 그곳이 바로 영취산 뇌음사가 될 것입니다."

스승은 묵묵히 그 말뜻을 새김질하는데, 말수 적은 사오정이 한마디 보탰다.

"이곳이 뇌음사는 아니겠지만, 경관을 보아하니 누군가 훌륭한 분이 거처하고 계신 곳 같군요."

손오공도 고개를 끄덕여 동감을 표시했다.

"그러게 말일세. 사악한 기운이 없는 걸 보면, 요괴나 마귀 따위가 농간을 부릴 곳은 아닌 게 분명하네. 우리도 구경이나 하면서 천천히 가보세."

삼장법사 일행이 감탄하고 있던 그 산은 만수산(萬壽山), 그리고 이 산중에 도교 사원이 한 군데 자리 잡았는데 이름은 오장관(五莊觀), 또 그 안에는 진원대선(鎭元大仙)이라 부르는 존엄하신 지선(地仙) 한 분이 살고 있었다.

그리고 또 이 사원에는 희귀한 보배가 하나 있는데, 아득한 옛날 하늘과 땅이 아직 열리지 않았을 무렵에 생겨난 나무 한 뿌리가 그것이었다. 이 신령스러운 나무는 천하의 사대륙 가운데 오직 이 서우화주 오장관에만 뿌리를 박았으며, 그 열매의 이름을 '인삼과(人蔘果)'라고 불렀다. 3천 년 만에 한 번 꽃이 피고 또 3천 년 만에 열매가 맺으며, 그로부터 다시 3천 년이 지나서야 열매가 익어서, 도합 1만 년을 거쳐서야 비로소 먹을 수 있게 된다. 그 1만 년 동안 맺히고 익는 열매는 겨우 30개, 그런데 이 열매의 생김새가 하필이면 세상에 갓 태어나서 사흘도 못 된 갓난아기의 모습을 빼어 닮았고, 게다가 두 팔에 두 다리마저 달렸을 뿐만 아니라 눈과 코 귀 입을 두루 갖추었는데,

이 열매의 냄새를 한 번 맡기만 해도 360세나 장수를 누릴 수 있고, 한 개를 먹었을 때는 무려 4만 7천 년이나 되는 아득한 세월을 살아갈 수 있는 것이었다.

이 무렵, 오장관의 주인 진원대선은 도교의 최고 신령 '삼청(三淸)' 가운데 한 분이신 원시천존(元始天尊)의 초대를 받아 제자들을 이끌고 강론을 들으러 천상에 올라갔는데, 도관에는 나이가 제일 어린 동자 두 사람만 남겨놓아 집을 지키게 하였다. 이 동자들의 이름은, 하나는 '맑은 바람' 청풍(淸風)이요, 하나는 '밝은 달' 명월(明月)이었다. 청풍은 나이가 고작 1,320살이었고, 명월은 1,200살밖에 되지 않았다.

대선은 떠나기 전에 두 동자를 불러놓고 이런 분부를 내렸다.

"하루 이틀 새에 내 옛 친구가 이곳을 지나갈 터인데, 그분을 맞아들여 정성껏 대접하되 인삼과를 두 개만 따다가 잡숫도록 해드려라. 알아듣겠느냐?"

두 동자가 스승께 여쭈었다.

"사부님의 옛 친구라니, 어떤 분이십니까?"

"동녘 땅에서 당나라 황제가 보낸 고승이시다. 법호는 삼장이라 하고, 지금 서천으로 가서 부처님을 뵙고 경전을 얻으러 가는 스님이다. 그분으로 말하자면 극락세계 부처님의 둘째 제자였던 금선자가 환생한 분으로서, 나는 오백 년 전에 처음 알게 되어 도타운 친분을 나누었으니, 이야말로 옛 친구라 할 만하지 않겠느냐?"

출발하기 직전, 그는 또 한 번 당부를 해두었다.

"당나라 스님은 비록 옛 친구라고 하나, 그 밑의 제자들이 시끄러운 일을 저지를지도 모르니, 섣불리 그 녀석들에게 인삼과가 있다는 사실을 알려서는 안 된다."

"예에, 명심하겠습니다."

한편, 당나라 스님 일행은 만수산의 경치를 한껏 즐기면서 가다가, 우거진 나무숲 속에 여러 층으로 세워진 누각을 발견했다.

"저곳은 도교 사원이 분명합니다. 우리 가서 좀 쉬도록 하시지요."

눈치 빠른 손오공이 앞장서자, 일행은 얼마 안 있어 도관 문턱에 당도했다.

산문 앞에 다다른 삼장법사가 말에서 내려서며 보니, 마음에 잡된 생각이 말끔히 씻기고, 고요한 분위기에 도심(道心)이 절로 싹트게 만드는 명승지였다.

산문 한 곁 거대한 비석에 커다란 글씨로 새겨진 '만수산 오장관'이라는 여섯 글자를 바라보며 감탄하고 있으려니, 안쪽에서 동자 두 녀석이 급히 달려나왔다.

"노사부님, 영접이 늦어 죄송합니다. 어서 이리 들어오십시오."

뜻밖의 환대에, 삼장법사는 흐뭇한 기분으로 동자들을 뒤따라 전당에 올라 향을 사르고 물었다.

"그대들의 사부께선 어디 계시오?"

"저희 스승님은 지금 안 계십니다. 원시천존 어른의 초대를 받아 상청천 미라궁에 강론을 들으러 가셨습니다."

곁에서 그 말을 듣고 손오공이 냅다 호통을 쳤다.

"요 젖비린내 나는 동자 녀석들 봤나! 뉘 앞에서 허풍을 떠는 거야? 네놈들같이 못난 도사 녀석을 하늘의 누가 초청했다는 거냐?"

삼장법사는 맏제자가 성미를 부리는 것을 보고, 혹시 동자들과 다투기라도 할까 보아 얼른 그 말끝을 낚아챘다.

"오공아, 너는 산문 앞에 말을 풀어놓아 풀이나 뜯게 하고, 오정은 짐 보따리를 지키고 있거라. 그리고 팔계야, 너는 보따리에 쌀을 좀 꺼내 밥이나 한 끼 지어 먹고 떠나자꾸나."

이렇게 해서 제자 세 사람은 저마다 맡은 일을 하러 흩어졌다.

청풍 명월 두 동자는 속으로 탄복하면서 저희들끼리 쑥덕거렸다.

"참말 훌륭한 스님일세. 말씀 한마디에 저 사나운 녀석들을 찍 소리도 못하게 만들다니……!"

"그러게 말이오. 사부님이 떠나실 때 인삼과를 대접하라 분부하셨으니, 그대로 해드려야 하지 않겠소? 한데 저분의 제자 녀석들은 하나같이 얼굴 하며 주둥이가 고약하게 생겨먹었으니, 어쩌면 좋소?"

"염려 말게. 저 녀석들 보는 앞에 인삼과를 내오지 않으면 그만 아닌가?"

"그러죠, 인삼과 얘기는 아예 꺼내지도 맙시다."

청풍이 다시 사제에게 말했다.

"여보게 아우, 저 스님이 진짜 사부님의 옛 친구인지 아닌지 모르니, 우리 가서 다시 한 번 물어보기로 하세."

이리하여 두 동자는 다시 삼장법사 앞에 가서 물었다.

"한 가지만 여쭙겠습니다. 노사부님은 당나라에서 불경을 가지러 서천으로 가시는 당 삼장(唐三藏) 어른이십니까?"

"빈승이 바로 그 사람이오. 한데 동자님들이 내 이름을 어떻게 알고 계셨소?"

"저희 스승님께서 떠나실 때 당부해두신 말씀이 있었습니다. 여기 잠시 앉아 계십시오. 저희가 드실 것을 대접해 올리겠습니다."

이어서 청풍은 사제에게 속삭였다.

"여보게, 스승님의 명을 어기면 안 되니, 나하고 같이 인삼과를 따러 가세."

손님 곁에서 물러 나온 두 동자는 자기네 방으로 돌아가더니, 황금 방망이 한 개와 붉은 칠을 입힌 쟁반에 실로 뜬 보자기를 여러 겹 깔아 가지고 과수원으로 들어갔다. 그리고 청풍이 나무 위에 기어 올라가 황금 방망이로 열매를 따고, 명월은 나무 밑에 쟁반을 떠받들고 서서 떨어지는 열매를 받았다. 동자들은 그것을 가지고 다시 앞채로 나가 삼장법사에게 올렸다.

"저희 도관은 궁벽한 산중에 있는 터라, 별로 대접해드릴 만한 것이 없습니다. 그저 집 안에서 나는 과일 두 개를 바치오니, 목이라도 축이시지요."

쟁반에 놓인 열매를 보고 삼장법사가 깜짝 놀라 멀찌감치 물러나 앉았다.

"맙소사! 올해는 풍년이 들었는데, 어쩌자고 이곳에서는 사람을 잡아먹을꼬? 이건 사흘도 채 되지 않은 갓난아기인데, 나더러 어떻게 이 끔찍한 것으로 목을 축이라는 거요? 저리 가져가시오!"

삼장법사가 떨면서 호통을 치자, 두 동자는 속으로 비웃으며 이렇게 설명했다.

"이건 갓난아기가 아니라 인삼과라는 열매입니다. 그러니 한두 개쯤 잡수셔도 괜찮습니다."

"당치도 않은 말 그만두시오! 이 아기의 엄마가 잉태를 하고 열 달 동안 얼마나 많은 고초 끝에 낳았는지 모르는데, 그런 아기를 잔인하게 잡아먹다니! 보시오, 세상 밖에 태어난 지 겨우 사흘도 못 되는 갓난아기 아니오? 이것들을 어디서 잡아왔기에 나더러 먹으라는 거요?"

"이건 잡아온 게 아니라, 나무에 열린 겁니다."

"터무니없는 소리 마시오! 사람이 나무에 열리다니, 어서 가져가오!"

두 동자가 아무리 설명하고 권해도 막무가내, 삼장법사는 끝끝내 받아먹지 않았다. 그들은 할 수 없이 쟁반을 들고 자기네 방으로 돌아왔다.

그런데 이 인삼과란 과일은 이상한 물건이어서 오래 둘 수 없는 열매였다. 만약에 먹지 않고 내버려둔 채 시간이 지나면 그대로 이가 들어가지 않을 만큼 딱딱하게 굳어져서 못 먹게 되는 것이다. 그래서 두 동자는 방 안에 들어앉아 한 개씩 나눠 가지고 맛있게 먹기 시작했다.

한데 세상만사는 공교로운 법이라, 하필이면 그들이 거처하는 방이 벽 하나를 사이에 두고 부엌과 맞닿아 있을 줄이야! 그러니 이쪽 방에서 하는 말이 부엌에까지 고스란히 들릴 수밖에. 저팔계가 부엌 아궁이에서 한참 밥을 짓고 있었는데, 두 동자가 황금 방망이와 붉은 쟁반을 들고 어디론가 나가는 기척이 들리기에 그저 그러려니 싶어 흘려보내고 말았다. 그런데 잠시 후, 이번에는 쟁반을 떠받들고 돌아오는 소리가 들리더니, 저들끼리 주고받는 말이, '당나라 스님은 멍청해서 인삼과를 알아보지 못한다'는 둥, '우리끼리 하나씩 나눠 먹자'는 둥 하고 쑥덕거리면서 무엇인가 맛있게 먹는 소리가 들려오는 것이 아닌가? 식충이 저팔계는 저도 모르게 입에서 군침이 돌기 시작했다.

저 녀석들이 도대체 무얼 먹는 걸까? 인삼과라니, 그게 뭔지 모르겠으나, 나도 한 개쯤 맛볼 수는 없을까……?

하지만 자기처럼 생각이 아둔하고 굼뜬 동작으로는 어떻게 손을 써볼 도리가 없는 터라, 그는 손오공이 돌아올 때만 기다려야 했다.

얼마 안 있어 말을 끌고 나갔던 손오공이 뒤꼍 부엌으로 돌아왔다. 미련퉁이 저팔계는 옳다구나 싶어 손을 마구 흔들면서 그를 불렀다.

"형님, 여기요, 여기…… 이리 와요, 빨리!"

손오공이 부엌 문턱으로 다가오면서 물었다.

"웬 호들갑인가? 밥이 모자라게 되었나? 그럼 사부님이나 넉넉히 잡수시게 해드리고, 우리는 저 앞쪽 큰 집에 나가서 동냥해 먹기로 하지그래."

"이리 들어와봐요! 밥이 모자라는 게 아니오. 이 사원에 희한한 보배가 있다는 걸 형님은 아시오?"

"보배라니, 뭐 말인가?"

"혹시 인삼과란 것을 본 적이 있소?"

이 말에 어지간한 손오공도 찔끔 놀랐다.

"그건 보지 못했는걸. 하지만 소문에 들어본 적은 있네. 사람이 먹으면 수명을 무한정 늘릴 수 있다는 거야. 한데 그게 어디 있는지 누가 아나?"

"바로 이 사원에 있소. 저 동자 녀석들이 두 개를 따다가 사부님한테 드렸는데, 사부님은 그게 무엇인지 알아보지 못하시고 퇴짜를 놓으신 모양이오. 한데 저 녀석들도 엉큼한 놈들이지, 사부님이 잡숫지 않으셨다면 의당 우리 제자들 몫으로 돌려야 할 게 아니오?"

“그래서?”

“그런데 저 녀석들이 우리한테는 숨기고 곁방에서 자기들끼리 한 개씩 나눠 먹고 있지 않겠소? 여기서 남이 맛있게 먹는 소리를 듣고만 있으려니 군침이 돌아 도무지 견딜 수가 없구려. 그걸 어떻게 맛 좀 볼 수 없을까? 형님은 꾀가 많고 남의 것을 슬쩍하는 재간도 있지 않소? 과수원이 어디 있는지 찾아가서 몇 개 따다 우리끼리 맛이나 봅시다.”

얘기가 이쯤 되니, 도둑 원숭이 임금도 생각이 달라졌다.

“그야 손쉬운 노릇이지! 가만있게. 내 당장 가서 몇 개 훔쳐올 테니까.”

말을 끝내기가 무섭게 뛰어나가려는 것을 저팔계가 얼른 붙잡아 세웠다.

“잠깐만! 저 녀석들이 하는 말을 엿들었더니, 뭔가 황금 방망이 같은 것을 가지고 따러 갑디다. 아무쪼록 쥐도 새도 모르게 감쪽같이 해치워야 하오.”

“알겠네, 알았어!”

성질 급한 손오공이 그 자리에서 은신술법을 써서 동자들의 방으로 숨어들어가 보니, 기분 좋게 인삼과를 먹어 치운 두 녀석은 벌써 당나라 스님과 말벗하러 나가고, 창틀 위에는 황금 방망이인 듯싶은 누런 금속 막대가 하나 걸려 있었다.

“옳거니! 이게 그 황금 방망이라는 것이렷다!”

손오공은 당장 그것을 떼어 가지고 뒤채로 돌아갔다.

후원으로 통하는 문을 살짝 열고 들여다보았더니 기막히게 아름다운 화원이 나타났다. 그는 화원을 가로질러 두번째 문으로 들어갔다. 그곳은 온갖 야채를 골고루 심어놓은 채소밭, 그 너머 세번째 문으로 들어가 보니, 널따란 대지 한복판에 엄청나게 큰 나무 한 그루가 서 있는데, 푸른 가장귀가 송진보다 더 짙은 향내를 풍기고 무성하게 우거진 나뭇가지 아래 깊은 그늘을 드리우고 있는 것이 아닌가! 잎사귀는 파초를 닮았는데, 줄기가 곧바로 1천 척 높이나 치솟았을 뿐만 아니라 밑동의 둘레만도 어림잡아 칠팔십 척을 헤아리는 거대한 굵기의 나무였다.

손오공은 나무 밑에 서서 위를 올려다보았다. 과연 남향으로 벌어진 나무 가장귀 사이로 인삼과 한 개가 드러나 보이는데, 정말 갓난아기와 똑같이 생긴 열매였다. 꼬리 부분에는 꼭지가 있어 가지에 매달린 채 손발을 마구 휘저으면서 끄덕끄덕 고갯짓도 할뿐더러, 바람결에 어린아이의 울음 같은 소리를 내기까지 했다.

기막힌 보배를 찾아낸 손오공은 기뻐서 어쩔 줄을 모르다가, 나무 밑동에 기대어 선 채 '쉬익!' 하는 바람 소리를 내며 단숨에 나무 위로 기어 올라갔다. 황금 막대로 인삼과를 탁 쳤더니, 열매가 툭 소리를 내며 떨어졌다. 그는 옳다구나 싶어 그 뒤를 따라 냉큼 뛰어내렸다. 그리고 떨어진 열매를 찾기 시작했는데, 어찌 된 노릇인가, 땅바닥에 있어야 할 그 열매가 어디로 사라졌는지 보이지 않는다. 풀숲까지 샅샅이 뒤져가며 찾아보았으나 도무지 흔적이 없었다.

"그것 참 이상한걸! 열매에 두 다리가 달렸으니 걸어서 도망쳤을지도 모르겠으나, 그렇다고 저 높은 담을 뛰어넘어 달아났을 리는 없지 않은가……?"

낭패를 본 손오공이 중얼거리다가 무슨 생각이 났는지 제 무릎을
탁 쳤다.

"옳지, 알았다! 이 과수원을 지키는 토지신 녀석이 내가 열매를 훔
쳐가지 못하도록 어디다 슬쩍 감춰둔 게 틀림없구나!"

그는 당장 주문을 외워 과수원의 토지신을 끌어냈다. 주술에 걸린
토지신은 꼼짝 못하고 모습을 드러내더니 제천대성 앞에 무릎 꿇고
여쭈었다.

"무슨 일로 소신을 불러내셨습니까?"

손오공은 대뜸 호통을 쳤다.

"너는 이 손 선생이 천상천하에 이름 높은 도적의 우두머리라는 걸
모르느냐! 내가 저 옛날에 반도복숭아를 훔쳐 먹고 옥황상제의 술을
훔쳐 마셨으며 태상노군의 영단까지 훔쳤으되 어느 누구와도 나누어
먹은 적이 없었는데, 오늘 과일 한 개 훔쳐 먹는다고 해서 네가 어찌
감히 내 몫을 가로챌 수 있단 말인가!"

토지신이 머리를 조아리고 대답했다.

"대성 어르신, 그것은 오해이십니다. 제가 어찌 감히 그 보배를 가
로챌 리 있겠습니까. 그 냄새 한번 맡아볼 연분조차 소신에게는 없습
니다."

"네가 가로채지 않았다면, 어째서 땅에 떨어진 것이 보이지 않느냐?"

"대성 어르신께서 그 열매가 수명을 늘려주는 보배라는 사실만 아
시고, 그 내력이 어떤지 모르기 때문에 오해하신 겁니다."

"내력이라니, 그건 또 무슨 말이냐?"

"그 열매는 오행과 상극이라, 금(金)을 만나면 떨어지고, 목(木)을

만나면 시들고, 수(水)를 만나면 녹아버리고, 화(火)를 만나면 타버리고, 토(土)를 만나면 들어가버립니다. 그렇기 때문에 열매를 딸 때에는 반드시 금붙이 도구를 써야 떨어뜨릴 수 있으며, 떨어질 때에는 쟁반에 실로 뜬 보자기를 깔고 그 위에 받아야 합니다. 나무 그릇에 담으면 곧바로 시들어서 먹어도 수명을 늘릴 수 없게 됩니다. 또 불에 닿으면 타버려서 소용이 없고, 흙에 닿으면 그대로 잦아들고 맙니다. 방금 대성께서 그것을 땅바닥에 떨어뜨리셨다니, 그것은 벌써 흙 속으로 들어가버렸을 겁니다."

이 설명을 듣고서야 손오공도 수긍이 갔다.

"그리고 보니, 내가 자네를 공연히 의심했군그래. 됐네, 돌아가게!"

토지신을 돌려보낸 그는 꾀를 하나 생각해냈다. 우선 나무 위로 다시 기어올라가, 한 손으로는 막대를 잡고 다른 한 손으로 옷자락을 망태기처럼 널찍하게 벌린 다음, 열매 세 개를 잇따라 후려쳐서 '망태기'에 고스란히 담았다. 그리고 그것을 감싸안은 채 줄달음질쳐서 부엌으로 돌아왔다.

눈이 빠지게 기다리고 있던 저팔계가 싱글싱글 웃으며 묻는다.

"형님, 됐소?"

"아무렴! 이거 아닌가? 하지만 사오정을 따돌려놓고 우리만 먹을 수야 없지."

저팔계는 당장 바깥을 향해 손짓하면서 사오정을 불렀다.

"여봐, 오정! 이리 오게!"

짐짝을 옮겨놓고 쉬던 사오정이 부엌으로 달려왔다. 손오공은 옷자락을 벌려 보이면서 물었다.

“자네, 이것이 뭔지 아나?”

사오정은 흘끗 보고 대답했다.

“인삼과로군요.”

“이런, 자네도 알아보네그려!”

“옛날 천상에 있을 때 서왕모께 축수 예물로 올리는 걸 본 적이 있었소. 곁에서 눈요기만 했을 뿐이지 먹어보지는 못했는데, 내게도 맛 좀 보여줄 수 있겠소?”

“그야 두말하면 잔소리지! 자, 우리 한 사람 앞에 하나씩일세!”

이리하여 세 형제가 인삼과를 나누어 먹었는데, 워낙 식탐이 대단하고 입이 큰 저팔계 녀석은 진작부터 군침을 흘리고 있던 터라, 이제 과일이 눈앞에 보이자 와락 빼앗다시피 집어 한 입에 꿀꺽 삼켜버리고 말았다. 그리고 맛도 모른 채 두 눈 멀뚱멀뚱 뜨고 형님 아우를 바라보며 입맛을 다셨다.

“젠장, 어찌나 급히 먹었는지 맛도 모르겠군. 형님이나 아우처럼 야금야금 먹어야 하는데, 한 입에 꿀꺽 삼켰더니 맛은커녕 씨가 있는지 없는지조차 모르겠는걸…… 형님, 몇 개쯤 더 따다 먹여줄 수는 없겠소?”

“이 사람아! 이게 어디 쌀밥이나 밀가루 떡하고 같은 것인 줄 알아? 이 열매는 만 년에 겨우 서른 개밖에 열리지 않는 희귀한 것이라는데, 이렇게 하나씩 얻어먹은 것만 해도 굉장한 식복을 누린 셈이 아닌가? 그것 하나 먹은 것으로 됐네!”

한바탕 훈계를 늘어놓고 일어선 손오공이 저팔계 쪽은 두 번 다시 거들떠보지도 않은 채 인삼과를 딴 황금 막대를 창문 틈으로 동자들

방에 툭 던져 넣더니, 사오정을 데리고 휑하니 나가버렸다.

홀로 남은 미련퉁이 저팔계가 투덜투덜 심술을 부리기 시작했다.

"젠장! 인삼과를 먹기는 했어도 무슨 맛인지 알 수가 있어야 말이지……! 한 개쯤 더 먹으면 성이 차겠는데 말이야. 쳇……!"

이때, 생각지도 않게 두 동자가 다시 제 방으로 돌아왔다. 그들은 벽 하나 사이에 두고 저팔계가 투덜대는 소리를 고스란히 엿듣고 말았다.

청풍은 선뜻 의심이 들어 사제에게 물었다.

"명월아, 저 소리 좀 들어봐라. 저 주둥이가 긴 중 녀석이 무슨 인삼과를 더 먹고 싶다느니 하고 중얼거리는데, 저게 무슨 소리냐? 설마 저것들이 우리 보배를 훔쳐 먹은 것은 아니겠지?"

명월이 고개를 돌리고 방바닥을 보더니 펄쩍 뛰었다.

"아뿔싸, 형님! 이거 큰일 났소! 황금 막대가 왜 방바닥에 떨어져 있을까? 안 되겠소, 우리 과수원엘 가봅시다!"

두 동자는 허둥지둥 뒤꼍으로 달려갔다. 가서 보니, 웬걸! 화원, 채소밭, 과수원의 문짝들이 휑하니 열려 있었다.

"이 문은 우리가 모두 닫아걸었는데, 어째 열려 있을까?"

부랴부랴 화원을 지나고 채소밭 울타리 문을 거쳐 인삼과 나무가 있는 과수원으로 들어간 두 동자는 나무 밑에 기대서서 위를 올려다보고 열매를 세기 시작했다. 그러나 아무리 바로 세고 또 거꾸로 세어봐도 열매는 스물두 개밖에 없었다.

두 동자는 개수를 따져보았다. 열매는 애당초 서른 개가 열렸고, 스승이 과수원을 처음 개방할 때 두 개를 따서 여럿이 나눠 먹었으니까 스물여덟 개가 남아 있어야 맞는 것이고, 그중 오늘 당나라 스님을 대접하느라 두 개를 더 땄으니 지금은 스물여섯 개가 남았어야 옳다. 그런데 어떻게 된 노릇인지 남은 열매는 스물두 개밖에 없고 결국 네 개가 모자라는 셈이 된 것이다.

이윽고 명월이 단정을 내렸다.

"형님, 더 말할 것도 없겠소. 분명 저 못된 녀석들이 훔쳐 먹은 게 틀림없으니, 우리 가서 그 스승 되는 당나라 승려한테 따지기로 합시다!"

이리하여 두 동자는 앞채 정전으로 달려가더니 당나라 스님에게 삿대질을 해가며 욕설을 퍼붓기 시작했다.

"이 까까중 대머리 영감! 좀도둑 패거리! 남의 물건을 함부로 훔치고도 시침을 뚝 떼고 앉아 있는 거야?"

"거지 같은 땡추중 녀석! 어디 빌어먹을 데가 없어 우리 것을 훔쳐 먹는 거야?"

느닷없이 퍼붓는 욕설을 한바탕 듣고 보니, 삼장법사는 무엇 때문에 이런 욕을 얻어먹는지 알 턱이 없어 저도 모르게 큰소리가 나왔다.

"이보시오, 동자들! 무엇 때문에 그다지 야단들이오? 할 말이 있거든 차근차근 해도 될 것을, 그렇게 함부로 떠들어대지만 마시오."

그러자 청풍이 대뜸 반박을 했다.

"이 늙은이, 귀가 먹었나! 우리가 하는 소리 들리지도 않아? 남의 소중한 인삼과를 훔쳐 먹고도 오히려 우리더러 떠들어댄다고?"

"인삼과라니, 그게 도대체 뭐요?"

삼장법사가 되물으니, 이번에는 명월이 대답했다.

"아까 가져와서 목을 축이라고 했더니, 갓난아기 같다고 안 먹지 않았소!”

그 대답에 삼장법사는 대경실색을 했다.

“나무아미타불! 맙소사, 지금 생각만 해도 가슴이 떨려 죽겠는데, 내가 그런 끔찍스런 물건을 훔쳐 먹다니……! 공연히 애먼 사람 의심하지 마시오.”

삼장법사가 변명을 하자, 청풍이 또 윽박지른다.

“당신은 훔쳐 먹지 않았다 치더라도, 아랫것들이 훔쳐 먹었을 수도 있잖소!”

“딴은 그럴 수도 있겠구려. 어디 내 제자들에게 물어보기로 합시다. 정말 훔쳐 먹었다면 그 녀석들더러 사과하게 하리다. 속담에 ‘인정과 의리는 천금보다 값지다’ 하지 않았소……”

삼장법사는 고함쳐 제자들을 불렀다.

“애들아! 모두 이리 오너라!”

스승이 부르는 소리를 듣고 사오정이 먼저 찔끔 놀랐다.

“형님들, 이거 큰일 났소! 아무래도 들통이 난 모양이오.”

손오공은 입맛을 쩝쩝 다셨다.

“이것 참 꼬락서니가 창피스럽게 되었는걸! 먹는 음식 가지고 저렇게 따지고 들게 뭐람. 아무튼 자백을 했다가는 꼼짝없이 도둑으로 몰릴 테니까, 우리 시치미 뚝 떼기로 하세!”

이 말에는 저팔계도 동감이었다.

“그럽시다! 시침 뚝 떼고 버팁시다!”

이리하여 세 형제는 앞채로 향했다.

“저녁 진지가 거의 다 되어가는데, 무슨 일로 저희를 부르셨습니까?”

제자 셋이 천연덕스레 물으니, 스승은 수심에 가득 찬 목소리로 되물었다.

"애들아, 저녁밥 얘기를 하려는 게 아니다. 이 사원에 인삼과라나 뭐라나, 꼭 갓난아이처럼 생긴 것이 있는데, 너희들 중에 누가 그것을 몰래 따 먹었느냐?"

저팔계가 먼저 그 말을 받았다.

"저는 모릅니다. 본 적도 없는걸요."

시침을 떼기는 했는데, 곁에 서 있던 원숭이 임금은 저도 모르게 웃음보가 터져 나왔다. 그것을 본 청풍이 대뜸 손오공을 지목했다.

"저 사람이다! 저걸 봐, 웃고 있잖아!"

손오공이 얄미워서 버럭 호통을 쳤다.

"무슨 소리야! 이 손 선생은 태어날 적부터 이렇게 웃는 얼굴이다. 나더러 웃지도 말란 말이냐?"

우악스러운 맏제자가 성내는 것을 보고, 당나라 스님이 점잖게 타일렀다.

"애야, 화내지 말아라. 우리는 출가승이 아니냐? 출가한 사람은 양심을 속이고 거짓말을 해서는 못쓴다. 저 사람들의 과일을 따 먹었거든 사실대로 먹었다고 얘기하려무나. 솔직히 사과하면 될 것을, 그렇게 딱 잡아뗄 것이 어디 있겠느냐?"

스승이 하는 말을 가만 듣고 보니 과연 옳은 말씀이다. 손오공은 내친김에 이실직고하고 말았다.

"사실 말씀드리자면, 저 두 녀석이 자기네 방에서 그 인삼과인지 뭔지 하는 것을 먹고 있었는데, 저팔계가 부엌에서 밥을 짓고 있다 그 소리를 듣고는 먹고 싶어 했습니다. 그래서 저더러 맛 좀 보게 해달라고 조르기에, 제가 세 개를 따다가 한 개씩 나눠 먹었습니다. 그렇게 다 먹어버린 것을 이제 와서 어쩌란 말입니까?"

그 말에 명월이 발끈했다.

"이 사람 봐라! 네 개씩이나 훔쳐 먹고서도 세 개밖에 안 훔쳤다는 거야?"

이번에는 저팔계가 펄쩍 뛰었다.

"저런 맙소사, 나무아미타불! 아니 형님, 네 개를 훔치고도 우리한테는 세 개만 내놓았구려? 나머지 한 개는 어쨌소? 염치없이 형님 혼자 슬쩍 먹어 치운 거 아니오?"

미련한 놈은 펄펄 뛰어가며 야단법석, 얘기가 이렇게 되니 도둑질한 것은 결국 사실로 밝혀진 셈이다. 진상을 알게 된 두 동자 녀석은 점점 더 지독한 욕설을 퍼부으면서 당나라 스님 일행을 몰아붙였다.

아무리 남의 것을 훔쳐 먹었기로서니 이렇듯 심한 모욕을 당해본 적이 없는 제천대성 손오공, 귀 따가운 욕설을 들으면 들을수록 창피스럽다 못해 화가 나서 도무지 견딜 수가 없었다. 그는 불덩어리 같은 두 눈을 딱 부릅뜨고 손에 잡은 철봉 자루로 절구질하듯 땅바닥을 쿵쿵 내리찧기 시작했다.

'이 못된 녀석들, 사람을 맞대놓고 이렇게 심한 욕설을 퍼붓다니……! 좋다, 네놈들이 정 그렇게 나온다면 나도 네놈들한테 당하고만 있지는 않을 테다. 두고 봐라, 네놈들이나 우리나 어느 누구도 인삼과를 먹지 못하게 만들어놓고야 말 테다!'

속으로 앙심을 품은 손오공이 그 자리에서 머리 뒤통수 터럭을 한 가닥 뽑더니 '훅!' 하고 입김을 불어넣었다.

"변해라!"

거의 들리지 않을 만큼 나지막한 호통 한마디에, 터럭은 당장 또 다른 손오공으로 변했다. 이래서 가짜 손오공을 저팔계, 사오정과 나란히 세워 동자들의 욕을 얻어먹게 해놓고, 진짜 자신은 신통력을 발휘하여 눈에 보이지 않게 슬그머니 빠져나왔다. 그러고는 구름을 일으켜 타고 단숨에 인삼과 나무가 있는 과수원으로 날아가더니, 여의봉을 꺼내기가 무섭게 '후닥닥 뚝딱' 마구잡이로 휘둘러 친 끝에 인삼과 나무를 뿌리째 뽑아 쓰러뜨리고 말았다.

"됐다, 됐어! 만사가 다 끝났으니, 분풀이는 한 셈 아닌가!"

그는 철봉을 거두어 넣고 다시 앞채로 돌아왔다. 그리고 터럭을 거둬들이고 진짜 손오공으로 돌아와 일행 틈에 섞였다. 그래도 범속한 인간들은 전혀 낌새를 채지 못했다.

한편 두 동자는 실컷 욕설을 퍼붓다가 제풀에 지쳐 나가떨어지고 말았다.

청풍이 사제에게 말하였다.

"명월아, 이 중 녀석들 어지간히 독하구나. 우리가 그토록 욕설을 퍼부었는데도 끄떡없으니, 차라리 수탉을 앞에 놓고 욕하는 게 낫겠다."

"혹시 이 사람들이 훔쳐 먹지 않은 건 아닌지 모르겠소. 나무가 너무 높은 데다 잎사귀가 빽빽해서 똑바로 세어보지 못하고 애매한 사람을 욕했는지도 모르지 않소? 우리 같이 가서 다시 한 번 살펴봅시다."

이리하여 두 동자는 다시 과수원으로 달려갔다. 한데 이게 무슨 날

벼락인가? 조금 전까지만 해도 멀쩡하게 서 있던 인삼과 나무는 쓰러진 채 가장귀가 꺾이고 열매 하나 없을 뿐 아니라 잎사귀마저 시들어버렸다. 기절초풍을 하도록 놀란 청풍 명월은 두 다리가 후들거리고 간담이 서늘해져 말조차 제대로 나오지 않았다.

"이 노릇을 어쩌면 좋아……! 우리 오장관에 대대로 전해 내려온 보배 나무가 송두리째 결딴나고 말았으니, 스승님이 돌아오시면 무슨 말로 변명해야 옳단 말이냐!"

청풍은 정신없이 넋두리를 늘어놓는데, 명월은 그래도 침착성이 있었다.

"형님, 떠들지 말고 진정하세요. 이런 끔찍한 짓을 저지른 놈은 털북숭이 녀석이 틀림없습니다. 이제 만약 우리가 시비를 따졌다가는 그놈이 딱 잡아뗄 테고, 그러면 우리와 싸움이 벌어질 게 아니겠소? 싸움이 벌어지면 우리 둘이서 저쪽 네 녀석을 무슨 수로 당해내겠소?"

"그럼 어떻게 하잔 말이냐?"

"시비를 따질 것도 싸울 것도 없이 그놈들을 은근슬쩍 안심시켜 놓은 다음, 아무 데도 못 달아나게 가두어버립시다."

"가두어놓다니, 무슨 수로?"

"우선 그놈들한테 가서, 인삼과가 모자란 것이 아니라 우리가 수효를 잘못 셌노라고 사과부터 합시다. 그놈들의 저녁밥이 다 되었으니까, 밥 먹는 순간에 문을 닫아버리고 자물쇠를 채워서 놈들이 도망치지 못하게 하는 겁니다. 드나드는 문마다 모조리 자물쇠를 채운다면, 제까짓 놈들이 어디로 빠져나가겠소?"

이 말을 듣고 청풍은 연신 고개를 끄덕거렸다.

"그럴듯한 말이야! 우리 그대로 하세. 그리고 사부님이 돌아오신 다음에 어떻게 하시든, 그야 처분에 맡겨버리면 그만이지! 저 삼장법사는 옛 친구라니까, 용서해주시는 것도 사부님이 인정 쓰시기에 달린 일이요, 아니면 우리야 범인을 붙잡아놓았으니까 책임은 면할 것이다, 그 말 아닌가?"

이윽고 정신을 차린 두 동자가 얼굴에 억지웃음을 띠면서 앞채로 다시 나오더니, 당나라 스님 앞에 허리를 깊숙이 구부려 사죄했다.

"노스님, 아까 너무 거칠게 막된 소리를 퍼붓고 실례가 많아 송구스럽습니다. 부디 용서해주시고 언짢게 여기지 마십시오."

영문을 모르는 삼장법사가 물었다.

"아니, 그건 또 무슨 말이오?"

청풍이 대답했다.

"과일은 모자라지 않고 수효대로 다 있습니다. 나무 잎사귀가 빽빽하게 들어찬 데다 너무 높아서 자세히 보지 못했던 모양입니다. 방금 가서 다시 헤아려보니, 원래 있던 수효가 맞더군요."

이 말을 듣고 저팔계는 신바람이 나서 발을 굴러가며 한바탕 꾸짖었다.

"요것들아, 어린 녀석이 철딱서니 없게 함부로 입에 담지 못할 욕설을 퍼붓다니, 우리를 얼마나 억울하게 몰아세웠단 말이냐?"

그러나 손오공의 생각은 달랐다. 입으로 말은 하지 않았으나, 동자 녀석들의 수작에 야로가 있음을 눈치 채고 있었던 것이다.

'거짓말이다! 과일나무는 벌써 결딴이 난 지 오랜데, 어떻게 입에 침도 바르지 않고 저 따위 소리를 지껄인단 말인가?'

삼장법사는 아무것도 모른 채 그저 누명을 벗은 것이 고맙기만 했다.

"일이 그렇다니 잘됐소. 얘들아, 저녁이 다 되었거든 차려 내오너라. 우리 밥이나 먹고 떠나면 그만 아니냐."

저팔계와 사오정이 밥상을 차려놓자, 두 동자는 부랴부랴 채소 반찬을 일곱 접시나 꺼내다가 식탁에 늘어놓고, 친절하게 찻물까지 따라 주었다.

삼장 일행이 마음놓고 밥그릇을 막 집어 들었을 때였다. 동자들이 느닷없이 한쪽에 하나씩 좌우의 문고리를 잡기 무섭게 왈칵 닫더니, 굵다란 자물쇠를 끼워 넣고 철꺼덕 잠가버리는 것이 아닌가!

저팔계는 실없이 웃어가며 닫힌 문 바깥쪽을 향해 소리쳐 물었다.

"여봐! 이게 뭐 하는 짓이야? 이 동네 풍습은 문 닫아걸고 밥을 먹이냐?"

이윽고 청풍 명월의 입에서 또다시 욕설이 터져 나왔다.

"이런 뻔뻔스런 도둑놈들, 남의 물건을 제멋대로 훔쳐 먹고 주둥이만 놀리는 까까중 대머리 도둑놈들아! 우리 인삼과를 훔쳐 먹은 것만 해도 모자라서 인삼과 나무마저 쓰러뜨려 우리 오장관의 근본을 송두리째 망쳐놓고 무슨 딴소리냐?"

이 말을 듣고 삼장법사의 손에서 밥그릇이 툭 떨어졌다. 모처럼 홀가분해졌던 가슴은 또다시 커다란 바윗덩어리에 짓눌린 듯 무겁기만 했다.

일행이 넋을 잃고 멍청하니 앉아 있는 동안, 두 동자는 앞산 문, 뒷산 문 모조리 꽝꽝 닫아걸고 자물쇠를 채웠다. 그리고 다시 앞채로 와서 온갖 악담과 저주를 퍼붓기 시작했다. 입에 담지 못할 욕설은 해질

녘이 되어서야 겨우 그쳤다. 동자들은 저녁식사를 마치고 잠을 자러 제 방으로 돌아갔다.

삼장법사의 원망은 맏제자에게 쏠렸다.

"이 못된 원숭이 녀석아! 어쩌자고 번번이 말썽을 일으키는 거냐? 남의 과일을 훔쳤으면 아무리 화가 나더라도 꾹 참고 욕이나 몇 마디 얻어먹으면 그만이지, 저 사람들이 애지중지하는 나무까지 파헤쳐 쓰러뜨릴 것이 뭐란 말이냐?"

그러나 손오공은 느긋하기만 했다.

"떠들지 마십쇼. 저 녀석들이 잠자러 갔으니, 우리도 밤새워 길 떠나기로 하죠."

"겹겹으로 난 문짝들을 모조리 잠가버렸는데, 어떻게 달아난단 말이오?"

사오정이 묻자, 그는 껄껄대고 웃어가며 이렇게 대답했다.

"상관없네! 이 손 선생에게 다 방법이 있으니까."

저팔계 역시 원망 섞인 말투로 핀잔을 주었다.

"누가 형님한테 방법이 없을까 봐 걱정하는 줄 아시오? 형님이야 무슨 벌레인가 뭔가 하는 놈으로 변신해서 창 틈으로 훌쩍 빠져나가 버리면 그만이지만, 변신할 줄 모르는 우리야 꼼짝없이 여기 갇혀서 경을 칠 게 아니오?"

그 말을 듣고 당나라 스님이 딱 부러지게 한마디 던졌다.

"저놈이 그따위 짓을 하고 저 혼자서 달아날 때에는 내가 그냥 둘 줄 아느냐? 내 당장 '긴고아경'을 외우고야 말 테다!"

스승이 악담 퍼붓는 모습을 보자, 저팔계는 겁도 나고 우습기까지 했다.

"사부님, 그게 무슨 말씀입니까? 저는 부처님의 가르침 가운데『능엄경』『법화경』같은 게 있단 말은 들었지만 '긴고아경'이란 것은 금시초문입니다."

곁에서 손오공이 철없이 킬킬 웃었다.

"여보게, 자넨 모를걸세. 내 이 머리통에 꽉 씌운 금테두리는 관음보살께서 사부님에게 하사하신 선물이라네. 사부님이 살살 꾀시는 바람에 이것을 썼더니, 뿌리가 박힌 것처럼 꽉 끼어서 도무지 벗겨낼 수 없지 뭔가. 이것을 '긴고아'라고 부르는데, 그 주술을 거시는 날이면 내 머리통은 당장 뻐개질 듯이 아파져서 견딜 수가 없게 되네. 그래서 그 방법으로 날 혼내시겠다는 말일세."

여기까지 말한 손오공이 곁눈질로 스승의 눈치를 보았더니, 얼굴빛이 점점 험상궂게 변하고 있다. 그는 아차, 위험하구나 싶어 얼른 대비책을 세웠다.

"알았습니다! 알았으니까, 제발 그놈의 주문을 외우지는 마십쇼. 제가 어디 사부님을 따돌려놓고 혼자 뺑소니칠 놈 같습니까? 무슨 일이 있더라도 우리 다 같이 빠져나갈 테니 염려 마십쇼."

이러쿵저러쿵 얘기를 나누고 있으려니, 어느덧 날이 저물고 하늘에 달이 덩그렇게 떠올랐다.

손오공은 일행을 재촉했다.

"자아, 서둘러 나갑시다! 온 세상이 고요해지고 달이 밝으니 지금 도망치기 딱 좋습니다."

"문이 잠겼는데 어디로 빠져나간단 말이오?"

저팔계가 투정을 부리자, 그는 철봉을 손에 잡고 꾸짖듯 대답했다.

"내 솜씨를 두고 보라니까!"

이윽고 손아귀에 잡힌 여의봉을 비틀면서 자물쇠 푸는 '해쇄법(解鎖法)'을 쓰자, 신통하게도 철봉이 가리키는 대로 '철꺼덕' 소리와 함께 문고리가 떨어져나가면서 문짝이 벌컥 열리는 것이 아닌가!

그 광경을 바라보는 저팔계의 입이 헤벌어졌다.

"우와아! 형님 재주 참말 대단하네. 열쇠장이더러 손을 쓰라고 해도 이렇게 빠를 수가 없겠는걸!"

손오공은 스승을 문밖으로 모셔다 안장에 태우고, 저팔계는 등짐을 졌다. 사오정은 고삐를 쥐고 앞장서서 서쪽으로 나아갔다.

이때, 손오공이 무슨 생각이 들었는지, 일행을 멈춰 세웠다.

"가만있거라……! 모두들 천천히 가게. 내 저 녀석들을 한 달쯤 푹 잠들어 있도록 만들어놓고 오겠네."

삼장법사는 그가 동자들에게 또 무슨 짓을 저지를지 걱정스러워 당부를 했다.

"얘야, 가더라도 목숨을 해쳐서는 안 된다."

"예에, 알았습니다!"

시원하게 대답한 손오공이 산문 안으로 다시 들어가더니 뒤꼍을 돌아서 동자들이 잠든 방문 밖에 이르렀다. 아무도 몰랐으나, 그는 허리춤에 잠벌레를 지니고 있었다. 이 '갑수충(瞌睡蟲)'이란 잠벌레는 오래전 하늘에서 동천문을 지키고 있던 증장천왕(增長天王)과 숫자 맞추기 놀음에 이겨서 딴 것이었다. 그는 잠벌레 두 마리를 꺼내 손톱 끝에 올려놓고 창틈으로 튕겨 보냈다. 벌레 두 마리는 정확하게 두 동자

의 얼굴에 한 마리씩 떨어지더니 잽싸게 콧속으로 기어들어갔다. 이
윽고 방 안에서 코를 고는 소리가 요란하게 나기 시작했다.

발길을 되돌려 당나라 스님 일행을 뒤쫓아간 손오공은 또다시 탄탄
대로를 따라서 곧바로 서쪽을 향해 전진했다.

일행은 날이 밝을 무렵까지 쉴 새 없이 치달렸다. 말 위에서 당나
라 스님은 밤새도록 투덜거렸다.

"이 못된 원숭이 녀석아! 나를 못살게 굴다 못해 아예 죽일 참이로
구나. 네놈들 덕분에 밤새껏 한잠도 못 잤다!"

"자꾸 원망만 하지 마십쇼. 날이 밝아오니, 길가 숲 속에서라도 잠
시 눈을 붙이셨다가 떠나면 되지 않겠습니까."

이래서 일행 네 사람이 제각기 자리 잡고 한숨 쉰 것은 얘기하지
않기로 한다.

13. 죽은 나무 살려내기

한편, 진원대선은 원시천존의 강론 모임이 끝나자, 구름을 타고 만수산 오장관으로 돌아왔다.

그런데 이게 웬일인가? 향불도 사르지 않고 인기척 하나 없이 도량 전체가 쥐 죽은 듯 고요할 뿐, 집지기 녀석들은 그림자도 보이지 않았다.

제자들은 청풍 명월이 거처하는 방으로 달려갔다. 문턱에 다다르고 보니, 안에서는 기왓장이 들썩거리도록 코를 고는 소리가 들려나왔다. 그러고는 아무리 외쳐 불러도 좀처럼 깨어나는 기척이 없었다. 사형들이 문짝을 부수고 들어가 두 동자를 침대 아래로 끌어내렸으나 여전히 깨어날 줄 몰랐다.

스승은 어린 제자들을 굽어보면서 생각했다. 신선이 되겠다는 놈들이 아무리 고단해도 이렇게 깊이 잠들 수가 있나? 누군가 이 아이들에게 농간을 부린 게 틀림없다. 그는 당장 측근 제자에게 호통쳐 물한 그릇을 떠오게 했다.

물그릇을 대령하자, 그는 주문을 외우고 물 한 모금 입에 머금더니 얼굴에 확 뿜었다. 그제야 잠벌레가 달아났는지, 두 동자는 눈을 번쩍 뜨고 잠에서 깨어났다.

가까스로 정신을 차린 청풍 명월은 눈앞에 스승과 선배 사형들이 굽어보고 있는 것을 발견하고 그만 아연실색, 그 자리에 엎드려 이마를 조아렸다.

"사부님……! 사부님의 옛 친구가 되신다는 그 동녘 땅에서 왔다는 사람들 말입니다…… 그들은 승려가 아니라 순전히 날강도였습니다!"

진원대선은 미소를 띤 채 물었다.

"겁내지 말고 차근차근 말해보아라."

스승의 분부에, 청풍 명월이 번갈아 가며 자초지종 사연을 아뢰었다.

얘기를 다 듣고 나자 대선이 다시 물었다.

"그 일행을 찾으면 알아볼 수 있겠느냐?"

"예, 모두 알 만합니다."

"그럼 너희 두 녀석은 날 따라나서고, 다른 제자들은 형구(刑具)를 갖추어놓고 기다려라. 붙잡아오는 대로 문초해야겠다."

그는 청풍과 명월만 데리고 즉시 구름에 올라 삼장법사 일행을 뒤쫓았다.

"사부님, 저 길 곁 나무 그늘 아래 앉아 있는 것이 당나라 스님입니다!"

목표를 찾은 동자가 스승에게 아뢰었다.

"그래, 나도 벌써 보았다. 나 혼자서 저자들을 붙잡아갈 테니, 너희 둘은 돌아가 밧줄을 준비해놓고 있거라."

두 동자를 먼저 돌려보낸 대선이 슬그머니 지상에 내려앉더니, 몸 한 번 꿈틀하는 사이에 떠돌이 도사로 변신해 있었다.

그는 곧바로 나무 그늘 아래 당도했다.

"장로님들! 빈도(貧道)가 문안 인사 드리오!"

느닷없이 나타난 도사의 수작에, 삼장법사는 황급히 답례를 건넸다.

"어어…… 이거 죄송합니다. 미처 알아보지 못해서……"

진원대선이 물었다.

"장로님은 어디서 오시는 길입니까?"

"소승은 동녘 땅의 당나라 조정에서 파견되어 경전을 가지러 가는 사람입니다. 도중에 이곳을 지나치다가 잠깐 쉬고 있던 참이지요."

대선은 짐짓 의아스런 시늉을 하며 다시 물었다.

"동쪽에서 오셨다면, 빈도가 거처하는 산을 지나셨겠군요?"

"어느 산에 계신지 모릅니다만……"

삼장법사가 말을 더듬자, 그는 대뜸 거처를 일깨워주었다.

"만수산, 오장관! 그곳이 바로 빈도가 거처하는 도관이외다."

이 말을 듣자, 손오공은 상대방이 무엇인가 내력 있는 인물임을 깨닫고 재빨리 스승의 대답을 가로챘다.

"천만에! 천만의 말씀을 다하십니다그려! 우리는 거기 들른 적이 없소이다. 저편 윗길로 왔으니까……"

대선은 손오공을 손가락질하면서 껄껄대고 웃었다.

"이 고약한 원숭이 녀석! 누굴 속이려고? 네가 우리 오장관에서 인삼과 나무를 결딴내놓고, 야반도주를 했으면서도 아니라고 잡아뗄 셈이냐? 꼼짝 말고 게 섰거라! 나하고 돌아가서 우리 나무를 살려내야 한다!"

손오공은 이 말을 듣고 울화통이 치밀었다. 얘기는 그뿐, 어느새 꺼내 들었는지 저 무서운 여의봉이 불문곡직하고 도사의 머리통을 후려갈기고 있었다. 대선은 슬쩍 옆으로 피하더니, 구름을 딛고 허공으로 날아올랐다. 손오공 역시 근두운을 일으켜 타고 급박하게 뒤쫓았다.

이윽고 진원대선이 누더기 도사의 모습을 지우고 본색을 드러냈다. 그러나 손오공은 눈여겨볼 것도 없이 마구잡이로 철봉을 휘둘러 쳤다. 대선은 손에 들고 있던 먼지떨이로 이리 막고 저리 막고 두세 차례쯤 맞아 싸우더니, 갑작스레 '수리건곤(袖裏乾坤)'이란 술법을 써서 도포의 소맷자락을 활짝 펼쳐냈다.

"쏴아아!"

무엇인가 빨려들어가는 소리와 함께, 소맷자락은 삼장법사 일행 네 사람을 휩쓸고 백마와 짐 보따리까지 한꺼번에 싸잡아 넣었다.

멋도 모르고 휩쓸려 들어간 저팔계가 깜짝 놀라 소리쳤다.

"이크! 우리가 지금 어디 갇힌 거야? 형님, 이거 마대 자루 속이 아니오?"

"바보 멍청이 녀석, 이건 마대 자루가 아니라 소맷자락 속이야!"

"소맷자락이라면 아무것도 아니지! 내가 이 쇠스랑으로 찍어서 구멍을 뻥뻥 뚫어놓을 테니 그리로 빠져나갑시다."

미련퉁이 바보는 쇠스랑을 들고 닥치는 대로 여기저기 마구 찍어대기 시작했다. 그러나 아무리 찍어도 구멍은 한 군데도 뚫리지 않았다. 손에 닿는 감촉은 부드러운데, 쇠스랑 아홉 이빨이 닿으면 강철보다 더 단단하게 굳어버리는 것이었다.

포로들이 안간힘을 쓰는 동안, 대선은 이미 오장관에 내려앉고 있었다.

"애들아, 밧줄을 가져오너라!"

준비하고 있던 제자들이 일제히 달려와 거들었다. 그는 소맷자락에서 마치 허수아비 잡아내듯 삼장법사를 꺼내 섬돌 기둥에다 비끄러매게 하고, 다시 손오공과 저팔계, 사오정을 차례차례 끄집어내어 말뚝 한 개에 한 사람씩 묶어놓았다.

"애들아, 채찍을 가져오너라. 인삼과 나무를 결딴낸 분풀이를 해야겠다!"

이윽고 제자들이 채찍을 가져왔는데, 그것은 어마어마하게도 용의 가죽을 겹겹으로 꼬아 만든 칠성편(七星鞭)이란 채찍이었다. 힘깨나 씀직해 보이는 제자 하나가 채찍을 물통 속에 담가 축축하게 불려놓고 스승에게 여쭈었다.

"어떤 자를 먼저 때릴까요?"

"삼장법사는 명색이 웃어른이 되어 가지고 아랫것들을 다스리지 못했으니, 저자부터 먼저 쳐라!"

손오공이 그 소리를 듣고 속으로 생각했다. 우리 스승님이 늙은 몸으로 매질을 어떻게 견뎌낼꼬? 저 무서운 채찍으로 한 대만 맞아도 끝장나고 말 텐데…… 안 되겠다. 역시 내가 나서야지……

그는 재빨리 입을 열고 소리쳤다.

"여보시오, 도사 나으리! 과일을 훔친 것도, 먹은 사람도, 나무를 쓰러뜨린 것도 모두 내 짓이었소. 그런데 어째서 나를 놔두고 죄 없는 분을 때린다는 거요?"

진원대선이 웃으면서 고개를 주억거렸다.

"이 못된 원숭이 녀석이 그래도 큰소리 한번 잘 치는구나! 정 그렇다면 네놈부터 때려주마!"

채찍을 든 제자가 다시 물었다.

"몇 대를 칠까요?"

"과일 수대로 서른 대만 쳐라!"

손오공은 어느 부위를 때릴 것인지 눈치부터 살폈다. 채찍이 넓적다리를 겨냥하고 있음을 알아채자, 그는 허리를 꿈틀하면서 속으로 주문을 외웠다.

"변해라!"

그랬더니 두 넓적다리는 불에 달구어 만든 무쇳덩어리로 바뀌었다. 오냐, 어디 때리고 싶은 대로 실컷 때려보려무나……!

이윽고 칠성편을 든 제자가 한 대 또 한 대, ……서른 대를 다 치고 났더니, 어느새 해는 중천에 떠올라 정오가 되었다.

채찍질이 끝나기를 기다렸던 진원대선이 또 명령을 내렸다.

"제자 녀석들을 엄하게 가르치지 않아서 버르장머리 없는 짓을 저지르게 했으니, 역시 당 삼장을 쳐라!"

제자가 다시 채찍을 휘두르며 삼장법사에게 다가들자, 손오공은 또 소리쳤다.

"도사 나으리, 우리가 과일을 훔쳤을 때 사부님은 알지도 못하셨소. 또 설령 우리를 엄하게 가르치지 못한 죄를 따진다 하더라도, 제자 된 입장에서 사부님 대신에 매를 맞아야 옳지 않겠소? 어서 날 더 때리시오."

대선은 속으로 탄복을 금치 못하면서 이렇게 말했다.

"요 고약한 원숭이 녀석! 비록 교활하고 짓궂긴 하다만, 제법 효성스러운 면도 있었구나. 네 뜻이 정 그렇다면 소원대로 해주마. 애들아, 저놈을 더 쳐라!"

채찍을 잡은 제자가 또다시 손오공에게 채찍질 서른 대를 안겼다. 손오공은 머리를 숙이고 아랫도리를 굽어보았다. 얼마나 세게 때렸는지 두 넓적다리가 거울처럼 반들반들해졌는데, 아프기는커녕 가려운 느낌도 들지 않았다.

어느덧 해가 저물자, 대선은 제자들에게 분부를 내렸다.

"채찍을 일단 물통에 담가두어라. 내일 아침 다시 끌어내다 때리기로 하자."

이윽고 저녁식사를 마친 오장관 사람들은 잠자리에 들어 편히 쉬었다.

썰렁하게 텅 빈 마당에서, 삼장법사는 눈물을 뚝뚝 흘리며 제자들을 원망했다.

"이것들아! 벌집은 너희들이 쑤셔놓고 나까지 이런 형벌을 받게 만들다니, 이게 도대체 어떻게 된 노릇이냐!"

"원망일랑 하지 마십쇼. 매를 때려도 저부터 때리지 않았습니까. 사부님은 한 대도 얻어맞지 않으셨는데, 웬 엄살을 그렇게 부리고 야단치시는 겁니까?"

"매를 맞지는 않았더라도 이렇게 꽁꽁 묶여 있으니 아파 죽겠기에 하는 말이다."

제자의 대꾸에 투덜투덜 불평을 늘어놓는데, 막내 사오정이 한마디를 더 보탰다.

"사부님, 도매금으로 묶인 사람이 여기 또 있습니다."

손오공은 막내에게 버럭 호통쳐서 입막음을 했다.

"떠들지 말고 가만있게! 조금 있으면 빠져나갈 테니까."

이번에는 저팔계가 코웃음을 쳤다.

"에이, 형님! 이렇게 삼 밧줄로 친친 동여맸는데 무슨 수로 빠져나
간단 말이오? 방 안에서 열쇠 따기 수법으로 달아날 때처럼 그렇게
쉬운 줄 아시오?"

"자랑은 아니지만, 이따위 밧줄 푸는 것쯤이야 나한테는 문제가 안
되네."

이런저런 얘기를 나누고 있는 동안에, 사방 천지는 쥐 죽은 듯이
고요해지고 인기척 하나 들리지 않는 시각이 되었다.

손오공은 벌써 밧줄을 풀고 빠져나와 일행 앞으로 다가서서 스승의
결박부터 풀어준 다음, 저팔계와 사오정을 차례차례 풀어주었다. 이
윽고 그들은 백마와 짐 보따리마저 챙겨 일제히 오장관을 빠져나갔
다. 산문 바깥으로 나선 손오공은 퍼뜩 무슨 생각이 들었는지 저팔계
를 불러 세웠다.

"자네, 저 언덕에 가서 버드나무 네 그루만 베어 가지고 오게."

"그건 또 무엇에 쓰시려오?"

"쓸데가 있어! 냉큼 베어오라니까!"

이 미련한 녀석이 뚝심 하나만은 장사인 터라, 꾸중을 듣기가 무섭
게 벼랑 아래로 달려가 버드나무를 한 입에 한 그루씩 물어 쓰러뜨린
후, 단숨에 네 그루를 두 팔로 꺼안고 돌아왔다.

손오공은 우선 가장귀를 모조리 쳐내더니 두 아우를 시켜 그것을

다시 앞마당으로 가져다가 밧줄로 한 말뚝에 나무줄기 한 그루씩 결박지어놓게 하였다. 그리고 혀끝을 깨물어 그 피를 나무줄기에 뿜어 보냈다.

"변해라!"

호통 소리 한마디에, 버드나무 한 그루는 어느새 삼장법사로, 또 한 그루는 손오공 자신으로, 나머지 두 그루는 저팔계와 사오정의 모습으로 감쪽같이 바뀌어 있었다. 기막힐 정도로 절묘한 수법이라 얼굴 모습에 표정도 빼어 닮은 데다, 사람처럼 말도 하고 이름을 부르면 대답할 줄도 알았다.

일이 다 끝나자, 그는 아우들을 데리고 스승의 뒤를 쫓아갔다. 그리고 이날 밤도 전과 같이 밤새도록 치달려서 오장관 경내를 멀찌감치 벗어났다.

날이 밝을 무렵, 당나라 스님은 또 안장 위에서 꾸벅꾸벅 졸고 있었다. 손오공은 안 되겠다 싶어 산비탈 아래 아늑한 곳으로 들어갔다.

이리하여 스승과 제자들은 도망가던 중에 잠시 쉬었다.

한편, 진원대선은 날이 새기가 무섭게 일어나 전당에 올랐다.

"칠성편을 가져오너라! 오늘은 당 삼장부터 때려야겠다."

젊은 제자가 채찍을 휘두르면서 삼장법사를 보고 말했다.

"오늘은 당신을 때리겠소!"

그러자 버드나무 삼장법사가 천연덕스레 대꾸했다.

"때리게."

이윽고 '철썩, 철썩!' 매질이 시작되어 서른 대를 세고 나서야 그쳤다. 제자가 다시 채찍을 휘두르며 저팔계 쪽으로 옮겨갔다.

"이번에는 네 차례다!"

버드나무 저팔계도 한마디로 대꾸했다.

"때리려무나."

그다음에는 막내 사오정 차례다. 버드나무 사오정의 대꾸 역시 "때려라!"였다.

마지막으로 또다시 손오공 차례가 되었는데, 이 무렵 오장관에서 멀찌감치 벗어난 진짜 손오공은 도중에 저도 모르게 소름이 오싹 돋는 것을 느꼈다. 그는 몸을 부르르 떨면서 스승에게 말했다.

"어제 두 차례나 매질했으니까 오늘은 저를 때리지 않을 것으로 예상했습니다. 그런데 저 녀석들이 바꿔치기 해놓은 제 화신(化身)을 또 때리고 있으니, 진짜 제 몸이 떨려서 견딜 수가 없습니다."

그는 황급히 주문을 외워 술법을 거두어들였다.

한편 오장관에서 채찍질을 하던 제자는 칠성편을 내던지고 스승 앞으로 달려와 보고했다.

"큰일 났습니다! 이제 보니 모두들 사람이 아니라 버드나무 줄기였습니다."

진원대선은 이 말을 듣고 껄껄껄 코웃음 치면서도 찬탄을 아끼지 않았다.

"손오공, 참말 대단한 원숭이 임금이로구나! 일찍이 그가 천궁을 크게 뒤엎었을 때, 십만 토벌군이 그놈을 붙잡지 못하였다는 소문을 들었는데, 과연 일리가 있었군그래. 흐흠, 네 녀석이 달아나면 달아났지, 버드나무 따위로 내 눈마저 속이려 든단 말인가? 오냐, 기다려라, 내가 쫓아가마!"

말을 마치기가 무섭게 대선은 벌써 구름을 휘몰아 서쪽으로 치닫고 있었다. 구름 아래 내려다보니, 삼장법사 일행 넷이 천연덕스레 길을 걷고 있다. 대선은 구름을 낮추면서 큰 소리로 그들을 불러 세웠다.

"손오공! 어디로 달아나려느냐! 내 인삼과 나무를 살려내라!"

저팔계가 목을 움츠리며 비명을 질러댔다.

"이크, 야단났군! 저 원수가 또 쫓아왔어!"

손오공은 스승을 돌아보고 당부했다.

"사부님, '착할 선(善)' 자 같은 것은 잠시 보따리 속에 넣어두시고, 저희들이 한바탕 설쳐대도록 허락해주십쇼. 아무래도 저 친구를 요절내야만 빠져나갈 수 있겠습니다."

당나라 스님은 이 말을 듣고 전전긍긍, 미처 대답을 못했다. 이윽고 사오정이 항요보장을, 저팔계 역시 이빨 아홉 달린 쇠스랑을, 그리고 손오공은 여의봉 자루를 단단히 부여잡더니 일제히 몸을 솟구쳐 허공으로 뛰어올라갔다. 그리고 공중에서 세 형제가 도사 한 명을 삼면으로 에워싼 채, 닥치는 대로 마구 후려치고 내리찍기 시작했다. 그야말로 악전고투, 무시무시한 싸움이 한바탕 벌어진 것이다.

그들 세 형제는 저마다 무서운 병기를 들고 일제 공격을 퍼부었으나, 대선은 고작 먼지떨이 한 자루만으로 안마당 비질하듯이 그들의 공격을 보기 좋게 척척 막아냈다. 이렇듯 반 시각쯤 지났을 때, 그는 또다시 소맷자락을 활짝 펼치더니 먼젓번처럼 네 사람과 백마에 짐보따리까지, 모조리 소매 춤에 감싸 가지고 유유히 오장관으로 날아갔다.

진원대선은 전당에 높이 올라앉아 소맷자락을 펼쳐놓고 포로들을 하나씩 끄집어내기 시작했다. 제일 먼저 끌려나온 삼장법사는 돌계단 아래 느티나무에, 저팔계와 사오정은 그 양쪽 나무줄기에 한 사람씩 갈라 묶었다. 마지막으로 끌려나온 손오공만큼은 팔다리를 단단히 묶은 채 땅바닥에 벌렁 자빠뜨려놓고 제자들에게 무쇠 가마솥을 내오도록 했다.

도사들이 커다란 가마솥을 떠메고 나오는 것을 보자, 손오공은 저팔계에게 한마디 건넸다.

"여보게! 저 친구들이 가마솥 밥을 지어서 우리한테 먹여줄 모양이야!"

저팔계가 그 말을 넙죽 받았다.

"한턱 먹여주시겠다? 하기야 배불리 먹고 죽은 귀신은 때깔도 좋다 하지 않았소?"

이윽고 계단 아래 가마솥이 걸렸다. 대선은 솥 둘레에 장작더미를 쌓아 불을 지피게 하더니, 불길이 치솟기 시작하자 또 다른 명령을 내렸다.

"기름을 내다가 한 솥 꽉 차도록 붓고 끓여라! 기름이 끓거든 저 손오공이란 놈을 집어넣고 튀겨서, 우리 인삼과 나무를 결딴낸 앙갚음을 해야겠다."

이글이글 타오르는 장작불에, 기름 가마는 삽시간에 펄펄 끓어올랐다. 앙큼스런 손오공이 생각해보니 그냥 있다가는 꼼짝없이 기름 가마 속에서 원숭이 튀김이 되어버릴 터라, 급히 주변을 두리번거렸다. 과연 계단 밑에는 돌사자 한 마리가 도사리고 있었다. 그것을 본 손오공은 슬그머니 몸뚱이를 굴려 그쪽으로 접근했다. 그리고 혀끝을 깨물어 돌사자의 몸통에 피를 뿜으면서 낮은 목소리로 호통쳤다.

"변해라!"

그러자 돌사자는 눈 깜짝할 사이에 손오공으로 변하여, 본래의 모습과 똑같이 결박당한 채 나뒹굴어 있었다. 그동안 진짜 손오공은 연기처럼 빠져나와 구름 위에 올라선 채 도사들이 하는 양을 지켜보기 시작했다.

젊은 제자가 스승에게 기름 가마가 펄펄 끓고 있다는 보고를 올렸다.

"손오공을 떠메다가 던져 넣어라!"

스승의 분부가 떨어지니, 힘깨나 씀직한 동자 넷이서 손오공의 몸뚱이를 들어 올렸다. 그러나 웬걸! 원숭이의 몸뚱이는 꼼짝도 하지 않았다. 넷이 힘을 더 보탰으나 움쭉달싹하지 않기는 마찬가지, 이래서 결국 젊은 제자 스무 명이 가세하고 나서야 겨우 '손오공'을 떠메다 기름 가마 속에 집어넣을 수가 있었다.

"풍덩!"

펄펄 끓는 기름방울이 물보라처럼 사면팔방으로 튀어나갔다. 그 바람에 손오공을 가마 속에 던져 넣던 제자들은 얼굴에 주먹만 한 물집이 생겨 비명을 지르고 물러났다.

"가마솥이 샌다! 가마솥이 샌다!"

불 때던 동자들이 고함을 치면서 뒷걸음질쳤다. 그 말이 끝나기도 전에, 기름은 모조리 새어 나오고 가마솥에는 구멍이 뻥 뚫려 밑바닥을 드러내고 있었다. 도사들이 정신을 차리고 들여다보니, 가마솥 안에 손오공은 간데없고 돌사자 한 마리가 얌전히 들어앉아 있는 것이 아닌가!

진원대선은 노발대발, 보이지 않는 손오공을 향해 욕설을 퍼부었다.

"이 고약한 원숭이, 끝까지 무례한 짓만 골라서 저지르는구나! 내가 보는 앞에서조차 이따위 장난질을 치다니, 도저히 참을 수가 없구나! 네놈이 정 그렇게 나온다면 내게도 생각이 있지! 애들아, 가마솥을 새것으로 내오고 저 당 삼장의 결박을 풀어놓았다가, 기름이 펄펄 끓거든 그 속에 던져 넣어라!"

제자들은 느티나무에 묶인 삼장법사에게 달려들어 결박을 풀기 시작했다.

허공에서 지켜보던 손오공이 가만 생각해보니 이것 참말 큰일 났다. 당나라 스님은 뼈와 살로 뭉쳐진 몸뚱이라 기름 가마 속에 들어갔다 하면 꿈틀하는 사이에 목숨이 날아갈 것이요, 두 번 뒹구는 사이에 노랗게 튀겨질 테고, 서너 번 뒹굴고 나면 죽같이 멀건 스님이 되어버릴 게 아닌가? ……안 되겠다. 역시 내가 가서 구해드려야지!

용감한 손오공은 대선 앞에 모습을 드러내고 두 손 모아 합장했다.

"잠깐만! 우리 사부님을 어쩔 것이 아니라 역시 나를 기름 가마 속에 집어넣는 것이 좋을 거요. 기름이 끓거든 내 발로 들어가겠소."

느닷없이 나타난 손오공의 모습에, 진원대선은 호통쳐 꾸짖었다.

"이 고약한 원숭이 놈아! 어쩌자고 그따위 수단을 부려 내 소중한 가마솥까지 깨뜨렸느냐?"

손오공이 멋쩍은 웃음을 지었다.

"나하고 맞닥뜨리면 가마솥 아니라 태상노군의 팔괘로마저 깨어지게 마련인데, 굳이 탓하실 거야 없지 않소? 나도 당신이 모처럼 끓여

주신 기름국 맛도 좀 보고, 기름에 목욕 한번 시원하게 해볼 생각이었
는데, 하필이면 그때 소변이 마려운 걸 어쩌겠소? 자, 이제는 대소변
다 보고 왔으니 기름 솥에 들어가도 되겠군!"

"으하하하……! 하하하……!"

대선이 통쾌하게 웃음을 터뜨렸다. 그러고는 자리에서 벌떡 일어나
돌계단 아래로 내려오더니 단숨에 손오공을 움켜잡았다.

"나도 네 재간을 알고 있고, 네 영특한 명성이 얼마나 큰지 알고 있
었다. 그러나 네가 이번만큼은 이치에 어긋나는 짓을 저지르고 양심
을 속였으니, 아무리 발버둥치고 날뛰는 재주가 있다 한들 내 손아귀
에서 빠져나가지는 못할 것이다."

그리고 다시 두 손목을 잡고 이렇게 말했다.

"내가 너하고 같이 서방 세계에 가서 부처님을 뵙고 따지는 한이
있더라도 우리 인삼과 나무를 도로 살려놓아야만 할 것이다. 그러니
공연히 신통력으로 장난칠 생각일랑 아예 말아라."

이 말에 손오공은 껄껄 웃고 응수했다.

"참 어지간히 따분하신 양반이로군. 나무를 살려내라니, 그야 어려
울 게 뭐 있소? 진작 그런 말을 했더라면 쓸데없이 싸움질도 하지 않
았을 게 아니오?"

"좋다! 나무를 살려놓을 수만 있다면, 내가 정식으로 너와 의형제
를 맺으마."

"문제없소이다. 우선 우리 일행부터 풀어주시오."

대선은 흔쾌히 수락하고 제자들에게 명하여 삼장법사와 두 제자를
풀어주었다.

결박에서 풀려난 사오정이 스승에게 귓속말로 여쭈었다.

"맏형이 무슨 꿍꿍이속을 차리는지 모르겠습니다."

그러자 저팔계가 한마디로 면박을 주었다.

"그야 뻔하지! 죽은 나무를 어떻게 다시 살려낸단 말이야? 그따위 핑계로 저 혼자서만 뺑소니칠 궁리겠지! 어느 겨를에 자네와 나를 돌봐주겠나?"

그래도 당나라 스님은 생각이 달랐다.

"오공은 절대로 우리를 저버리지 못할 것이다."

그는 손오공을 가까이 불러 세워놓고 물었다.

"네가 무슨 재주로 대선을 속이고 우리를 풀어주게 만들었느냐?"

손오공이 대꾸했다.

"속이다뇨? 저는 사실대로 말했을 뿐, 털끝만큼도 거짓말을 하지 않았습니다."

"그렇다면 어딜 가서 처방을 구해올 작정이냐?"

"옛말에 '약 처방은 바다 쪽에서 온다' 했습니다. 저는 이제 동양 대해로 나아가 삼신산을 두루 돌아다니면서 원로 신선들을 찾아가서 기사회생(起死回生)하는 처방을 구해 가지고 저 도사의 나무를 살려내겠습니다."

"이제 떠나면 어느 때에야 돌아오겠느냐?"

"사흘이면 됩니다."

"좋다, 사흘 기한을 주마! 사흘이 넘도록 돌아오지 않을 때에는, 내가 긴고주를 외울 것이니 그리 알아라."

스승에게 따끔한 말을 들은 손오공이 서둘러 문밖으로 나서더니,

대선을 돌아보고 이렇게 당부했다.

"도사 어른, 내가 곧 돌아올 테니까, 우리 사부님을 잘 모셔야 하오. 만약 대접이 소홀했다가는 이 손 선생이 돌아와서 당신네 도관부터 때려부숴놓고 따질 테니 그리 아시구려."

"어서 다녀오기나 하게. 설마 내가 굶겨 죽이기야 하겠나."

손오공은 즉시 근두운을 일으켜 타고 오장관을 떠나 동양 대해로 날아갔다.

중천으로 날아가는 근두운의 기세가 번개 벼락 치듯 빨라, 밤하늘에 흐르는 유성을 앞지르고 순식간에 봉래도(蓬萊島) 선경에 이르렀다. 끝이 없는 신비의 절경이 펼쳐졌으나, 손오공은 거들떠볼 마음의 여유도 없었다.

이윽고 손오공은 흰 구름 덮인 절벽 소나무 그늘 아래 바둑을 두고 있는 세 노인을 발견했다. 곁에서 훈수 두는 노인은 이 세상 모든 인간들의 수명을 늘려주는 별자리 수성(壽星)이요, 바둑판을 마주 대하고 겨루는 두 노인은 인간 세상에 행복을 나누어주는 복성(福星)과 재물을 보태주는 녹성(祿星)이었다.

"여어! 안녕하시오?"

손오공이 다가들면서 버럭 소리치자, 그를 알아본 세 별이 부랴부랴 바둑판을 밀쳐놓고 일어섰다.

"이크! 손 대성, 어째 오셨소?"

"여러분께 솔직히 말씀드리자면, 이 손 선생이 서천으로 가는 도중에 사고가 좀 났소. 그래서 여러분의 도움을 받을까 싶어 찾아왔는데

들어주시겠소?”

“어디서 무슨 사고가 났단 말이오?”

복성이 묻는 말에, 손오공은 만수산 오장관을 지나다가 벌어진 사건 내용을 처음부터 끝까지 낱낱이 고백했다. 그리고 마지막에 가서 인삼과 나무를 도로 살려놓을 처방이 있거든 가르쳐달라고 요청했다.

기막힌 사연을 듣는 동안 세 노인 별의 놀라움이 점점 커졌다. 그러고는 절레절레 도리질을 했다.

“만약 손 대성이 길짐승이나 날짐승, 벌레나 물고기 같은 것을 죽였다면 우리 ‘서미단(黍米丹)’ 한 알만 써도 문제없이 살려낼 수 있겠으나, 그 인삼과 나무는 지상에서도 다시 보지 못할 신령한 뿌리인데 그걸 어떻게 살리겠소? 그런 처방은 우리한테 없소.”

처방이 없다고 딱 잡아떼는 말에, 천상천하를 뒤엎었던 이 말썽꾸러기 제천대성의 두 눈썹이 곤두서고 이마에 주름살이 천 가닥이나 잡혔다.

표정이 험상궂게 바뀌는 것을 보자, 복성이 얼른 좋은 말로 눙쳤다.

“손 대성, 이곳에는 처방이 없더라도 다른 데 있을지 모르는 일 아니오?”

“처방이 없다면 다른 데로 가야지! 하늘 끝 바다 모퉁이를 구석구석 다 돌아다니고 삼십육천(三十六天)을 샅샅이 뒤져서라도 반드시 찾아내고야 말 거요.”

여기까지 말한 손오공이 말씨를 누그러뜨리며 한숨을 내리쉬었다.

“문제는 우리 당나라 스님의 성격이 너무 엄하고 도량이 좁아서 탈이오. 나한테 겨우 사흘 기한밖에 주지 않았으니 어쩌겠소. 이 사흘

안에 돌아가지 않으면 그분은 당장 '긴고주'를 외울 거요."

이 말을 듣고 세 별자리 노인들은 기가 막혀 웃음이 절로 나왔다. 세상천지에 무서운 것이 없다고 날뛰던 제천대성에게도 이런 약점이 있을 줄이야…… 하지만 웃어서 될 일은 아니었다. 뒤미처 수성 노인이 이런 제안을 했다.

"손 대성, 안심하시구려. 진원대선은 우리와 서로 잘 알고 지내는 선배요. 우리 셋이 오장관에 찾아가서 오랜만에 회포도 풀 겸 당나라 스님더러 사흘이든 닷새든 '긴고주'를 외우지 말도록 부탁해보리다. 또 그대가 처방을 얻어 가지고 돌아올 때까지 우리도 그곳에서 떠나지 않고 다 함께 기다리기로 하겠소."

"고맙소, 고마워! 그럼 세 분이 가서 수고 좀 해주시오."

손오공이 휭하니 떠나자, 세 노인 별은 곧바로 만수산 오장관을 향해 날아갔다.

오장관 도사들은 아득한 하늘 끝에서부터 울려오는 학의 울음소리를 듣고 부리나케 안으로 들어가 스승에게 아뢰었다.

"해상 삼성(海上三星)께서 왕림하셨습니다!"

때마침 당나라 스님과 한담을 나누고 있던 대선은 즉시 나가서 반갑게 맞아들였다. 당나라 스님도 옷매무새를 가다듬고 원로 세 별자리에게 인사를 드렸다.

이윽고 녹성이 대선에게 찾아온 용건을 밝혔다.

"저희가 오랫동안 존안을 뵙지 못하여 송구스럽기 이를 데 없습니다. 이제 손 대성이 선배님의 도관을 어지럽혔다는 말을 듣고 이렇게 찾아와 뵙게 되었습니다."

대선이 물었다.

"손 대성이 봉래도에 갔던가?"

"예에, 저희들이 거처하는 곳으로 찾아와서 인삼과 나무를 살려낼 처방을 달라고 했습니다만, 그런 처방이 없다니까 다른 곳으로 떠나갔습니다. 한데 성승(聖僧)께서 정해주신 사흘 기간을 어길까 무척 두려워하고 있습니다. 기한을 넘기면 성승께서 '긴고주'를 외우신다고 하셨다지요? 그래서 저희들이 오랜만에 선배 어른을 뵈올 겸해서 기한을 늦추어주십사 하고 부탁드리러 찾아온 것입니다."

이 말을 듣자, 당나라 스님은 다짐을 두었다.

"외우지 않겠습니다! 절대로 외우지 않겠습니다!"

한편, 봉래도를 떠난 손오공은 근두운을 휘몰아 단숨에 또 다른 선경(仙境)인 방장산(方丈山)에 들이닥쳤다. 그곳에는 서왕모와 더불어 음양이기(陰陽二氣)를 다스리고 천지 만물을 빚어내어 기른다는 위대한 신령 동화제군(東華帝君)이 거처하는 궁궐이 있었다.

동화제군을 만나 인사를 나눈 다음, 손오공은 또 한 차례 오장관 사건을 설명하고 찾아오게 된 용건을 밝혔다.

동화제군은 사연을 다 듣고 기가 막혀 고개를 절레절레 내둘렀다.

"허어, 그것 참! 이 원숭이 녀석은 가는 곳마다 분란을 일으켜놓는군. 오장관의 진원대선이라면 '이 세상과 더불어 운명을 같이하는 지선(地仙)의 조상'인데, 어쩌자고 그런 분을 건드려놓았단 말인가? 인삼과를 훔쳐 먹은 것만으로도 큰 죄가 될 터인데 나무까지 쓰러뜨려놓았다니, 그분이 어찌 가만히 계시겠소?"

"바로 그겁니다. 우리가 도망쳐 나오기가 무섭게 뒤쫓아와서 마치 우리 일행을 땀 씻는 수건처럼 여기고 번번이 소맷자락에 휩쓸어 넣곤 했습니다. 나무만 도로 살려놓는다면 우리 일행을 풀어준다고 약속했기에, 제가 그 처방을 얻으려고 이렇게 동화제군 어른을 찾아와 뵙는 것입니다."

동화제군이 대답했다.

"내게는 '구전태을환단(九轉太乙還丹)'이 있는데, 이것으로 인간 세상의 목숨 가진 모든 것들을 치료할 수는 있으되, 인삼과 나무는 고치지 못하오. 그 나무는 토목(土木)의 정령으로서 천지개벽 이전부터 오장관에 뿌리를 내린 것인데, 그것을 어떻게 도로 살려낼 수 있겠소? 그런 처방은 내게 없소이다."

"처방이 없다니 할 수 없군요. 이 손 선생은 물러갈밖에……"

이윽고 방장산을 떠난 손오공은 다시 영주(瀛洲) 바다 섬에 이르렀다. 그 선경에는 하늘의 아홉 원로가 거처하는 곳이었다. 하지만 이들 누구에게도 인삼과 나무를 되살려놓을 만한 처방이 없다는 것을 알고, 그는 시무룩하게 발길을 돌렸다. 그러나 이제 또 어디로 찾아가야 좋을지 몰라, 영주 해도를 벗어난 다음부터 걸음을 멈춘 채 한참 동안이나 망설였다.

이윽고 그는 절박한 심정에 한 분의 구원자를 생각해내고 남해 바다로 달려갔다.

얼마 안 되어서 낙가산이 보였다. 구름을 낮추고 보타암(普陀巖) 절벽 아래 내려서니, 관음보살은 자줏빛 대나무 숲 속에서 여러 제자들

290

과 법회를 열고 있었다.

손오공은 옷매무새를 단정히 가다듬고 대나무 숲 속으로 들어가 관음보살에게 참배의 예를 드렸다.

"오공아, 당나라 스님은 어디까지 왔느냐?"

보살이 묻는 말에, 손오공은 쭈뼛쭈뼛 대답해 올렸다.

"예에, 서우화주 만수산까지…… 오셨습니다만……"

"그 만수산에는 오장관이 있다. 그 도관의 주인어른을 만나보았느냐?"

"예에…… 바로 그 오장관에서 제가 대선을 알아뵙지 못하고 그만…… 인삼과 나무를 결딴내어 그분의 성미를 건드리고 말았습니다. 그분이 저희 사부님을 붙잡아두시는 바람에 앞으로 더 나아가지 못하고 있습니다."

사연을 알게 된 관음보살은 손오공을 무섭게 꾸짖었다.

"이 고약한 원숭이 녀석! 세상에 무엇이 옳고 그른지 모른 채 또 천둥벌거숭이처럼 날뛰기만 했구나. 그분의 인삼과 나무는 천지개벽 이전부터 뿌리박은 신령한 나무요, 진원대선으로 말하자면 지선의 조상이라, 나 역시 그분께는 어느 정도 양보하고 지내는 터인데, 어쩌자고 네가 그 나무를 망쳤단 말이냐?"

손오공은 자라목을 움츠리고 보살 앞에 거듭 사죄했다. 그리고 인삼과 나무를 도로 살려낼 처방을 구해볼까 싶어 봉래도와 방장산, 영주 해도를 두루 헤매고 다닌 끝에, 남해까지 찾아오게 된 경위를 말씀드리고 이렇게 간청하였다.

"엎드려 빌겠으니, 자비를 베푸시어 그 나무를 살려낼 처방 한 가

지만 내려주십시오. 그래야 당나라 스님을 구해서 하루 속히 서방 세
계로 떠날 수 있겠습니다."

"왜 진작 나를 보러 오지 않고 바다 섬들을 찾아다녔느냐?"

이 말을 듣고 손오공은 귀가 솔깃해졌다. 옳거니……! 보살님께
처방이 있구나! 속으로는 기뻐하면서도, 그는 한 걸음 더 앞으로 나
서 애처로운 목소리로 부탁했다.

"보살님, 부디 저희 스승을 구해주십시오!"

관음보살이 대답했다.

"내 이 정병(淨瓶) 밑바닥에는 감로수(甘露水)가 고여 있다. 이 샘물은
그 어떤 신령한 나무뿌리나 묘목이 죽었더라도 다시 살려낼 수 있다."

그러나 의심 많은 원숭이는 미심쩍어 다시 여쭈었다.

"살려내신 경험이 있으십니까?"

"경험이야 있지! 언젠가 태상노군 어른과 내기를 해서 이겼는데,
그분이 내 버드나무 가지를 뽑아다가 팔괘로에 집어넣고 새까맣게 태
워버렸다. 그것을 돌려주기에, 정병 감로수에 꽂아두어 하루 낮밤을
지냈더니 푸른 가지와 초록빛 잎사귀가 다시 돋아 나오고, 옛날과 같
이 되살아났다."

이 말씀을 듣자 손오공은 싱글벙글 웃음이 절로 나왔다.

"조화로구나, 조화야! 불에 타버린 것을 살려낼 수 있었다니, 쓰러
진 나무쯤이야 어려울 게 어디 있겠습니까?"

관음보살은 그 말을 못 들은 척하고 제자들에게 분부했다.

"대숲을 잘 지키고 있거라. 내가 다녀올 터이니……"

이윽고 보살이 손바닥에 정병을 떠받쳐 들고 자줏빛 대나무 숲을

나섰다. 앞에는 앵무새가 재잘대며 길을 인도하고, 제천대성 손오공은 그 뒤를 따랐다.

한편 오장관에서는 대선이 세 노인 별과 더불어 한담을 나누고 있었는데, 갑자기 손오공이 구름을 낮추고 땅 위에 내려서서 큰 소리로 외쳐 알렸다.

"보살님이 오십니다! 어서 빨리 영접하시오!"

세 노인 별과 진원대선, 그리고 삼장법사 일행은 보살이 강림하셨다는 말에 당황하여 일제히 대전 바깥으로 뛰어나와 맞아들였다.

관세음보살은 우선 진원대선과 인사를 나눈 다음, 봉래도의 세 노인 별과도 차례로 인사를 나누었다. 손오공은 당나라 스님과 저팔계, 사오정을 이끌고 관음보살 앞에 나아가 조배를 드렸다.

진원대선은 새삼스레 허리 구부려 보살에게 정중히 사의를 표했다.

"불초한 자들이 저지른 일에 보살님까지 번거롭게 해드렸으니, 송구스럽기 이를 데 없습니다."

관음보살이 대답했다.

"당나라 스님은 바로 나의 제자요. 손오공이 선생의 보배로운 나무를 건드려놓았다니, 제가 배상하는 것은 당연한 일이지요."

대선은 제자들을 시켜 후원을 깨끗이 청소하게 했다. 보살을 모시고 앞장서 과수원에 들어가 보니, 인삼과 나무는 처참하게 땅에 쓰러져 뿌리가 드러났으며, 잎사귀는 다 떨어진 채 가장귀가 시들어 있었다.

관음보살이 손오공을 앞으로 불러냈다.

"오공아, 손바닥을 내밀어라."

손오공이 손바닥을 내밀자, 보살은 버드나무 가지로 정병 속의 감로수를 찍어내더니 그 손바닥에 기사회생(起死回生)을 상징하는 부적 한 줄을 그린 다음, 그것을 나무뿌리 밑에 집어넣고 물이 나올 때까지 지켜보라고 분부했다.

손오공은 관음보살이 시키는 대로 주먹을 불끈 쥐어 뿌리 밑에 넣고 이리저리 더듬었다. 그랬더니 뿌리 밑에서 맑은 물이 샘솟아 나오는 것이 아닌가!

관음보살은 삼장법사의 제자 세 사람을 모두 불러 나무줄기를 일으켜 세우게 했다. 그리고 대선에게 부탁하여 옥으로 만든 그릇으로 물을 떠내게 하였다.

손오공과 저팔계, 사오정이 나무 그루터기를 맞잡아 반듯이 일으켜 세워놓고, 흙더미를 그러모아 뿌리 위에 두툼하게 다져놓았다. 그동안 오장관의 제자들은 옥으로 깎아 만든 찻잔과 술잔을 수십 개나 꺼내 와서 나무뿌리 밑의 맑은 샘물을 떠 담아 한 잔 한 잔씩 보살에게 올렸다. 관음보살은 그 샘물을 버드나무 가지로 찍어서 인삼과 나무에 골고루 뿌려가며 불경과 주문을 섞어 외웠다.

얼마 안 되어 인삼과 나무는 뿌리와 껍질이 합쳐지고 싹이 트더니, 이내 떡잎이 돋아나고 푸른 가장귀가 싱싱하게 뻗어나기 시작했다. 잠시 뒤에는 예전과 다름없이 잎사귀가 무성해지고 가지에 열매가 주렁주렁 열렸는데, 놀랍게도 그 숫자가 스물세 개나 되었다.

이것을 보고 누구보다 놀란 것은 청풍 명월 두 동자 녀석들이었다.

"이크! 저게 웬일이냐? 열매가 없어졌을 때는 아무리 세고 또 세어 봐도 스물두 개밖에 없었는데, 이제는 한 개가 더 늘어났잖아?"

손오공은 시침을 뚝 떼고 동자 녀석들을 점잖게 타일렀다.

"속담에 뭐라고 했더냐? '세월이 오래가야 사람의 마음을 알 수 있다'고 했다. 그날 이 손 선생은 고작 세 개만 훔쳤을 뿐이고 나머지 한 개는 땅바닥에 떨어지기가 무섭게 사라졌었다. 토지신이 하는 말이 '그 보배는 토(土)를 만나면 흙 속으로 잦아든다'고 했는데, 저팔계란 녀석이 나더러 염치없이 그것을 혼자 슬쩍 빼돌렸다고 떠드는 바람에, 내가 그 누명을 뒤집어쓰지 않았더냐?"

목숨처럼 아끼던 나무가 싱싱하게 되살아나자, 대선의 기쁨은 이루 말할 수 없었다. 그는 즉석에서 제자들에게 명령을 내렸다.

"얘들아! 냉큼 인삼과 열 개를 따오너라."

그는 보살과 세 별자리 노인들을 인도하여 전당으로 올라갔다.

잔치 자리에서, 보살과 세 별자리 노인들은 인삼과를 한 개씩 들었다. 삼장법사 역시 그 열매가 신선 가문의 희귀한 보배임을 비로소 알아차리고 거리낌 없이 한 개를 먹었다. 손오공을 비롯한 세 형제들에게도 한 개씩 돌아갔다. 대선도 손님을 접대하는 뜻에서 한 개, 그리고 나머지 하나는 오장관의 제자들이 나누어 맛보았다.

인삼과 잔치가 끝나자, 보살은 삼장 일행의 사례를 받으면서 보타암으로 돌아가고, 손오공은 세 노인 별을 배웅하여 봉래섬으로 돌려보냈다.

진원대선은 약속한 대로 손오공과 의형제를 맺었다. 이야말로 싸움 끝에 정이 든다는 격이라, 두 사람 간에 다툼이 없었더라면 피차 알아보지도 못했을 것을, 이제 와서 도가(道家)와 불문(佛門)의 두 집안이 하나로 합쳐진 셈이었다.

　이렇듯 삼장법사는 연분이 있어 인삼과를 먹고 장수를 누리게 되었다. 그러나 대신 요괴와 마귀들의 재난도 여러 차례 받게 될 줄이야 아무도 생각지 못하였다.

14. 쫓겨나는 손오공

삼장법사는 인삼과를 먹고 난 뒤부터 정신이 맑아지고 몸도 건장해졌다. 또 경전을 구하러 가는 마음 역시 더욱 간절해졌다. 서쪽으로 뻗어나간 길은 한동안 순탄했다.

그러나 오장관에서의 환대가 이들의 긴장을 풀어놓았는가, 지루한 여행길이 거듭되면서부터 일행은 저들도 모르는 사이에 마음이 거칠어지기 시작했다.

얼마 후, 그들의 앞길을 높은 산이 가로막았다. 당나라 스님은 그 산세를 보고 은근히 겁이 나서 연신 제자들을 불렀다.

"얘들아, 저 앞산이 무척 험악하구나. 말이 잘 올라가지 못할 것 같으니 모두들 자세히 살펴보거라."

스승이 그럴 때마다 손오공은 대수롭지 않게 응답했다.

"안심하세요. 저희가 잘 알아서 모실 테니까요."

산중에 들어선 일행이 가파른 등성이를 타고 올라섰을 때였다. 삼장법사는 또 맏제자를 불러 세웠다.

"오공아, 나는 오늘 진종일 배가 고팠다. 어디 가서 동냥 좀 해다 먹여주려무나."

스승이 시장하다는 말에, 손오공은 쑥스러운 웃음을 지었다.

"원, 사부님도 딱하십니다. 이렇게 깊은 산중에 어딜 가서 동냥을 해오란 말씀입니까?"

제자가 눈앞에서 피식 웃는 꼴을 보고 있으려니, 삼장법사는 야속한 생각이 들어 저도 모르게 투덜투덜 불평이 쏟아져 나왔다.

"이 못된 원숭이 녀석, 네가 양계산에서 여래님께 붙잡혀 돌산 밑에 갇혀 있던 때를 생각해봐라! 내 덕분에 겨우 목숨을 건지고 불문의 제자로 들어오게 되지 않았더냐? 그런 네놈이 왜 모든 일에 힘쓰려 들지 않고 꾀만 부리려는 게냐?"

"꾀만 부리다뇨? 저도 딴에는 애써서 하느라고 하고 있는 겁니다."

손오공은 스승의 말이 억울해서 반박했으나, 삼장법사는 그마저 무시해버렸다.

"애써서 하는 짓이라면, 왜 먹도록 해주지 않는 거냐? 배가 고파서 길을 갈 수가 있어야지!"

"제 탓만 하지 마십쇼. 사부님 성격이 워낙 급하시다는 것도 잘 알고 있습니다. 제가 어물어물하면, 당장 그놈의 '긴고주'를 외우시겠죠? 자, 말에서 내리십쇼! 여기 앉아 계시면, 제가 어딜 가서든지 동냥해올 테니까, 잠시만 참고 기다리세요."

말을 마친 손오공이 그 즉시 몸을 날려 구름 위로 뛰어올랐다. 사면팔방을 휘둘러보았으나 안타깝게도 서쪽 길은 황량하기 짝이 없는

적막강산이라, 눈에 뜨이는 것이라곤 울창한 나무숲뿐 마을은커녕 집
한 채도 찾아볼 길 없었다.

한참 동안 두리번거리다 보니, 산 남쪽 양지쪽에 새빨간 복숭아가
점점이 바라보였다. 근두운은 '쉬익!' 하는 소리와 함께 번개 벼락 치
듯 날아가더니, 단숨에 남쪽 산등성이에 이르렀다. 그는 탐스럽게 익
은 복숭아를 주섬주섬 따기 시작했다.

속담에, '산이 높으면 필경 괴물이 도사려 있고, 영마루가 험준하
면 반드시 요정이 살고 있다'고 했듯이, 과연 이 산 위에도 죽은 사람
의 시체가 영기를 얻어 생겨난 강시(殭屍) 요괴 한 마리가 도사려 있었
다. 손오공이 복숭아를 따러 기세등등하게 남녘으로 치달았을 때, 그
만 그 바람 소리가 요괴를 깨우고 말았다.

요괴는 음습한 바람을 딛고 서서 이리저리 둘러보다가, 당나라 스
님 일행이 땅바닥에 앉아 있는 것을 발견했다.

"이게 웬 떡이냐? 몇 해 전에 소문을 듣자니, 동녘 땅에서 오는 당
나라 스님이 열 번의 윤회를 거쳐 수행을 쌓은 몸이라, 그 고기를 한
덩어리만 먹으면 불로장생할 수 있다고 했다. 그런데 오늘 그 복덩어
리가 나한테 통째로 굴러들었구나!"

요괴는 성급하게 당나라 스님을 덮치려다가 그 좌우에 제자 둘이
버텨 있는 것을 보고 생각을 바꾸었다.

"가만 있자, 강제로 채뜨릴 것이 아니라, 내 이것들을 좀 홀려봐야
겠다."

요괴는 일단 음산한 바람을 거두고 산골짜기 으슥한 곳에서 몸뚱이

를 한번 꿈틀하더니, 어느새 꽃처럼 아리따운 미녀로 변신했다. 그리고 한 손에는 사기 단지, 또 한 손에는 도자기 주발을 한 개씩 떠받든 채 당나라 스님이 앉아 있는 곳을 향해 곧바로 걸어갔다.

삼장법사가 먼저 그것을 발견했다.

"얘들아! 저걸 좀 보려무나. 오공은 여기가 인적 하나 없는 곳이라던데, 저기 웬 사람이 오고 있지 않느냐?"

저팔계가 불쑥 나섰다.

"여기 앉아 기다리십쇼. 제가 가서 알아보고 오겠습니다."

이 미련한 놈은 쇠스랑을 내려놓고 옷매무새를 가다듬더니 점잖은 걸음걸이로 마중을 나갔다. 멀리서는 잘 보이지 않았으나 가까워질수록 절세미녀의 자태가 똑똑히 보이는데, 그야말로 경국지색(傾國之色)이라 할 만큼 눈부시게 아름다웠다.

저팔계는 아리땁게 생긴 여자의 모습을 보자, 벌써부터 엉큼한 욕심이 꿈틀거려 견딜 수가 없는지, 입에서 나오는 대로 지껄여가며 수작을 걸었다.

"젊은 보살님, 어딜 가시는 길인가요? 그 손에 든 것은 또 무엇입니까?"

그것이 분명 요괴인데 미련한 녀석은 알아보지 못했다. 요괴가 선뜻 대답했다.

"장로님, 말씀드릴까요? 이 사기 단지에는 구수한 쌀밥이 들어 있고, 주발에는 볶음국수가 들어 있답니다. 지나가는 스님들께 보시해 드릴 거예요."

이 말을 듣자, 신바람이 난 저팔계는 겅중겅중 뛰어서 스승에게 돌아갔다.

"사부님! '착한 사람에게는 하늘의 보답이 있다'더니 과연 그 말이 맞습니다. 저것 좀 보십쇼! 사부님이 시장하시니까 밥 주는 사람이 나타나지 않습니까?"

삼장법사는 제자의 말투가 미덥지 않아, 칭찬 대신에 꾸지람을 안겼다.

"이 녀석아! 터무니없는 소리 그만해라. 여기까지 오는 도중에 좋은 사람을 하나도 만나본 적이 없었는데, 동냥해줄 사람이 어디 온단 말이냐?"

"바로 저기 오지 않습니까?"

저팔계가 손가락질하는 쪽을 물끄러미 바라보던 삼장법사는 벌떡 일어나더니 두 손 모아 공손히 인사를 건넸다.

"보살님, 댁은 어디며 뉘 댁 부인이신지요? 무슨 소원이 있으시기에 이런 데까지 나오셔서 동냥을 주십니까?"

상대방이 내력을 물어오자, 요괴는 아양을 떨어가며 거짓말을 꾸며댔다.

"스님, 이 산 고갯길은 백호령(白虎嶺)이랍니다. 곧장 서쪽으로 내려가면 저희 집이 나오는데, 양친께선 착한 일이라면 만사 제쳐놓고 베풀어주시는 분이지요. 그래서 널리 보시를 해오셨어요."

삼장법사는 이 말을 듣고 점잖게 타일렀다.

"보살님, 성현의 글에도 '어버이가 살아 계신 동안에는 멀리 나돌아다니지 말라' 하였는데, 연약한 아낙의 몸으로 이 험한 산길을, 그것도 몸종 하나 없이 홀몸으로 돌아다닐 수 있습니까? 안 되지요."

그러자 요괴는 생글생글 웃어가며 애교 섞인 말씨로 변명했다.

"제 남편은 저 북녘 산골짜기에서 밭을 갈고 있답니다. 이것은 소첩이 지은 점심인데, 남편을 먹이러 가는 길이지요. 부모님은 연로하셔서 제가 나설 수밖에 없거든요. 그래서 가는 도중에 우연히 세 분 스님을 만난 게 아닙니까? 보아하니 먼 데서 오신 것 같은데, 부모님이 남에게 베푸시던 일이 생각나 이 점심밥을 스님들께 올려야겠다고 마음먹은 겁니다. 변변치 못한 음식이오나 제 성의로 받아주세요."

그래도 삼장법사는 선뜻 내키지 않아 사양했다.

"성의는 고마우나, 내 제자가 과일을 따러 갔으니 곧 돌아올 거요. 남이 먹을 점심을 내가 먹어서야 되겠소이까?"

요괴는 삼장법사가 좀처럼 밥그릇을 받으려 들지 않자, 또다시 얼굴 가득 미소를 띠며 애교가 뚝뚝 듣는 목소리로 유혹했다.

"스님, 저희 양친이나 남편이 오늘 이 점심을 스님들께 올렸다는 말을 들으면 잘했다고 칭찬하실 거예요."

모르는 여인에게 호의를 받는다는 것이 껄끄러워, 당나라 스님은 계속 도리질을 했다. 한데 곁에서 지켜보고 있던 저팔계는 안타깝다 못해 화가 치밀어 주둥이를 닷 발이나 빼어 물고 투덜투덜 스승을 원망했다.

"이런 젠장! 세상천지에 중도 많지만 우리 이 늙다리 영감처럼 깐깐한 중은 다시없을 거야. 코앞에 진상하는 밥도 안 자시겠다니, 어쩌자는 말인가? 있는 밥을 사이좋게 셋이서 나눠 먹을 생각은 않고, 그저 저 원숭이 녀석이 돌아올 때까지 기다려서 꼭 네 몫으로 나누어야만 자실 작정인가……?"

저팔계는 더 이상 참을 수가 없어, 다짜고짜 밥그릇을 끌어다가 주둥이를 처박으려 했다.

한편 남쪽 산마루에서, 손오공은 복숭아 몇 개를 따서 일행이 기다리는 곳으로 부지런히 돌아오고 있었다. 지상에 내려서던 그는 스승 곁에 낯선 여인이 수작을 걸고 있는 것을 보았다. 불덩어리 같은 두 눈으로 그 여자가 요괴임을 단박에 알아본 그는 바리때를 내려놓기가 무섭게 여의봉을 높이 쳐들어 요괴의 정수리를 내리쳤다. 이 바람에 깜짝 놀란 스승이 황급히 손을 들어 붙잡고 꾸짖었다.

"너 지금 무엇 하는 짓이냐! 돌아오자마자 사람을 때려잡으려 들다니!"

손오공은 팔뚝을 붙잡힌 채 차분히 대꾸했다.

"이 계집을 착한 사람이라고 생각하지 마십쇼. 이것은 사람이 아니라 요괴입니다. 요괴가 사부님을 속이려고 나타난 겁니다."

그래도 삼장법사는 알아듣지 못하고 제자를 꾸짖었다.

"이 못된 원숭이 놈아! 그전에는 사람을 알아보는 안목이 제법 있더니, 오늘은 어째서 이렇게 눈이 멀어 날뛰는 거냐? 이 보살은 착한 마음씨로 우리한테 점심밥을 주시겠다는데, 네가 어째서 이분더러 요괴라고 하는 거냐?"

손오공은 어이가 없어 나오느니 웃음밖에 없었다.

"사부님이 무얼 아신다고 그러십니까? 저는 화과산 수렴동에서 요마(妖魔) 노릇을 하면서, 사람의 고기가 먹고 싶을 때마다 곧잘 이런 수법을 썼습니다. 탐욕스러운 녀석 앞에서는 금은보화로 둔갑하고, 오갈 데 없는 사람 앞에서는 집으로 변하고, 그게 아니면 술 취한 주정뱅이 앞에서는 어여쁜 계집으로 탈바꿈해서 유혹하기도 했습니다. 그래서 바보 멍텅구리 녀석들이 홀딱 빠지면 곧바로 동굴 속에 끌어들여, 제 마음 내키는 대로 잡아먹었습니다. 지금 만약 제가 한 걸음이라도 늦게 돌아왔더라면, 사부님은 꼼짝없이 저 요괴의 독수에 걸려 돌아가셨을 겁니다!"

그러나 삼장법사는 제자의 말은 귓등으로도 안 듣고 막무가내로 떼를 썼다.

"쓸데없는 소리 마라! 이 부인은 착한 사람이다!"

마침내 손오공도 부아가 치밀어 마음에도 없는 소리를 쏘아붙였다.

"이제 알았습니다! 사부님이 무슨 생각에서 그런 말씀을 하시는지 저는 압니다. 이 계집의 용모를 보고 마음이 동하셨군요. 정 그런 뜻이라면, 좋습니다! 팔계는 나무를 베어오고, 오정은 풀을 뜯어오고, 제가 목수 노릇을 해서 여기다가 움막 한 채 지어드리죠. 그래서 사부님은 저 계집과 일을 치르시고, 우리 모두 뿔뿔이 흩어지면 그만 아닌가? 죽을 고생 해가며 이 어려운 길을 걸어서 경전을 가지러 갈 필요가 어디 있어?"

삼장법사는 천성이 순진하고 어수룩한 사람이라, 이렇듯 가시 돋친 말에 배겨날 재간이 없다. 그는 부끄러움을 못 이겨 머리에서 귓불까지 벌게지고 말았다.

스승이 수치심에 겨워 대꾸가 없자, 손오공은 대뜸 여의봉을 들어 요괴의 면상을 후려갈겼다. 그러나 요괴도 어지간히 눈치 빠른 터라, 철봉이 날아드는 순간 재빨리 '해시법(解屍法)'을 써서 땅바닥에 가짜 시체를 남겨둔 채 한 걸음 앞서 뺑소니를 치고 말았다.

손오공이 느닷없이 쇠몽둥이를 휘두르자, 당나라 스님은 그만 기절초풍하도록 놀라 큰 소리로 야단을 쳤다.

"이놈의 원숭이 녀석, 정말 무례하기 짝이 없구나! 아무리 타일러도 듣지 않고 까닭 없이 귀한 인명을 해치다니……!"

"저를 탓하지 마시고 그 밥그릇 속에 뭐가 들어 있는지나 와서 좀 보십쇼."

손오공이 단지와 주발을 가리켰다. 그 앞으로 다가선 당나라 스님, 가까이서 들여다보았더니, '구수한 쌀밥'은커녕 단지 안에는 큼지막한 구더기가 기어 다니고, 주발 속에서도 '볶음국수' 대신 개구리와 징그러운 옴두꺼비 몇 마리가 튀어나오는 것이 아닌가!

그제야 삼장법사는 어느 정도 손오공의 말을 믿게 되었으나, 문제는 저팔계 녀석이었다. 아리따운 절세 미녀에 맛좋은 음식까지 한꺼번에 놓쳐버린 그는 손오공의 처사가 원망스럽기 짝이 없었으나, 그렇다고 성깔 못된 사형에게 함부로 대들 처지도 못 되는 터라, 귀가 여리고 순진한 스승을 살살 꾀어 충동질하기 시작했다.

"사부님, 방금 보시고도 모르십니까? 그 여자는 이곳 농사꾼의 아낙이란 말입니다. 밭에 나가 일하는 남편에게 점심을 주러 가는 길에 우리 일행과 우연히 마주쳤습니다. 이런 여자를 어떻게 요괴라고 단정할 수 있단 말입니까? 형님은 돌아오자마자 이 아낙네가 누구인지도 모르고 한번 건드려본다는 것이 그만 살인을 저지르고 말았습니다. 사람을 죽여놓고 보니, 사부님께서 '긴고주'인가 뭔가 주문을 외우실까 두려운 나머지, 일부러 '장안법(障眼法)'이란 눈가림 수법을 써서 저 여자와 밥그릇을 이따위로 둔갑시켜놓은 겁니다."

당나라 스님은 바보 같은 녀석의 충동질에 넘어가 당장에 '긴고주'
를 외우기 시작했다.

"아이쿠, 내 머리야……!"

손오공이 새된 목소리로 비명을 질러댔다.

"아이고, 아파 죽겠다! 내 머리……! 아파 죽겠어! 외우지 마십쇼!
외우지 말아요! 할 말이 있거든 말씀으로 하시면 될 게 아닙니까?"

"할 말이 뭐 있겠느냐? 출가한 사람은 한시 한때라도 착한 마음을
저버려서는 안 된다. '빗자루로 마당을 쓸 때는 개미의 목숨을 다치지
나 않을까 조심스러워야 하고, 등잔불에 부나비가 뛰어들어 타죽지나
않을까 걱정스러워 등갓을 씌워놓는다' 하는 것이 승려의 마음가짐인
데, 너는 어째서 가는 곳마다 나쁜 짓만 저지른단 말이냐? 죄 없는
사람을 때려죽여놓고 경전을 구하러 간들 그게 무슨 소용이 있겠느
냐? 너는 돌아가거라!"

"사부님, 저더러 돌아가라니, 어디로 말입니까?"

손오공이 깜짝 놀라 묻자, 스승은 딱 부러지게 말을 끊었다.

"너 같은 제자는 필요 없다."

"제가 없으면, 사부님은 서천 땅에 가지 못하실 겁니다."

"내 운명은 하늘에 달려 있다. 요괴가 나타나서 나를 삶아 먹든 찜
쪄 먹든, 그야 할 수 없는 노릇이지! 나는 아무 상관없으니, 어서 가
거라!"

"사부님이 정녕 쫓아내시면 가겠습니다만, 사부님의 은혜를 다 갚
지 못하고 어떻게 떠날 수가 있습니까?"

"내가 너한테 무슨 은혜를 베풀었단 말이냐?"

쌀쌀맞게 되묻는 스승의 말에, 손오공은 그 자리에 털썩 무릎 꿇고 엎드렸다.

"이 손가 놈이 천궁에서 대소동을 벌이고 죽을죄를 범한 끝에, 우리 부처님께 붙잡혀 양계산에 억눌려 지냈습니다. 천만다행히도 관세음보살께 감화를 받았고, 사부님은 제 육신을 고난에서 벗어나게 해주셨습니다. 이제 만약 제가 사부님과 더불어 서천 땅에 가지 않는다면, 저는 '은혜를 알고도 보답하지 않으면 군자가 아니다'라는 성현의 말씀 그대로 사람 노릇도 못하게 될 것입니다."

삼장법사는 타고난 성품이 인자하고 동정심이 많은 성승(聖僧)이라 손오공이 이렇듯 애걸복걸 비는 것을 보자 마음이 당장 흔들려 생각을 또 바꾸고 말았다.

"그렇게까지 말하니, 이번만큼은 내 용서해주마. 만약 앞으로도 여전히 못된 짓을 저지를 때에는 내가 '긴고주'를 한 스무 차례 외울 것이니 그리 알거라!"

"스무 번 아니라 서른 번도 좋습니다! 제가 살생을 안 하면 그만이니까요."

일이 가까스로 수습되자, 그는 스승을 말안장에 모셔 올리고 따온 복숭아를 바쳤다. 삼장법사는 말 위에서 복숭아 몇 개로 시장기를 때웠다.

한편, 겨우 목숨을 건져 허공으로 달아난 요괴는 구름 끄트머리에 걸터앉은 채 가쁜 숨을 몰아쉬고 있었다. 저 무시무시한 철봉을 한 대 얻어맞는 순간 날쌔게 빠져나와 죽지 않은 것은 다행이나, 손오공의 훼방 때문에 다 된 일을 망친 것이 분하려니와 목숨까지 날려보낼 뻔했던 것이 약이 올라 이를 갈고 있었던 것이다.

"내 몇 해 전부터 그놈의 수단을 소문으로만 들었더니, 오늘에야 그 말이 과연 허투루 전해진 것이 아님을 알겠구나. 당나라 중 녀석이 끝까지 나를 알아보지 못하고 있었으니, 만약 밥그릇 냄새만 한번 맡았더라면 영락없이 낚아채어 내 것으로 만들었을 텐데, 참말 아까운 노릇 아닌가……! 오냐, 이대로 물러가기보다는 다시 한 번 내려가서 홀려보아야겠다!"

요괴는 음산한 구름장을 산 밑으로 낮추고 언덕 비탈 아래 내려서더니, 몸을 한 차례 꿈틀 움직여서 나이가 팔순이나 되어 보이는 노파로 탈바꿈했다. 그리고 손에 구부러진 대나무 지팡이를 짚고서 비실비실 힘겹게 걸어 나갔다.

저팔계가 그것을 먼저 발견하고 깜짝 놀라 스승을 외쳐 불렀다.

"사부님, 큰일 났습니다! 저 노파가 사람을 찾으러 왔습니다!"

"사람을 찾다니, 누구 말이냐?"

당나라 스님이 뜨악한 기색으로 물었다. 저팔계는 한마디로 딱 끊어 대답했다.

"형님이 때려죽인 것이 분명 저 노파의 따님일 겁니다."

그제야 손오공이 한마디 쏘아붙였다.

"못난 소리 하지도 마라! 그 계집은 고작 열여덟 살밖에 안 들어 보였는데, 저 노파는 여든 나이를 넘기지 않았는가? 육순에 잉태해서 자식을 낳는 여자가 어디 있어? 기다려봐! 이 손 선생이 한번 가서 보고 올 테니까!"

눈치 빠른 손오공이 어슬렁어슬렁 다가가서 노파로 둔갑한 요괴의 신변을 살펴보더니, 다짜고짜 여의봉을 쳐들어 머리통부터 후려갈겼다. 요괴 역시 잔뜩 경계하고 있던 터라 철봉이 날아들자 먼젓번과 똑같이 껍질에서 벗어나 본래 형체로 화하여 빠져나갔다. 길바닥에는 또다시 맞아 죽은 시체 한 구를 남겨놓은 채……

그 참혹한 광경을 본 삼장법사는 아연실색, 말 위에서 굴러 떨어지더니 길 곁에 주저앉기가 무섭게 '긴고주'를, 그것도 연거푸 스무 차례나 되풀이해서 읊기 시작했다. 가련하게도 금테에 조인 손오공의 머리통은 움푹 들어간 조롱박 허리 부분처럼 바싹 오그라들어 눈알이 튀어나올 지경에 이르렀다. 도저히 참을 수 없는 고통에, 그는 땅바닥에 데굴데굴 구르면서 애처로운 목소리로 비명을 질러댔다.

"아이고, 사부님……! 사부님, 제발 외우지 마십쇼! 무슨 일이 있으시거든 말씀으로 하시면 되지 않습니까!"

"무슨 할 말이 있다는 게냐? 출가한 사람은 귀로 착한 말을 들어야 지옥에 떨어지지 않는 법이다. 내가 그토록 너를 감화시키려고 애를 쓰는데, 너는 어째서 자꾸 나쁜 짓만 저지르느냐? 무고한 사람을 죽이고도 모자라 또 한 사람을 때려죽이다니, 이러고도 무슨 말을 하자는 거냐?"

"저건 요괴입니다!"

"이 원숭이 놈아, 허튼 수작 말아라! 이곳에 무슨 요괴가 그리도 많다는 거냐? 네놈은 애당초 착한 일을 해보겠다는 생각조차 없는 놈이다. 떠나거라!"

추방령이 또 떨어졌다. 손오공은 억울한 심사를 이기지 못하고 울상이 되었다.

"사부님, 저더러 또 가라고 하십니까? 가라고 하시면 가겠습니다만, 꼭 한 가지 마음에 걸리는 것이 있습니다."

"너 같은 놈의 마음에 걸릴 것이 뭐 있단 말이냐?"

이때 저팔계가 한마디 불쑥 끼어들었다.

"저 형님은 사부님과 보따리를 나눠 갖고 싶다, 그 말입니다. 사부님 따라서 몇 해 동안 중노릇을 해왔으니까, 빈손으로 돌아갈 수야 없는 노릇 아닙니까?"

이 말을 듣자, 손오공은 화가 머리끝까지 치밀어 그 자리에서 펄펄 뛰었다.

"이 주둥아리 삐죽한 바보 멍텅구리 자식아! 나는 부처님의 가르침을 받든 이래 남을 시기하거나 욕심 같은 것은 털끝만큼도 지녀본 적이 없다. 그런 나한테 어째서 허튼소리를 지껄이는 거냐?"

삼장법사가 그 말끝을 채뜨렸다.

"시기심도 욕심도 없다면, 어째서 떠나지 않느냐?"

스승의 매정한 다그침에, 그는 서글픈 생각마저 들었다.

"솔직히 말씀드리겠습니다. 사부님은 저를 속박하기 위하여 제 머리에 이 금테를 씌워주셨습니다. 만약 제가 이대로 돌아간다면, 고향 사람들을 대할 낯이 없습니다. 기왕에 저를 쓸모없다고 여기셨다면, 이 금테두리나 벗겨주십쇼."

그 말에 당나라 스님은 무슨 생각이 들었는지 소스라쳤다.

"아차……! 내가 그 당시 보살님께 '긴고주'만 전해 받았지, 벗기는 주문 같은 것을 배운 일이 없구나."

"그럼 안 되겠군요. 테두리를 벗겨주지 못하신다면, 아무래도 저를 데리고 가셔야겠습니다."

시침 뚝 떼고 막무가내로 떼를 쓰는 손오공. 사실 경우가 그러한 데야 스승도 어쩔 도리가 없었다.

"오냐, 좋다! 일어나거라. 내 또 한 번 용서해주마. 두 번 다시는 나쁜 짓을 하지 말아야 한다. 알겠느냐?"

"예에, 예! 다시는 그런 짓을 저지르지 않겠습니다. 절대로……!"

거듭 다짐을 두는 손오공이 스승을 다시 말 위에 올려 태우고 산길을 헤치면서 앞으로 나아가기 시작했다.

한편 요괴는 이번에도 손오공의 철봉에 맞아 죽지 않았다. 또다시 서행 길에 오른 삼장법사 일행의 뒷모습을 지켜보면서, 요괴는 저도 모르게 찬탄을 금치 못했다.

"정말 대단한 원숭이 임금이로구나! 내가 그토록 감쪽같이 탈바꿈을 하고 나타났는데도 한눈에 알아보다니……! 그건 그렇다 치고, 저 녀석들이 이 산을 넘어 서쪽으로 사십 리 길만 더 가버리면, 거기서부터는 내 통제에서 벗어나는 지역이 되는데, 만약 그곳 요괴 마왕들이 저것들을 낚아채기라도 하는 날이면, 내 체면이 웃음거리밖에 더 되겠는가? 안 되겠다, 역시 한 번 더 내려가서 저것들을 또 홀려봐야겠다!"

요괴는 또다시 산 밑 언덕 아래로 내려가더니, 이번에는 늙수그레한 영감으로 탈바꿈했다. 그리고 어슬렁어슬렁 삼장법사 일행 앞으로 마주 걸어갔다.

당나라 스님은 말 위에서 노인을 발견하고 속으로 크게 기뻐했다.

"나무아미타불! 서방 세계는 참으로 복된 땅이로구나! 저토록 늙으신 분이 제대로 걷지도 못하면서 그저 염불만 하고 있으니 말이다."

이때 저팔계가 또 벌집을 터뜨렸다.

"사부님, 좋아하실 거 없습니다. 저 영감은 화근 덩어리니까요."

"화근 덩어리라니, 그게 무슨 말이냐?"

"형님이 저 영감의 딸을 때려죽이고 또 여편네까지 때려죽이지 않았습니까. 그래서 저 영감은 딸과 여편네를 찾아 나선 겁니다. 만약 저 영감과 마주쳤다가는 우리는 꼼짝없이 목숨 값을 치러야 합니다. 하지만 사형은 다르지요. 형님은 둔갑술을 써서 뺑소니치면 그만이니까요. 그러니 결국 우리 세 사람만 붙잡혀서 형님 대신에 살인죄를 뒤집어쓰게 되지 않겠습니까."

말도 안 되는 소리에, 손오공은 화가 불끈 치밀어 버럭 호통을 쳤다.

"이 미련한 놈아! 그따위 허튼소리를 함부로 지껄여 사부님이 놀라시게 만들 참이냐? 주둥이 닥치고 여기서 기다려!"

손오공은 여의봉을 몸에 감추고 댓바람에 요괴 앞으로 다가섰다.

"여보, 노인장! 한마디 물읍시다. 어딜 가는 길이오?"

다짜고짜 묻는 말에, 요괴는 여태까지 있었던 일을 그럴듯하게 엮어서 이렇게 대답했다.

"스님, 이 늙은것은 팔자가 사나워 딸자식 하나만 두어 가까스로 데릴사위를 얻었지요. 그런데 딸년이 오늘 아침에 밭일 나간 사위에게 점심을 가져다준다고 나가서는 여태껏 돌아오지 않는구려. 아무래도 호랑이한테 잡아먹힌 게 아닌가 싶어, 마누라가 한발 앞서 찾아 나섰는데 그마저 돌아오지 않으니 어쩌겠소. 아무리 기다려도 행방을 알 수가 없어 이 늙은이가 마음먹고 찾아볼까 해서 이렇게 나온 거요.”

요괴가 늘어놓는 얘기를 참을성 있게 다 들어준 손오공이 끝끝내 웃음보를 터뜨리고 말았다.

“내가 누군 줄 알고 네까짓 놈이 도깨비 같은 말 몇 마디로 날 속여보겠다는 게냐? 네놈이 요괴라는 것을 내가 벌써 다 알고 있단 말이다!”

자신의 정체가 들통 난 요괴는 깜짝 놀라 입을 꾹 다문 채 손오공의 눈치를 살폈다. 이번만큼은 어떻게 빠져나갈 구멍도 보이지 않았다.

손오공이 여의봉을 꺼내 잡으면서 속으로 생각했다.

‘자아, 이걸 어떻게 한다? 죽이지 않으면 자꾸만 우리 일행을 홀려 못살게 굴 테고, 죽였다가는 사부님이 저 무시무시한 긴고주를 외우실 테고……’

이리저리 궁리를 하던 끝에 또 생각이 바뀌었다.

‘만약 이놈을 죽이지 않는다면, 우리가 한눈파는 사이에 사부님을 냉큼 채뜨려 갈 게 아닌가? 그렇게 되면 또 구하느라 애를 써야 할 게다. 아무래도 이놈을 때려죽여야겠다. 속담에 ‘호랑이가 제아무리 사나워도 제 새끼는 잡아먹지 않는다’ 했으니, 듣기 좋은 말로 구슬리면 사부님도 용서해주시겠지.’

마음을 정한 손오공은 여의봉을 번쩍 들어 요사스런 마귀를 단매에 때려눕혔다. 그제야 요괴의 몸에서 번쩍거리던 영광(靈光)이 끊어져 산산이 흩어지고 말았다.

말 위에서 그 광경을 지켜보던 당나라 스님이 또 한 번 기겁을 해

314

서 말을 못한다. 곁에서는 저팔계란 놈이 실실 웃어가며 스승의 비위를 긁어대고……

"저런! 우리 손 선생께서 또 병이 도지셨군! 반나절 오는 길에 벌써 세 사람째나 때려죽였다, 이 말씀이야."

당나라 스님이 주문을 외우려고 하는데, 손오공이 부리나케 달려오면서 버럭 고함을 질렀다.

"잠깐만! 외우지 마시고 먼저 이놈의 꼬락서니부터 보십쇼!"

삼장법사는 저도 모르게 늙은이가 서 있던 쪽으로 눈길을 돌리다가 그만 깜짝 놀라고 말았다. 거기에는 죽은 사람의 해골이 한 무더기로 쌓여 있었던 것이다.

"이 사람은 방금 죽었는데, 어째서 다 삭아버린 해골 더미가 된 거냐?"

가까스로 한숨 돌린 손오공이 차근차근 해명했다.

"이것은 오래전에 죽은 사람의 시체가 영기를 얻어서 요괴로 변한 강시입니다. 이 강시 요괴는 이 주변에서 신통력으로 지나가는 나그네를 홀리다가, 방금 제가 때려죽여 본색을 드러낸 것입니다. 자 보십쇼! 등뼈에 이렇게 글씨가 새겨져 있지 않습니까?"

삼장법사가 다가가서 굽어보니, 과연 척추 뼈에 '백골부인(白骨夫人)'이란 넉 자가 씌어 있었다. 그는 겨우 제자의 말을 믿었지만 곁에서 저팔계가 여전히 입을 놀렸다.

"사부님, 이 원숭이의 손매가 얼마나 매서운지 모르십니까? 멀쩡한 사람 때려죽여놓고 사부님이 긴고주를 외우실까 두려운 나머지, 일부러 이런 모양으로 바꿔치기해서 사부님의 눈을 속였다니까요!"

당나라 스님은 과연 귀가 한참 여린 사람이라 바보 멍텅구리의 말을 곧이곧대로 믿고는 손오공이 변명할 틈도 주지 않고 그 자리에서 또다시 긴고주를 외우기 시작했다.

"외우지 마십쇼! 아이고, 나 죽겠다! 할 말이 있으면 빨리 하시고 그놈의 긴고주는 외우지 마세요!"

맏제자가 고통을 견디지 못하고 애걸복걸 비는데도, 당나라 스님은 매몰차게 꾸짖었다.

"이 원숭이 놈아, 그래도 무슨 할 말이 또 있다는 게냐! 부처님의 말씀에, '출가한 사람으로서 착한 일을 하면 마치 봄 동산의 풀잎처럼 자라는 것이 보이지는 않아도 나날이 커가듯 성취하는 바가 있고, 악한 일을 저지르면 마치 칼날을 가는 숫돌처럼 닳는 것은 보이지 않으나 날로 숫돌 바닥이 얇아지듯 심성이 이지러진다' 하셨다. 꼴도 보기 싫으니, 당장 내 곁에서 떠나거라!"

결국 세번째 추방령이 떨어졌다. 그러나 손오공은 물에 빠진 사람 지푸라기라도 붙잡는다는 격으로 끝까지 변명을 했다.

"사부님! 저를 나무라시는 것은 잘못입니다. 저놈은 틀림없이 요괴입니다. 사부님을 해치려 들었기 때문에 때려죽인 것입니다. 사부님을 위해서 한 일인데, 그 진정을 알아주시기는커녕 오히려 저 미련퉁이 녀석의 말만 믿으시고 번번이 저를 내쫓으려 하시다니, 정말 너무 억울합니다……! 하오나 제가 이러고도 떠나지 않는다면, 정말 수치와 모욕이 무엇인지 모르는 너절한 놈이 되겠군요. 제가 떠나죠……! 가기는 가겠으나, 사부님 곁에 사람이 없는 것이 안타까울 뿐입니다."

그 말을 듣자 당나라 스님은 버럭 성을 냈다.

"이놈의 원숭이 녀석! 갈수록 오만방자하구나! 네놈만 사람이고 팔계와 오정은 사람이 아니란 말이냐?"

꾸지람을 듣고 보니, 그들 역시 사람은 사람이다. 하지만 손오공은 안타깝기 짝이 없고 참담한 심정일 뿐, 더 이상 뭐라고 대꾸할 의욕이 나지 않았다.

"슬픕니다, 사부님. 저는 요사스런 괴물과 못된 마귀를 잡아 없애 느라 이루 말할 수 없이 애를 쓰며 온갖 고초를 다 겪어왔습니다. 그 런데 이제 와서 사부님은 바보 녀석만 편애하시고 저더러 떠나라 하 시니, 이야말로 '하늘에 나는 새를 다 잡으면 좋은 활을 감춰버리고, 교활한 토끼가 죽으면 달리던 사냥개를 삶아 먹는다'는 격이 아니고 무엇입니까. 그만두죠! 아무튼 걱정스러운 것은 이 빌어먹을 놈의 '긴고주' 금테두리뿐이로군요……"

그 말을 듣고 당나라 스님은 다짐을 두었다.

"두 번 다시 외우지 않으마!"

그러나 손오공은 절레절레 도리질을 했다.

"꼭 그렇다고 단정하지는 못하실 겁니다. 만약 앞으로 가는 도중에 악독한 마귀와 만나 고난을 당하게 되셨을 때, 팔계와 오정이 구해드 리지 못하게 된다면, 그 주문을 외우고 싶은 충동을 누르지 못하실 겁 니다. 그럼 제가 머나먼 곳에 떨어져 있다 하더라도 그 아픔을 어떻게 견뎌내야 합니까."

당나라 스님은 제자의 말을 들을수록 노염이 점점 더 치밀었다. 그 는 말 위에서 내려서더니, 사오정더러 붓과 종이를 꺼내게 한 다음,

바윗돌에 먹을 갈아놓고 붓을 휘둘렀다. 그것은 제자를 문하에서 내쫓겠다는 파문장(破門狀)이었다.

"내가 이것으로 증거를 삼겠다! 두 번 다시 네놈을 내 제자로 인정하지 않을 것이요, 만약 내 입으로 네놈을 다시 불러들인다면 내가 그 자리에서 죽어 아비지옥에 떨어질 것이다!"

스승이 던져주는 파문장을, 손오공은 공손히 받아 들었다.

"사부님, 그런 독한 맹세는 하지 마십쇼. 이 손오공이 가면 그만 아닙니까."

그는 종잇장을 접어 소매에 넣으면서, 부드러운 목소리로 당나라 스님께 말했다.

"저도 한동안 사부님을 모시고 따라다녔습니다. 이리 앉으셔서 제 큰절을 받으십쇼. 그래야만 저도 홀가분한 마음으로 떠날 수 있겠습니다."

"나는 착한 중이다. 너같이 못된 놈의 절은 받지 않을 테다!"

당나라 스님은 등을 돌리고 외면한 채 거들떠보지도 않았다. 스승은 본 척도 않았으나, 제천대성에게는 '신외신(身外身)'이란 절묘한 술법이 있다. 그는 뒤통수에서 솜털 세 가닥을 뽑아내더니 한 모금 숨결을 확 뿜으면서 나지막하게 호통을 쳤다.

"변해라!"

그 말이 떨어지기가 무섭게 터럭은 세 사람의 손오공으로 변하더니 자신과 함께 넷이서 앞뒤 좌우 사방으로 당나라 스님을 에워싸고 큰절을 올렸다. 삼장법사는 이리 돌아앉아도 손오공, 저리 돌아앉아도 손오공이라, 꼼짝없이 절을 받고 말았다.

벌떡 일어선 그는 솜털을 거두어들인 다음, 사오정을 돌아보고 이렇게 당부했다.

"여보게 막내아우, 자네는 착한 사람이니까 내 말을 들으리라 믿네. 이제부터 길 가는 도중에 저팔계의 터무니없는 말을 조심해서 막도록 하게. 요리조리 핑계 대고 꾸며대는 감언이설에 넘어가지 않도록 각별히 조심해야 하네. 그리고 만약 요괴가 나타나서 사부님을 잡아먹으려 하거든, 이 손 선생이 저분의 수제자라고 일깨워주게. 이 서방 세계 요괴 마귀들은 오래전부터 내 수단이 어떤지 소문으로 전해 듣고 있기 때문에, 섣불리 덤비지 못할 걸세."

그러자 당나라 스님이 한마디 쏘아붙였다.

"나도 착한 중이다! 너 같은 놈의 이름 석 자는 입에 올리지도 않을 테니까, 어서 썩 꺼지기나 해라!"

손오공은 스승이 막무가내로 마음을 돌리려 하지 않자, 더 이상 어쩌지 못하고 그 자리를 떠나갔다.

치밀어 오르는 분노를 억누른 채 스승과 작별한 후, 손오공은 근두운을 일으켜 타고 화과산 수렴동으로 향했다. 외톨박이 홀몸이 되고 보니 그 참담하고도 처량한 심사는 이루 형언할 길이 없었다. 쓸쓸한 마음으로 하염없이 길 재촉을 하다 보니, 사납게 물결치는 소리가 귓전을 두드렸다. 중천에 구름 길을 멈추고 내려다보니 동양 대해에 거센 조수가 밀려드는 소리였다. 물결치는 소리를 듣고 있노라니, 또다시 당나라 스님 생각에 두 줄기 눈물이 뺨을 타고 주르르 흘러내렸다.

갈 길을 멈추고 한참 동안 우두커니 서 있던 제천대성 손오공이 깊은 감회에 못 이겨 한숨을 내리쉬며 혼잣말로 중얼거렸다.

"아아, 내가 이 바닷길을 건너본 지 벌써 오백 년 세월이 흘렀구나……!"

15. 황포노괴

　　손오공은 단숨에 바다를 건너 화과산 상공에 다다랐다.

　　구름을 낮추고 둘러보니, 그 무성하던 화과산의 꽃나무는 다 어디로 갔는지 눈을 씻고 찾아봐도 없다. 자욱하게 드리우던 아지랑이 노을도 모조리 끊겼으며 산봉우리 바위 더미도 무너져 내렸을 뿐 아니라, 나무숲은 말끔히 불에 타고 말라죽고 시들어버린 지 오래다.

　　천하의 명승지 화과산이 어째서 이렇듯 참담한 몰골이 되었을까? 그것은 5백 년 전 제천대성이 천궁을 뒤엎고 일대 소동을 벌인 끝에 붙잡혀서 하늘나라로 끌려 올라간 뒤, 이랑진군이 매산 여섯 형제들을 거느리고 제천대성의 소굴인 화과산 일대에 불을 질러 모조리 태워버렸기 때문이다.

　　이 처참한 광경을 바라보고 있으려니, 마음은 더욱 찢어질 듯 아프고 참담하기 이를 데 없었다.

　　제천대성 손오공이 슬픔에 잠겨 있을 때였다. 가시덤불이 뒤덮인 골짜기에서 들짐승의 기척이 들리더니, 작은 원숭이 일고여덟 마리가 팔딱팔딱 뛰어나왔다. 얼마 안 있어 살아 있는 모든 원숭이들이 그 앞으로 몰려들었다. 그들은 임금을 에워싸고 머리 조아리며 큰 소리로 외쳐 불렀다.

"대성 어르신! 오늘에야 돌아오셨습니까?"

원숭이 임금이 물었다.

"너희들은 어째서 종적을 감추었느냐? 내가 도착한 지 꽤나 오래되었는데 그림자조차 찾아볼 수 없었으니, 이게 어찌 된 노릇이냐?"

원숭이들은 저마다 눈물을 뚝뚝 흘리면서 기막힌 사연을 털어놓았다.

제천대성이 하늘로 붙잡혀 올라가고 화과산 일대가 쑥대밭이 된 이후, 가까스로 목숨을 건진 원숭이들은 또다시 바다 건너 오래국에서 쳐들어온 사냥꾼들의 등쌀에 시달려야 했다. 사냥꾼들은 사나운 매와 사냥개를 풀어놓고 거기에 또 그물과 창, 갈고리 같은 도구로 원숭이 떼를 무차별 사냥하기 시작했다. 원숭이들은 뿔뿔이 흩어져 수렴동 깊숙이 들어가 숨거나 아예 소굴에서 멀리 떨어진 곳으로 피해 달아났다. 배가 고프면 산등성이 밑에서 풀을 뜯어 먹고 목마르면 냇가에 내려가 샘물을 마시는 것이 고작이었다. 이렇듯 5백 년 세월을 절망 속에 지내다가 오늘에야 제천대성의 목소리를 알아듣고 반가움에 못 이겨 여기저기서 뛰쳐나왔던 것이다.

사연을 듣고 보니, 제천대성은 더욱 처참한 생각뿐이었다.

"그 사냥꾼들이 너희를 잡아다가 무엇에 쓰더냐?"

원숭이들은 그 물음에 참았던 울음보가 터져 나왔다.

몹쓸 사냥꾼들은 원숭이를 활로 쏘거나 창으로 찔러 잡기도 하고 독약을 먹이기도 하고 때려죽이기도 했다. 어쩌다 산 채로 붙잡으면 큰길거리 장터에 끌어내다 온갖 재주를 부리게 하는 등 못하는 짓이 없었던 것이다.

동족이 그런 수모를 당하고 있다는 말을 들으니, 제천대성은 분노가 치밀어 도저히 견딜 수가 없었다.

"그 사냥꾼 놈들이 언제쯤 우리 산에 쳐들어오곤 했느냐?"

"어느 때라고 꼭 짚어 말할 것도 없습니다. 날이면 날마다 우리 산에 쳐들어와서 분탕질을 치곤 하니까요."

이 대답에, 제천대성은 즉시 분부를 내렸다.

"내 쓸데가 있으니, 모두들 나가서 불타버린 바윗돌을 이리 옮겨다 쌓아놓아라. 몇십 개씩, 한 무더기로 한 곳에 여러 무더기를 쌓아놓기만 하면 된다."

오랜만에 임금의 명령을 듣게 된 부하 원숭이들은 신바람이 나서 눈에 띄는 대로 바윗돌을 떠메다가 여기저기 무더기로 쌓기 시작했다. 제천대성이 또 명령을 내렸다.

"모두 동굴 안에 들어와 숨어 있거라. 이 손 선생이 술법을 부릴 것이다."

이윽고 제천대성이 산꼭대기로 올라가 아래쪽을 굽어보았다. 과연 남쪽에서 북 치는 소리와 징 울리는 소리가 요란하게 들려오면서 1천여 명이나 되는 기마대가 나타나더니, 매와 사냥개를 앞세운 채 창칼을 번뜩이며 화과산을 향해 무시무시한 기세로 쳐들어오기 시작했다.

원숭이 임금은 들끓어 오르는 분노를 꾹 참고 좀더 가까이 올 때까지 지켜보고만 있었다. 살기등등한 모습, 사납고도 흉악스러운 기세,

하나같이 굵직굵직한 장정들로 한눈에 보아도 제법 힘깨나 쓰는 사냥
꾼들이었다.

제천대성은 낯선 인간들이 자신의 터전에 쫙 깔려서 쳐들어오는 것
을 보자, 참고 참았던 분노가 한꺼번에 터져 나왔다. 그는 입 속으로
중얼중얼 주문을 외우면서 숨 한 모금 크게 들이켜 동남쪽으로 있는
힘껏 내뿜었다. 그 순간, 돌개바람이 한바탕 휘몰아치기 시작하는데,
그 사나운 기세야말로 사람이 인간 세상에 태어나 일찍이 본 적도 들
은 적도 없는 무시무시하기 짝이 없는 것이었다.

거센 돌풍이 일자, 무더기로 쌓아놓았던 바윗돌 수천 개가 바람결
을 타고 어지럽게 날아가며 허공에서 뒹굴뒹굴 구르다가 그대로 떨어
지면서 사냥꾼 일행을 내리 덮쳤다. 1천 명이나 되는 사냥꾼과 그들이
타고 온 짐승은 잠깐 사이에 모조리 떼죽음을 당하고 말았다.

"하하하하! 으하하핫……!"

제천대성은 손뼉을 쳐가며 통쾌하게 웃었다. 삼장법사에게 귀순해
서 중노릇을 한 이래, 스승은 걸핏하면 자기더러 '천 날을 두고 착한
일을 해도 그 선행은 오히려 모자라고, 하루라도 악한 일을 저지르면
그 악행은 줄어들지 않고 그대로 남는다'고 타일렀었다. 그런데 이 말
이 과연 맞는 것일까? 당나라 스님을 따라다니면서 요괴나 정령 몇
마리를 때려죽여도 흉악하게 인명을 해쳤다고 꾸중만 들었으나, 오늘
고향에 돌아와 이렇게 많은 인간들을 없애버렸는데도 누구 하나 꾸짖
는 사람 없고 멀쩡하다니, 손오공에게는 정말 이상한 노릇이 아닐 수
없었다.

그는 동굴 속에 숨어 있던 부하 원숭이들을 불러내어, 죽은 인간들

의 옷을 벗겨서 깨끗이 빨아 입힌 다음, 시체들은 모조리 끌어다가 연못에 던져 넣게 하고, 죽은 말은 껍질 벗겨 가죽신을 만들어 신기고 말고기를 소금에 절여 갈무리하게 하였다. 그리고 사냥꾼들이 쓰던 활과 화살, 창과 칼을 부하들에게 나눠주어 옛날처럼 무예를 단련하게 하였다.

손오공은 부하들이 거두어들인 깃발을 여러 가지 빛깔로 뒤섞어 한 폭의 커다란 깃발로 만든 다음, 그 깃폭에 다음과 같이 썼다.

화과산을 거듭 쌓아올리고, 수렴동을 다시 복구하다

제천대성

이윽고 동굴 문 밖에 거대한 깃대가 세워지고 깃발이 펄럭였다.

제천대성은 날마다 요괴 마귀들을 불러들이고 뿔뿔이 흩어졌던 짐승들을 다시 화과산으로 모아들이는 한편, 양식거리를 마련하여 쌓아놓았다. 그는 두 번 다시 '스님'이라든가 '부처님의 제자'라는 말을 입에 올리지 않았다. 그는 인정 많고 수단도 높은 터라, 폐허가 된 화과산을 그대로 두지 않고 사해 용왕을 두루 찾아다니며 단비와 신선의 물을 빌려다가 불타버린 산을 말끔히 씻어내고 숯 더미가 된 온갖 초목을 다시 푸르게 살려냈다. 앞산에는 느릅나무, 버드나무를 심고 뒷산에는 소나무, 녹나무를 심었으며, 복숭아, 살구, 대추, 매실 따위의 갖은 과일나무를 없는 것이 없을 정도로 모두 갖추어 심고, 다시는 어느 누구에게도 구속받는 일 없이 자유롭게 즐거운 나날을 보내기 시작했다.

한편, 당나라 스님은 교활한 저팔계의 터무니없는 말만 믿고 심성 바른 원숭이 손오공을 내쫓은 후, 한갓진 마음으로 안장에 올라 서천으로 길 재촉을 계속했다. 저팔계는 손오공이 하던 그대로 앞에서 길을 열어 인도하고, 사오정은 둘째 사형이 짊어졌던 짐 보따리를 떠메고 뒤따라갔다.

백호령을 넘어서니 삼림 지대가 나타나는데, 어디를 둘러보나 온통 칡덩굴과 등나무 덩굴이 친친 휘감기고, 늘 푸른 잣나무, 소나무 숲이 빽빽하게 우거져 있었다.

삼장법사는 제자들을 불러 세웠다.

"애들아, 산길이 너무 험하여 지나가기 무척 어렵구나. 게다가 소나무 숲이 우거져 꽉 들어찼으니, 모두들 조심해야겠다. 혹시 요사스런 괴물이나 맹수가 나타날지도 모르는 일 아니냐?"

스승이 걱정하는 말에 미련퉁이 바보 녀석은 염려 말라는 듯 으쓱대며 당나라 스님을 모시고 거침없이 소나무 숲 속으로 들어갔다.

한참 가다가 삼장법사는 말고삐를 당기고 멈춰 섰다.

"팔계야, 내가 오늘 하루 종일 굶었더니 배가 몹시 고프구나. 어디 가서 동냥 좀 해다 먹여주지 않겠느냐?"

저팔계는 자신만만하게 대답했다.

"제가 가서 동냥해올 테니, 여기서 기다리고 계십쇼."

사오정이 짐 보따리를 부려놓고 동냥 그릇을 꺼내 저팔계에게 넘겨주었다.

"어디로 가느냐?"

스승이 묻자, 저팔계는 입에서 나오는 대로 주워섬겼다.

"어디로 가든지 걱정 마십쇼. 얼음에 송곳질을 해서라도 불을 피우고, 눈덩이를 움켜서 기름을 짜내는 한이 있더라도 잿밥을 얻어올 테니까요."

큰소리 탕탕 치고 소나무 숲을 벗어난 저팔계가 서쪽으로 10여 리쯤 나가보았으나 인가라곤 한 채도 찾아볼 길 없고 맹수들만 우글거릴 뿐, 사람 사는 기척이라곤 눈을 씻고 찾아도 보이지 않았다. 이 미련한 녀석은 걷고 또 걷다가 제풀에 지쳐 혼잣말로 투덜투덜 불평을 늘어놓기 시작했다.

"이런 젠장! 예전에 손오공이 있었을 때는 영감이 먹을 걸 달라고만 하면 당장 대령했는데, 이제는 그 고생이 내 차례가 되고 말았구나. 막상 내 손으로 동냥 길에 나서고 보니, 그야말로 '집안 살림을 맡아봐야 땔나무값 쌀값 비싼 줄 알게 되고, 자식을 길러봐야 부모님의 은혜를 안다'는 격이로구나. 어디서 동냥을 해다 바쳐야 할지 막막하네그려!"

한참을 그렇게 걷자니, 눈이 스르르 감기고 졸음이 쏟아졌다. 그는 동냥질하려던 생각을 바꾸었다.

"지금 이대로 돌아가서 동냥할 데가 없다고 하면, 내가 이토록 먼 곳까지 왔다는 사실을 믿어주지 않고 게으름을 부렸다고 야단이나 치겠지? 안 되겠다, 어디서 시간 좀 보내고 나서 돌아가야 말하기가 좋겠어…… 에라, 나도 모르겠다! 이 풀밭에서 눈이나 좀 붙이고 가자꾸나!"

미련한 저팔계는 수풀 속에 머리를 처박고 끄덕끄덕 졸기 시작했는데, 날이면 날마다 고생해가며 길을 걸어온 몸이라 수풀 속에 머리를 처박기가 무섭게 깊은 잠에 빠져들고 말았다.

저팔계가 여기서 잠들어버린 얘기는 접어두기로 하고, 한편 삼장법사는 이 미련한 녀석이 동냥 얻어오기만을 하염없이 기다리던 끝에 지칠 대로 지치고 말았다. 게다가 마음이 들뜨고 몸 둘 바를 모른 채 불길한 생각만 자꾸 떠올랐다. 그래서 사오정을 불렀다.

"동냥하러 나간 녀석이 어째 이리도 늦는지 모르겠다. 혹시 어디로 갔는지 네가 아느냐? 날은 저물어가는데, 여기는 쉴 데가 마땅치 않구나."

"염려 마세요. 제가 형님을 찾아올 테니, 여기 좀더 앉아서 기다리고 계십쇼."

사오정은 항요보장을 어깨에 둘러메고 저팔계를 찾으러 나섰다.

제자 둘을 모두 떠나보낸 삼장법사가 숲 속에 홀로 앉아 있으려니 가슴이 답답하고 지루해서 도무지 견딜 수가 없었다. 그래서 따분한 심사를 풀어볼 겸 어슬렁어슬렁 깊은 숲 속을 걷기 시작했다.

그러나 이 소나무 숲은 워낙 깊고 으슥한데다 길이 드문 곳이었다. 정신이 산란해져서 하염없이 걷다 보니 그만 길을 잘못 들어서고 말았다. 무작정 산책을 나오기도 했거니와, 두 제자들이 간 곳을 찾으려 이리저리 맴돌다 보니 엉뚱하게 방향이 달라진 것이다.

송림을 벗어나 이곳저곳 둘러보니, 맞은편에 금빛이 찬란하게 번쩍이는 곳이 있었다. 자세히 살펴보니 그것은 탑인데, 때마침 서녘으로 떨어지는 햇살이 탑 꼭대기에 반사되어, 온 천지에 눈부신 황금빛을 흩뿌리는 것처럼 보였던 것이다.

"내가 동녘 땅을 떠나올 때부터 다짐하기를, 서천으로 가는 도중에 사원이나 불탑을 보면 깨끗이 소제하겠노라고 맹세했는데, 저것이 바로 황금 보탑이 아닌가? 탑이 있으면 사원이 있을 테고, 사원에는 스님들이 거처하는 데가 있을 게다. 저 탑에 쉴 자리가 있거든 제자 녀석들이 돌아올 때까지 기다렸다가 하룻밤 묵어가자고 청해봐야겠다."

액운이 도사려 있는 줄 까맣게 모르는 삼장법사, 한달음에 탑 문 아래까지 달려갔다. 내친김에 안으로 들어선 당나라 스님이 기웃거려 보았더니, 돌침대 위에 요괴 한 마리가 누워서 잠을 자고 있는 것이 아닌가!

검푸른 얼굴에 사냥개 같은 송곳니를 새하얗게 드러내고, 쩍 벌어진 입은 세숫대야만큼이나 커다란데, 양 볼에 텁수룩한 귀밑터럭은 연지로 물들인 듯 시뻘겋고, 서너 가닥 치솟은 자줏빛 코밑수염에, 푸르뎅뎅한 두 다리는 절벽 끝에 뿌리를 드러낸 나무 가장귀처럼 울퉁불퉁하다. 어디 그뿐이랴, 손에 잡고 있는 칼 한 자루는 서슬 퍼런 광채가 섬뜩하도록 요사스런 빛을 쏟아내고 있다.

이렇듯 끔찍스러운 요괴의 모습을 보자, 당나라 스님은 혼비백산하도록 놀라 저도 모르게 뒷걸음질쳤다. 온 몸뚱이의 근육이 녹아내리고 두 다리는 맥이 풀린 채 부리나케 돌아서서 도망치려 했으나, 이미 때는 늦었다.

삼장법사가 막 돌아서려는 순간에, 요괴는 영적인 기운에 워낙 민감한 터라 바스락 소리에도 두 눈을 번쩍 뜨더니 벼락 치듯 호통을 질렀다.

"얘들아! 문밖에 어떤 놈이 왔나 내다보아라!"

졸개 요괴 한 마리가 바깥을 이리저리 둘러보다, 삼장법사를 발견했다.

"바깥에 웬 대머리 까까중 하나가 도망치고 있는데요. 몸뚱이가 투실투실 살쪘을 뿐만 아니라, 껍질도 야들야들한 게 아주 먹음직스럽게 생겼습니다."

늙은 요괴가 그 말을 듣고 껄껄대고 웃는다.

"하하하! 이야말로 파리란 놈이 어디 죽을 데가 없어 뱀 대가리에 내려앉은 격이로구나. 얘들아! 냉큼 뒤쫓아가서 그 중놈을 잡아오너라."

삼장법사는 다급한 마음으로야 쏜살같이 달아나고 싶었으나, 두 다리에 맥이 풀렸으니 무슨 수로 도망치랴? 마침내는 속절없이 요괴들의 손아귀에 붙잡혀 떠메어 가는 신세가 되고 말았다.

"대왕님, 중 녀석을 잡아들였습니다!"

이윽고 늙은 요괴가 물었다.

"너는 어디 사는 중놈이냐? 어디서 와서 어디로 가는 길이냐?"

당나라 스님은 다 기어들어가는 목소리로 대답했다.

"저는 본디 당나라 조정에서 파견되어온 승려로서, 천자 폐하의 칙명을 받들고 서방 세계로 경전을 얻으러 가는 길입니다. 도중에 대왕님이 사시는 지역을 지나치다가 보탑을 발견하였기에 부처님께 예불을 드린다는 것이 그만 대왕님을 놀라게 해드리고 말았습니다. 부디 용서하고 놓아 보내주십시오."

그 말을 듣자, 늙은 요괴는 한바탕 껄껄대고 웃으며 이렇게 말했다.

"하하하! 내가 네놈을 잡아먹으려고 별렀는데 마침 잘 만났다! 내 입에 들어갈 놈이 제 발로 걸어서 들어왔으니 놓아 보낼 턱이 있겠느냐!"

그러고는 부하들에게 호통쳐 당나라 스님을 말뚝에 단단히 묶어두게 했다.

"네 일행이 모두 몇 놈이냐? 너 혼자 몸으로는 서천 땅까지 가지 못할 테니, 따라붙은 일행이 있을 게 아니냐?"

삼장법사는 요괴의 손아귀에 들린 서슬 퍼런 칼날을 보자, 겁에 질린 나머지 곧이곧대로 불고 말았다.

"소승에게는 제자가 두 사람 있습니다. 하나는 저팔계, 다른 하나는 사오정이라 하는데, 지금 모두들 소나무 숲 바깥으로 동냥하러 나갔습니다."

"이것 봐라? 제자 두 놈에 너까지 합치면 셋이 아닌가! 오냐, 내가 푸짐하게 한턱 잘 먹게 되었다!"

졸개 요괴들이 팔뚝을 걷어붙이고 나섰다.

"저희들이 나가서 잡아올까요?"

그러나 늙은 요괴는 도리질을 했다.

"나갈 것 없다. 앞문이나 잘 닫아두어라. 그 두 놈이 제 스승을 먹이려고 동냥하러 나간 모양이다만, 돌아와서 제 스승을 찾지 못하면 우리 집 문전으로 찾아올 게 아니냐? 속담에 '팔려고 들고 온 물건일수록 헐값에 사들인다' 했으니, 느긋하게 기다렸다가 한꺼번에 잡도록 하자꾸나."

한편 저팔계를 찾아 나선 사오정은 곧바로 서쪽을 향해 10여 리쯤 가보았으나 사람 사는 마을이라고는 도무지 보이지 않자 높은 언덕에 올라서서 주변을 살펴보기 시작했다. 그때 수풀 속에서 중얼중얼 사람의 말소리가 들려왔다. 우거진 수풀을 헤쳐 들어가 보니, 그것은 한심하게도 바보 미련퉁이 저팔계가 잠꼬대하는 소리였다.

사오정은 밉살스러운 나머지 저팔계의 귀를 잡아 비틀면서 악을 썼다.

"이런 바보 멍텅구리! 형님더러 동냥해오라고 시켰지, 이런 데서 팔자 늘어지게 낮잠이나 자라고 했소?"

미련퉁이 저팔계는 그제야 어리둥절해서 눈을 비비고 일어났다.

"아니, 여보게! 지금 몇 시나 됐는가?"

"잔소리 말고 빨리 가기나 하시오! 사부님이 동냥을 얻어오든 못 얻어오든 간에 어디 가서 오늘 하룻밤 묵어갈 데를 찾아보라고 하십디다."

사오정이 재촉해대니, 이 미련한 녀석은 하품을 늘어지게 하고 나서 사오정의 뒤를 따라 소나무 숲으로 돌아왔다.

숲 속에 돌아와 보니, 스승이 보이지 않았다. 사오정은 저팔계를 원망했다.

"이게 모두 바보 멍텅구리 형님 탓이오! 동냥하러 나가서 낮잠이나 퍼 자고 있었으니, 사부님도 형님을 찾아 나섰다가 요괴한테 잡혀간 모양이오!"

아우한테 핀잔을 듣자, 저팔계는 실없이 웃으면서 대꾸했다.

"쓸데없는 소리 하지도 말게. 숲 속이 이렇게 조용하고 깨끗한데 요괴 따위가 어디 있단 말인가? 그 영감이 혼자 앉아 있기 따분하니까 어디 바람이라도 쐬러 나가신 모양일세."

두 형제는 행장을 수습해 둘러멘 다음 말고삐를 잡아끌면서 소나무 숲을 벗어나 스승을 찾아 나섰다.

이번에도 당나라 스님은 죽을 운수가 아니었는지, 그들이 방향을 잡은 길이 공교롭게도 남쪽이었다. 이러구러 헤매던 끝에 그들은 마침내 금빛이 번쩍거리는 것을 발견할 수 있었다.

저팔계는 정신이 번쩍 들어 아우를 돌아보고 의기양양하게 말했다.

"여보게, 어떤가! 복 많은 사람에게는 복덩어리가 넝쿨째 굴러 들어오는 법이야. 저길 보라고! 저 번쩍거리는 게 뭐 같나? 사원에 있는 탑 아닌가? 사부님은 보나마나 저기 계실 걸세. 절간에 가셨으니 그곳 승려들이 한상 푸짐하게 차려 내놓고 그분을 대접하겠지? 우리도 얼른 가서 실컷 얻어먹기나 하세!"

그러나 사오정은 저팔계보다 경계심이 많은 편이다.

"잠깐만! 형님, 길한지 흉한지 딱히 알 수 없으니, 미리 살펴보고 들어갑시다."

두 사람이 탑 문 앞에 다가서고 보니, 문이 닫혀 있었다. 위를 올려다보니, 하얀 백옥을 깎아 만든 석판에 큼지막한 글씨로 '완자산(碗子山) 파월동(波月洞)'이란 여섯 자가 아로새겨져 있었다.

"형님, 여기는 절간이 아니라, 요괴가 살고 있는 소굴이오. 사부님이 저 안에 잡혀 계신다면, 무슨 수로 찾아내겠소?"

아우의 걱정스러운 말에, 저팔계는 그래도 큰소리 땅땅 쳤다.

"겁낼 것 없네! 여기서 짐 보따리나 지키고 있게, 내가 좀 물어볼 테니."

이 미련한 놈은 쇠스랑을 높이 쳐들고 문 앞으로 바싹 다가서더니 냅다 고함부터 질렀다.

"문 열어라! 문 열어!"

동굴 안에서 문을 지키고 있던 졸개 요괴가 문짝 틈으로 두 사람의 생김새를 보기 무섭게 휑하니 안으로 뛰어들어갔다.

"대왕님, 물건들이 왔습니다!"

그 말에 늙은 요괴는 옳다구나 싶어 입이 딱 벌어졌다.

"저팔계란 놈하고 사오정이 제 스승을 찾아왔단 말이지! 애들아, 내 갑옷을 꺼내오너라!"

늙은 요괴는 즉시 무장을 단단히 갖추고 칼자루를 움켜쥔 채 문 밖으로 나섰다.

문 앞에 서성거리고 있던 저팔계와 사오정은 눈앞에 나타나는 마왕의 생김새를 보자 즉시 긴장했다. 푸르뎅뎅한 얼굴, 시뻘건 수염에 붉은 머리털을 나부끼고, 황금 갑옷 투구가 번쩍번쩍 광채를 내는데, 검푸른 힘줄이 불끈 돋아 나온 손아귀에 사람의 목숨을 빼앗고 혼백마저 뒤쫓는다는 칼 추혼취명도(追魂取命刀) 한 자루가 단단히 움켜져 있다. 두 형제는 몰랐으나, 이 괴물이야말로 서방 세계로 가는 길목을 지키는 악명 높은 황포노괴(黃袍老怪)였다.

"어디서 굴러먹던 중 녀석들이기에, 감히 내 집 문턱에서 소란을 피우느냐?"

황포노괴가 호통쳐 묻자, 저팔계도 마주 고함을 질렀다.

"이런! 요 아들 녀석이 제 아비도 몰라보다니! 잔소리 말고 우리 스승님이 거기 계시거든 곱게 내보내드려라! 내 쇠스랑이 후려 찍고 쳐들어가기 전에……"

황포노괴는 이 말을 듣고 껄껄대고 비웃었다.

"당나라 스님 말인가? 내 집에 계시다마다! 지금 그 어른에게 사람 고기 넣어 빚은 만두를 대접하던 참인데, 어디 너희들도 들어와서 한두 개쯤 맛보겠느냐?"

미련한 저팔계는 먹을 것을 준다는 소리에 당장 뛰어들려 했다. 이때 사오정이 재빨리 그를 붙잡아 말렸다.

"잠깐! 속지 마시오! 형님이 언제부터 사람 고기를 먹게 되셨소?"

미련퉁이 저팔계도 그제야 깨닫고 쇠스랑을 번쩍 들어 황포노괴의 면상부터 내리찍었다. 괴물은 한 곁으로 슬쩍 피하더니, 강철로 벼린 칼을 휘둘러 잽싸게 가로막았다. 이윽고 저팔계와 황포노괴 둘은 저마다 신통력을 드러내가며 구름을 일으켜 타고 허공으로 뛰어올라 무섭게 맞붙기 시작했다.

사오정 역시 짐 보따리와 백마를 한쪽 곁으로 멀찌감치 밀어놓고 항요보장을 높이 치켜들더니 사나운 기세로 돌격해 들어갔다.

저팔계와 사오정은 황포노괴를 맞아 삼십여 차례를 맞부딪쳤으나 승부가 나지 않았다. 어째서 승부를 낼 수 없었을까? 만약 쌍방의 진짜 실력을 놓고 따진다면, 저팔계와 사오정 두 사람이 아니라 스무 명을 데려다 붙여놓아도 황포노괴 하나를 당해낼 수 없었을 것이다. 그러나 관음보살의 명에 따라 삼장법사를 수호하는 신령들이 아무도 모르게 도와주고 있었기 때문에, 두 형제는 용케 패하지 않고 버텨낼 수 있었던 것이다.

한편 당나라 스님은 동굴 안 말뚝에 묶인 채 눈물을 줄줄 흘려가며

제자들을 애타게 찾고 있었다.

"오능아……! 너는 어느 마을에서 인심 좋은 분을 만나 잿밥을 실컷 얻어먹고 있느냐? ……오정아! 너는 또 어디로 그 녀석을 찾아 헤매고 있느냐? 나는 이곳에서 이렇듯 봉변을 당하고 있으니, 어느 때에야 너희들을 만나 이 재난에서 벗어날 수 있게 된단 말이냐……?"

삼장법사가 이렇듯 푸념을 늘어놓으면서 비탄에 잠겨 있을 때였다. 갑자기 동굴 안쪽에서 부인 한 사람이 나오더니 그를 보고 물었다.

"장로님은 어디서 오신 분입니까? 어쩌다가 붙잡혀 여기 묶여 계십니까?"

당나라 스님은 눈물이 글썽글썽한 눈으로 흘끗 쳐다보았다. 나이가 어림잡아 삼십 세쯤 들어 보이는 여자였다. 그는 이 여자도 요괴의 족속이라 지레짐작하고 경계심 어린 눈초리로 쏘아보면서 퉁명스레 대꾸했다.

"물어볼 게 뭐 있소? 나는 죽을 팔자라, 내 발로 당신네 집 문턱을 넘어서고 말았소. 잡아먹을 테면 어서 잡아먹지, 묻기는 뭘 묻는 거요?"

그러자 부인은 도리질을 했다.

"저는 사람을 잡아먹는 요괴가 아닙니다. 내 친정집은 여기서 서쪽으로 삼백여 리쯤 떨어진 곳에 있습니다. 그곳에 성채가 한 군데 있는데 보상국(寶象國)이라 합니다……"

그리고 부인은 자기 신세를 이렇게 털어놓았다. 그 여인은 보상국 임금의 셋째 공주로서 어릴 적 이름을 백화수(百花羞)라고 불렀다고 했다. 그런데 13년 전 8월 보름날 밤에 달구경을 나왔다가, 우연히 지나가던 황포노괴가 눈독을 들이고 회오리바람으로 휘몰아 이 완자산 파월동에 붙잡혀 오는 신세가 되고 말았다. 그 후 마음에도 없는 부부 노릇 하면서 아들딸까지 낳고 살아왔는데, 이 기막힌 사정을 도성에 전할 길도, 부모님 생각이 간절해도 만나볼 수 없게 되었다는 것이다.

딱한 사연을 듣고 보니, 당나라 스님도 비로소 마음이 누그러졌다.

"소승은 황제 폐하의 칙명을 받들어 서천 땅으로 불경을 구하러 가는 사람이외다. 아무것도 모르고 이 근처에서 산책하다가 생각지도 않게 걸려들고 말았소."

백화수 공주는 겸연쩍게 웃으면서 이런 말을 했다.

"안심하세요. 제가 구해드리죠. 우리 보상국은 스님이 서방 세계로 가는 길목에 있답니다. 스님께 편지 한 통을 써드릴 터이니 그걸 가지고 보상국에 가서서 친정 부모님을 만나뵙겠다면, 제가 스님을 구해드리겠습니다."

목숨을 건져주겠다는 데야 마다할 까닭이 어디 있으랴. 삼장법사는 물에 빠진 사람 지푸라기라도 잡는다는 격으로 얼른 고개를 끄덕였다.

"어서 써주시오. 목숨만 구해주신다면, 내 기필코 그 편지를 전해드리리다!"

공주는 뒤꼍으로 돌아가더니, 잠시 후 편지 한 통을 써 가지고 다시 나왔다. 그리고 당나라 스님의 결박을 풀어주었다.

자유로운 몸이 된 삼장법사는 편지를 받아 소중히 간직하고 동굴 바같으로 뛰쳐나가려고 했다. 이때 공주가 그를 덥석 붙잡았다.

"잠깐만……! 앞문으로는 못 나가십니다. 지금 그쪽에는 부하 요괴들이 진을 치고 자기네 대왕의 기세를 돋워주느라 시끄럽습니다.
아무것도 모르는 부하들의 손에 붙잡히셨다가는 당장 스님의 목숨을
해칠 테니, 뒷문으로 나가세요."

"좋소이다, 분부대로 따르리다!"

삼장법사는 공주의 지시대로 일단 뒷문으로 빠져나가는 데 성공했
으나, 혼자서는 도망칠 엄두를 못 내고 가시덤불 속에 몸을 숨긴 채,
제자들이 찾아오기만을 기다리기 시작했다.

한편, 공주는 부리나케 앞문 쪽으로 달려갔다. 문밖에 나서 보니,
병기들이 맞부딪는 쇳소리가 요란하게 들려왔다.

백화수 공주는 목청을 드높여 고함쳤다.

"황포 낭군!"

요괴 마왕은 공주가 부르는 소리를 듣자, 저팔계와 사오정을 떨쳐
버리고 땅 위에 내려서더니 공주를 정답게 부여안으면서 물었다.

"여보, 무슨 일이오? 내게 할 말이 있소?"

공주는 애교를 떨어가며 이렇게 말했다.

"낭군, 제가 방금 잠이 들었다가 꿈을 꿨는데, 금빛 갑옷을 입은
신령이 나타났지 뭐예요."

"신령이 우리 집에는 무엇 하러 나타났단 말이오?"

"제가 궁중에 있을 때 남몰래 신령님께 소원을 빌고 맹세한 것이
하나 있었어요. 만약 저한테 훌륭한 낭군을 점지해주신다면, 명산대
찰(名山大刹)에 올라가 스님들께 보시하겠노라고 다짐을 두었죠. 그런
데 낭군을 만나 이렇듯 편히 살면서도 그 맹세를 깜빡 잊고 말았지 뭡
니까. 그랬더니 방금 신령이 꿈에 나타나서 '소원을 빌 때 맹세한 일

을 어찌하려느냐!' 하고 호통을 치는 게 아니겠어요? 깜짝 놀라 깨어 보니 한바탕 꿈이었어요. 그래서 얼른 낭군을 만나 얘기하러 나오는 도중에 보니, 말뚝에 낯선 스님 한 분이 묶여 있지 않겠어요. 여보, 제가 소원을 빌어서 당신처럼 훌륭한 배필을 만났으니 그 맹세도 지켜야죠? 제 낯을 보아서라도 보시하는 셈치고 그 스님과 제자들을 용서해주세요."

"이런! 그까짓 일 가지고 공연한 걱정을 다 하는구려. 내가 사람을 잡아먹으려 든다면 어딜 가서 한두 녀석쯤 못 잡겠소? 그 중 녀석들 일랑 놓아 보내리다."

황포노괴는 공주를 돌려보낸 후, 칼을 내리면서 지금까지 어우러져 싸우던 상대방을 고함쳐 불렀다.

"이것 봐, 저팔계! 내가 너희들한테 겁먹고 싸우지 못하는 게 아니라, 내 아내의 체면을 생각해서 네 스승을 놓아 보내기로 했다. 냉큼 가서 너희 스승을 찾아보고 함께 떠나거라! 그러나 또다시 내 땅에 얼씬거릴 때에는 용서하지 않을 테니 그리 알거라!"

한창 싸움판에서 밀려 은근히 쩔쩔매고 있던 저팔계와 사오정은 부리나케 말과 짐 보따리를 챙겨 가지고 허겁지겁 도망쳐 나왔다. 두 사람은 완자산 파월동을 반 바퀴 돌아 동굴 뒷문 밖까지 단걸음에 달려 갔다.

"사부님!"

부르는 외마디 소리에, 삼장법사는 얼른 가시덤불 속에서 기어 나왔다.

"애들아, 나 여기 있다!"

큰길에 오른 저팔계와 사오정은 한숨 돌리기가 무섭게 내가 옳으니 네가 그르니 말다툼을 벌이기 시작했다. 삼장법사는 중간에서 화해를 시키느라 진땀을 뺐다.

이렇듯 요괴의 소굴을 빠져나온 일행은 밤이 되면 쉬고, 새벽닭이 울면 하늘을 바라보며 쉬엄쉬엄 가던 끝에 어느덧 3백여 리 길을 걸었다.

며칠 후, 어느 산등성이를 넘어서자 거대한 성채가 나타났다. 그곳이 바로 백화수 공주가 말한 보상국 도성이었다.

성문에 들어선 당나라 스님 일행은 외국 사절이나 귀한 손님을 접대하는 역관(驛館)에 행장을 풀었다. 그리고 삼장법사 혼자서 대궐로 찾아가 수문장에게 찾아온 용건을 밝혔다.

"당나라 조정에서 파견된 승려가 보상국 국왕을 알현(謁見)하고 통행문서에 확인을 받으러 왔으니, 위에 아뢰어주시기 바랍니다."

보상국 임금은 당나라에서 지위 높은 승려가 왔다는 보고를 받자, 크게 기뻐하며 입궐하라는 분부를 내렸다.

이윽고 삼장법사는 황금빛 계단 아래 무릎 꿇고 깍듯이 예를 차렸다.

"소승은 천자 폐하의 칙명을 받들고 서방 세계로 불경을 구하러 가는 도중이옵니다. 조정에서 내린 통행증명서를 지니고 왔으므로, 국왕 폐하께 확인을 받는 것이 합당할까 하여 이렇듯 우러러 뵙나이다."

그리고 증명서를 꺼내 두 손으로 떠받들어 올렸다.

당 태종이 직접 초를 잡은 글의 내용은 대략 이러했다.

남섬부주 대 당나라 천자는 이 문서를 진현장 법사에게 내리노라.

짐은 보잘것없는 덕으로써 천하의 백성을 다스림에, 아침저녁으로 깊은 곳에 임하듯 얕은 데를 디뎌나가듯 항상 조심스러운 마음을 잊지 않았노라.

짐이 즉위한 지 13년째 되던 해에, 느낀 바 있어 저승에 떨어져 고통받는 망자들의 원통한 넋을 위로하고자 법회를 크게 열었도다.

이에 자비로운 관세음보살이 나타나 짐에게 이르기를 '서방 세계 부처님 계신 곳에 대승 경전이 있으니, 그 경전으로 억울하게 죽은 외로운 망자의 넋을 건져줄 수 있다'고 일깨워주셨기에, 짐은 특별히 현장 법사를 부처님 계신 땅으로 보내어 대승 경전을 구해오게 하였노라.

현장법사가 귀국에 당도하거든 부디 좋은 인연을 끊지 말고 통과시켜주기 바라노라.

그리고 당나라 황제의 옥새(玉璽)가 찍혀 있었다.

보상국 임금은 흔쾌히 통행문서에 본국 옥새를 찍고 친필로 서명한 다음, 그것을 삼장법사에게 도로 넘겨주었다.

삼장법사는 사례하며 문서를 거두어 넣고 다시 아뢰었다.

"소승이 폐하를 뵙고자 한 것은 따로 한 통의 서찰을 올리기 위해서였습니다."

"서찰이라니, 무슨 서찰이란 말씀이오?"

임금이 뜨악한 기색으로 묻자, 당나라 스님은 공주에게서 부탁받은 사연을 아뢰었다.

"국왕 폐하의 셋째 공주께서 완자산 파월동의 황포요괴에게 납치되

어 계신 것을 소승이 우연히 만나뵈었으며, 폐하께 서찰을 전해달라
하셨기에 가져왔나이다."

그 말을 듣자, 임금은 두 눈 가득 눈물이 고였다.

"십삼 년 전, 공주가 실종된 이후 신하들 가운데 많은 사람이 파직
당하고, 또 대궐 안의 궁녀 내시들 중에도 많은 사람이 처형당했소.
도성 안의 민가를 몇 차례나 수색하고 밤낮 없이 검문해보았어도 그
행방을 알 수 없었는데, 요사스런 괴물에게 붙잡혀 갔을 줄이야 어찌
알았으랴……!"

삼장법사는 간직했던 편지를 꺼내 임금에게 올렸다. 편지를 받아
든 국왕은 두 손이 떨려 차마 뜯지 못하고, 학자를 불러들여 대신 읽
게 했다.

편지에 적힌 사연은 이러했다.

불효녀 백화수는 부왕 폐하께 머리 조아려 이 글월을 올리나이다.

불초 소녀는 다행히 귀한 몸으로 태어나 지극한 사랑을 내려주심에
이루 형언할 길 없이 감사하오나, 마음과 힘을 다하여 효도를 받들어
올리지 못하였나이다.

돌이켜보옵건대, 십삼 년 전 팔월 십오일 추석날 밤, 여러 궁궐에서
잔치를 베풀고 달구경하며 풍성한 잔치를 함께 즐기던 중, 난데없이 향
기로운 바람이 불어 닥치더니, 금빛 눈동자에 쪽빛 얼굴, 푸른 머리털
을 가진 마왕이 나타나 소녀를 낚아채어 구름을 타고 날아갔사옵니다.

소녀는 그 요사스런 마왕에게 강제로 굴복당하여 아내가 되었사오
며, 항거할 길도 없이 십여 년 세월을 마왕과 함께 살아왔나이다. 그동

안 요사스런 씨를 받아 두 자식을 낳았사온데, 이야말로 인륜을 깨뜨리고 풍속과 교화를 망친 처사가 아닐 수 없사오며 차마 글월로써 이 욕됨을 전해 올린다는 것이 부당한 줄 아오나, 이 여식이 죽어서 세상을 떠난 뒤에도 모든 진상이 분명히 밝혀지지 않을까 염려되어 이렇듯 아뢰는 것입니다.

소녀가 한을 품고 부모님을 그리워하며 나날을 보내던 중, 뜻하지 않게 당나라 성승이 또한 요마에게 붙잡혀 들어왔기에, 소녀는 눈물로써 이 편지를 쓰고 대담하게 성승을 탈출시키면서 이 편지를 부왕 폐하께 전해줄 것을 부탁하여 안타까운 마음 백분의 일이나마 밝히나이다.

엎드려 바라건대, 부왕께서는 하루 속히 능력 있는 장수를 이 완자산 파월동에 파견하시어 요망한 노괴를 잡아 없애고 소녀를 구출하여 고국으로 돌아갈 수 있게 하여주소서.

학자가 편지를 다 읽고 나니, 국왕은 목을 놓아 대성통곡하고, 왕비와 문무 신하들 역시 가슴 아픈 사연에 눈물 흘리며 슬퍼하지 않는 이가 없었다.

이윽고 임금은 좌우 양편에 늘어선 문무 신하들을 둘러보고 이렇게 물었다.

"누가 출동하여 저 요사스런 마왕을 죽이고 우리 공주를 구출해 오겠는가?"

그러나 문무 반열에서 선뜻 응답하고 나서는 신하가 없었다. 두세 번 거듭 물어도, 하나같이 나무토막을 깎아 세워놓은 무장들이요, 진흙으로 빚어 만든 문관들뿐이라, 임금은 무능한 신하들의 반응에 기가 막혀 눈물을 뚝뚝 흘리기 시작했다.

신하들은 송구스러움을 이기지 못하고 모두들 엎드렸다.

"폐하, 소신들은 평범한 군사 병력을 지니고 있을 뿐이오며, 병법과 무예를 익혔다고는 하오나, 그 모두가 인간을 상대하는 전쟁터에서 쓰일 따름이옵니다. 공주를 납치한 저 요괴는 하나같이 안개구름을 타고 공중으로 날아다니는 신통력을 지니고 있을 터인데, 소신들이 평범한 능력으로 어떻게 그런 자와 싸워 이길 수 있으리까?"

한 사람이 입을 열자 다른 신하가 잇대어 아뢰었다.

"불경을 구하러 가는 이 장로는 당나라에서 파견된 성승입니다. 성승은 '도가 높아 맹수를 굴복시키고, 덕망이 무거워 귀신조차 감복시킨다' 하였으니, 반드시 저 요괴를 항복시킬 수 있는 술법을 지니고 계실 것입니다. 이 장로에게 청하셔서 공주님을 구출하도록 하심이 상책일까 하나이다."

임금은 그 말을 듣더니 급히 삼장법사 쪽을 돌아보며 간청했다.

"장로, 그대에게 요괴를 잡을 만한 수단이 있거든 부디 법력을 베풀어 내 여식을 구해주시오. 그렇게만 해준다면, 짐과 의형제를 맺고 부귀영화를 함께 누리도록 하겠소."

삼장법사는 당황하여 급히 아뢰었다.

"소승은 염불이라면 다소 외울 줄 압니다만, 요괴를 항복시킬 줄은 모르나이다."

"그대가 요괴 마귀를 굴복시킬 줄 모른다면, 어떻게 저 머나먼 서천 땅까지 가서 부처님을 뵐 수 있단 말이오?"

임금이 따져 물으니, 삼장법사도 숨기지 못하고 두 제자 얘기를 털어놓았다.

"폐하! 소승 혼자 몸이었다면 동녘 땅에서 여기까지 오지도 못했을 것입니다. 저팔계, 사오정이란 제자가 있어서, 소승을 보호하여 왔사옵니다."

임금은 이상하게 여겨 다시 물었다.

"제자가 둘씩이나 있다면서 왜 함께 입궐하여 짐을 만나지 않으셨소?"

"소승의 제자들은 하나같이 괴상하고 무섭게 생겼는지라 궁궐에 들어와 폐하를 놀라게 해드릴까 두려웠나이다."

그 말을 듣고 임금이 껄껄 웃었다.

"이상한 말씀이로군! 아무려면 짐이 겉모습을 보고 두려워할 줄 아셨소?"

임금은 시종관에게 명하여 급히 역관으로 달려가 삼장법사의 두 제자를 모셔오게 했다.

저팔계는 임금이 자기들을 부른다는 말을 듣자, 사오정을 돌아보고 히죽 웃었다.

"여보게, 이게 바로 편지를 내보인 덕분 아닌가? 아마도 공주의 편지를 받고 좋아서 사부님께 한상 푸짐하게 차려서 내온 게 틀림없네. 우리도 얼른 가서 한 끼니 배터지게 얻어먹세!"

이리하여 두 사람은 시종관을 따라 대궐로 들어갔다.

궁전에 들어서자, 문무백관들은 이들의 추악한 생김새에 겁을 집어먹고 웅성거렸다. 임금 역시 그 모습을 보고 깜짝 놀란 나머지, 저도 모르게 용상 아래로 굴러 떨어지고 말았다. 당나라 스님은 송구스러움을 이기지 못하고 엎드려 빌어야 했다.

한참 만에 겨우 정신을 차린 국왕이 두 사람을 향해 물었다.

"두 분 장로 중에 어느 분이 요괴를 항복시키는 재주가 더 많소?"

미련퉁이 저팔계는 영문도 모른 채 덥석 대꾸하고 나섰다.

"이 저팔계요! 요괴나 마귀 따위는 내가 곧잘 잡소."

"어떻게 잡는단 말인고?"

"나로 말하자면 하늘의 천봉원수를 지낸 몸이오. 옥황상제의 법을 어긴 탓으로 인간 세상에 떨어져 요 모양 요 꼴이 되었으나, 여기까지 오는 길에 누구보다 요괴를 많이 항복시킨 사람이 바로 이 저팔계였단 말이오."

부끄러운 줄도 모르고 낯 두껍게 큰소리를 탕탕 치는 저팔계였으나, 임금은 그래도 미심쩍어 다시 물었다.

"하늘의 장수가 인간 세상에 내려오셨다면, 필경 변신술법도 잘 쓰시겠구려? 어디 몸을 한번 크게 만들어보시오!"

"그쯤이야 누워서 떡 먹기지!"

사실 저팔계도 하늘의 신장 출신이라, 서른여섯 가지 변화술법을 지니고 있었다. 그는 임금이 보는 앞에서 솜씨를 뽐내볼 요량으로 중얼중얼 주문을 외우면서 외마디 소리로 호통쳤다.

"커져라!"

호통 한마디에 허리를 구부렸다가 번뜩 기지개를 켜는 순간, 저팔계의 몸뚱이는 당장 팔구십 척 길이로 늘어났다.

보상국의 임금과 신하들은 이 엄청난 변화에 놀라 입이 벌어진 채 올려다보고만 있었다. 임금은 얼굴빛이 하얗게 질려서 허겁지겁 만류했다.

"어서 그 신통력을 거두어들이시오! 장로의 술법이 어떤지 다 알았으니까……"

저팔계는 몸을 흔들어 처음과 같이 본색을 드러내더니 스승 곁에 우뚝 섰다.

임금이 놀란 가슴을 쓸어내리면서 다시 물었다.

"장로께서는 무슨 병기로 그 요괴와 싸울 작정이오?"

저팔계는 허리춤에서 쇠스랑을 선뜻 꺼내 보였다.

"저 선생이 쓰는 병기는 이거요!"

임금은 그것을 보고 어처구니가 없는지 껄껄대고 웃었다.

"그따위 쇠스랑을 어떻게 병기라고 할 수 있소? 우리 이 대궐 안에 병기란 병기는 모두 갖춰져 있으니, 무엇이든 손에 맞는 것으로 하나 골라 가시구려."

"폐하께선 모르는 말씀 하지도 마시오. 이 쇠스랑으로 말하자면 비록 둔탁하기는 해도, 하늘에서 은하수 통제부 원수로 있으면서 이것 한 자루만 가지고도 팔만 명이나 되는 수군을 통솔했을 뿐 아니라, 이제 속세에 내려와 사부님을 모시고 서천으로 가는 도중에 호랑이 굴을 때려부수고, 강물에 부닥치면 용과 이무기의 소굴을 뒤엎어버린 것이 바로 이 쇠스랑이었단 말이오."

임금은 그 말을 듣고 무척 기뻐하면서 저팔계에게 술 한잔을 하사하였다.

"저 장로, 아무쪼록 그 요괴를 잡아 없애고 내 여식을 구해 돌아오기만 하시오. 그때에는 짐이 큰 잔치를 베풀어드리고 천금(千金)으로 후히 사례하리다.”

이 미련한 놈은 술잔을 단숨에 마셔 비우더니, 그 자리에서 구름을 일으켜 타고 곧바로 하늘 높이 올라갔다.

보상국 임금은 그 광경을 보고 다시 한 번 깜짝 놀랐다.

“이크! 저 장로께선 구름을 탈 줄도 아시는구나!”

미련퉁이 저팔계가 호기 있게 떠나자, 사오정 역시 스승을 돌아보고 여쭈었다.

“사부님, 앞서 저하고 팔계 형님 둘이서 황포노괴와 싸웠는데, 실력이 엇비슷해 승부를 내지 못했습니다. 그런데 이제 둘째 형님 혼자 가서는 아마 이겨내지 못할까 걱정스럽습니다.”

삼장법사는 그도 그럴 듯싶어 고개를 끄덕였다.

“옳은 말이다. 오정아, 네가 뒤쫓아가서 도와주려무나.”

스승의 허락을 받아낸 사오정 역시 그 자리에서 구름을 일으켜 타고 저팔계의 뒤를 쫓아 휑하니 날아갔다.

보상국 임금은 삼장법사마저 날아갈까 보아 다급하게 소맷자락을 부여잡았다.

“스님은 구름을 타지 말고 짐과 함께 여기 앉아서 기다립시다.”

당나라 스님은 씁쓰레하니 웃으면서 이렇게 아뢰었다.

“소승은 구름을 타고 날기는커녕 여기서 반걸음도 떼어놓지 못합니다.”

16. 삼장법사, 호랑이로 변하다

저팔계의 뒤를 따라잡은 사오정이 버럭 고함쳐 불러 세웠다.

"형님, 잠깐만! 내가 왔소!"

"아무렴, 잘 왔네! 우리 둘이서 힘을 합쳐 그놈의 요괴를 잡아 꿇리세. 그래야 이 나라에서 이름 한번 날릴 수 있지 않겠나?"

잠시 후, 두 형제는 기세등등하게 파월동 어귀에 다다르자 구름을 낮추고 지상에 내려섰다. 응원군까지 얻게 된 저팔계는 다짜고짜 쇠스랑을 번쩍 치켜들어 동굴 문짝을 있는 힘껏 내리찍었다.

"꽈다당!"

무거운 돌 문짝에 열 되들이 뒷박만큼씩이나 하는 커다란 구멍이 뻥뻥 뚫렸다. 깜짝 놀란 문지기 졸개가 구멍 틈으로 내다보았더니 앞서 쳐들어왔던 두 중 녀석들 아닌가! 졸개는 허둥지둥 안으로 뛰어들어갔다.

"큰일 났습니다! 저 주둥이 삐죽하고 귀가 커다란 놈과 낮짝 시퍼렇게 생긴 놈이 또 나타났습니다!"

황포노괴는 속으로 깜짝 놀랐다.

"이런! 저팔계란 놈하고 사오정이 온 모양이로구나. 내가 제 스승을 놓아주었는데 무엇 하러 또 찾아왔단 말인가?"

그는 무장을 단단히 갖춘 다음, 칼자루를 움켜쥐고 바깥으로 뛰쳐나갔다.

"목숨을 살려주었으면 곱게 떠날 것이지, 무얼 찾아먹겠다고 또 나타나서 우리 대문짝을 때려부수는 거냐?"

저팔계가 냉큼 그 말을 받았다.

"이 고약한 놈! 무슨 좋은 일을 했다고 주둥이를 놀리는 거야?"

"뭐라고? 내가 뭘 어쨌다는 게냐?"

"네놈은 보상국 셋째 공주님을 꾀어다가 동굴 안에 가둬놓고 강제로 여편네를 삼지 않았더냐? 십삼 년 동안이나 데리고 살았으면 이제 돌려보내야 마땅하지, 평생 늙어 죽도록 끼고 살 작정이냐? 우리가 보상국 임금의 부탁을 받고 네놈을 잡으러 왔으니, 험한 꼴 보기 전에 공주님을 순순히 돌려보내라!"

이 말을 듣자 황포노괴는 번개 벼락 치듯 달려들더니 강철 같은 이빨을 뿌드득 소리가 나도록 갈아붙이면서 큰 칼로 저팔계의 정수리를 내리찍었다.

저팔계도 만만하게 당할 리 없을 터, 벼락같이 들이닥치는 칼날을 슬쩍 피한 다음, 쇠스랑으로 황포노괴의 면상을 후려 찍으며 반격해 나갔다. 사오정 역시 항요보장을 높이 치켜들고 저팔계와 협공해 들어갔다. 이리하여 완자산 중턱에서 벌어진 이 싸움은 전보다 더 치열

하여, 어느 쪽이든 사생결판을 내야만 끝날 것처럼 살기등등하게 벌어졌다.

그러나 시간이 지날수록 저팔계는 기력이 점점 떨어지더니 끝내는 쇠스랑 자루조차 제대로 들고 서 있지 못할 지경에 이르고 말았다. 동료가 이쯤 되니, 사오정 역시 몰리기 시작했다. 이들이 요괴 하나를 놓고 이렇듯 당해내지 못하게 된 이유는 간단하다. 앞서 첫 싸움이 벌어졌을 때에는 호법신령들이 당나라 스님을 보호하느라 현장에 있으면서 안 보이게 도와준 덕택으로 그나마 무승부를 이루었으나, 지금은 신령들이 삼장법사를 따라 보상국 대궐로 옮겨갔기 때문에 두 사람의 실력만으로는 이 사나운 적수를 이겨내지 못하게 된 것이다.

아무튼 미련퉁이 저팔계란 놈은 황포노괴를 감당할 수 없게 되자, 엉큼하게도 제 한 몸뚱이만 빠져나가기로 작심하고, 사오정에게 당치도 않은 핑계를 대었다.

"여보게 아우! 내가 대변 좀 보고 올 테니까, 그동안만 저놈을 막아주게!"

그는 사오정이 미처 돌아볼 틈도 주지 않고 싸움터에서 빠져나오기가 무섭게 뺑소니를 치더니, 멀찌감치 떨어진 가시덤불 속으로 쑤시고 들어갔다. 그러고는 두 번 다시 나올 엄두를 내지 못한 채, 그저 싸우는 소리를 듣고만 있었다.

저팔계가 달아난 기미를 눈치 챈 황포노괴가 혼자 동떨어진 사오정에게 집중 공격을 퍼붓기 시작했다. 둘이서 힘을 합쳐 싸워도 이기지 못할 판국에 홀몸으로 상대하자니 무슨 수로 배겨내랴. 사오정은 삽시간에 황포노괴의 손에 붙잡혀 꼼짝없이 동굴 속으로 끌려 들어가고 말았다. 신바람이 난 부하 요괴들은 굵다란 밧줄로 사오정의 양팔 두 다리를 한 묶음으로 단단히 결박했다.

　황포노괴는 사오정을 죽이지 않고 한 구석에 처박아두었다. 그리고 속으로 생각해보았다.

　'당나라 중 녀석은 내가 제 목숨을 살려주었으니, 설마 제자들더러 나를 없애란 얘기는 하지 않았을 것이고, 아무래도 내 마누라가 무슨 편지를 써서 자기 고국으로 보냈기 때문에 이런 일이 터졌을 것이다. 들어가서 알아보기로 하자꾸나!'

　아내에게 의심이 들자, 그는 요괴의 흉악한 본성이 치밀어 살기등 등하게 동굴 안채로 달려갔다.

　공주는 이런 줄도 모르고 앞채로 나오다가 황포노괴와 마주쳤다. 그런데 노괴가 무엇 때문에 성이 났는지 어금니를 갈아붙이면서 다가 오고 있는 것이 아닌가! 그래서 공주는 마음에도 없는 억지웃음을 지 어가며 요괴를 맞아들였다.

　"여보세요, 황포 낭군! 무슨 일로 이다지 화가 나셨어요?"

　그러자 노괴는 대뜸 욕설부터 퍼붓기 시작했다.

　"이 더러운 년아! 내가 당초에 너를 이곳으로 데려왔을 때에는 일 언반구도 그런 말이 없더니, 이제 와서 무슨 소리를 지껄인 거냐? 네 년이 부족한 것 하나 없이 일 년 열두 달 넉넉하게 살아왔고 정도 깊 이 들었는데, 어째서 네년은 부모 생각만 하고 부부간의 정리를 생각 하는 마음은 손톱만큼도 없단 말이냐?"

　공주는 이 말을 듣고 깜짝 놀라 되물었다.

"여보세요, 낭군! 왜 갑자기 그런 섭섭한 말씀을 하시는 거예요?"

"나 몰래 편지를 써 가지고 그 중놈을 시켜서 고국에 전하게 했지? 그렇지 않고서야 어떻게 그놈의 제자 두 녀석이 다시 우리 집에 쳐들어와서 네년을 내놓으라고 야단법석을 떨었겠느냐?"

"그건 오해예요. 제가 언제 무슨 편지를 써서 보냈다는 말이에요?"

"요런 앙큼한 것! 시침 떼지 마라. 너하고 대면시킬 놈을 여기 붙잡아놓았다. 이래도 증거가 없다고 뻗댈 참이냐?"

"그게 누구죠?"

"당나라 중의 둘째 제자 사오정이란 놈이다!"

백화수 공주는 어떻게 해서든지 빠져나갈 구멍을 찾느라고 끝까지 잡아떼었다.

"여보세요! 낭군, 그렇게 성을 내지만 마시고, 저와 같이 가서 한마디만 물어봅시다. 만약 편지를 써서 보낸 일이 있었다면 저를 때려죽인다 해도 기꺼이 죽음을 받겠어요. 하지만 나중에 가서 그런 일이 없다고 밝혀졌을 때에는 어떻게 하시겠어요? 그래도 저를 억울하게 죽이실 작정이에요?"

노괴는 이 말을 다 듣지도 않고 다짜고짜 시퍼런 손아귀로 공주의 머리채를 움켜잡더니 사오정이 있는 곳으로 끌고 가서 땅바닥에 동댕이쳤다. 그러고는 사오정을 노려보면서 물었다.

"바른대로 불어라! 너희들이 또 쳐들어온 것은, 이 계집이 편지를 써서 고국으로 보냈기 때문이지? 그래서 임금이 너희들더러 날 죽여 없애라고 시킨 게 아니냐!"

사오정은 한쪽 구석에 묶인 채로 쓰러져 있다가, 황포노괴란 놈이 흉악하게 날뛰며 따지고 드는 것을 보자 속으로 곰곰이 생각했다.

'공주는 분명히 편지를 보냈다. 그렇지만 이 여인은 우리 사부님의 목숨을 구해주었으니 그 은혜가 바다만큼이나 깊고 크다. 이제 내가 사실대로 말한다면 이 요괴는 공주를 죽일 것이 틀림없을 터, 그렇게 되면 내가 은혜를 원수로 갚는 격이 아니고 뭐란 말인가? 생각하면 내가 스승님을 모시고 여기까지 따라오는 동안 공을 한 번도 제대로 세워보지 못했는데, 오늘 요괴란 놈의 손에 붙잡혀 묶인 몸이 된 바에야 목숨을 던져서라도 스승님의 은혜에 보답해드리자꾸나!'

생각이 예에 미치자, 그는 버럭 호통을 질렀다.

"이 못된 요괴 놈아! 공주가 무슨 편지를 보냈다고 그따위 억울한 누명을 씌우는 게냐? 우리가 네놈을 찾아와서 공주를 내놓으라고 한 것은 그럴 만한 까닭이 있어서였다. 우리 사부님은 여기 갇혀 있는 동안 공주의 얼굴 모습이나 행동거지를 눈여겨보았기 때문에 기억하고 계셨다. 그러다가 보상국에 이르러 통행문서에 국왕의 확인을 받게 되었을 때, 국왕이 공주의 초상화를 꺼내 보여주면서 오는 도중에 이런 여자를 본 적이 없느냐고 물었다. 그래서 우리 사부님은 공주의 모습을 또렷이 기억하고 계셨기 때문에 보고 들은 대로 이야기를 꺼내셨던 것이다. 국왕은 이 말씀을 듣고, 우리더러 공주를 구해달라고 부탁했다. 이것이 사실인데 무슨 놈의 편지 따위를 보냈다고 날뛰는 거냐? 죽이려거든 이 사오정을 죽이고, 죄 없는 사람을 해치지는 말아라!"

황포노괴는 사오정이 너무나도 꿋꿋하게 대답하는 것을 보고서, 자기가 오해한 것으로 알고 마침내 칼을 내던졌다. 그러고는 두 손으로 공주를 안아 일으켰다.

"여보 마누라! 내가 거친 성미에 한때 잘못 생각하고 공연히 시끄럽게 굴어 미안하오. 너무 언짢게 여기지 말구려."

공주는 노괴의 풀이 꺾인 것을 보고 내친김에 한 가지 부탁을 했다.

"여보, 그게 진정이라면, 저 스님의 결박을 조금만 늦추어주지 않겠어요?"

황포노괴는 당장 부하들을 시켜 사오정의 결박을 아예 풀어주고 한 구석에 가두어놓게 하였다. 사오정은 밧줄이 풀리자, 서성거리면서 이런 생각을 했다.

'옛말에 '남을 위해주면 곧 자신을 위하는 것이나 다름없다'더니, 과연 그 말이 맞는구나. 내가 공주를 감싸주지 않았던들, 그 역시 나를 이렇게 풀어주도록 하지는 않았을 게 아닌가……?'

한편에서, 요괴는 또 술자리를 마련해놓고 공주의 놀란 마음을 가라앉혀주었다. 술기운이 절반쯤 올랐을 때, 요괴는 갑자기 안채로 들어가 말끔한 옷으로 갈아입고 허리에 보검을 한 자루 차고 나왔다.

"여보, 집에서 아이들이나 돌보고 있구려. 나는 보상국에 건너가 장인어른께 인사드리고 오리다."

이 말을 듣고 공주는 깜짝 놀랐다.

"안 돼요! 가시면 안 됩니다."

"어째서 가면 안 된다는 거요?"

요괴가 언짢은 기색으로 묻자, 공주는 부드러운 말씨로 이렇게 대답했다.

"제 아버님은 태어나서부터 도성 밖으로는 한 걸음도 멀리 나가보신 적이 없을 뿐 아니라, 당신처럼 무섭게 생긴 분을 만나본 적도 없으세요. 이제 당신이 그 얼굴 생긴 대로 만나보셨다가는, 아마 제 아버님이 까무러쳐 돌아가실 겁니다."

"그럼 나도 멀끔한 모습으로 탈바꿈해서 찾아가면 되겠군."

놀랍게도 황포노괴는 즉석에서 몸을 뒤틀더니 눈 깜짝할 사이에 아주 멋지고 잘생긴 귀공자로 둔갑하는 것이 아닌가!

"어떻소, 이만하면 되겠소?"

"참말 그럴듯하게 변장하셨군요! 당신이 그 풍채로 대궐에 들어가신다면 부왕께서 크게 기뻐 잔치를 베풀어주실 거예요. 하지만 술에 취하시거든 아무쪼록 당신의 본모습을 드러내지 않도록 조심하세요."

"내가 알아서 처신할 테니 염려하지 말구려."

늙은 요괴는 그 길로 구름을 일으켜 타고 삽시간에 보상국 도성까지 날아갔다. 대궐 문 앞에 내려선 그는 수문장을 보고 이렇게 용건을 밝혔다.

"셋째 부마가 국왕 폐하를 알현하고자 하니, 아뢰어주시오."

전갈을 받은 시종관이 부리나케 백옥 계단 아래 달려가 아뢰었다.

때마침 국왕은 삼장법사와 한담을 나누고 있다가, 난데없이 셋째 부마란 자가 찾아왔다는 소리를 듣고 깜짝 놀라 신하들에게 물었다.

"그것 참 별소리를 다 듣는군! 짐에게는 부마가 둘뿐인데, 셋째 부마라니……?"

여러 신하들이 아뢰었다.

"셋째 부마라면 분명 그 요괴가 찾아온 것이 틀림없사옵니다."

"들어오라고 허락을 내려야 할까?"

이때 삼장법사는 속으로 은근히 놀라면서 이렇게 아뢰었다.

"폐하, 상대는 안개구름을 탈 줄 아는 요괴입니다. 그자는 어떻게 든 대궐 안으로 들어오고야 말 터이니, 차라리 들라 하시는 것이 나을 까 하옵니다."

국왕은 삼장법사의 말을 받아들였다.

이윽고 미끈하게 잘생긴 선비로 둔갑한 황포노괴가 백옥 계단 아래 당도했다. 그는 국왕 앞에 무릎 꿇어 공손히 이마를 조아렸다. 임금 과 신하들은 '셋째 부마'의 생김새가 준수할 뿐만 아니라 예절을 깍듯 이 차리는 것을 보고, 설마 요괴인가 싶었다. 하기야 모두 범속한 눈 을 가진 사람들이라, 요망한 괴물을 보고도 인간으로 여길 수밖에 없 었던 것이다.

"부마, 그대는 어디 살며, 언제 우리 공주와 짝을 맺었기에 십삼 년이 지난 오늘에야 근친(覲親)하러 오게 되었는고?"

황포노괴는 능청스럽게 대답했다.

"주군 전하, 소신은 도성 동쪽 완자산 파월동이란 마을에 거처하고 있나이다."

"그 마을이 여기서 얼마나 먼고?"

"그리 멀지 않습니다. 겨우 삼백 리 밖에 있나이다."

"삼백 리 길을 우리 공주가 어떻게 걸어가서 그대의 배필이 되었단 말인가?"

국왕의 힐문이 날카로워지자, 요괴는 거짓말로 그럴듯하게 꾸며서 대답했다.

"소신은 어려서부터 활 쏘기와 말 타기를 몹시 즐겨 사냥을 생업으로 삼아왔습니다. 십삼 년 전 사냥하던 차에, 갑자기 사나운 호랑이 한 마리가 웬 여자를 등에 업고 달아나는 것을 발견했습니다. 소신은 화살 한 대로 맹호를 쏘아 쓰러뜨린 뒤에 그 여자를 저희 마을에 데려가 더운물을 끼얹어 깨어나게 했습니다……”

“그래, 그 여자가 공주였단 말인가?”

“예, 소신이 다 죽어가던 목숨을 살려놓고 어디 사는 누구냐고 물었습니다만, 그 여자는 여염집 규수라고만 대답할 뿐 ‘공주’라는 말은 입 밖에도 내지 않았습니다. 소신도 그런 줄로만 알고 건강을 되찾을 때까지 저희 거처에 머무르게 했는데, 그러는 동안에 차츰 서로 마음이 통하고 정이 들어 마침내 부부의 인연을 맺게 되었던 것입니다.”

“호랑이는 어떻게 처치했는가?”

“혼인할 당시, 소신은 잡아온 호랑이로 잔치를 벌이려 하였으나, 공주께서 죽이지 말라고 간청했습니다. 중매쟁이도 없이 혼인을 맺었는데, 그 호랑이가 중매를 서준 셈이 아니냐, 그러니 목숨은 살려주라고 했던 것입니다. 소신도 그럴듯하게 여겨 호랑이를 산으로 놓아보냈습니다. 호랑이는 살 맞은 상처를 안고 사라졌습니다.”

여기까지 말한 요괴는 군신(君臣)들의 눈치를 볼 겸해서 잠시 뜸을 들이더니 계속 거짓말을 늘어놓았다.

“목숨을 건져 도망친 호랑이는 그 후 몇 해 동안 도를 닦아 요정이 되었습니다. 소신은 여러 해 전부터 동녘 땅에서 서천으로 불경을 구하러 가는 승려가 있다는 소문을 들었습니다만, 그들 역시 호랑이한테 잡아먹혔다고 합니다. 그 얘기가 사실이라면, 당나라 화상이 지금 이 자리에 와 있을 턱이 없습니다. 소신이 생각하건대, 그 호랑이는 당나라 승려를 잡아먹고 통행문서를 빼앗은 다음, 불경을 가지러 가는 승려로 변신하여 국왕 폐하와 여러 대신들을 속이고 있는 게 분명합니다.”

여기서 황포노괴는 삼장법사를 손가락질하면서 큰 소리로 외쳤다.

“주군! 저 방석에 앉아 있는 것은 진짜 승려가 아니라, 바로 십삼 년 전에 공주님을 업어 가지고 달아났던 맹호입니다!”

귀가 여린 국왕은 그만 이 터무니없는 거짓말을 곧이곧대로 믿어버리고 말았다.

“오오, 내 현명한 부마여! 그대는 이 스님이 공주를 업어간 호랑이라는 것을 어떻게 알아보았는고?”

“주군! 소신은 산중에서 호랑이만 잡으며 살아온 몸입니다. 먹는 것도 호랑이 고기요 입는 것도 호랑이 가죽인데, 어찌 호랑이를 알아보지 못하겠습니까?”

“정 그렇다면, 저 승려의 정체를 드러내어 짐에게 보여줄 수 있겠는가?”

국왕의 요구에, 황포노괴는 물 한 잔을 청한 다음, 당나라 스님 앞으로 걸어가더니, 눈앞을 흐리게 하고 몸뚱이를 꼼짝 못하게 만드는 술법을 부려 입에 머금은 물을 삼장법사에게 확 뿜어 보내면서 호통을 쳤다.

“변해라!”

외마디 소리가 떨어지는 순간, 당나라 스님은 정신이 말짱하면서도 몸뚱이는 어느새 얼룩덜룩한 맹호로 변하여 방석 위에 앉아 있는 것이 아닌가!

국왕은 눈앞의 호랑이를 보는 순간 혼비백산하여 넘어지고, 여러 신하들도 모조리 기절초풍하도록 놀라 비명을 지르면서 뿔뿔이 흩어져 달아나고 말았다.

이런 아수라장 가운데서도 담보가 제법 큰 몇몇 장수와 무관들이 한꺼번에 달려들더니 마구잡이로 호랑이를 찌르고 베고, 정신없이 몰아쳤다. 하지만 당나라 스님은 죽을 운명이 아니었는지, 천만다행히도 이때 호법신령들이 아무도 모르게 공중에서 보호해준 덕분으로, 상처 한 군데 나지 않고 끄떡없이 살아 있었다.

여러 장수들은 날이 어두워질 무렵에야 간신히 호랑이를 사로잡을 수 있었다. 그들은 호랑이를 쇠사슬로 단단히 묶어 철창을 둘러친 우릿간에 가두었다.

한바탕 소동이 끝나자, 임금은 잔치를 베풀어 '셋째 부마'의 공로에 보답했다.

그날 밤, 국왕과 모든 신하들이 돌아간 뒤에도 황포노괴는 여전히 대궐에 남아서 잔칫상을 별궁으로 옮겨다놓고 십여 명의 궁녀들에게 풍악을 잡혀가며 혼자 술을 마시고 즐겼다.

어느덧 밤도 깊어 이경(二更, 21~23시)에 접어들 무렵, 술을 실컷 마시고 취기가 왈칵 오른 황포노괴는 참고 참았던 야성이 폭발하면서, 저도 모르는 사이에 요괴의 본색을 드러내고 말았다. 흉악한 본성을 억누르지 못하고 발작을 일으킨 그는 큼지막한 손아귀로 때마침 비파를 타고 있던 궁녀를 덥석 움켜잡아 가지고 한 입에 머리통을 물어뜯었다. 그 끔찍스런 광경에, 나머지 궁녀들은 혼비백산하도록 놀라 새된 비명을 질러가며 요괴의 손을 피해 달아나느라 일대 소동이 벌어졌다.

궁궐 안에서 이렇듯 끔찍한 일이 벌어지고 있는데도, 바깥에서는 사람들이 엉뚱한 소문을 퍼뜨리고 다녔다.

"당나라 스님은 사람이 아니라, 호랑이의 요정이란다!"

소문이 퍼져나가니 도성 안은 온통 술렁대고, 이 소문은 삼장법사 일행이 짐을 맡겨둔 역관에까지 스며들었다. 그 무렵 역관에는 아무도 없이 백마 혼자 마구간에서 한가롭게 풀을 뜯고 있었다.

앞서 말한 것처럼, 백마는 본디 서해 용왕의 아들로서 일찍이 하늘의 법을 어긴 죗값을 받아 뿔을 썰리고 비늘을 뜯긴 채 백마로 변신하여, 당나라 스님을 태우고 서방 세계로 가는 길이었다. 이 젊은 용왕은 느닷없이 역관 바깥에서 잇따라 들려오는 소문을 듣고 깜짝 놀랐다.

'우리 사부님은 멀쩡한 인간이 분명한데 어떻게 요정이란 말인가? 아마도 그 늙은 요괴가 사부님을 호랑이로 탈바꿈시켜 해치려는 것이 틀림없다. 큰형님 손오공은 쫓겨가신 지 오래고, 저팔계와 사오정은 한번 떠나 소식이 없으니, 장차 이 일을 어떻게 해야 좋단 말인가?'

백마는 밤늦게까지 기다렸으나 저팔계와 사오정이 끝내 돌아오지 않자 결단을 내렸다.

'오냐, 좋다! 내가 당나라 스님을 구해내지 못한다면, 내 공덕은 모두 물거품으로 돌아가고 말리라. 내 한 몸으로라도 그분을 구해드려야겠다!'

그는 고삐를 이빨로 물어 끊고 신통력을 써서 예전과 똑같은 용의 모습이 되더니, 먹구름을 일으켜 타고 높은 상공으로 올라가 대궐 안을 살펴보기 시작했다.

대궐 안의 다른 궁전은 모두 캄캄한데, 별궁에만 촛불이 휘황찬란하게 밝혀져 있었다. 자세히 보니, 낯익은 황포노괴가 홀로 앉아서 술을 마시며 사람의 고기를 뜯어 먹고 있는 게 아닌가?

"저런 못된 놈 봤나! 터무니없는 소문을 퍼뜨려놓더니 이제는 아예 본색을 드러내고 흉악한 짓을 저지르고 있구나. 가만있거라, 내 이놈을 농락해서 잡아 없애고 사부님을 구해드려야겠다"

지상으로 내려선 젊은 용왕은 눈 깜짝할 사이에 아리따운 궁녀로 변신했다. 날씬한 몸매에 보기만 해도 애교가 뚝뚝 떨어지는 귀여운 궁녀의 모습이었다. 감쪽같이 탈바꿈한 젊은 용왕은 별궁 안으로 들어가더니 간드러진 목소리로 요괴에게 아양을 떨었다.

"부마 나으리, 제 목숨만은 해치지 말아주세요. 대신 술 한잔 따라 올릴게요."

황포노괴는 요것 봐라 싶어 물끄러미 바라보다가 마침내 술병을 내밀었다.

"어디 한잔 따라보려무나."

젊은 용왕이 술병을 받아 들고 잔에 채우기 시작하는데, 어찌 된 노릇인지 술은 한 잔을 가득 채우고도 계속 치솟아 올랐다. 술잔 언저리를 넘어선 술 줄기는 13층짜리 불탑처럼 까마득히 솟구쳤어도 쏟아지거나 허물어지지 않았다. 그것은 물이 쏟아지지 못하게 만드는 '핍수법(逼水法)'으로, 바다를 헤치고 살아가는 용이라면 얼마든지 해낼 수 있는 술법이었다. 그런데 요괴는 이런 재주를 본 적이 없는 터라 그저 신기하게만 여겼다.

"이런! 네게 이런 재간이 다 있었구나?"

요괴는 술 줄기에 주둥이를 내밀어 한 입에 쭈욱 빨아 마셨다. 그러고는 또 사람의 고기를 입에 넣고 씹었다.

"춤도 출 줄 아느냐?"

젊은 용왕은 이렇게 대답했다.

"조금 배워서 출 줄 압니다만, 맨손으로 추면 별로 재미가 없죠."

이 말을 듣고 황포노괴는 허리에 차고 있던 보검을 선뜻 뽑아 젊은 용왕에게 건네주었다. 칼을 받아 든 그는 술자리 앞으로 다가서서 칼춤을 추어 보이는데, 그것은 '화도법(花刀法)'이란 검무로서 칼부림이 어찌나 빠르게 돌아가는지 보기만 해도 현기증을 일으킬 정도로 현란한 춤이었다.

이렇게 해서 요괴의 넋을 뽑아놓는 데 성공한 젊은 용왕은 그제야 검무를 중단하고 실전 검법을 써서 요괴의 머리통을 겨냥하여 내리찍었다.

"앗……!"

깜짝 놀란 황포노괴는 취중에도 눈썰미가 어지간히 빠른 터라, 잽싸게 몸을 옆으로 빼더니 엉겁결에 촛대 한 자루를 집어 들고 칼날의 공격을 막아냈다. 그 촛대는 왕궁의 연회에 쓰이는 것으로서 무게가 팔구십 근이나 되는 무거운 것이었다.

이윽고 둘은 별궁을 빠져나와 허공으로 솟구쳐 올랐다. 궁녀는 용의 본색을 드러내어 구름을 타고 황포노괴를 맞아 필사적으로 싸우기 시작했다.

그러나 엎치락뒤치락 여덟아홉 차례 맞부딪쳐 싸우고 났을 때, 젊은 용왕은 팔뚝과 근육이 저려오면서 차츰 밀리기 시작했다. 그는 마지막 수단을 쓰기로 작심하고 요괴의 정면으로 칼날을 냅다 던져 날렸다. 하지만 그 칼의 임자는 황포노괴였다. 자신이 애용하던 병기가 날아들자, 요괴는 한 손으로 거뜬히 낚아채는 한편, 들고 있던 육중한 촛대를 젊은 용왕에게 던져 보내면서 뒤따라 무서운 기세로 달려들었다.

"어이쿠……!"

촛대는 어김없이 젊은 용왕의 넓적다리에 들어맞았다. 상처를 입은 그는 할 수 없이 지상으로 곤두박질쳐 내렸다. 다행히도 근처에는 궁성을 감돌아 흐르는 운하가 있었기 때문에, 그는 강물 속으로 몸을 날려 가까스로 달아날 수 있었다.

젊은 용왕은 강물 밑바닥에 엎드려 있다가 아무런 기척도 들리지 않자 비로소 물 밖으로 뛰어오른 다음, 이를 악물고 넓적다리의 아픔을 참아가며 역관으로 돌아왔다. 그리고 다시 백마로 변신하여 마구간에 들어앉았으나, 온 몸뚱이는 흠뻑 젖어 물에 빠진 생쥐 꼴이요 넓적다리에는 시퍼렇게 멍든 상처가 나 있으니, 참담하기 이를 데 없는 심정이었다.

한편, 사오정을 따돌려놓고 혼자 도망쳤던 저팔계는 가시덤불 속에 머리를 처박은 채 한잠 늘어지게 잤다. 한번 잠에 곯아떨어지니 한밤중이 되어서야 겨우 깨어나게 되었다. 가까스로 눈을 뜨기는 했으나 어디가 어딘지 도대체 알 수가 없다. 북두칠성 돌아앉은 자리를 보니, 때는 자정을 넘어섰다. 그는 혼자서 곰곰이 생각해보았다.

"자아, 이제는 어떻게 한다? 사오정을 구해주어야겠는데, 내 한 몸뚱이 가지고 무슨 재주로 그 녀석을 구해낸단 말이냐? 일단 성내로 돌아가 사부님께 얼렁뚱땅 변명해놓고, 임금더러 군사를 내달라고 해서 내일 아침 다시 쳐들어오기로 하자!"

이 미련한 녀석은 급히 구름을 타고 도성 안으로 돌아왔다. 그가 역관에 도착했을 때는 인적이 끊겨 조용하고 밝은 달만 덩그러니 떠 있는 시각이었다. 저팔계가 방을 다 뒤졌으나 스승의 모습은 어디에도 보이지 않았다. 마구간으로 가보니, 백마 혼자서 엎드려 있는데 온 몸뚱이가 흠뻑 젖고 허벅지에는 대접만큼이나 큰 멍이 시퍼렇게 들어 있었다.

저팔계는 깜짝 놀라 혼잣말로 중얼거렸다.

"이건 또 웬일이야? 이 빌어먹을 짐승은 걷지도 않았는데 웬 땀을 저렇게 흘렸으며 넓적다리에는 왜 또 시퍼렇게 멍이 들었는지 모르겠네."

용마는 저팔계가 돌아온 것을 알아보고 사람의 말로 냅다 고함을 질렀다.

"둘째 사형!"

혼자 투덜대던 저팔계는 난데없이 사람의 목소리가 들리자, 기절초풍을 한 나머지 엉덩방아를 찧고 말았다. 겁에 질려 엉금엉금 기어 일어나 뒷걸음질로 뺑소니치려는데, 용마가 목을 쑥 내밀어 이 미련한 놈의 옷자락을 덥석 물고 늘어졌다.

"형님, 어딜 가시려고? 날 무서워할 것 없소."

저팔계는 와들와들 떨면서 백마를 쳐다보았다.

"여보게, 자네 언제부터 말을 할 줄 알게 되었나? 자네까지 말하는 걸 보니, 오늘 아무래도 불상사가 크게 일어난 모양일세."

젊은 용왕이 퉁명스레 물었다.

"사부님께서 봉변당하고 계시다는 것을 알고나 있소?"

"난 모르겠는데?"

"사형은 모른다고만 하면 다 되는 거요? 둘째 사형과 막내 사형이 임금 앞에서 요괴를 잡아 없앤다고 큰소리 치고 떠났다는 걸 내가 모를 줄 알고? 그런데 요괴란 놈이 워낙 신통력이 대단한 녀석이라 두 형님들이 당해내지 못했던 게 아니오?"

"그야, 그럴 수도 있는 거지, 뭐……"

저팔계는 우물쭈물 딴청을 부렸으나, 그다음에 백마가 하는 말을 듣고 속이 뜨끔해졌다. 백마는 소문으로 전해 듣고 또 자신이 겪었던 사연을 다 털어놓았다. 황포노괴가 잘생긴 선비로 변신해 가지고 입궐하여 임금 앞에서 '셋째 부마'라고 소개하고 당나라 스님을 호랑이로 둔갑시켜 가두어놓았다는 소문, 그리고 자신은 걱정스러운 나머지 수소문하러 나갔다가 요괴를 발견하고 궁녀로 변신해서 습격했으나 도리어 부상을 당하고 쫓겨온 경위에 이르기까지 낱낱이 얘기해주었던 것이다.

"정말 그런 일이 있었는가?"

저팔계가 미심쩍은 듯이 반문하자, 젊은 용왕은 버럭 호통을 질렀다.

"딴소리 마시오! 내가 무엇 때문에 형님을 속이겠소?"

"알았네, 알았어! 하면 이 일을 어떻게 해야 좋단 말인가……? 여보게, 자네 몸을 추스를 수 있겠나?"

"움직일 수 있다면 어떻게 하잔 말이오?"

퉁명스레 쏘아붙이는 소리를 들으면서도, 저팔계의 생각은 딴 데로 향해 있었다.

"운신할 수 있거든, 자네는 서양 대해로 돌아가게. 나는 이 보따리나 짊어지고 고씨네 마을로 돌아가서 옛날처럼 사위 노릇이나 해야지!"

그 말을 듣자, 젊은 용왕은 눈물을 뚝뚝 흘리면서 이렇게 말했다.

"제발 부탁이니 맥 빠지게 헤어지자는 소리는 그만 좀 하시오."

"그럼 나더러 어떻게 하란 말인가? 사오정은 요괴한테 사로잡혀 동굴 속에 갇혀 있고, 나 혼자서 사부님을 구해내기는 아예 글렀고…… 형편이 이런 데야 삼십육계 줄행랑이나 치는 게 옳지, 뭘 또 기다린단 말인가?"

젊은 용왕은 이 말을 듣고 한참 동안 생각에 잠겨 있다가 이런 제안을 했다.

"형님이 꼭 사부님을 구해낼 생각이 있거든 한 사람을 모셔오도록 해요."

"한 사람이라니, 누굴 모셔오라는 거야?"

"지금 이 길로 화과산으로 날아가서 큰 사형을 모셔오세요. 큰형님은 요괴를 항복시킬 법력이 있으니까……"

그러자 저팔계가 그 말을 중간에서 딱 끊는다.

"그건 곤란해! 다른 사람을 모셔오라고 하면 몰라도, 그 원숭이는 나하고 마음이 좀 맞지 않는 데가 있어서 힘들겠어. 지난번 백호령에서 강시 요괴를 때려죽였을 때, 그 원숭이는 내가 사부님을 충동질해서 '긴고주'를 외우게 했다고 나를 얼마나 원망했는지 자네도 잘 알지 않나?”

“경위야 옳든 그르든 간에, 큰형님만이 사부님을 구해드리고 또 둘째 형님과 내가 그 요괴한테 쫓겨 달아난 앙갚음도 해줄 게 아닙니까?”

“그놈의 원숭이가 지금 날 얼마나 미워하고 있을지 모르는데, 나더러 찾아가라고? 천만의 말씀을! 그 원숭이는 절대로 오지 않을 걸세. 더구나 피차간에 수틀리면 그 빌어먹을 놈의 생사람 잡는 쇠몽둥이로 두들겨 팰 텐데, 그걸 내가 무슨 재주로 막아낸단 말인가?”

그래도 젊은 용왕은 단념하지 않고 차근차근 타일렀다.

“큰형님은 인자하고 의리 있는 원숭이 임금 아닙니까. 지금 가서 잘못을 빌고 ‘사부님이 형님을 무척 그리워하고 계시다’고만 귀띔하세요. 어차피 큰형님도 이런 사정을 알게 되면 둘째 형님에 대한 노여움을 잊고 황포노괴와 싸워주실 게 아닙니까. 요괴만 때려잡으면 사부님이나 막내 형님은 저절로 구해낼 수 있게 될 테고……”

용마의 간절한 부탁에, 저팔계도 어쩔 도리가 없는지 고개를 끄덕였다.

“알았네! 알아들었으니까 그쯤 해두게. 자네가 그토록 애를 쓰고 다쳤는데, 내가 안 간다면 나더러 의리부동한 놈이라고 욕하겠지. 좋네! 가보기는 하겠지만 과연 손오공이 따라나서려고 할지 모르겠네. 오지 않는다면 나도 그 길로 훌쩍 떠나버리고 말 테니까, 기다리지 말게.”

“그런 소리 말고, 어서 가보기나 해요! 큰형님은 꼭 오실 거요.”

용마의 성화에 견디다 못한 저팔계는 허공으로 훌쩍 뛰어오르더니 구름을 일으켜 타고 동쪽으로 날아갔다. 그는 때맞춰 불어오는 순풍을 만나 두 귀를 곤두세워 마치 돛단배처럼 바람을 가득 안고 순식간에 동양 대해를 건널 수 있었다.

어느새 동녘 하늘에는 아침 해가 덩그러니 솟아올랐다. 그는 곧바로 화과산에 들어섰다.

한참 길을 찾아 헤매고 있던 차에, 어디선가 왁자지껄 시끄러운 소리가 들려왔다. 자세히 살펴보니, 바로 제천대성이 깊은 골짜기에 요정들을 모아놓고 바위 높이 올라앉았는데, 그 앞에 1천2백여 마리나되는 원숭이 떼가 함성을 지르는 소리였다.

"제천대성 만세! 만세……!"

저팔계는 그 광경을 보고 혼잣말로 중얼거렸다.

"이것 참 팔자가 늘어졌군그래! 저러니 집에 돌아올 생각뿐이지, 어디 중노릇을 하고 싶을 리가 있겠나? 이 저팔계에게도 이만한 터전이 있다면 중노릇이고 뭐고 다 때려치워버렸을 게다…… 그건 그렇고, 이왕 여기까지 왔으니 무슨 수를 쓰든지 꼭 한번 만나보기는 해야겠는데, 어쩐다……?"

미련퉁이 저팔계는 앞서 저지른 일이 있는 터라 손오공에게 은근히 겁을 먹고 있었다. 그래서 떳떳하게 만나볼 엄두는 내지 못하고 허리를 잔뜩 구부리고 살금살금 다가가서, 1천2백 마리나 되는 원숭이들 틈을 비집고 들어가 엎드렸다.

그러나 어찌 알았으랴! 제천대성은 워낙 높은 바위에 올라앉아 있기도 하려니와 눈썰미 역시 날카롭기 짝이 없는 터라, 단번에 저팔계의 정체를 알아보았다.

"저 패거리에 끼여 절하는 놈이 누구냐? 아무리 보아도 낯선 놈인데 어디서 굴러 들어왔는지 모르겠다. 애들아, 저놈을 당장 잡아오너라!"

말끝이 떨어지기도 전에, 부하 원숭이들이 와르르 달려들더니 저팔계를 붙잡아 쓰러뜨리고 질질 끌어다가 제천대성 앞에 꿇어앉혔다.

"넌 어디서 온 놈이냐?"

제천대성이 호통쳐 묻자, 저팔계는 고개를 잔뜩 수그린 채 대답했다.

"황공하나이다. 저는 다른 데서 온 낯선 놈이 아니라, 대왕께서 잘 보시면 아실 만한 사람입니다."

"내 부하 원숭이들은 모두 생김새가 똑같다. 그런데 네놈은 주둥이하고 꼬락서니가 추접스레 생긴 것이, 분명 딴 데서 굴러먹다 온 요괴가 틀림없어!"

저팔계는 머리를 숙인 채 주둥이만 비죽 내밀고 투덜거렸다.

"허허, 이것 참말 기가 막히는군! 나하고 형님 아우 노릇을 한 지 벌써 몇 해가 지났는데 딴 데서 굴러 들어온 낯선 놈이라니, 그걸 말씀이라고 하시오?"

그제야 손오공이 빙그레 웃었다.

"그럼 어디 그 낯짝을 들어봐라."

미련퉁이는 주둥이를 위로 쑥 뽑아 올리면서 악을 썼다.

"자아, 보시구려! 나를 알아보지는 못해도 이 주둥이는 알아보실 거요!"

손오공은 참고 참았던 웃음보가 한꺼번에 터져 나왔다.

"우하하하! 저팔계였구나!"

그 한마디에 미련퉁이도 땅바닥을 박차고 벌떡 일어나면서 마주 소리쳤다.

"맞았소, 맞았어! 내가 저팔계요!"

대꾸하면서도 속으로 궁리해보았다. 나를 아는 척했으니, 얘기도 쉽게 풀리겠군……

손오공이 다시 물었다.

"자네, 당나라 스님을 따라 불경을 얻으러 가지는 않고 여기는 무엇 하러 왔나? 혹시 자네도 나처럼 당나라 스님의 성미를 건드려 쫓겨난 것은 아닌가?"

"그런 일 없소, 없어! 파문도 안 당하고 쫓겨나지도 않았단 말이오!"

"쫓겨나지 않았다면, 자네가 무엇 때문에 날 찾아왔는가?"

"사부님이 형님을 무척 그리워하고 계십디다. 그래서 나더러 형님을 다시 모셔오라고 보내셨소."

그 말에 손오공은 코웃음을 쳤다.

"흐흠, 가당치도 않은 소리! 그분은 날 도로 오라고 자넬 보내실 분도 아니고, 그리워하실 분도 아닐세. 나를 두 번 다시 보지 않겠노라고 하늘에 맹세했을 뿐만 아니라 당신 손으로 직접 파문장까지 써주는 걸 자네도 보아서 알 게 아닌가?"

저팔계는 이것 큰일 났다 싶어 그 자리에서 거짓말을 꾸며대기 시작했다.

"정말이라니까! 정말로 그리워하고 계신단 말이오!"

"그걸 어떻게 아나?"

"사부님이 말을 타고 가시는 도중에 느닷없이 '제자야!' 하고 부르시기에, 나야 언제 그런 말을 들어본 적이 있었소? 그래서 못 들은 척하고 말았지 뭐요. 사오정 역시 귀머거리인 척하고 넘겨듣고 말이오…… 그랬더니 사부님 혼자서 하시는 말씀이 '네 녀석들은 다 소용없구나. 오공은 그래도 똑똑하고 영리해서, 내가 한번 부르면 말끝이 떨어지기 무섭게 대령할 뿐만 아니라, 한 가지를 물으면 열 가지를 대답하는 제자였다' 이러시는 것이었소. 그리고 나더러 가서 형님을 모셔오라는 거요."

"흐흠, 그런 일이 있었나?"

"형님, 제발 부탁이니 나하고 같이 가봅시다. 내가 그 머나먼 길을 허위단심 찾아왔는데, 내 정성을 보아서라도 헛걸음은 시키지 말아야 할 게 아니오?"

손오공은 이 말을 듣더니 바위 더미 위에서 훌쩍 뛰어내렸다. 그러고는 저팔계의 손목을 부여잡고 이렇게 말했다.

"좌우간에 먼 길 오느라 고생 많았네! 나하고 같이 놀러 가보세."

"여기까지 오는 길이 하도 멀어서 시간이 너무 오래 지났소. 사부님은 지금 눈이 빠지게 기다리고 계실 텐데, 내가 이런 마당에 놀러 다니게 됐소?"

"모처럼 여기까지 왔는데, 이 화과산 경치 좀 구경한다고 안 될 게 뭐 있나?"

미련퉁이 저팔계는 속이 타도록 다급했으나, 그렇다고 딱 부러지게 거절해서 비위를 건드리기도 어려워, 하는 수 없이 손오공의 뒤를 따라나섰다.

이렇듯 두 형제가 화과산 일대를 두루 구경하고 있으려니, 해가 점점 높아졌다. 미련퉁이 저팔계는 시간이 지체되면 스승을 구해내지 못할까 속이 타서 연신 손오공을 재촉하기 시작했다.

"우리 어서 떠납시다. 사부님이 목이 빠지게 기다리고 계실 거요."

그러나 손오공은 딴청을 부렸다.

"여보게, 자네 수렴동에는 못 가봤지? 우리 거기 들어가서 구경하세."

"형님 뜻은 고마우나, 사부님이 오래 기다리고 계시니 어쩌겠소. 난 싫소."

"정 그렇다면 나도 더 붙잡지는 않겠네. 우리 이쯤에서 작별하세."

매정하게 딱 끊는 말투를 듣고, 저팔계는 어리둥절해서 되물었다.

"형님은 안 가실 거요?"

"내가 가기는 어딜 가나? 이 좋은 세상을 마다하고 또 거길 가서 그 지겨운 중노릇을 하란 말인가? 나는 안 갈 테니 자네 혼자 가보게."

미련퉁이 저팔계는 맥이 탁 풀렸다. 그렇다고 억지로 끌고 갈 처지도 아니었다. 잘못 건드렸다가는, 발끈하는 원숭이 성미에 저 무시무시한 쇠몽둥이를 꺼내 들기라도 하는 날이면 목숨이 열 개라도 남아나지 않을 테니까. 그는 할 수 없이 손오공의 말대로 작별을 고했다.

"알겠소, 알았으니까…… 그럼 잘 계시오, 형님……"

떨어지지 않는 발걸음이 무겁다 못해 천근만근이었지만, 재주가 그것뿐이니 어쩌겠는가.

저팔계가 떠나는 뒷모습을 끝까지 지켜보던 손오공은 그 모습이 시야에서 사라지자 동작 날쌘 부하 원숭이 두 마리를 불러들이더니, 저팔계의 뒤를 밟아 가서 도중에 무슨 소리를 하는지 엿듣고 오라고 떠나보냈다.

아니나 다를까, 이 미련한 녀석은 산 밑으로 삼사 리 길도 채 못 갔

을 때부터 손오공이 있는 쪽을 향해 삿대질해가며 욕설을 퍼붓기 시
작했다.

"이런 빌어먹을 놈의 원숭이 녀석! 중노릇은 하기 싫고 요괴 노릇
은 해야겠다 그 말이지? 저런 놈을 데리러 온 내가 바보 천치 아닌가!
좋다, 이 원숭이 놈아! 안 가겠다면 그만둬라, 그만둬!"

한번 시작된 욕설을 몇 걸음도 못 가서 또 쏟아내고, 이러기를 수
십 차례, 살그머니 뒤를 밟아 쫓아가던 부하 원숭이 두 마리가 그 소
리를 낱낱이 엿듣고 부리나케 되돌아와서 아뢰었다.

"대성 나으리! 그놈 정말 괘씸한 녀석입니다. 길을 가면서도 자꾸
만 대성님께 욕설을 퍼붓고 있으니 말입니다."

손오공은 발끈 성이 나서 호통을 쳤다.

"그놈을 당장 잡아오너라!"

명령이 떨어지기가 무섭게, 천여 마리나 되는 부하 원숭이들이 쏜
살같이 뒤쫓아가서 저팔계란 놈을 쓰러뜨려놓는데, 어떤 녀석은 뒷덜
미 갈기 터럭을 움켜잡는가 하면, 또 어떤 녀석은 귀를 잡아당기고,
어떤 녀석은 꼬리를 잡아끈다, 털을 쥐어뜯는다 해가며 손오공이 있
는 곳까지 끌고 갔다.

17. 황포노괴의 정체

　미련퉁이 저팔계는 숱한 원숭이들이게 붙잡힌 채, 잡아당기고 쥐어 뜯기고 난리법석을 떠는 바람에 입고 있던 승복 한 벌이 갈기갈기 찢겨 누더기가 되고 말았다.

　원숭이들은 벌거숭이가 다 된 저팔계를 끌고 동굴 어귀에 다다랐다. 제천대성 손오공은 바위 더미에 올라앉아 저팔계를 호되게 꾸짖었다.

　"이 보릿겨나 처먹고 사는 미련한 놈아! 잠자코 돌아가면 그만이지, 어째서 내 욕을 하는 거냐?"

　저팔계란 놈은 땅바닥에 꿇린 채 변명했다.

　"아이고, 형님! 나는 형님 욕을 한 적이 없었소. 형님이 돌아가지 않겠다고 하니까, 나 혼자 사부님께 돌아가 그런 사정을 여쭙겠다고 했을 뿐이지, 내 어찌 감히 형님 욕을 할 리 있겠소?"

　"흥! 네 녀석이 날 속여 넘길 수 있을 듯싶으냐? 내 두 귀를 쫑긋하기만 해도 하늘 위에 사는 신령들이 무슨 얘길 하는지 낱낱이 들을 수 있고, 아래로 쫑긋거리기만 해도 지옥의 염라대왕이 저승 판관들과 생사부를 펼쳐놓고 어떤 놈을 잡아들일까 의논하는 소리까지 죄다 들을 수 있단 말이다. 이런 내가 네놈이 방금 길을 가면서 내 욕하는 걸 듣지 못한 줄 아느냐?"

"아이고, 형님! 또 살금살금 뭔가 딴 것으로 둔갑해 가지고 내 뒤를 밟으면서 엿들었구려."

손오공은 부하 원숭이들에게 호통을 쳤다.

"애들아! 굵다란 몽둥이를 하나 골라 오너라. 우선 저놈의 주둥아리에 스무 대를 안기고 다음에는 엎어놓고 볼기 삼십 대를 쳐라! 그러고 나서 내 이 철봉으로 깨끗이 저승으로 보내주마!"

끔찍스런 소리를 들은 미련퉁이가 다급한 나머지 머리를 땅바닥에 처박으며 애걸복걸 빌기 시작했다.

"아이고 맙소사, 형님! 제발 덕분에 사부님의 낯을 보아서라도, 아니, 관음보살님의 체면을 생각해서라도 날 용서해주시구려!"

저팔계가 관음보살까지 들먹이자, 손오공은 마음이 다소 누그러졌다.

"그럼 나도 때리지는 않을 테니까, 날 속일 생각은 말고 솔직히 말해야 하네. 지금 당나라 스님이 어디서 봉변을 당하고 계신 거 아닌가?"

"아니요, 형님! 절대로 봉변을 당하신 게 아니라, 사부님은 정말 형님을 그리워하고 계시오."

저팔계란 놈이 이렇듯 뻗대니, 손오공은 그만 벌컥 성을 내고 말았다.

"이 바보 천치 같은 놈이 진짜 얻어맞아야 정신을 차릴 모양이로구나! 지금 이 지경이 되어서도 날 속이려 들 거냐? 나는 여기서도 그 사부란 스님이 가는 곳마다 재난을 당하고 곤경에 처하리란 것쯤은 훤히 알아보고 있어! 그러니까 매를 맞기 전에 일찌감치 바른대로 얘길 하란 말이다!"

아무리 거짓말로 둘러대도 넘어가지 않으니, 저팔계 역시 더는 어쩔 수 없어 그만 승복하고 말았다.

"형님, 내가 잘못했소. 형님을 속여서 데려가려고 한 것은 사실이오."

"좋다, 그럼 일어서서 얘기해라!"

포로의 덜미를 찍어 누르고 있던 원숭이들이 손을 놓자, 미련퉁이 녀석은 벌떡 일어서더니, 하라는 말은 않고 사방을 두리번거리기 시작했다.

"뭘 그렇게 휘둘러보는 거야?"

손오공이 영문을 모르고 물으니, 미련퉁이 녀석의 대꾸가 걸작이다.

"어느 쪽 길이 넓게 트여 도망치기 좋은지 둘러보고 있는 거요."

이 말을 듣고 손오공은 기가 막혀 웃음이 나왔다.

"어디로 달아나겠다고? 좋아, 지금부터 네 녀석을 한 사흘 뛰어 도망치게 내버려두지. 그리고 이 손 선생이 사흘 뒤늦게 쫓아가더라도 너 한 놈 붙잡아오는 것쯤이야 손바닥 뒤집기보다 더 쉽다는 걸 모르나? 엉뚱한 생각 집어치우고 어서 얘기하지 못할까! 불같은 내 성미를 건드리면 어떻게 되는지 너도 잘 알고 있겠지?"

"알았소, 형님! 알았다니까. 그럼 내가 사실대로 말하리다."

마침내 저팔계는 삼장법사가 흑송림에서 황포노괴에게 붙잡힌 일부터 보상국 공주의 도움을 받아 도망쳤다가 끝내 궁중에서 호랑이 껍질을 뒤집어쓴 채 갇히게 된 일, 백마가 나서서 요괴를 죽이려다 오히려 다치고, 그가 권유하는 대로 손오공에게 구원을 청하러 오게 된 사연을 낱낱이 다 털어놓았다. 그리고 마지막으로 이렇게 말했다.

"형님, 내 이렇게 싹싹 빌 테니 제발 마음을 돌려주시오. '하루를 스승으로 모셨으면 죽는 날까지 어버이처럼 섬겨야 한다'는 말이 있지 않소? 옛정을 생각해서라도 부디 한번만 사부님을 구출해주시구려."

얘기를 다 듣고 나자, 손오공은 저팔계를 무섭게 꾸짖었다.

"이 바보 멍텅구리 같은 녀석들! 내가 떠날 때 뭐라고 했더냐. 만일 요괴가 사부님을 붙잡거든 이 손오공이 그분의 수제자라고 말하라고 하지 않았더냐? 그런데 어째서 내 얘기대로 하지 않은 거냐?"

눈물이 쏙 빠지도록 꾸중을 들으면서도, 저팔계는 속으로 궁리를 했다.

'옳거니, 이 원숭이 녀석은 콧대 높고 자부심이 강한 녀석이니까, 이놈의 약을 바짝 올려놓으면 물불 가리지 않고 달려가서 요괴와 죽기 살기로 싸우지 않고는 못 배길 것이다.'

이렇게 생각한 저팔계 녀석은 능청스레 우거지상을 지어가며 힘없이 말했다.

"형님, 말도 마시오. 내 차라리 형님 얘기를 하지 않았더라면 좋았을걸, 형님 애길 꺼냈기 때문에 그놈이 말도 못하게 더 날뛰지 않았겠소."

"그건 또 무슨 말인가?"

손오공이 뜨악해서 물었다.

"내가 그놈한테 이런 말을 했지. '요괴야, 함부로 날뛰지 말고, 우리 사부님을 해치지 말아야 한다. 우리한테 큰형님 한 분이 계신데, 그 이름은 제천대성 손오공이시다. 신통력이 얼마나 크신 분인지 요괴 마귀를 항복시키는 재주가 비상하단 말이다. 그분이 오시는 날이면 네놈은 죽어서 파묻힐 곳도 없게 될 것이다.' 그랬더니 황포노괴란 놈이 더욱 무섭게 설쳐대면서 차마 입에 담지 못할 욕설을 해대지 않겠소? '제천대성 손오공이라니, 어디서 굴러먹던 말 뼈다귀냐? 그놈의 원숭이 나타나기만 해봐라, 내가 통째로 끓는 기름에 튀겨 먹을 테니까!' 이렇게 야단칩디다."

아니나 다를까, 얘기를 듣는 동안 손오공은 약이 올라 얼굴빛마저 새빨개지더니 분에 못 이겨 그 자리에서 펄펄 뛰기 시작했다.

"이런 괘씸한 것 봤나! 도대체 어떤 놈이 날 그렇게 모욕한단 말이냐!"

저팔계는 옳다구나 하고 충동질을 계속했다.

"형님, 나한테 화를 내지는 마시구려. 황포노괴란 놈이 그런 욕을 했기 때문에 나도 똑같이 흉내를 내서 얘기해드린 것뿐이오."

"여보게 아우, 그만 일어나게. 아무래도 내가 한번 가보지 않으면 안 되겠네. 그 요괴란 놈이 감히 나한테 그런 욕을 했다니, 정말 무례하기 짝이 없는 놈 아닌가? 이번에 가면 그놈을 붙잡아 반드시 앙갚음을 하고 말 걸세. 원수를 갚고 나서 곧바로 이리 돌아오면 그만 아니겠나!"

"바로 그거요, 형님! 그 발칙한 요괴를 붙잡아 원수만 갚고 나면, 그

때 가서 다시 돌아오든 말든 그건 형님 뜻대로 하실 일이 아니겠소?”

이윽고 제천대성 손오공은 바위 언덕에서 뛰어내리더니 동굴 안으로 들어가 요괴의 옷을 벗고 말끔한 승복으로 갈아입은 다음, 그 겉에 호랑이 가죽 치마를 둘러 질끈 동여맸다. 그리고 여의봉을 손에 잡은 채 저팔계와 함께 구름을 일으켜 타고 수렴동을 떠나 눈 깜짝할 사이에 동양 대해를 건넜다. 두 형제는 마침내 시커멓게 우거진 소나무 숲 황금빛 찬란한 보탑 상공에 이르렀다.

“저기가 황포노괴의 소굴이오. 사오정은 아직도 저 동굴 속에 갇혀 있을 거요.”

탑을 가리키는 저팔계에게 손오공이 지시를 내렸다.

“자넨 공중에 그대로 있게. 내가 저놈의 문전에 내려가 동정을 살펴보겠네.”

동굴 앞마당에는 열 살도 채 못 된 사내아이 둘이서 재미있게 놀고 있었다. 손오공은 와락 달려들어 한 손에 하나씩 어린애의 덜미를 움켜잡아 번쩍 쳐들었다. 깜짝 놀란 아이들이 겁을 집어먹고 울며불며 악을 쓰자, 문을 지키던 부하 요괴들이 동굴 안으로 뛰어들어가 백화수 공주에게 급보를 전했다. 이 아이들은 황포노괴와 백화수 공주 사이에 태어난 자식들이었다. 아이들이 잡혀갔다는 소식을 듣자 백화수 공주가 허둥지둥 뛰쳐나왔다. 이리저리 둘러보니, 원숭이 같은 사내가 두 아이를 번쩍 들고 높다란 언덕 위에 우뚝 선 채 언제든지 내던질 자세를 보이고 있었다. 당황한 공주는 악을 써서 꾸짖었다.

“이놈아! 나하고 무슨 원수가 졌기에 내 아이들을 잡아갔느냐?”

그러자 손오공은 코웃음 치며 대꾸했다.

"나는 당나라 스님의 수제자로 손오공이란 사람이외다. 내 아우 사오정이 지금 당신네 동굴 안에 갇혀 있을 테니까, 이 길로 들어가 놓아 보내도록 하시오."

공주는 그 말을 듣고 부랴부랴 동굴 안으로 돌아가 손수 사오정이 갇힌 방문을 열어주었다.

"스님, 저 바깥에 손오공이란 분이 오셔서 우리 아이들을 볼모로 잡고, 당신을 놓아 보내라고 하셨습니다. 그러니 어서 나가 우리 아이들 좀 풀어주세요."

사오정은 맏형이 왔다는 말을 듣고 정신이 번쩍 들었다. 그리고 너무나 반가운 나머지 춤이라도 출 것처럼 두 손을 허우적거리며 동굴 바깥으로 달려나갔다.

"큰형님! 정말 하늘에서 내려오셨구려! 제발 우리 좀 구해주시구려."

손오공은 빙그레 미소를 지었다.

"이 못된 녀석들! 사부님께서 그놈의 '긴고주'를 외우셨을 때, 어째서 날 위해 변명 한마디 해주지 않았느냐? 저팔계 녀석은 주둥이를 마구 놀려 날 헐뜯기만 하고 네 녀석은 모른 척 외면하더니, 이제 와서는 나더러 구해달라고?"

맏형의 핀잔 섞인 말에, 사오정은 부끄러워 고개를 들지 못했다.

"그런 말씀 안 하셔도 다 압니다. 형님, 도량이 너른 사람은 지나간 잘못을 따지지 않는다고 했소. 우리 입이 열 개라도 형님 앞에 무슨 할 말이 있겠소."

"됐네, 이리 올라오게."

사오정은 그제야 몸을 솟구쳐 언덕 위로 올라갔다. 한편 공중에 머물고 있던 미련퉁이는 막내가 동굴에서 나오는 것을 보자, 그 즉시 구름에서 내려와 사과했다.

"여보게 아우, 미안하네. 내가 못할 짓을 했어!"

"아니, 둘째 형님은 어디 갔다 이제 오는 길이오?"

"나는 어제 싸움에 패하고 자넬 버려둔 채 혼자 달아나 숨어 있었네. 한밤중에 성내로 들어가 백마와 만났지. 그리고 백마의 입을 통해서 사부님이 봉변을 당하시고 황포노괴란 놈의 술법에 걸려 호랑이로 탈바꿈했단 사실을 알았네. 그래서 백마와 상의한 끝에 이처럼 큰 형님을 모셔온 걸세."

이때 손오공이 두 아우의 대화를 가로막았다.

"이 바보 같은 친구들아, 한가롭게 회포나 풀 시간이 어디 있어? 잡담일랑 그쯤 해두고 내가 이 아이 녀석 둘을 인질로 잡고 있을 테니, 자네들은 보상국 도성으로 가서 요괴란 놈의 약을 바짝 올려 이곳으로 유인해오게."

"형님이 직접 가셔서 요괴를 항복시켜야 할 게 아니오?"

"모르는 소리 말게. 만일 도성에서 그놈과 죽기 살기로 맞붙어 싸우면 보나마나 회오리바람이 휘몰아쳐 국왕은 물론이고 조정 대신들과 백성들까지 다치게 될지 누가 아나? 여기는 터가 널찍하고 아무도 없어 싸우기가 아주 좋네. 그러니까 나는 여기서 기다리고 있다가 그놈을 때려잡겠네."

이리하여 저팔계와 사오정은 보상국 도성으로 날아갔다. 혼자 남은 손오공은 아이들을 공주에게 넘겨주고 이렇게 지시했다.

"공주님은 아이들과 함께 어디 조용한 곳에 숨어 계십시오."

공주가 두 아이를 데리고 모습을 감추자, 손오공은 그 자리에서 몸을 한번 꿈틀하더니 어느새 공주와 똑같은 모습으로 바뀌었다. 그러고는 동굴 속으로 들어가 황포노괴가 나타날 때까지 기다리기 시작했다.

한편, 보상국 궁궐에선 큰 소동이 벌어지고 있었다. 간밤에 셋째 부마의 술시중을 들던 궁녀가 요괴로 변한 부마에게 잡아 먹혔다는 소문이 퍼지고, 뒤미처 당나라 스님의 제자 두 사람이 돌아와 자초지종 보고를 하는 바람에 모든 진상이 하나씩 밝혀지기 시작했던 것이다.

황포노괴는 밤새 마신 술이 덜 깬 채 곤드라져 잠을 자고 있었으나, 누군가 자기 이름을 거론하는 소리에 벌떡 일어났다. 그리고 저팔계의 목소리로, 자기 자식들이 손오공에게 볼모로 붙잡혀 있단 말을 어렴풋이 알아듣고 깜짝 놀랐다. 더구나 소굴에 잡아 가둔 사오정마저 나타났으니 그 놀라움은 더욱 커졌다. 욕심 같아서는 당장 뛰쳐나가 두 형제를 잡아 죽이고 싶었으나, 아직도 술이 덜 깨어 싸울 기력도 모자랄뿐더러 자칫 잘못했다가 저팔계란 놈의 쇠스랑에 찍히는 날에는 부마의 위신도 땅에 떨어질 테고 정체마저 발각될 것이었다.

이리하여 요괴는 일단 소굴로 돌아가 아내와 자식들의 안위부터 알아보기로 결심하고, 국왕에게 작별 인사 한마디 없이 구름을 일으켜 타고 완자산 파월동으로 날아갔다.

보상국 임금은 셋째 사위가 연기처럼 사라지고 시간이 지날수록 그가 요괴라는 사실이 분명히 드러나자, 무관들을 시켜 호랑이로 변한 삼장법사의 우릿간을 더욱 단단히 지키게 했다.

황포노괴는 마침내 파월동 소굴 어귀까지 돌아왔다. 공주로 둔갑한 채 동굴에서 기다리던 손오공은 그가 돌아오는 모습을 발견하자, 일부러 눈물을 펑펑 쏟아내면서 큰 소리로 울기 시작했다. 요괴는 창졸간에 경황이 없는 터라 손오공이 가짜 공주라는 사실을 알아보지 못하고 와락 달려들어 안으면서 다급하게 물었다.

"여보, 왜 그리 슬퍼하는 거요? 무슨 일이 있었소?"

손오공은 더욱 슬피 울어가며 미리 짜놓았던 수작을 풀어놓기 시작했다.

"여보, 낭군. 어제 궁궐에 부왕을 뵈러 가셨으면 내처 돌아올 것이지, 어째서 이제야 돌아오시는 거예요? 오늘 아침나절에 저팔계와 털북숭이 원숭이 같은 사내가 나타나 사오정을 빼내가더니, 우리 아이들까지 빼앗아가고 말았어요."

"그 원숭이 같은 놈이 우리 아이들을 데리고 어디로 갔소?"

"나도 몰라요. 여태껏 너무 울었더니 가슴이 찢어지는 것처럼 아프기만 해요."

"괜찮소, 일어나구려. 나한테 보배가 하나 있는데, 그것으로 아픈 데를 문지르면 금방 낫게 될 거요."

황포노괴는 가짜 공주를 데리고 동굴 깊숙한 곳으로 들어가더니, 입을 딱 벌리고 영롱한 광채가 번쩍거리는 구슬 한 개를 토해놓았다. 그것은 오랜 세월 도를 닦은 고승이나 신령의 몸속에 쌓여 굳어진 사리(舍利)였다.

"이것으로 아픈 가슴을 문질러보구려. 하지만 조심해서 다뤄야 하오.”

황포노괴가 제 목숨보다 더 소중한 사리를 건네자, 손오공은 옳다 잘됐구나 싶어 그것을 염치 좋게 덥석 받아들면서 남은 한 손으로 얼굴을 쓰윽 문질러 본래의 원숭이 모습을 드러냈다.

황포노괴는 갑작스레 바뀐 아내의 모습을 보고 깜짝 놀라고 말았다.

“아니, 여보! 당신 얼굴이 어떻게 그리 바뀌었어?”

“이 고약한 녀석! 누구더러 네 여편네라는 거야? 내가 누군지 못 알아보겠느냐?”

그 말에 황포노괴는 무엇인가 퍼뜩 깨달았는지 고개를 갸우뚱했다.

“어디서 본 적이 있는 얼굴인데…… 누구였더라?”

“날 알아보지 못하겠느냐? 나는 당나라 스님의 수제자, 이름은 손오공이시다.”

“그럴 리 없다! 내가 당나라 화상을 붙잡았을 때, 그 땡추중에게는 저팔계와 사오정이란 제자 둘만 있을 뿐이지, 손가 성을 가진 놈이 또 있단 말은 못 들어봤다.”

“물론 그들 두 사람과 함께 온 것은 아니지. 이 손 선생이 걸핏하면 요괴를 때려죽이고 너무 많은 살생을 저질렀기 때문에, 자비심 많고 착한 우리 사부님이 나를 파문시켜 쫓아냈단 말이다. 그래서 이제 돌아온 거야.”

“예끼, 이 못난 녀석! 스승에게 내쫓긴 놈이 무슨 낯짝으로 뻔뻔스레 또다시 찾아왔단 말이냐?”

“이 무식한 요괴 놈아! 하루라도 스승으로 섬겼으면 죽는 날까지 어버이로 받든다는 성현의 말씀도 못 들어봤느냐. 네가 우리 사부님

을 해쳤는데, 내 어찌 사소한 감정으로 그분을 구하러 달려오지 않겠
느냐? 그건 그렇다 치고, 어째서 만나본 적도 없는 나한테 욕설을 퍼
부었느냐?"

"내가 언제 너한테 욕을 했단 말이냐?"

"저팔계가 그랬다고 했다."

"그런 놈의 말을 믿다니, 너도 참 어리석은 놈이로구나. 저팔계란
놈은 의뭉스럽고 엉뚱한 소리를 곧잘 늘어놓는 교활한 녀석인데, 그
런 놈의 말을 네가 어쩌자고 믿게 되었는지 모르겠구나."

손오공이 가만 듣고 보니 자기가 저팔계의 꾐에 넘어간 것이 틀림
없다. 하지만 내색은 못하고 슬그머니 화제를 바꿔 으름장을 놓았다.

"쓸데없는 소리 작작 지껄이고 내 철봉에 얻어맞기 전에 순순히 항
복이나 해라."

"하하! 손오공, 네가 이 동굴에 발을 들여놓았을 때는 벌써 죽은
몸이라는 것도 모르느냐? 이 안에는 내 부하 요괴들이 일백 수십 마
리나 득시글거리고 있단 말이다! 두 번 다시 여기서 빠져나갈 생각은
말아라! 얘들아, 어디 있느냐? 모두들 나와서 이놈을 죽여 없애라!"

황포노괴의 명령이 떨어지자, 앞산 뒷산과 동굴 안팎에서 부하 요
괴들이 와르르 쏟아져 나오더니 동굴 문을 세 겹 네 겹으로 에워싸고
개미 새끼 한 마리도 빠져나가지 못하게 가로막았다. 이것을 본 손오
공은 두 손으로 여의봉을 어루만지면서 냅다 고함을 질렀다.

"변해라!"

외마디 호통을 지르는 순간, 손오공의 몸뚱이는 삽시간에 머리가
셋, 팔뚝이 여섯 달린 거인으로 바뀌더니, 수중에 들고 있던 철봉을

휘두르기 무섭게 그것마저 세 자루로 늘어났다. 이윽고 여섯 손이 철봉 세 자루를 휘두르며 요괴들의 무리 속으로 뛰어들었다. 그야말로 양 떼 한복판에 호랑이를 풀어놓은 듯, 사흘 굶주린 독수리가 닭장에 곤두박질치듯 무시무시한 기세로 돌진하는 것이다. 불쌍하게도 요괴의 무리들은 그 무시무시한 철봉 아래 손 한번 제대로 써보지 못하고 삽시간에 처참한 몰골로 하나씩 쓰러졌다. 어느덧 손오공은 앞뒤 좌우 가릴 것 없이 무인지경으로 동굴 밖까지 달려나가고 있었다.

마지막으로 남은 것은 황포노괴 하나뿐, 악에 받친 그는 동굴 바깥으로 뒤쫓아 나오면서 보도를 머리 높이 쳐들고 손오공의 뒤통수를 힘껏 내리찍었다. 허나 뒤로 훌쩍 휘두른 손오공의 철봉이 칼날을 철꺼덕 가로막더니 그 기세를 몰아 돌아서기 무섭게 정면으로 요괴의 얼굴을 노리고 내질러 들어갔다.

이윽고 싸움터는 완자산 꼭대기 상공으로 옮겨져 안개구름을 흩날리며 살기등등하게 펼쳐지기 시작했다. 날카로운 병기와 육중한 철봉이 맞부딪치고 어우러져 양편이 서로 양보하는 기미 없이 무려 오륙십여 차례를 치고받았으나 좀처럼 승부가 나지 않았다.

오랜만에 호적수를 만난 손오공은 속으로 찬탄을 아끼지 않으면서도 슬그머니 전법을 바꿔볼 생각이 들었다. 앙큼스런 원숭이 임금은 양손으로 철봉 자루를 부여잡은 채 높이 치켜들고 말 타기 자세를 취했다. 그러자 이것이 유인책인 줄 모르는 황포노괴는 상대방이 빈틈을 보였다고 생각한 나머지 칼춤을 추어가며 달려들더니 상단과 중단, 하단, 세 방향으로 연속해서 좌우를 바꿔 후려 찍었다. 하지만 손오공은 잽싸게 몸을 돌려 한 칼 한 칼씩 튕겨내더니 이번에는 원숭이가 잎사귀 밑에서 복숭아를 훔쳐 따 먹는 자세로 철봉 끝을 비스듬히 모로 뉜 채 황포노괴의 머리를 힘껏 후려갈겼다. 그런데 어찌 된 노릇인가? 결정타를 먹였다고 생각하는 그 순간에 요괴는 벌써 어디로 사라졌는지 온데간데없었다. 손오공은 황급히 철봉을 거둬들이고 요괴가 서 있던 위치를 살폈으나, 상대방은 역시 보이지 않았다. 눈 깜짝할 사이에 목표를 잃어버린 손오공은 급히 몸을 솟구쳐 구름 위로 뛰어올라 사면팔방을 샅샅이 둘러보았으나 요괴의 그림자는커녕 인기척도 없었다.

"그것 참 이상하군. 이 손 선생의 시력이라면 어디든 한번 쓰윽 흘겨보기만 해도 눈길에서 빠져나갈 놈이 없었는데, 어떻게 이처럼 날쌔게 도망쳤을까? ……옳지, 알았다! 그놈이 나를 처음 보았을 때 어딘가 낯이 익다고 했으렷다? 그렇다면 이놈은 인간 속세의 평범한 괴물이 아니라 천상에서 내려온 요정일 가능성이 다분하다!"

천상의 요물한테 농락당했다는 생각이 들자, 손오공은 참고 참았던 분노가 울컥 치밀어, 당장 여의봉을 어깨에 둘러멘 채 근두운을 일으켜 타더니 그 길로 남천문을 향해 솟구쳐 올라갔다. 문지기 신장들은 섣불리 제천대성의 앞길을 가로막아 검문하지 못하고 그대로 통과시켜주었다.

손오공이 옥황상제가 계신 통명전에 들이닥치자, 천상의 일을 아뢰는 사대 천사들은 마지못해 이 골치 아픈 불청객을 영접하면서 물었다.

"손 대성, 무슨 일로 오셨소이까?"

손오공은 숨 돌릴 틈도 없이 내처 용건을 밝혔다.

"서천으로 가는 도중 보상국에서 요사스런 마귀 한 놈이 우리 사부님을 해쳤기에 그놈과 한바탕 싸웠는데, 결정타를 먹이려던 순간에 어디론가 사라지고 말았소. 가만히 생각해보니, 이 요괴는 속세의 보통 요물이 아니라 아마 천상에서 살던 요정 같기에 그 정체를 알아보려고 달려왔소."

천사들이 아뢰는 말씀을 듣자, 옥황상제는 그들에게 직접 조사하라는 칙명을 내렸다. 이리하여 천상의 동서남북 중앙의 별자리들과 은하계의 여러 별에 대한 점검이 시작되었으나, 이들 별자리는 모두 천상에서 제 방위를 떠난 이가 없었다. 그런데 마지막으로 이십팔수(二十八宿)를 조사해보니 스물일곱 별자리만 있고, 규성(奎星) 하나가 모자랐다.

사대 천사들은 전각으로 돌아와 옥황상제에게 아뢰었다.

"규목랑(奎木狼)이 아래 세상으로 내려갔사옵니다."

옥황상제가 하문하였다.

"천상에서 없어진 지 며칠이나 되었는고?"

"사흘에 한 차례씩 점검하는데, 오늘까지 열사흘 동안 보이지 않는다 하옵니다."

"천상에서 열사흘이면 아래 세상에서는 십삼 년이 되겠구나."

옥황상제는 즉시 해당 부서에 명하여 규목랑을 하늘 위로 불러올리게 하였다. 스물일곱 동료 별들은 어명을 받들고 하늘 문을 나서더니, 저마다 주문을 외워 속세 어디엔가 숨어 있을 규성을 놀라게 만들었다.

황포노괴 규목랑은 당초 5백 년 전 제천대성 손오공이 천궁을 뒤엎고 대소동을 일으켰을 때부터 얻어맞을까 지레 겁먹던 신장이었다. 그런데 오늘 또다시 그 무서운 적수와 맞닥뜨리고 더구나 목숨같이 아끼던 사리를 빼앗겨 뒷심이 딸리던 터라, 손오공의 철봉이 결정타를 먹이려는 찰나 연기같이 몸을 빼어 파월동 소굴 근처 깊숙한 계곡 짙은 수증기에 휩싸인 채 요사스런 구름으로 몸을 감싸고 있었다. 그래서 손오공이 날카로운 눈으로 아무리 두리번거려도 끝내 발견하지 못했던 것이다.

그는 본부의 동료 별자리들이 외우는 주문을 듣자 비로소 머리를 내밀고 나타나 동료들을 따라 천상으로 올라갔다. 손오공은 하늘 문을 가로막은 채 지켜서 있다가 규목랑을 보기가 무섭게 여의봉으로 때려잡으려 했다. 그러나 천궁의 여러 별자리 관원들이 좋은 말로 제천대성을 구슬려 가까스로 진정시킨 덕분에, 스물일곱 동료들은 규목랑을 무사히 옥황상제 앞에까지 끌고 갈 수 있었다.

황포노괴로 변신했던 규목랑은 전하에 머리 조아려 스스로 지은 죄를 자백했다. 이어서 옥황상제가 엄한 말로 꾸짖었다.

"규목랑! 이 천상에는 명승절경이 무한정으로 많은데, 어찌하여 제멋대로 속세에 내려가 요괴 노릇을 하였느냐?"

규성 별자리는 이마를 조아려 사죄하며 사연을 아뢰었다.

"폐하! 소신이 죽을죄를 지었사오나 부디 너그러이 용서하소서. 보상국의 백화수 공주는 보통 인간이 아니옵고 본디 어전에서 향불을 맡아보던 옥녀였나이다. 소신은 옥녀와 사귀고 싶은 마음이 있었사오나 천궁의 법도를 어지럽힐까 두려운 나머지, 옥녀를 먼저 아래 세상으로 내려보내 보상국 왕비의 태중에 인간으로 태어나게 하였사오며, 소신 또한 뒤쫓아 내려가 요사스런 마귀로 탈바꿈하여 완자산 명승지를 차지하고, 백화수 공주로 다시 태어난 옥녀를 소굴에 납치한 다음,

394

그녀와 십삼 년 동안 부부의 인연을 맺고 살아왔나이다."

규목랑의 변명을 다 듣고 나서, 옥황상제는 그의 벼슬을 빼앗고 좌천시켜 도솔궁 태상노군에게 보내 화롯불을 지피는 불목하니로 일하도록 명하였다. 그리고 앞으로 공을 세우면 복직시킬 것이요, 공을 세우지 못할 때는 이미 지은 죄를 더욱 무겁게 다루기로 작정했다.

모든 조치가 끝나자, 손오공은 옥황상제 앞에 사뭇 점잖게 절하여 사례했다.

"폐하, 감사하나이다!"

그리고 힘써준 천사들에게도 작별 인사를 건넸다.

"수고했소, 여러분. 나는 이만 물러가오."

제천대성 손오공이 천궁에 올라와서 차린 예절이라곤 이것이 전부였다. 그 모양을 본 여러 천사들은 어처구니가 없어 쓴웃음만 지었다.

"이 원숭이 녀석은 여전히 시골뜨기 티를 벗지 못하네그려! 자기를 위해 요괴로 탈바꿈했던 신령을 붙잡아주느라 그토록 애썼는데, 겨우 허리 한번 꾸벅하고 떠나다니, 촌뜨기 녀석은 역시 어쩔 수가 없군."

대신들이 분개하는 것을 보고 옥황상제가 한마디했다.

"그저 저 원숭이 녀석에게 아무 일도 없어서, 하늘나라가 늘 조용하고 평온하기나 하면 다행인 줄 알아야 하리로다."

뒤에서 누가 쑥덕거리거나 말거나, 손오공은 아래 세상 파월동에 내려오는 길로 저팔계, 사오정과 함께 공주를 구름에 태우고 보상국 대궐로 날아갔다.

손오공을 비롯한 세 형제가 공주를 데리고 궁궐에 들어서자, 공주는 부왕과 모후 앞에 그동안의 사연을 소상히 아뢴 다음, 이렇게 덧붙여 말씀드렸다.

"손 장로께서 놀라우신 법력으로 황포요괴를 굴복시키고 이 여식을 구해주신 덕분에 이제야 고국에 돌아왔나이다."

"황포요괴란 대체 어떤 놈이었느냐?"

국왕이 묻는 말에 손오공은 공주 대신 설명했다.

"폐하의 셋째 부마는 본디 하늘나라의 이십팔수 별자리 가운데 규성이었습니다. 그리고 따님 역시 전생에 하늘나라에서 옥황상제의 향불을 맡아보던 선녀였습니다."

아울러 규목랑이 옥녀와 전생의 인연을 잇기 위해 속세로 내려와 13년간 부부로 살게 되었던 사연까지 낱낱이 얘기해주었다. 국왕은 손오공의 은덕에 감사를 표하고 나서 당나라 스님을 만나보게 해주었다.

세 형제는 관원들을 따라 감옥으로 가서 철창 우릿간에 갇힌 삼장법사를 다시 풀어주었다. 보통 사람들에게는 영락없이 호랑이였으나, 그의 눈에만큼은 사람으로 보였다. 자신을 파문시켜 쫓아낸 스승을 눈앞에 두고, 손오공의 가슴은 애정과 원망이 엇갈려 착잡하기 이를 데 없었다.

"사부님, 사부님은 착한 사람이라고 하시더니 어쩌다 이런 몰골이 되셨습니까. 사부님은 저더러 흉악한 짓만 저지르는 불초 제자라고 쫓아버리시고 오로지 착한 일만 하셨을 터인데, 어째서 이런 괴상망측한 모습으로 변하셨단 말입니까?"

곁에서 저팔계가 차마 듣다못해 통사정을 했다.

"형님, 자꾸 조롱만 하지 말고 어서 사부님을 구해주시오."

그 말에 손오공은 미련퉁이 앞으로 돌아서서 정색을 하고 꾸짖었다.

"자넨 터무니없는 소리를 지껄여 애꿎은 사람을 모함하고 사부님의 신망을 두텁게 얻은 훌륭한 제자 아닌가? 그런 자네가 손수 사부님을 구해드리지 않고 뭣 하러 이 손오공을 찾아왔었나? 자네와 약속한 대로, 이제 나는 요괴를 항복시켰으니까, 이대로 고향 땅에 돌아가야 옳은 일 아닌가?"

사오정이 공손히 무릎 꿇고 맏형에게 빌었다.

"큰형님, 옛말에도 '절간에 스님 얼굴 보러 가는 게 아니라, 부처님을 뵈러 간다' 했소. 기왕에 여기까지 오셨으니 제발 덕분에 사부님을 좀 구해주시오. 우리 힘으로 구할 수만 있었다면 무엇 하러 그 먼 데까지 찾아가 형님을 모셔왔겠소?"

그제야 손오공은 마음이 풀려 두 손으로 사오정을 부여안아 일으켰다.

"내가 왜 사부님을 구해드리지 않겠나? 자, 물이나 한 그릇 빨리 가져오게."

사형이 스승을 구해주겠다는 말을 듣자 사오정보다 미련퉁이가 먼저 쏜살같이 달려가더니 물 한 대접을 떠다 바쳤다. 손오공은 물그릇을 손에 들고 중얼중얼 진언(眞言)을 외운 다음, 호랑이의 얼굴에 물 한 모금을 확 뿜어 술법을 풀어놓았다. 과연 그의 신통력은 놀라웠다. 물을 뒤집어쓴 삼장법사는 삽시간에 호랑이의 탈을 벗고 본래의 모습으로 돌아오더니 수제자를 알아보고 깜짝 놀라 물었다.

"오공아! 네가 어디 있다 돌아왔느냐?"

사오정이 스승 곁에 있다가 맏형을 대신해서 그동안 겪었던 우여곡절을 처음부터 끝까지 말씀드렸다. 삼장법사는 감동에 벅차 몸을 떨며 수제자의 노고에 감사해 마지않았다.

"오공아, 너는 역시 현명한 제자였구나. 정말 큰 신세를 졌다. 이제 어서 빨리 서천으로 떠나자꾸나. 공을 이루거든 내 반드시 네 공로를 으뜸으로 쳐두마."

그 말씀에, 손오공은 서글픈 웃음을 지었다.

"으뜸가는 공이라니요. 천만의 말씀을 다하십니다. 그저 사부님께서 그놈의 '긴고주'만 외우지 않으신다면 감지덕지할 뿐입니다."

당나라 스님이 호랑이 탈을 벗었다는 소식이 전해지자, 국왕은 그들 일행을 위해 소찬으로 큰 잔치를 베풀어 감사의 뜻을 보였다. 잔치가 끝난 뒤, 이들 스승과 제자는 곧바로 국왕에게 작별 인사를 했다.

이들이 서쪽으로 떠나던 날, 보상국 임금은 조정의 문무백관을 거느리고 도성 밖 관문까지 나와 배웅했다.

(제2권에 계속)